최정희 소설 전집 5

인간사

최정희소설전집편집위원회

손유경 | 서울대학교 국어국문학과 교수
한경희 | 한국학중앙연구원 신집현전 태학사 과정생
나보령 | 국립한국해양대학교 동아시아학과 조교수
이병순 | 한국공학대학교 지식융합학부 교수
장영은 | 성균관대학교 동아시아학술원 초빙교수
유승환 | 서울시립대학교 국어국문학과 부교수

최정희 소설 전집 5

인간사

초판 인쇄 · 2026년 3월 25일
초판 발행 · 2026년 3월 30일

지은이 · 최정희
엮은이 · 최정희소설전집편집위원회
펴낸이 · 한봉숙
펴낸곳 · 푸른사상사

편집 · 지순이, 김수란
등록 · 1999년 7월 8일 제2-2876호
주소 · 경기도 파주시 회동길 337-16(서패동 470-6)
대표전화 · 031) 955-9111~2 | 팩시밀리 · 031) 955-9114
이메일 · prun21c@hanmail.net
홈페이지 · http://www.prun21c.com

ⓒ 최정희, 2026

ISBN 979-11-308-2367-6 04810
ISBN 979-11-308-2362-1 (세트)
값 38,000원

인간사

최정희소설전집편집위원회 엮음

푸른사상
PRUNSASANG

일러두기

1. 이 책의 원텍스트는 최정희, 『人間史』, 신사조사, 1964이며, 원문 그대로 표기하는 것을 원칙으로 한다.
2. 원문에 ××로 표기되어 있는 부분은 ××로, 원문 상태가 몹시 불량하여 도저히 판독 불가능한 부분은 □□로 표기한다.
3. 문장의 끝에 온점(마침표)이 누락된 경우가 많은데 모두 온점을 넣어 표기한다.
4. 한자의 경우 한자와 한글을 병기하거나 한자만을 표기한 원문을 그대로 따른다.
5. 원문에 오류가 있거나 등장인물의 이름이 잘못 쓰인 경우, 오자인 경우는 각주를 달아 바로잡는다.
6. 대화 부분에서 사용된 원문의 낫표(「 」), 겹낫표(『 』)는 문맥에 따라 큰따옴표와 작은따옴표로 바꾸었다.
7. 한자로 표기된 숫자는 아라비아 숫자로 바꾸었다.

최정희 소설 전집 간행 의사를 접한 주변의 첫 반응은 '아직 없었느냐'는 것이었다. 전집이 없다는 것이 의아하다는 말은 전집이 있을 법한 혹은 있어야 할 작가를 향한 말이다. 20세기 전반을 가로지르며 작가, 배우, 기자로 활약한 최정희(1906~1990)는 역동적 한국 현대사의 충실한 기록과 그 이면에 대한 도발적 폭로를 수행한 프로페셔널한 전업 여성작가였다. 일제강점기 민중의 현실과 지식인의 고뇌, 해방기의 민족적 혼란, 전쟁과 분단이 야기한 젠더 구조의 재편성에 이르기까지, 최정희는 한국 현대사의 계급, 민족, 젠더의 핵심 이슈를 우회하지 않고 그대로 관통하면서 수많은 논란과 빛나는 문학적 성취를 낳은 우리 문학사상 최고의 문제적 작가이다.

"나는 이런 것을 보았다." 산문집 『젊은 날의 증언』(육민사, 1963) 한 챕터 제목이기도 한 이 문장은 작가 최정희의 치열한 글쓰기가 개인과 사회를 향한 그의 철저한 응시에 뿌리내리고 있었음을 암시한다. 그 시선은, 눈에 보이지 않는 인간의 내면이나 직관적으로 포착되는 영혼의 움직임에 가 닿기도 하고, 노골적 폭력이나 격정적 사랑을 향하기도 하며, 눈앞에 전개되는 처절한 인간사와 그 이면의 진실에 접근하기도 한다.

여섯 명으로 이루어진 최정희소설전집편집위원회는 최정희의 이러한 면모가 더 많은 독자에게 더 잘 이해되고 더 입체적으로 파악되기를 바라는 마음으로 전집 발간 작업에 임하였다. 이미 푸른사상사에서 최정희의 장편소설 『떼스마스크의 비극』과 『그와 그들의 연인』을 발행하신 이병순 선생님(3권 책임편집)은 흔쾌히 이번 전집에 두 작품을 그대로 포함시켜주셨다. 대학원 수업을 통해 확보한 귀한 pdf 자료를 사심 없이 공유해준 유승환 선생님(4권 책임편집)이 아니었다면 발간 작업은 훨씬 더디게 진행되었거나 아예 착수조차 되지 못했을 것이다. 원문 대조 등의 고된 작업과 시력·체력을 맞바꾼 한경희 선생님(1권 책임편집)과 나보령 선생님(2권 책임편집), 장영은 선생님(4권 책임편집)께 감사드린다. 손유경(5권·6권 책임편집)은 이 기획 전반을 조율하였다.

텍스트 입력이라는 더없이 고단한 작업을 맡아준 서울대학교 국어국문학과 대학원의 서욱희, 변하연, 민선혜 세 분 선생님의 노고에 각별한 사의를 전하고 싶다. 최정희 작가의 사진을 제공해주신 김채원 작가님과 세심하고 다정하게 일을 진행해주신 푸른사상사 편집부에도 깊이 감사드린다.

2026년 2월
편집위원들을 대신하여 손유경 씀

제1부

1

목욕탕에서 돌아오던 길로 문오는 오경배가 일러 준 허윤의 집으로 찾아 떠나고자 옷을 갈아입고 툇마루에 나섰다. 기색을 알아챈 옥주여사가 어딜 가느냐고 마당에 내려와서 다구쳐 묻는 것이었다.

"잠깐 다녀 오려구……."

어설프게 내뱉는 문오 말투에서 옥주여사는 문오가 숙소 마련할 차부새라도 하러 나가는 줄 알았던지

"서울 계실 동안은 누추한 대로 저이 집에 계셔 주세요. 다른 데 가실 준빌 하러 나가시는 건 아닌가요?"

물었다.

어제 저녁에도 문오를 맞은 옥주여사는 반가워 어쩔 줄을 몰라하며 서울 계실 동안은 누추한 대로 저이 집에 계셔 달라고 곱씹었고, 그러면서 문오를 그가 중학 시절에 들어 있던 아랫방으로 안내해 주었던 것이다. 옥주여사는 소복을 하얗게 하고 있었다. 소복은 부친이나 모친의 어느 한 분의 것이 아닌가 타진해 보았더니 옥주여사의 말이 문오들이 졸업하고 떠난 이듬해 여름에 양친이 다 열병으로 사흘 건너의 간격을 두고 돌아갔다는 것이었다. 하얀 소복 앞자락에 시선을 떨구고 이야기를 계속하던 옥주여사는

"상복은 아이 아버지의 것이에요."

라고 말하고, 이쪽에서 묻지도 않는데

"저 혼자 달랑 남았으니 하는 수 없이 다니던 학교도 그만두고 서둘어주는 친척들의 권유대로 그 해 가을에 혼인을 치른 다음, 바루 이 집에 눌러 앉아 살았지요. 여학교 삼학년 때니까, 나이 열일곱살이 아니겠어요? 결혼한 후 팔년 동

안 별 풍파 없이 곧잘 살아 왔읍니다만 작년 봄, 바루 이만 때쯤에 아이 아버지마저 돌아가고 어린 놈 하날 데리고 여기서 전의 부모님들이 하시던 학생치기를 하는 거랍니다.”

옥주 여사는 말을 끊고 다소곳이 고개를 숙이고 있다가

“마침 이 방이 비어 있어서 다행이에요. 이 방에 있던 학생들이 졸업하고 가면서 친구 학생을 소개하고 갔지만 아직 오지 않았어요. 오더라도 문오선생님이 여기 계셔요. 그 학생들은 다른 방을 주지요. 이 방이 문오선생님 방이에요. 바루 이 방에 계셨지요? 때로는 이 방 학생들을 강선생님으로 착각하는 일이 있었어요.”

이와같은 말을 하고 나선 적막한 얼굴을 지었다.

본래부터 이 여자는 적막한 얼굴을 잘 짓곤 했다. 여학교에 들어가던 해부터 벌써 하숙생들을 입 위에 오르내리기 시작한 것도 이 적막한 얼굴을 짓는 데 있은 것 같다. 하숙생들은 제각기 옥주 얼굴에 떠도는 적막한 표정을 자기 때문에 짓는 것이라고 우쭐대었다. 다들 자기를 사랑하고 싶어서 그러는 것이라고 했다. 어제 저녁 문오가 이리로 곧장 찾아오게 된 얼마쯤의 동기도 옥주의 이 적막한 표정에 있지 않았는가 한다.

어제 저녁 문오가 경성역에 내려서 여관으로 갈 생각을 하고선 역에 나온 어느 여관 안내인에게 트랑크¹랑 들려가지고 그 안내인의 뒤를 따랐는데 좀 따르다가 보니까 걷고 있는 길이 바로 전의 하숙집과 통하는 익숙한 길이었던 것이다. 그러자 까맣게 잊었던 옛날 일들이 문오 뇌리에 되살아 올랐다.

한 방에서 사년 동안이나 같이 딩굴던 ‘느린보’가 기억에 떠오르고 웅변을 공부한다고 줄곧 주먹으로 책상을 쳐가며 있는 대로의 목청을 뽑던 문수군, 문수군이 옥주의 적막한 표정을 먼저 발견했다고 해서 문수군은 옥주를 제 전매특허품처럼 여기려 하던 일. 이러는 문수군을 가장 꺼려한 자가 ‘느린보’였다. 그

---

1 트렁크

렇게 느리던 그에게 어디에 그렇게도 날쌘 동작이 배어 있었던지 하루는 문수군을 꼼짝을 못하게스리 두들겨 팼다. 문오는 문수군의 이름을 잊지 않은 이유를 캐어내었다. 자기 이름과 비슷했던 까닭이라고 알았다.

"꼭 다녀 오지요."

문오가 '꼭'을 박아 말했다.

"그럼 다녀 오세요."

'꼭'을 박아 말해 준 문오 말에 옥주여사는 적이 안도의 빛을 보이며 문오더러 잘 다녀 오라고 인사를 한 뒤, 어린것의 손목을 이끌고 방에 들어갔다.

일기가 청명한 위에 바람이 또한 쾌적했다. 가슴을 넓히며 심호흡 비슷하게 문오는 숨을 들이켜 보았다. 일본땅에서 잡혀서 거기서 삼년 동안이나 감옥살이를 하고 나온 문오의 가슴 속으로, 전 몸뚱이 속으로 물기 밴 조국의 계절이 마구 젖어들었다.

문오는 휘파람을 휘휘 불며 발걸음도 경쾌히 떼어 놓았다. 북악산이 우뚝 마주 섰다. 봉우리 언저리엔 흰 구름 떼가 강물처럼 흘렀다.

좀 걷다가 문오는 총독부 꼭대기에 꽂혀 나풀대는 일본국기에 눈이 갔다. 쾌적한 바람인데 왜 저렇게도 나풀대는 것일까? 문오는 휘휘 불던 휘파람을 뚝 그쳤다. 휘파람을 불고 싶은 기분이 아니었다. 발걸음도 마구 떼어 놓았다. 보조가 맞지 않는 발걸음이었다.

종시 울적하고 불쾌한 걸음으로 오경배가 일러주던 허윤의 집 앞에 이르렀다. 자빠질 듯한 쪽대문이 열려 있었다.

"허윤형. 허윤형."

문오는 걷던 기세대로 마구 허윤을 불렀다. 대꾸가 없고 마루에서 비끔히 내다보는 어린것이 있었다. 눈이 시커먼 것으로 보아 허윤들의 아이라고 직감했다. 허윤이나 채희나 다 눈이 검으니까 —. 벌써 어린것까지 저렇게……. 문오는 중얼거리며 안을 들여다보았다. 비끔히 내다보던 어린것이 뒤뚱뒤뚱 방 쪽으로 들어갔다.

어린것이 다시 뒤뚱뒤뚱 나왔을 때 그 뒤로 병골이 꼭 박힌 허윤의 상반신이 샛문턱에 걸 놓이는 것이었다.

"아아 허윤형."

문오가 달려 들어가 샛문턱에 걸 놓인 허윤의 상반신을 부둥켜 안으려 했다.

"강군이구나. 반가우네."

허윤도 문턱을 잡고 남은 한 손으로 문오를 부둥키려 했다.

"아프시단 소식은 들었어두 원 이렇게 대단할 줄은……"

문오는 말이 바로 나오지 않았다. 형무소에서 허윤이 신병으로 누어 있다는 소식을 듣긴 했으나 이렇도록 되어 있을 줄은 모르고 있었던 것이다.

"곧 낫겠지. 아뭏든 만나서 반가우네. 그런데 언제 나왔나?"

"어제 저녁에 왔어요. 출옥하자 추방당했죠."

"고생 많이 했지? 난 앓느라구 그저 누어만 있었으니…… 동지들한테 미안할 뿐이야."

"원 별 말씀을, 어서 건강을 회복하실 생각이나 하세요."

문오가 병골이 박힌 허윤의 얼굴을 염려스럽게 들여다 보았다.

"채균형 만났어? 한테 있었으니 더러 만났겠지?"

"작업장에 나가다 몇번 만났어요. 좀처럼 만나지 못해요."

"편지 한장 못하구 참 미안하구만."

"그 쪽에서 편지가 없어요?"

"이 쪽을 염려해서 그런지 전혀 소식이 없어."

"그럴 겁니다. 병환이신 걸 알구 있으니까. 허윤형이 그때 나오시길 잘 했어요. 떠난지 닷새 만에 우리가 잡혔잖어요."

"글쎄 그랬다는 소식은 들었어. 다른 동지들은 어떻게 됐던가?"

"성철수, 우영춘군은 후까가와 조선인 학원에 가서 일한다구 갔는데 그 뒤의 일은 모르겠구, 하용빈군두 허형이 떠난 이틀 만엔가 나가더니 다시 돌아오지 않았어요. 그러다 보니 채균형과 나만 잡혀간 거죠."

"하용빈은 여기 왔어. 지금 용산 철공소에서 일하구 있지."

"네? 그래요? 형들이 떠난 후 갈팡질팡 하더니 여기 왔군요? 오경배군두 여기 있더군요. 오늘 아침 목욕탕에서 만났어요. 오군한테 허윤형 소식두 알구 집두 알았어요."

"같이 오자구 해 봤나?"

"그랬더니 바쁘다구 하더군요."

"바쁠테지."

"자주 와요?"

"안 와. 오경배는 벌써 우리 편의 사람이 아니야."

"그래요? 현재 뭘하구 있게?"

"그 부친이 놈들의 주군데 부친 회사에 지배인으로 있다나. 맹렬히 놈들 앞에서서 놈들의 이익을 도모하구 있는 모양이야."

"허형한텐 손을 안 뻗쳐요?"

"않구 있으니 어쩔 도리가 없지. 문오군 주솔 가르쳐 달라지 않던가?"

"놀러 오겠느라구 가르쳐 달라는 걸 여관에 있다구만 해 뒀어요."

"잘했어."

"발가 벗은 알 몸뚱이라서 그런지 전과 다름 없이 보이던데……."

문오는 오늘 아침 목욕탕 속에서 만난 오경배의 동글동글 매끄러운 몸뚱이를 상기해 보았다. 문오들과 같이 있을 때의 비쩍 말른 몸뚱이 만은 달랐지만 옛날과 다름없이 정다워하던 것만은 마찬가지였다.

광주학생운동 '데모'가 있던 날 끌려 가면서 '조선독립만세'를 목이 터져라고 부르던 그 때의 그 모습이 문오 눈에 서언히 떠올랐다.

"정말 오군이 달라졌을가요? 모를 일인데……."

"차차 지내 보면 알거 아니겠어? 그런데 강군은 지금 어디 유숙하는가?"

"여관에."

문오는 옛날 하숙집에 와 있노라는 말은 어쩐지 하고 싶지 않았다. 오경배한테도 그래서 말하지 않았다.

"하용빈군은 자주 오지요?"

"그럼. 내가 이렇게 되다 보니 청년동지회 일은 용빈군이 맡아 해 가구 있지. 동지 획득에서 레포에 이르기까지 용케 해 나가구 있어."

"맘 든든하군요. 만났음."

"만나게 될테지."

마루에서 어린것이 뒤퉁뒤퉁 왔다갔다 했다. 마루가 삐이걱 삐이걱 소리를 내었다.

"엄마 어디 갔지? 아가."

문오는 채희도 만나고 싶었다. 똑바로 말한다면 벌써부터 궁금하던 터이었다.

"엄마 어어기 뭐 뭐이."

어린것이 비틀 걸음을 걸으며 바른 팔을 먼 데로 쳐들었다. 문오가 영문을 몰라 벙벙히 앉아 있으려니까 허윤이 코허리를 말아올리며

"물 길러 갔단 소리야."

해서 설명을 붙였다.

— 그 버릇을 그냥 가지구 있군……. 거북하거나 어색스러운 때면 허윤은 곧잘 코허리를 말아올리는 버릇이 있었다. 허윤은 채희가 물 긷는 걸 문오에게 알리는 일이 면구스럽다는 것일가.

"아가 이름이 뭐지?"

문오는 아이에게로 말머리를 돌렸다.

"금아라구 해."

"그마아."

아빠가 하라는 대로 어린것이 분명치 못한 발음으로 이름을 대었다.

"금아? 사내같은데……."

"사내같이 생겼어두 하는 짓은 여우야. 허흐흐."

아이가 귀여워 웃는 웃음 소리에서 허윤의 허약함을 알았다. 건넛방 쪽에서도 쿨룩쿨룩 기침 소리가 건너왔다.

"누가 또 앓구 있는가요?"

"쥔 어머니야."

"그럼. 이것두 셋방이군요?"

"그렇지. 용빈군이 얻어 준거야. 용빈군하구 한 공장에 나가는 친구의 집이야."

방 샛문도 쪽대문과 마찬가지로 자빠질 듯한 자세였다. 그래서 문오의 앉음새까지 편안치 못한 감을 주었다.

열 뼘도 되나마나한 쪽대문과 처마 사이의 공간에 꽃이 한창인 살구나무가 서 있었다. 이 살구나무가 자빠질 듯 뵈는 이 가옥의 불안한 앉음새를 덮어준다고나 할가.

"엄마. 엄마."

마루에서 뒤퉁거리던 어린것이 펄쩍 뛰며 아우성이었다. 문오도 '엄마'라는 아이 소리에 눈을 커다랗게 떠 쪽대문 께를 내다보았다. 과연 물지게를 걸머진 채희가 들어오는 것이었다. 어깨가 착 내려앉고 허리가 폭 꼬부라진 채희었다.

문오는 반갑다는 감정이 일어날 새도 없이 벌떡 일어나 마당으로 내려갔다. 인사말이 있을 수 없었다.

― 원 이렇게 무거운 걸 지다니……. 이런 생각밖에 없었다. 앓는 사람 다루 듯 해서 물지게를 내려 주고 문오는 채희를 살폈다.

"고마워요. 강선생님. 그런데 언제 오신 거에요? 동경서 오시는 길이에요? 오신지 오래 되셨나요?"

저를 살피고 있는 문오를 채희는 크고 검은 눈으로 올려다 보며 한 숨에 물었다. 어깨가 착 내려앉지도 않았으며 허리가 폭 꼬부라진 것도 아니었다. 전에나 마찬가지로 날씬한 채희었다.

"동경선 어제 저녁에 나왔어. 이렇게 늘 고생을 시켜서 안됐군."

문오는 진정 채희가 측은히 여겨졌다. 그래서 동경에서 하던 말투대로 해버렸다. 그 때와 조금도 다르지 않은 감정으로 채희를 대하고 있었다.

"강선생님 우리 오빠랑 한 감옥에 계셨다구요? 우리 오빠 건강하기나 한가요?"

채희의 길고 검은 속눈섭에 어느새 하얀 방울이 맺혔다.

"염려할 거 없어. 아주 건강하게 잘 있어. 오히려 채희 걱정을 하던 걸."

문오가 채희 마음을 상하지 않게 하려고 이런 말을 꾸며 대었다. 그러자 채희는 길고 검은 속눈섭에 맺힌 하얀 방울을 떨어 버리려는 듯 몇번 눈을 끔벅거리더니

"다행이군요."

하면서 문오를 올려다 보았다. 올려다 보는 채희 얼굴은 거기 서 있는 살구나무의 살구꽃처럼 화안히 피어올랐다.

문오는 마당으로 내려가던 때보다 더 빠르게 마루로 뛰어 올라왔다. 거기 서 있는 살구나무의 살구꽃같이 화안히 피어오른 채희를 보자 저절로 그렇게 돼버렸다.

"해해해. 아저씨 해해해."

문오의 거동이 어린것 눈에도 우스워 보였든지 어린것이 문오를 손가락질 해가며 웃는 것이 아닌가. 문오는 쑥스럽지 않을 수 없었다. 쑥스러운 걸 감추기 위해서

"금아가 주정뱅이 걸음걸이루 흉내낸 걸 인제 알겠는 걸. 물지게가 어지간히 무거워야지."

문오는 허윤에게 들리도록 큰 소리로 말 해버렸다. 허윤은 들었는지 말았는지 얼굴에 아무런 변화도 없이 눈을 감고 누어 있었다. 문오가 마당으로 내려간 뒤에 누어버린 모양이었다.

"허형 피곤하신가 보군요?"

문오가 마루에 선 채로 허윤을 들이밀어 기색을 살폈다. 허윤이 그냥 눈을 감

은 채

"아니. 현깃증이 좀 나서……"

라고 대답하곤 문오더러 방에 들어오라고 말했다. 또 채희더러는 '여보'라고 불러다가 점심을 지으라고 말을 일러 주었다.

눈을 감고 누어서도 아무렇지도 않은 듯한 기색을 보이려는 허윤의 노력을 문오는 놓지지 않았다. 언짢은 일에거나 좋은 일에거나 활짝 나타내지 않으려는 그의 성품이다. 그것이 그의 장점이자 단점일 것이로되 그를 지도자의 위치를 차지하게 한 것은 이 활짝 나타내지 않으려는 성품이 득(得)이 되었다고 할밖에 없겠다.

"문오동지. 거기 앉게."

눈을 감고서도 문오가 서 있는 걸 허윤은 알고 있었다. 문오가 가까이 가서 앉았다.

"강군은 옛날이나 마찬가지군."

한참 만에 허윤이 문오더러 한 말이었다.

"어떤 점에서요?"

"채희하구 하는 말투랑 보면."

"그래요?"

문오는 어정쩡히 반문만 했다.

"강군두 어서 결혼이나 하게."

문오가 되 묻는 말에 허윤은 생퉁같이 딴 말을 꺼내는 것이었다.

"전 일을 해야겠어요."

힘을 주어 말했다.

"결혼하구선 일을 못 하나?"

"할 수두 있겠지만 일하겠다는 생각이 앞서요. 지금두 오다가 총독부 꼭대기에 꽂힌 놈들의 국길 보니 울분이 막 치밀어요."

"안 보다가 봐서 그래."

“그런가봐요. 전에 학교 다닐 때두 늘 봤을 텐데…… 참 눈꼴이 시려요.”

“눈꼴 사나운 일이 그것뿐이겠나? 점점 돼가는 꼴들이 웃으워. 오경배같은 축들이 날마다 늘어간단 말이야. 하루에두 수두룩히……”

“그러니까 일을 해야잖겠어요?”

“일두 하구 결혼두 하구.”

“전 상대방에게 고통을 주는 일이 두려워요.”

채희를 생각하고 허윤에게 반발하면서 한 말이었다.

“상대방을 편하게 해주구 싶지만 그렇게 안 되는 걸 할 수 있나? 그렇다구 독신으루 있을 수두 없구……”

문오의 의중(意中)을 알아차린 말투였다.

“되는대루 하죠. 억지로 서둘 필요는 없을 것 같아요.”

“아내를 맞는다, 아이를 가진다, 하는 거, 번거롭긴 하지만 그러면서 안정감을 얻게 되는 데가 가정이야.”

“글쎄. 어떨는지.”

문오는 허윤을 물끄러미 내려다 보았다. 허윤의 이마에 땀이 송 송 내돋았다.

“위선 내 말대루 해 보라구…… 결혼부터 하란 말이야.”

“집에 내려 가면 어머니가 서두실 겁니다.”

“자당이야 안 그러실라구…… 지금 춘추가 어떻게 되셨지?”

“예순 아홉이신가봐요.”

동경 건너 가기 전에도 신경통으로 늙어만 가던 어머니가 떠올랐다. 동경 건너 간 뒤에도 줄곧 돈을 부쳐 주느라고 애써 온 늙은 어머니가 새삼 측은하게 가슴에 부딪혀 왔다.

“곧 내려가야 겠어요. 다만 얼마 동안이라두 어머닐 위로 해디려야 겠어요. 그러구 올라와서 용빈군과 힘을 합쳐 허형 몫까지 해 볼랍니다.”

어머니를 생각하는 사이에 허윤에게 가던 반발도 사라지고 어느 새 동지애가 소생했다. 어머니가 부쳐준 돈을 쓰던 때의 일이 뇌리를 스친 탓인지도 모르겠다.

"고마워. 동지들은 굳세게 나가는데 나만 이 꼴이니……."

"원 별말씀을. 지금은 몸조리 할 생각만 하십시오."

문오는 허윤 이마에 내 돋은 땀을 수건을 꺼내 씻어 주었다. 허윤이 감았던 눈을 스르르 떠 문오를 보았다. 그 빛나던 눈에 정기라곤 한 끝도 보이지 않고 퀭하니 검기만 했다.

"난 앓는 치레만 하구 있으니까 놈들두 그냥 내버려 두는 거 아니야. 치이."

허윤의 웃입술이 약간 떨렸다.

"드나들어요?"

"그것들 오긴 하지만 앓구 있으니까. 용빈군을 잔뜩 노리구 있지. 그렇지만 단설 잡지 못하구 있으니 어쩔거야."

"동경 있을 때 일은 모르구 있군요?"

"암만 여우같은 놈들이지만 모르는 건 모르더군."

"그래두 조심 해야지요."

"암 청년동지회두 지하에서 움직일 뿐이야."

"그것두 용하지요."

"용빈군의 투쟁욕이 만만찮아."

허윤은 하용빈을 추켜세웠다.

'청년동지회'는 일본 동경에 본부를 두었고, 본부의 간부들은 좌익 계열의 인사들로 구성되어 있는 조직체였다. 허윤은 '조선지부'의 총책이었다.

— 인류 평등은 약소민족의 해방으로부터 이루워진다 — 는 '강령'을 내 걸고 보니 약소민족인 허윤들의 구미가 동하지 않을 수 없는 일이었다. 허윤이며 문오들은 결사적으로 여기서 일을 했다.

그러다가 허윤이 조선으로 나오고 문오와 마채균이는 잡혔던 것이다. 채균과 문오는 본부의 간부들이 검거되는 바람에 함께 검거되었다.

"아빠 맘마. 아저씨 맘마."

금아가 부엌 소식을 알리는 소리였다. 채희가 어린것 뒤미쳐 상을 들고 마루에 올라섰다. 마루가 삐이걱 소리를 내었다. 문오는 아까 물지게를 받으려던 때와 마찬가지로 마루로 달려 나가 받아 들고 들어왔다. 상이 놓이자 금아가 숟가락을 집어 쥐고 다가들었다.

“금아두 먹을 텐가?”

허윤이 부스스 일어나 앉으며 어린것을 가까이 끌어다 앉혔다.

“아빠두 먹구. 아저씨두 먹구. 엄마두 먹구.”

“계집애 말투가 뭐 저래.”

채희가 엄마답지 않은 어조로 어린것에게 핀잔을 주었다.

“그래야 해. 그게 투사형의 자세거든. 엄말 닮아선 못 쓰지. 못 써.”

허윤이 문오 앞에서 채희의 약점을 말해 보자는 심산인 것이다. 그러는 사이에 금아가 문오 앞에 떠 논 밥공기를 들어다 퍼 먹기 시작한다.

“여류투사씨. 손님 아저씨 껄 이럭 함 어떡하지? 여류 투사는 예의가 결여되는 일을 해두 괜찮은가?”

아이더러 하는 말이나 허윤을 빈정대는 소리라고 문오는 알았다.

“문오군 돌이나 씹지 말게.”

허윤이 밥공기를 받아 든 문오를 건너다 보며 채희의 말을 가로 막으려 했다.

“아직두?”

냐고 문오는 불쑥 해버렸다. 밥에 돌을 ‘아직도’ 두느냐는 말이었다.

“그럼 아직두지. 죽는 날까질 거야.”

“손을 때려 줌 되잖어요?”

허윤의 말이 끝나기도 전에 채희가 바른 손을 쫙 펴 들었다. 그제야 문오도 알만했다.

“오오라. 참 그랬지. 손을 때려줬지? 하하하.”

동경 있을 때의 일이다. 채희가 짓는 밥에 늘 돌이 있기가 일쑤여서 누가 만들어 냈던지 돌을 씹는 경우엔 언제고 간에 채희 손을 한번씩 때려주기로 되었다. 그러나 법규(?)대로 시행하는 사람이 몇 안 되었다.

"정식으로 손을 때려준 사람은 누구 누구더라?"

문오는 그것까지는 기억되지 않았던 것이다.

"오빠 하구 저이 하구만 규칙대루 하구, 다른 이들은 제 멋대루였지 뭐예요? 성철수씨 하구 우영춘씬 손에 입을 막 맞추구, 오경배씬 가슴에 손을 끌어다 안구 눈을 치 뜨군 몸을 흔들잖아요? 용빈씬 얼굴을 끌어다 뺨에 대구 문질렀죠. 수염 때문에 따가워 견딜 수 있어야죠. 벌써 그때부터 용빈씬 수염은 따거웠다니까요. 강선생님은 손을 조물락조물락 주물러 주셨어요."

채희는 지금 그 사람들이 자기에게 하고나 있는 것처럼 굴었다. 눈을 감았다 뜨기도 하고 뺨을 만지기도 하고 제 손을 제가 조물락조물락 주물르기도 했다.

"인제 그만 하구 밥이나 먹어. 그저 그 방면의 얘기람 신바람이 나서……."

허윤이 채희를 죽질러 놓는다.

"재미 있거든요. 어떤 땐 용빈씨가 일부러 돌을 두구선 날더러 둔 것처럼 했다오. 용빈씬 밥도 지었지만 물을 긷는 일, 구정물 버리는 일을 온통 다 했지 뭐예요? 길어 올리는 물보다 구정물이 더 많다고 짜증을 내면서도 그 좁은 층곌 신작로 다니듯 오르내렸죠. 그런데 지금은 아주 점잖만 뺄대요."

새새거리던 채희가 금방 또 시무룩해졌다.

"제발 인젠 그만 하래두 그래. 문오군두 밥을 먹구싶지, 얘기 듣구싶진 않을 거야."

"아뇨. 전 좋아요."

밥을 다 먹어 가도록 누구 하나 돌을 씹지 않았다.

"어째 돌이 하나두 없군."

문오가 누구에라 없이 어설프게 한마디 던졌다. 그것은 돌이 있었으면 하고 바랐다는 소리나 마찬가지 였다.

"다행일세."

허윤이 이마에 내돋은 땀을 씻으며 대꾸했다. 채희는 두 사람을 번갈아 보아가며 생글생글 웃었다.

"그럴 줄 알았덤 돌을 좀 두는 걸 그랬네요. 강선생님이 돌을 씹으실가봐 쌀 한알 한알 골르다싶이 한 걸요. 분해라."

"얻어 맞았으면 좋았겠어?"

문오는 또 지나치게 나왔다고 흠칫 했다.

"그래요. 아프게 맞아봤음 좋겠어요."

그들은 밥을 다 먹기까지도 이런 이야기를 그칠 줄을 몰랐다.

"금아 인제 그만 먹구 상을 치우자구."

허윤이 그들의 화제를 중단하자는 생각에서였던지 어린것을 들추겼다.

문오는 화제를 돌려야 하겠다고 생각했으며 채희에게 말을 함부로 해버리지 말자고 맘을 다진 다음 좀 있다가

"허형. 용빈군이 오늘 올까요?"

해보았다.

허윤은 눈을 돌리지도 않고 냉기가 도는 어조로 오늘 안올거라고 대강 대꾸해주었다.

"그럼. 점심두 얻어 먹구 했으니 가 봐야겠어요."

문오가 불쑥 일어섰으나

"가겠는가?"

할 뿐, 허윤은 막 잡으려 하지 않았다. 채희가 왜 벌써 가느냐, 밥을 짓느라고 자기는 이야기도 못했는데 하며 투정부리듯 나왔으나 문오는 다시 오겠노라고 하며 나와버렸다.

채희가 대문 밖에까지 따라 나왔다.

"더 놀다 가실래도 윤의 신경질 때문에 그러시죠?"

채희는 커다랗게 뜬 눈에 서글픈 빛까지 띠웠다. 금아도 어느새 뒤퉁뒤퉁 따라 나왔다.

"아저씨 안녕. 안녕."

고개를 까딱까딱 하는 것이었다.

"오오. 잘 있어, 엄마두 금아두 다 잘 있어. 아빠두 잘 있어라구 해요오. 앓지 말라구 해요오."

2

허윤들의 '가정방문기'가 경향적 색채를 띤 어느 일간지에 실린 것은 문오가 그들 집에 다녀온 일주일 뒤의 일이었다. 이 기사에서 문오는 채희가 백화점 레코드 판매부에 취직되었다는 사실을 알았다.

허윤과 채희, 그리고 '투사형'의 어린것하고 셋이 찍은 사진이 기사와 함께 게재되어 있었다. 어른들은 미소를 지었으며 어린것은 사뭇 입을 열어 논 사진이었다.

문오는 공연히 속이 언짢아 졌다. 그들이 행복한체 해 보인 것이 비위에 거슬렸던지 모르겠다.

— 제법 행복해 보이는 걸······.

사진을 더 좀 들여다보다가 기사 내용에 눈을 돌렸다.

병(病)든 젊은 투사(鬪士) 허윤씨(許允氏)의 병실(病室)! 그것은 원동(苑洞) 막바지에 자리 잡고 있는 적고 초라한 고가(古家)의 안방(房)이었다. 북풍한설(北風寒雪)을 거슬러 가는 젊은 아내 마채희여사(馬采姬女史)는 장안백화점(長安百貨店) 여점원(女店員)으로 (레코드판매부(販賣部)) 생활전선(生活戰線)에서 싸우고 있으며 가정(家庭)에 돌아와서는 병든 남편(男便)의 간호(看護)와 딸 금아양(金娥孃)의 육성(育成)에 일분일초(一分一秒)의 여유(餘裕)도 없이 분망(奔忙)히 지내는 형편(形便)이다. 어머니를 떨어진 금아양이 샛문을 열고 들락날락거리면 아버지 허윤씨는 딸을 염려(念慮)하여 '금아야, 떨어질라. 떨어질라.' 걱정하며 기자질문(記者質問)에 친절(親切)히 응대(應對)하여 준다.

이상과 같은 서설(序說)이 이어간 뒤에 기자와의 문답이 시작된다. 다른 것은 트집 잡지 않는다 치더라도 결혼동기에 대한 허윤의 답변에 허위성을 지적하지 않을 수 없다. 허윤은 채희와의 결혼을 '동지적 결합'이라 했지만 채희는 허윤의 동지가 못되는 여자다. '동지'니 '사상'이니 '주의'니 하는 것 하고는 거리가 먼 여자다. 채희의 오빠 마채균의 말을 빌면 누구를 닮아서 그렇게 빈 털털인지 모를 일이라고 한다. 그들의 양친은 그렇지 않았고, 삼일(三·一)운동 때 투옥된 일이 있었다는 것이며 부친은 출옥하자 고문의 여덕으로 돌아가고 모친 역시 출옥한 뒤에 시름시름 앓다가 부친보다 일년 늦게 세상을 떠났다고 한다. 채희를 낳은 두달 뒤의 일이었다는 것이다.

허윤과 채희와의 결합은 오빠 채균의 노력으로서 이루어진 일로 문오는 안다. 육친이라곤 단 하나밖에 없는 누이동생을 채균은 지도적 위치에 놓여 있는 동지에게 맡기고 싶기도 했으려니와 혹시 채희가 허윤과의 결합으로서 채희의 성격이 혁명적인 방향으로 나가기를 바라서 한 일로 문오는 짐작하고 있었던 것이다.

갑자기 이루워진 이 결합에, 채희는 한마디의 불평도 없이 오히려 새새거리며 좋아했다. 결혼해서 사흘 만에 조선으로 나갈 때도 서글픈 표정 하나 짓지 않고 허윤을 따라 나섰던 것이다. 서글픈 것은 남은 동지들이었다. 모두 육친과 같이 여기던 채희를 허윤에게 딸려 보내곤 심난해들 했다. 허윤들이 귀국하자 동지들이 뿔뿔이 헤어져 간 것도 더 많이는 이러한 데 기인한 것 같다.

문오는 신문을 손에 쥔 채 아무렇게나 벌렁 누어버렸다. 여점원이 된 채희를 가 보고 싶다고 생각했다. 그렇잖아도 그동안 한번 더 가 볼 생각이 없는 것도 아니었지만 그러나 먼젓번 그들 집에 갔을 때 어쩐지 거북스럽던 감정 때문에 문오는 몇번 주저를 했다. 채희가 측은하다고, 그리고 또 아름답다고 생각되면서도, 채희가 자기에게 보내는 친절을 즐겁다고 여기면서도, 이것 역시 마음자리를 편안치 못하게 할 뿐임을 알았다.

신문을 집어 던진 순간에도 문오는 역시 그와 비슷한 착잡한 감정에 사로잡히는 자신을 발견하는 것이다. 허윤의 '동지적 결합'이라는 허위성이 섞인 발언에 불쾌를 느끼긴 하면서도 집에 누어 앓을 그에게 뜨거운 동지애를 갖는 한편, 누어 있는 아빠와 남아 있을 어린것에게 가는 동정도 자못 크게 움직이는 것을 알게되는 것이다.

문오는 누었던 자리에서 일어나고야 말았다. 거울을 들여다보았다. 머리가 요전보다는 길었으나 반지빠라서[2] 짧은 것만 못하다. 일어선 데를 침을 발라 눌러 놓는다. 옷을 갈아입고 나섰다. 옥주여사가 어느새 알아 채고 또 마루에 나와 어딜 가느냐고 물었다. ─ 에익 귀찮아.

"좀 다녀와요."

"점심 전으로 오시겠어요?"

옥주여사는 전혀 문오의 의중(意中)을 모르고 있다.

"봐야 알아요."

"그럼 다녀 오세요."

옥주여사의 아이까지 나와 "안녕 안녕"을 붙였다. 문오는 대꾸도 없이 대문 밖으로 나왔다.

골목길을 빠져 큰 길에 나선 문오의 시야로 먼저 들어 온 것이 가로수의 푸른 가지들이다.

어느새 짙은 그늘을 늘어뜨리고 있었다. 문오는 그늘진 길을 재게 걸었다.

장안백화점에 이르러 안내인에게 레코드 판매부를 물었다. 일러주는 이(二)층으로 올라갔다. 레코드 판매부에 가는 어구에 완구부가 있었다. 울긋불긋한 것들을 주렁주렁 매달아도 놓고 진렬도 해 놓았다.

문오는 그 앞에 주춤 발을 멈추고 우선 레코드 판매부 쪽을 넘겨다 보았다. 과연 채희가 하늘색 까운을 입고서 서 있는 것이 아니겠는가. 같은 까운을 입은 동료와 이야기에 열중하고 있었다.

문오는 완구부 쪽으로 돌아섰다. 무엇이나 하나 사자고 마음먹었다.

---

2 반지빠르다 : 어중간하여 알맞지 아니하다.

얼른 눈에 뜨인 것이 맨 앞 줄에 매달린 나팔이었다.

“이 걸 주시오.”

여점원이 나팔을 내려다 불어 보았다. 소리를 크게 내려고 입을 뾰죽히 내 밀며 힘을 주었다.

소리가 ‘뚜우’ 크게 났다.

“소리가 좋아요. 애기가 좋아하겠는데요.”

‘애기가?’

문오는 넌지시 웃었다.

“한번 불어보세요. 소리가 얼마나 존가⋯⋯.”

여점원이 제 입에 대었던 나팔 주둥이를 종이로 씻어 문오에게 내 민다. 문오가 장난 삼아 불었다. ‘뚜우’ 소리가 높았다. 그리곤 채희 쪽을 돌려다 보았다. 채희가 나팔 소리도 못들은 양, 동료와 아직 이야기에 열중하고 있었다.

“싸 주시오, 얼마죠?”

“이십 오전이에요.”

값을 치르고 나팔을 흔들흔들 내 저으며 레코드 판매부 앞으로 다가 갔다.

“어서 오세요.”

이야기에 열중하느라고 채희는 문오를 손님으로 오인한 모양이었다.

“잘 있었어?”

아무 구애도 없이 채희더러 말을 함부로 할 수 있는 일이 문오는 우선 마음이 가벼웠다.

“어쩜. 강선생님이네.”

채희가 문오를 알아 보고 눈을 딱 감았다 뜬다.

“눈은 왜 그래?”

“좋아서 그러죠.”

“좋음 눈을 감았다 떠야 하나?”

“감았다 떠야하는게 아니라 저절로 그래져요.”

“괴상한 버릇인데. 그런데 여긴 어쩔라구 나왔을까?”

“안 나옴 어떡해요? 남의 손만 바라볼 순 없잖아요?”

“집의 일은 누가 하구?”

“제가 해 놓고 나오죠.”

“나온 뒤에 병자 시중하구 어린앤 누가 보구?”

“병자 시중이 별로 있어요? 채려 논 밥을 먹으면 되고 어린앤 저 혼자 들락날락 잘 노는걸요.”

채희가 흘기는 듯한 눈으로 문오를 쳐다 보았다.

“그래서 될까? 원.”

“안 되도 할 수 없죠.”

채희는 뾰루퉁 해졌다. 그러다가 다시 얼굴을 펴고 입을 열었다.

“강선생님 다녀가신 댐에 저 어떻게 들볶였는지 아세요?”

꽃이파리 같은 입술이라고 생각하면서 문오는

“왜?”

냐고 물었다.

“글쎄 그렇게 들볶더군요? 강선생님 앞에서 기껏 해룽거렸다고.”

문오는 흐후훗 소리를 내어 웃었다. 해룽거렸다는 말이 웃으웠다. ‘해룽’이라는 이 말이 문법상으로는 동사가 되는지 형용사가 되는지 얼른 알아채지 못했으나 아뭏든 채희를 충분히 표현한 용어임에는 틀림없다고 생각했다. 그러고 보면 채희에겐 벌써부터 해룽거리는 버릇이 있었던 것을 알겠다. 해룽거릴 때면 채희는 비성(鼻聲)을 발하던 일도 생각났다. 하용빈이 이 비성을 ‘비투사적 음향’이라고 평했던 일도 기억에 떠올랐다. 이 ‘비투사적 음향’을 언제부터 채희가 발성하게 되었던지 그것은 잘 모르겠다. 바로 광주학생사건이 일어나던 직후였는데 채희는 그때 중학 2년생이었다. 학생운동의 서울 총책을 맡아 본 마채균이 피신하지 않으면 안 되게 되자 채균은 단 하나인 육친을 데리고 동경 도주를 꾀했던 것이다.

그 뒤 얼마 안 되어 채희가 첫 월경을 했다는 것을 동지들이 알게되었다. 어린애 기저귀 같은 것을 그들이 거처하는 방 한 가운데 줄을 치고 널었기 때문이었다. 얼룩얼룩한 자죽이 나 있었다.

아뭏든 이러하던 무렵의 채희는 '해롱' 거리지도 않았고 '비투사적 음향'을 발하거나 하는 일이 없었던 것 같다. 이 버릇들은 동지들한테서 지나친 사랑을 받음으로 해서 생긴 것인지 몰랐다.

채희가 이렇듯 귀여운(?) 버릇을 가짐으로 해서 동지들이 채희를 지나치게 사랑한 것인지도 모르고 ─ .

레코드가 군가를 뽑으며 돌아갔다. 레코드는 채희의 동료가 부지런히 돌리고 있었다.

"윤이 날마다 별나게 돼가구 있어요. 전엔 안그러더니 점점 더 해요. 하용빈 씨가 다녀 간 뒤엔 꼭 생트집이라니까. 그일 뜯어 먹으면서도……. 용빈씬 월급의 반을 우리집에 가져 오거든요?"

레코드 소리를 누르기라도 하려는 듯 채희는 기를 써 소리를 높였다.

"할 수 없지. 아픈 사람이 어떡할 거야."

"앓지 않을 때도 그랬지 뭐예요? 동경선 안그랬던가요? 동지들 덕으로 살면서도 공연히 거만을 떨었지 뭐예요? 강선생님이 제일 많이 희생 당하잖았어요?"

"희생은 무슨 희생?"

문오는 채희를 귀엽게 흘겨주었다.

"왜요. 강선생님 어머니한테서 보내 오는 돈을 몽탕 윤에게 바쳤지 뭐예요?"

채희의 말 그대로 모친이 송금해 주는 학비를 문오는 허윤을 비롯한 동지들에게 몽탕 바쳤던 것이다. 의복까지도 그랬다. 문오의 양복은 허윤의 외출복이 되는 것이었다.

레코드가 유행가를 소리쳤다. 하늘색 까운의 채희의 동료가 문오를 흘깃 보았다.

“허형이 혼자 쓴 건 아니니까.”

“강선생님은 늘 마음이 좋셔. 그러니까 밤낮 이용만 당하셨지 뭐예요?”

“내가 무슨 이용을?”

문오는 또 한번 채희를 흘겨주었다. 채희는 문오의 흘기는 눈길을 맞바루 받으며 몸을 흔들어 댔다.

“요샌 조금만 늦게 들어가두 막 야단인 걸요.”

“그럴 거 아냐? 앓는 사람이 하루 종일 어린것 하구 시달리니…….”

“지옥이라니깐요. 집이 아니고.”

“기운 내서 채희 힘으로 지옥을 물리쳐야지.”

“그럴 기운이 어딨어요?”

“어디긴 어디야? 여기 있지.”

문오가 손가락으로 채희 얼굴, 검고 큰 눈 그 언저리를 가리키며 일러주었다.

“사랑하는 사람이람 전 얼마든지 견데요.”

채희는 문오의 손가락을 피할 념도 아니하고 이런 말을 쉽사리 하며 문오의 눈 속을 똑바로 들여다보았다.

“저 소리. 그런 소릴 함 못써.”

문오는 더 크게 흘겨주었다.

“못 써도 할 수 없죠 뭐.”

채희가 눈을 딱 감았다 뜨면서 몸을 또 흔들어 댄다.

“눈을 감았다 뜨는 거 존 때만 하는 거라더니 지금은 어째서 그러나?”

싱겁다고 생각하면서도 문오는 물었다.

“기뻐서 그러죠.”

“역시 허윤씨 얘긴 즐거운 모양이지?”

다시 또 싱겁다고 문오는 느꼈다.

“아녜요. 강선생님하고 얘기하니까 최상으로 기쁜 걸요.”

“저런.”

문오는 어처구니 없다는 듯 씩 웃었으나 문오 역시 채희의 이 말이 '최상으로'
즐거웠다.

레코드가 '기미고이시'[3]를 느리게 뽑았다.

"눈을 감았다 뜨는 버릇, 전엔 없던 것 같더니?"

문오는 아무래도 채희의 그 짓이 귀여웠던 것이다.

"그렇죠."

"언제 시작한 거야?"

"그거요. 그거 강선생님이 성내지 않겠담 알려드려요."

"성을 안내."

"맹세하시겠어요?"

"하지."

"자아. 제 손을 꼭 잡아 줘요. 맹세한다는 표시로……."

채희가 말보다 먼저 바른 손을 문오 앞에 내밀었다. 계면쩍고 쑥스럽지만 하
라는 대로 했다.

"꼭요. 더 꼭. 그럼 알려 드릴께요. 네? 그거 말이에요. 용빈씨가 처음 집에 오
던 날 한 짓이에요. 전혀 오리라고 생각지 않았는데 왔으니 얼마나 기뻐요? 글
쎄. 우리가 동경서 나온 뒤에 곧 따라 떠났다는데 석달 만에사 우리집을 찾았다
잖어요?"

채희가 몸짓 손짓을 써 가며 열중했다. 크고 검은 눈에 빛이 더해 갔다.

"기분 나쁜데."

"강선생님도……. 맹세하시구선 — . 인제 강선생님 오실 때만 그럴께. 자꾸
만 오세요. 용빈씬 미운걸요."

채희가 입을 비쭉 내밀었다.

"왜 또 밉긴?"

---

3   1929년 일본에서 크게 유행했던 노래 〈君恋し〉.

    최정희 소설 전집 **5**

"전같잖거든요. 아주 점잖게 구는 걸요. 그러시오, 저러시오, 하면서 아아주 어른인 척 한대요. 그리고 윤에게만 극진하지 나한텐 아주 냉담해요."

"그게 옳은 일이야."

문오는 이런 말을 들으면서 허윤 집에 갔을 때 허윤이 채희한테 함부로 말하는 자기를 꺼려하던 일을 생각해 냈다.

"동경서처럼 하면 어때요? 강선생님은 그대로 하시니까 정이 더 가요. 강선생님. 늘 전과 마찬가지로 대해 줘요."

"남의 아내한테 그래서 쓰나?"

"전 아내두 어머니두 다 아녜요."

"그럼 뭐야?"

"그냥 옛날대로 채희예요."

"암만 그럼 소용 있어? 엄연한 사실이 가로놓여 있는데."

"그래도 전 도리도리로 다 털어 던질걸요."

"어떻게?"

"이렇게요."

채희가 어린애들 도리질 하듯 머리를 달달 흔들어 대는 것이었다.

"나 인제 가야겠어. 공연히 왔군."

문오는 실로 공연히 왔다는 생각이 들었다.

"강선생님도."

채희의 검은 눈에 눈물이라도 돌 것같이 채희는 서글픈 표정을 지었다.

"이거 금아 갖다 줘요."

문오가 손에 쥐었던 나팔을 채희 손에 쥐어 주었다.

"이게 뭔데요?"

채희가 서글픈 표정을 약간 거두면서 물었다.

"장난감 나팔이야."

"금아 주려고 사셨군요?"

문오는 심심해 할 테니 나팔이나 갖다 주라고 말했다.

"애가 심심하더라도 그냥 있었음 좋겠는데 윤의 누이동생이 시굴서 올라온다잖어요. 남편이 죽고 생계가 어려워서 아일 둘이나 데리고 푸진 오래빌 찾아온대나요."

꽃이파리 같은 채희의 입술이 이그러지는 것이었다.

"좋지. 누이동생뿐 아니구 아이들까지 온담 금아가 좀 좋을까."

"그렇지만 쥐뿔도 없는게 식구만 늘고 뭘 먹고 살아가요?"

"그럭저럭 살게 될테지."

"사상이니 주의니 하고 떠드는 사람들은 성산[4]이 없단 말이에요. 윤은 그중에서도 심한 편이거든요. 평생 남의 덕 볼 생각만 해가지곤……."

이그러진 입술에 짜증이 오둑오둑 달린다.

"강선생님은 지금 어디 계셔요?"

오둑오둑 달렸던 짜증이 금새 온데간데 없고 꽃이파리 같은 입술이 헤시시 풀려 온다.

"나? 여관에 있어."

옥주 집에 있다는 걸 말하지 않았다. 누구에게도 말하고 싶지않은 마음이었다. 문오는 누구에게도 알리고 싶지 않은 이 심리를 분석해 보기도 했으나 신통한 해답이 생기지 않았다. 싱겁게 옥주 집을 찾아 든 일이 쑥스럽다는 생각만 들 뿐이었다.

"저 놀러 가도 괜찮어요? 강선생님."

"놀러 올 새가 있겠어? 내가 놀러 오지. 내가 집에 가서 금아랑 같이 놀기두 하구, 허형 시중두 들어야 하겠는데."

"저랑 만나야지 집에 가시는 거 무슨 소용이에요?"

"여긴 심심찮은데 와선 뭘 해? 심심하구 아픈 사람 시중을 들어야지."

4　일이 이루어질 가능성.

문오는 진정 그렇게 생각했고, 늘 그렇게 생각하려고 했다.

3

문오는 그날 밤 잠을 이루지 못했다. 모로 누어보다가 반듯이 누어보다가 가진 신고를 했어도 소용이 없었다. 서창으로 달빛이 파도치듯 쳐 들이밀었다. 파도치듯 쳐 들이미는 달빛 속에 눈을 딱 감았다 뜨는 채희의 얼굴이 수십개도 더 되어 다가드는 것이다. 그 수십개도 더 되는 채희가 온통 비성(鼻聲)을 발하는 것이다.

문오는 벌떡 일어났다. 달빛 때문이라고 생각했다. 양복 저고리와 바지로서 달빛을 차단하려고 서창가로 갔다. 언제 된 일인지 모르나 밖에 나갈 때 못 보던 커튼이 쳐 있는 것이었다. 옥주여사가 한 일임에 틀림없다고 문오는 생각했다. 없는 사이에 방에 들어왔을 옥주여사에게 가는 염증같은 것이 왈칵 올리밀었다. 도루 돌아와 자리에 누었다. 귀찮거나 부화[5]가 나거나 혹은 무엇을 생각하거나 하는 때면 벌렁 누어버리는 것이 버릇처럼 되어 있는 문오이지만 여느 때보다도 과격히 몸을 내던졌다. 그러나 문오는 옥주여사에게 가는 불쾌한 생각을 오래도록 머리에 둘 수는 없었다. 눈을 딱 감았다 뜨는 채희얼굴 때문에 그런 것을 생각할 여지가 없었다.

한참 신고를 하다가 문오는 벌떡 일어나 전등을 켰다. 선반에 얹힌 트랑크를 움쭉 들어 내렸다. 아무렇게나 열어젖히곤 책을 뒤져 내었다. 다른 것이 아니고 열차에서 구입한 『애정광언(愛情狂言)』이란 것이었다. 이것을 손에 골라 들고 값을 치르려 했을 때, 모가지가 삐어지게 책을 메고 선 책장수의 입가에 야릇한 웃음기가 돌던 일이 떠올랐다. 미리부터 계획하고 한 일이라 책장사가 야릇한 웃음을 웃건 말건 그런 것에 구애를 받지 않았다. 계획한 바대로 열차 속에서나

---

5 '부아'의 옛말.

관부연락선에서나 이 책으로 해서 감시의 눈초리를 어느 정도 벗어났던 것만은 다행한 일이었다. 이것을 펴 들고 있으니까 형사들이 책장사와 비슷한 웃음기를 띠우며 "존걸 읽는데"라든가, "재미 있을거라"든가 하는 따위의 야유를 보냈던 것이다.

표제(表題)가 일러 준 바대로 내용은 야유를 받을만하게 추잡했다. 남자 여자 둘이서 거사를 치르면서 주고 받는 음담 패설인 것이다. 솔직히 말해서 문오는 열차에서나 관부연락선에선 이 내용에 흥미를 조금도 느끼지 못했었다. 소기의 목적을 달하기에 노력하느라고 그런 것을 느낄 새가 없었던지 모를 일이다.

"……."

"……."

남자의 소리가 궁글게 들려온다.

여자는 비성(鼻聲)을 발하는 것이었다. 문오는 갈증난 사람이 물을 찾듯이 눈에 퍼어런 불을 켜가지고 읽어 내려갔다.

문오는 끝내 책을 부둥켜 안고 숨이 헉헉 막히는 고통을 겪다가 책을 뿌리치고 벌떡 일어났다. 미닫이를 드륵 열었다. 달이 마당에 가득 차 있었다. 퍼어런 불을 켠 눈으로 안방 쪽을 올려다 보았다. 댓돌 위에 얌전히 놓인 옥주여사의 고무신 두 짝이 시야 속으로 들어왔다. 문턱을 넘어섰다. 질풍같이 여사의 방을 향해 문오는 올라갔다.

이튿날은 한낮이 다 되어 일어났다. 미닫이를 슬쩍 열어 보았다. 하숙생들도 학교에 간 뒤여서 조용하기만 한 마당에서 옥주여사의 아이가 강아지와 놀고 있었다. 노는 품이 사내녀석 같아 보였다. 이 때까지 문오는 그 아이가 사내인지 계집아이인지 모르고 지났다. 알려고도 하지 않았다.

세수를 하고 들어오자 옥주여사가 아침 상을 차려 들고 나왔다. 상을 받으면서 퍼뜩 내려다 본즉 관자놀이게에 낀 파란 핏줄이 명확히 드러나 보였다. 상을 받아들고 앉았다. 찬이 한 두가지가 더 놓인 듯 했다. 밥을 떠 넣고 우물우물 씹고 있으려니까 옥주의 적막한 표정을 먼저 발견했다고 옥주를 제 전매특허품처럼 굴면서 우쭐거리던 문수군의 모습이 눈 앞에 왔다갔다 했다. 문수군을 두들겨주던 느림보의 느릿한 거동도 떠 올랐다. ― 그들은 현재 이렇게 안 할 짓을 저지른 자기를 안다면 각기 제대로의 낯색과 말투로서 무엇이라고 지껄일 것이리라.

― 아 이놈아 네가 그럴 줄은 꿈에도 몰랐어. ‘느린보’는 이쯤 하고 벽에나 책상 모서리에 길게 기댈 것이고, 문수군은, 이 능구렝이 같은 새끼. 그래 칠 팔년이나 지난 후에 다시 기어들어가지구 너만 실속을 채리기야? 네 이 개간나 새끼야. 너 옥주를 그 때부터 사랑하구 있었구나? 그렇지만 옥주는 나를 사랑했다. 네 새끼 같은 건 거들떠 보지두 않았어. 개간나 새끼 같으니라구……. 한나 떡 안먹은 척 하더니 혼자 재미르 보구선…….

있는 대로의 목청을 뽑으며 사투리를 널어 놓으리라. 문수군은 다급해지면 사투리를 더 늘어 놓았다.

아침을 뜨는둥 마는둥 하다 말고

― 망할 것…….

속으로 투덜거리며 수저를 놓았다. 누구를 향해 투덜거린 말인지 자신도 몰랐다. 문수군이나 ‘느린보’들과 맞서자는 생각은 티 만큼도 없든 터이다. 그들이 이 현장에 나타나 늘어지게 두들겨 준다고 하더라도 달게 받을 심산인 것이다. 그렇다면 옥주여사? 옥주여사에게 투덜거리기까지 할 염치는 더구나 없는 것이다. 그렇다면, 문오 자신일지 모른다. 백화점엘 꺼죽꺼죽 가지 않았더면, 그 검고 큰 눈을 딱 감았다 뜨는 채희를 보지 않았을 것이고 또 채희의 지껄이는 비성을 들었을 리 만무했던 것이다.

문오는 담배와 성냥을 더듬어다 불을 붙여 물고 깊숙히 빨아 뿜었다. 담배 연기가 들창으로 꼬리를 치며 넘어갔다. 담배 연기는 문오를 조롱하는 듯 했다.

― 떠나야지. 이런 주책을 부리려구 머물러 있었던가?……

문오는 고향으로 당장 내려가는 수밖에 없겠다고 생각했다. 이제 와서 다른 데로 옮긴다는 것도 옥주여사에게 박절하다고 생각되었다. 벌써 옮길 것을 그랬다는 회오의 념도 없지는 않았지만 다른 데로 옮길 수 없은 것은 옥주여사의 친절을 저버리기 어려워서 그랬던 것뿐이고 다른 이유는 없었다. 단 한번도 옥주여사에게 불투명한 생각같은 걸 가져 본 일이 없었던 것이다.

— 허윤형이나 한번 더 찾아 보구 떠나야지…….

병든 몸으로 어린것까지 돌보며 누어 있을 그를 안찾아 보고 갈 수는 없는 것이다. — 채희가 없는 틈에 만나는 것이 좋으리라. 정말 인젠 채희는 만나지 말자.

옥주여사가 밥상 가지려 오나 보았다. 사쁜 사쁜밟는 발자취 소리가 들렸다. 얼른 일어나 미닫이를 열고 상을 내주었다. 밥을 통 먹지 않았는데 옥주여사는 아뭇소리가 없다. 여느 때라면 하다 못해

"찬이 없어서 안잡수셨군요?"

하기라도 할 텐데 그냥 가버렸다. 문오는 옷을 갈아입고 나섰다. 아이 놈이 아직도 강아지와 놀면서 이랴이랴 몰았다. 뭐라고 한마디 해주려다가 아이가 이쪽에 관심이 없는 눈치기에 그냥 나왔다. 저희 엄마라도 어디 가느냐고 채근을 했으면 저도 따라 나섰을지 모를 일이나 옥주여사는 대문턱을 나설 때까지도 아무런 말이 없었다.

문오는 옥주여사가 바르르 떨던 일이 생각났다. 달빛 속이어서 더 해 보였든지 모르겠다. 처음엔 소중한 물건처럼 몸을 딱 감싸고 내놓지를 않았다. 그러나 훨훨 타는 힘을 고만 것으로 막아낼 재주가 없음을 알았던지 무엇이라고 입 속으로 낮게 한마디 깨물곤 죽은듯 잠잠히 있었다.

장안백화점 옆 길에 접어들자 문오는

— 괘씸한 것. 인제 안 만나. 만나선 안 되겠어…….

염치 없게도 입 속으로 뇌이곤 이층 레코드부 쪽에 눈을 흘겨 주었다. 그런데 그렇게 하고 있는 문오 입가에 알지 못할 웃음기가 떠돌았음은 무슨 까닭일까? 줄곧 그런 웃음기를 먹음은 채 허윤의 집 대문 앞에 이르렀다.

쪽대문은 전과 마찬가지로 자빠질 듯한 자세로 열려 있었다. 아빠가 보아준

다던 어린것이 마당에 나와 나팔을 '뚜우' '뚜우' 불며 뒤뚱뒤뚱 혼자 놀았다.

"금아야아."

나팔 소리에 듣지 못했나 보았다. 금아는 여전히 나팔을 계속하고 있었다. 좀 큰 소리로 부르며 쪽대문 안에 발을 들여놓았다. 금아의 눈이 똑 채희의 눈처럼 커지더니 "해해해" 웃는 것이었다.

문오는 금아를 덥썩 안아주었다. 금아는 낯이 설어하는 일도 없이 나팔을 입에 갖다 대고 '뚜우우' 길게 불었다. 제가 불고 나선 입을 해발쭉이 벌린 채 문오 입에다 나팔을 물려 주었다. 문오가 불었다.

"뚜우우우."

소리가 금아의 것보다 높고 길었다. 높고 긴 나팔 소리에 금아가 신바람이 났던지 예의 해사한 해해해 소리를 내어 웃곤 나팔을 제 입으로 다시 가져갔다. '뚜우' '뚜우' '뚜우' 금아는 심심하던 저를 아는체 해주는 동무(?)가 생겨서 즐거운 모양이었다.

살구꽃이 떨어져 바람에 흩날렸다. 전번에 왔을 때 만발하던 꽃인데 벌써 낙화가 되어갔다. 문오는 그꽃 아래에 화안하던 채희가 생각났다.

"아빠 자? 금아야."

채희를 생각지 말자고 문오는 허윤을 찾았는지 몰랐다.

"아빠 코오 자. 코오."

금아가 나팔을 쥐지 않은 손으로 허윤이 누어 있는 방을 가리키곤 자는 시늉을 해 보였다. 그리곤 묻지도 않는데

"엄마. 어어이. 어어이."

해서 나팔 든 손을 먼 데로 보냈다. 금아 소리에 뒤이어

"금아야아. 떨어질라, 떨어질라."

걱정하는 허윤의 소리가 들리고 곧 샛문턱으로 허윤의 상반신이 드러났다. 목이 더 가늘어 보였다.

"허윤형 그 새 좀 어떠셔요?"

"강군이 왔구나. 난 금아 년이 누구하구 그렇게 떠드나 했더니……. 벌써 왔던가?"

"아뇨. 지금 금방."

문오가 금아를 안은채 마루에 올라섰다. 마루에 서자마자 못에 걸린 채희의 옷이 들이 부는 바람에 펄럭 했다. 전번에 입었던 다홍 저고리에 검정 치마다. 문오는 그 쪽에서 시선을 돌리며

"그래 병센 좀 어떠시죠?"

하고 재차 물었다.

허윤은 얼굴에 어색한 웃음까지 띠어가면서 병세가 점점 나아간다고 말한 다음 어저께 문오가 채희한테 들려 준 인사를 허윤이 하게 되자 문오는 또

"네. 뭘 좀 사려구……."

했다는 말로서 꾸며 대려다가 그만두었다.

"아, 금아 년이 나팔을 가지구 어떻게 잘 노는지 내가 한결 편해졌어."

문오는 거짓말을 할 뻔 했던 자기를 뉘우치면서 앓기도 고달픈데 어린것까지 보아 주기에 얼마나 고될까부냐고 위로해 주었다. 그랬더니 허윤은 준비나 하고 있은 것같이 혼자 된 누이동생이 시골서 곧 올라 올 모양이라고, 아이도 둘 있고 해서 금아 년 하고 잘 놀 거라는 말도 했다. 쥐뿔도 없는게 식구만 늘어가면 뭘로 살아 가느냐던 채희의 말이 문오의 머리를 스쳐 갔다.

"도움이야 되겠지만 생활이 문제지요."

"병세가 차도 있으니까 벌면 되지."

문오는 허윤의 입에서 이러한 말이 나오리라고는 예상조차 못했다. 채희 말마따나 허윤은 동지들의 덕으로만 살아 온 사람이다. 자기는 응당 그렇게 살아야 되는 사람이요, 동지들은 또 자기를 응당 그렇게 살려야 하는 것으로 알고 있던 사람이다. 그러는 그를 탓하지 않았다. 탓하긴커녕 그러는 그에게 동지들은 반했으며 더 두터운 신망을 가지기도 했던 것이다.

허윤이 피신하지 않으면 안 되게 되는 경우에도 동지들은 끼니를 건늘지언정

숨어 있는 허윤을 위해서 최선을 다 했다. '나또'를 판다든가, '구즈하라이'[6]를 한다든가, 혹은 목도군 일같은 것을 해서라도 허윤을 살렸던 것이고, 아무리 힘에 부치는 노동이더라도 동지들은 달게 받아들였다.

하용빈은 가끔 좌익 계열의 연극에 엑쓰트러로 나가는 일이 있었다. 채희도 몇번 같이 나갔으나 보수가 박해서 도움이 되지는 못했다. 청년동지회에서 나오는 것이 얼마 쯤 있긴 하다지만 그것은 허윤이 혼자 알아 처리를 했을 뿐이었다.

쳐 굶다가 저녁을 배가 터지게 먹은 일이 있다. 성철수가 횡재(?)를 해가지고 왔던 것이다. 어느 대가의 영양이 신문지 속에다 값 나가는 것을 넣어 주어서 그것을 팔았든 것이다. 돈이 얼마 가량 되었던지는 기억되지 않으나 쌀을 메고 들이닥치던 일은 영 잊어안졌다.

늘어져 있던 우영춘이 쌀을 보자 제일 먼저 두 손을 높이 들어 만세를 불렀다. 채희와 하용빈이가 짓던 밥을 그날은 우영춘이도 같이 지었다. 돌을 씹었다는 소리도 들을 수 없었고 돌을 씹더라도 채희의 손을 어떻게 하겠다는 소리도 없었다.

밥을 먹고 난 동지들은 다시 눕지 않을 수 없었다. 배가 너무 부른 탓도 있겠지만 굶다가 먹고 나니 말이 통 안나왔다. 동지들은 손가락을 움직여 말을 대신했다. 우영춘은 손가락 한마디 놀릴만한 기력도 없노라고 했다. 그들은 부호의 집 영양으로부터 은전(?)을 받은 영광의 기사, 성철수 동지를 이튿날 아침에야 놀려 줄 기력을 회복했던 것이다. 그래도 문오는 그때가 좋았고, 매력이 있었다고 그리워 했다. 매력이 없고서야 그런 생활을 어떻게 했을까부냐고, 속으로 뇌까리곤

"허윤형이 돈 벌일 한다는 거 매력이 없어요. 허윤형은 언제나 우리들의 지도자루 있어 주실 일입니다. 그게 젤입니다. 우리들이 이렇게 건재해 있는데 뭘 벌일 하신다구……"

6　넝마주이를 뜻하는 일본어 くず拾い.

하고 나왔다.

허윤은 하얀 목을 길게 빼어들고 문오 말에 고맙다고, 고맙다고, 거듭 고개까지 까딱였다.

"뭐가 고마워요? 그런 말씀일랑 마시구 전처럼 굳세어 주십시오."

문오가 '굳세'라는 데 힘을 주었다. 허윤만 굳세어진다면 다시 뭉칠 수 있으리라는 자신을 문오는 가졌다.

"허허헛. 힘을 다 잃구 있으니 매력이 없단 말인가? 휴우 — ."

허윤이 한숨을 내 쉬며 더 한층 힘을 잃는 듯 어깨를 내려뜨린다.

못에 걸린 채희의 옷이 바람에 불룩 부풀었다 주잖는다. 마치 생명이 있는 물체처럼. 문오가 허윤에게로 시선을 돌려 점심을 뭘 들겠느냐고 물었다. 손님이 뭘 점심 걱정을 하느냐고 허윤이 말하자 마루에서 나팔만 불며, 왔다갔다 하던 금아가 어느 새 뒤뚱뒤뚱 들어와 한 쪽에 쳐 논 포장을 들면서 밥과 찬그릇이 놓인 초라한 소반을 손가락질 하는 것이었다.

문오는 그것이 바로 채희가 차려 놓았다던 밥상임을 알고 멀건히 보고 있으려니까 금아가 소반 한 귀퉁이에 양 손을 붙이곤 "맘마" "맘마" 해가며 끄응꿍 안간힘을 쓰는 것이었다.

"금아 이 건 놔 두구 아저씨 하구 맘마 가지러 가자."

문오가 끄응꿍 안간힘을 쓰는 금아에게로 다가 가서 금아를 안고 일어섰다.

"정말 점심 가지러 가는 거야? 그렇거들랑 뭐 간단한 거루 가져와."

허윤이 상반신을 샛문턱에 걸놓며 문오더러 일러 주는 말이었다. — 샛문턱에 걸놓는거 인제 훈련이 됐군……. 문오는 속으로 이렇게 뇌이고는

"걱정 마시구 누워 계셔요. 곧 다녀 올께요."

하니까 허윤은 내다보던 그 얼굴에 웃음을 띠우며

"하찮은 일에 신경을 쓰니 매력이 없어진단 말이지?"

해서 문오의 말을 받는다.

— 잘두 알아 맞추는구나……. 문오가 얼굴 전면에 웃음을 보이며 한바탕 웃

으니까 문오에게 안긴 금아도 해해해 따라 웃는다.

점심은 우동에, 탕수육, 뎀뿌라, 잡채까지 겹쳐서 시켜왔다. 허윤이 포장 뒤의 소반을 들어내려고 하자 문오가 얼른 서둘러서 소반을 들고 나왔다. 뚜껑도 덮지 않은 사발에 코답지그레한[7] 무짠지와 역시 덮여있지 않은 접시엔 된장인지 고추장인지 구별키 어려운 것이 붙어 있었다. 덮여 있지 않은 탓으로 반쯤 말라붙었다.

금아는 어느새 먹기 시작했다. 손으로 마구 집어 먹었다. 문오가 체할까 걱정한즉 허윤이

"체하긴. 생긴 것 보지. 체하게 생겼나."

하곤 씩 웃었다.

금아는 저를 두고 하는 말이라고 눈치를 채었던지 코허리를 말아 올리며 '해해해' 웃었다.

"금아가 안 하던 짓을 하는군요? 엄말 떨어져 있어서 그러나 봐요."

문오는 금아가 한 짓이 어색하거나 거북상스러울 때 짓는, 비굴성 비슷한 것을 표시하는 때 허윤이 잘 하던 짓과 같은 것임을 알고 이런 말로 했다.

"뭘 어떡했길래? 우리 여류투사께서……"

허윤이 넋없이 퍼먹는 어린것을 돌려다 보며 여윈 얼굴 전면에 주름을 잡는다.

"허형두. 어서 드십시요. 기름낄 듬뿍 들어야 살이 찔꺼 아니겠어요. 이런 짠지 쪽만 자시니 원……"

허윤도 금아만 못지 않게 열심히 먹었다.

금아가 양이 다 찬 모양으로 옆에 놓였던 나팔을 들고 마루로 나갔다. '뚜우' '뚜우' 나팔소리가 높았다.

"넬이 토요일이지? 용빈군이 올 날이군. 강군두 와보게, 오래간만에 한 자리

에 모이세."

점심상을 포장 뒤에 도로 들여다 놓으려고 일어 서던 허윤이 말했다. 문오의 귀가 쫑긋 들렸다. 하용빈을 만난다는 일도 적잖이 반가웠지만 모두 한 자리에 모인다는 말이 문오에겐 다시 없는 기쁨인 것이다.

"허윤형. 그래 놔두십시요. 내가 디려다 놀께. 낼 언제쯤 올까요? 오후에 올까요?"

상이 뎅강 들렸다. 다리가 허청 헛놓였다.

"아무 때라두 좋아. 아침 일찌감치 오지. 한 일두 없을 텐데……."

"그러지요. 그럼 가겠어요."

문오는 무슨 좋은 기별이라도 전갈하려 가는 아이처럼 좀 더 이야기나 하다 가지 그러느냐는 허윤의 말을 뒤로 들으며 허윤의 집을 바삐 뛰쳐 나왔다. 햇빛이 강렬하게 내려 쪼이는 땅 위에 바람이 또한 적잖이 불어서 문오의 다 자라지 못한 머리카락이지만 이리저리 헝클러주었다. 문오는 헝클어지는 머리카락을 쓸어 넘기며 장안백화점 옆을 지난다. 채희가 내려다보아 주지 않나 하는 생각에서 이층 레코드 판매부 쪽을 쳐다 본다. 허윤이나 한번 더 찾아 보고 떠나자던 생각도, 채희를 다시는 안 만난다고 치던 호통도 문오는 잊어버리고 만 것일까?

4

문오는 똑 알맞는 시간을 택하느라고 아침 아홉시에 숙소를 나섰다. 다녀 오라고 살며시 발 앞에 떨구는 옥주여사의 인삿말을 뒤에 들으면서 ― . 똑 알맞는 시간을 택하느라고 기차 탈 사람처럼 문오는 서둘렀다. 서둘렀다기보다 그 시간을 맞추느라고 일부러 늦추었다.

똑 알맞는 시간이라 함은 채희를 만날 수 있을 만한 시각을 말하는 것이다. 어저께 허윤이 문오더러 오래간만에 한 자리에 모이자고 한 말이 채희까지 포함한 일이 아니라는 것을 문오는 숙소에 돌아와 다시 생각 해보고서야 알아 냈다. 토요일에 채희가 쉴 까닭이 만무한 것이다.

예측대로 채희는 집에 있지 않았다. 문오는 오는 도중에서라도 채희를 만날 수 있었으면 하고 기대를 했으나 끝내 만나지 못했다. 다행하다고도 생각하고 서운하다고도 생각했다. 허윤과 일에 대한 구체적인 방안을 한참 동안 논의하고 나서야 서운한 생각이 갈아 앉았다.

문오는 이러한 불투명한 생각이 왜 불쑥불쑥 일어나는지 모를 일이라고 스스로 답답해 했다. 왜 일에 대한 투명한 생각 만을 못 가지는지 알 수 없는 일이라고 스스로 딱해 했다. 이 때까지 문오는 항상 일에 대한 생각만 해왔으며 일을 하자는 의욕에만 불타 있었다. 삼십에 가깝도록 동정으로 지났다는 사실이 그런 것을 증명하고도 남음이 있으리라.

금아는 종시 나팔은 불지 않고 마당에서 흙 장난을 하고 있었다. 작은 널쪼각에다 흙으로 빚어 올려 놓고는 '맘마'라고 좋아했다.

하용빈은 오후 두시 가량 돼서 집주인이라는 청년과 같이 신문지에 무얼 싸 들고 들어왔다. 흙장난에 열중하든 금아가 '아저찌이' '아저찌이'를 연발하며 짝자꿍을 마구 쳤다. 해해해 웃기도 했다.

문오는 말이 얼른 나오지 않았다. 하용빈은 아주 몰라보게 어른이 된 것이다. 체구도 잘 자란 나무처럼 쭉쭉 뻗었지만 양쪽 귀 언저리에서 시작된 수염이 숲과같이 무성하다. 나이가 차지 않아서부터 수염이 남과 다르더니 얼굴의 삼분의 이가 수염 투성이가 되어있는 것이었다.

"강선생님 얼마나 고생하셨어요? 사람의 도리두 못하구 죄송합니다."

상대방이 먼저 이 쪽을 향해 허리를 굽혔다.

"뭐. 고생……. 용빈군이 이렇게…… 몰라보게 됐구만. 어른을 썩 지났는데."

아직도 문오는 말이 잘 안나왔다. 숨이 턱에 와 닿도록 압박감을 느끼게 되는 탓인지 몰랐다. 금아가 신문지에 싼 것을 풀어 헤치고 호떡을 꺼내 먹는다. 설탕물이 입 언저리를 온통 지저분하게 만들었다.

"저게 벌써 저걸 먹어? 안방 할머니두 갖다 드리구 먹어야지. 금아 용치. 할머니 갖다 디레요오.”

금아가 아빠의 말대로 호떡 한개를 들고 뒤뚱뒤뚱 건넛방 쪽으로 갔다. 건넛방 샛문을 열더니 삐끔히 들여다 보며 “맘마” “맘마”하고 소리를 높인다. 하용빈과 같이 들어온 청년이 받아 들면서 “기특두 하지. 금아가 이걸 가지구 왔느냐.”고 칭찬을 하고 그걸 모친에게 전해 드리는 눈치였다. 그의 모친이 기침을 쿨룩쿨룩 하면서 뭐라고 한마디 하는 소리가 들려 왔다.

문오는 고향의 모친을 생각하는 마음이 불쑥 일어나는 것을 느낀다. 벌써 열흘이 넘도록 하는 일 없이 지꺼분하게[8] 지내는 자신을 뉘우쳐 본다.

하용빈이 방에서 나온 청년과 인사를 시켰다. 문오에겐 청년을 저와 뜻을 같이하는 동지라고 소개하고 청년에겐 문오를 일본서 출옥한 선배라고 말해주었다. 청년의 이름은 김용석이라고 했다.

그들은 금아가 이미 풀어 헤쳐 논 호떡을 먹기 시작했다.

하용빈이 문오더러 동경에 다시 들어가느냐? 조선서 일을 할 생각이냐? 고 물었다. 문오는 허윤과 약속한 바대로 고향에나 다녀 오면 하용빈과 손을 잡고 앓아 누웠는 허윤의 몫까지 해 볼 작정이노란 말을 한즉 하용빈이 손에 들었던 호떡을 널름 입에 집어 넣곤 손을 내밀어 문오의 손을 덥썩 잡는 것이었다.

“인젠 일이 어떤 것이라는 걸 알겠어요. 동경선 기분뿐이었는데 괜히 기분만 가지구 날뛴 것 같아요.”

하용빈은 몸만 자란 것이 아니라 사상도 훌륭해졌다는 생각이 들었다.

“그 땐 어렸으니까.”

문오는 호떡이 종시 넘어가지 않은 채로 하용빈의 말을 받았다. ‘메에데이’의 ‘데모’ 군중 속에서 허윤들은 유별나게 소리소리 지르는 중학모 쓴 한 학생을 목격했던 것이다. 이 학생은 ‘세계의 노동자 농민은 한데 뭉칠 것’을 부르짖었

---

8 지꺼분하다 : 물건 따위가 지저분하게 흩어져 어수선하다 또는 눈이 선명하지 아니하고 흐릿하다.

고, '약소민족의 해방'을 외쳤다.

그는 맨 앞 줄 허윤을 위시한 동지들 틈을 뚫으며 한 몫 끼어들었다. 허윤들이 끌려 갔을 때 이 학생이 함께 끌려 갔음은 두말할 것도 없는 사실이었다. 유치장에 나흘을 있는 사이에 허윤들은 이 중학모 쓴 학생과 친밀하게 되었다.

경상남도 남해 출생. 일인 교사를 책상으로 후려 갈기고 퇴학을 당했다는 것이었다. 일본대학 부속중학교에 재학 중이었다. 이 학생은 허윤들과 앞으로 행동을 같이 하겠노라고 하면서 허윤들이 석방되던 때 같이 나와 그날부터 허윤들의 숙소에 동거했던 것이고 주로 채희가 하는 일을 거들었던 것이다.

호떡을 거진 먹어가던 금아가 일어나더니 하용빈의 무릎에 가서 털썩 앉는다. 앉으면서 눈을 딱 깜았다 뜨는 것이었다.

문오는 목이 더 꽉 메어 왔다. 본래 문오는 밀가루 음식이 식성에 맞지 않아서 먹을 때면 목이 메이기도 했지만 이다지 꽉 메어 본 일은 없은 것 같다.

"금아 그건 무슨 짓이야? 눈을 딱 감았다 뜨는 거."

문오가 입엣걸 겨우 넘기고 나서 넌지시 물었다. 금아가 해해해 웃을 뿐이고 아무도 문오 말에 대꾸하려 하지 않았다.

허윤은 신문지 한 쪽 귀퉁이에다 손을 씻고 피곤한 듯 누어버렸다. 하용빈이 허윤에게

"약을 제가 구해 올까요?"
물었다.

"아무래두 좋아. 채희한테 부탁하는 것두 괜찮겠군. 백화점 약품부에 아는 사람두 있다구 하니……."

허윤이 하용빈을 살뜰스런 눈으로 보아주며 응대한다. 하용빈은 무릎에 앉은 금아를 내려 놓면서 아저씨는 엄마한테 가 보아야 하겠다고 한다.

금아가 '서우서우'를 뇌이면서 하용빈을 놓아주지 않으려 한다. 하용빈이 알아 듣고 금아를 공중까지 치켜 들어가지곤 '서울'이 보이느냐고 묻는다. 금아가

"보어. 서우. 해해해."

한다.

ㅡ퍽들 친밀하게 지내는구나……. 허윤, 하용빈, 채희, 금아 이들 사이엔 조그마한 간격두 없구나…….

문오는 제가 가졌던 것을, 제가 하던 일을 빼앗겼을 때처럼 적막감이 엄습해 오는 것을 깨달았다. 벗어놓았던 회색 노타이를 줏어 입은 하용빈은 어깨가 넓어 보였다.

"선생님 채희씨한테 들렸다가 그냥 바루 갈랍니다."

하용빈이 구두를 신고 나서 이런 말을 하니까 허윤이 바삐 일어나 내다 보며 그렇게 하라고 한다.

김용석 청년은 잠이나 실컷 자보겠노라면서 안방으로 건너갔다. 하용빈이 문오를 올려다 보곤 더 앉아 있겠느냐고 인삿말을 건네는데 문오는 공연히 허둥거리며

"응. 나두 가지……. 아니 나 여기 있어도 좋구…….”
했다.

문오는 말을 다급히 줏어 섬기노라고 꺽꺽 거렸다. 처음의 생각은 자기도 채희한테 갈 수 있다는 것이었다. 하용빈이 쉽게 갈 수 있는 델 왜 자기가 못가느냐는 반발에서 나왔던지 모를 일이다. 그런데 문오의 그러한 생각은 잠시뿐이었고 잘 자란 나무처럼 쭉쭉 뻗은 하용빈과같이 채희를 찾아 가서는 안 되겠다고 주춤 해지는 것이었다.

문오는 한번도 누구만 못하다고 생각해 본 일이 없었고, 또 누구보다 낫다고 생각해 본 일도 없었다. 도대체 그따위 부실한 생각같은 건 가질 틈이 없었던 것이다.

"그럼 저 먼저 가보겠어요. 참 강선생님 시굴 언제 내려가시나요?"

하용빈이 문오를 다시 돌아다보고 물었다.

"나? 쉬이 내려가려구 해."

문오는 배에 힘을 주어가며 소리를 냈으나 도무지 제 소리같지 않게 들렸다.

"하군 월급의 반 이상이 내 약값으루 들어간단 말이야."

하용빈이 대문 밖에 사라지는 기미를 채이자 허윤이 자랑인지 걱정인지 혹은 문오 너두 그러라는 강요에서인지 한마디 던지곤 문오의 기색을 슬쩍 훑어 보았다. 문오는 대꾸 없이

— 난 그런 짓을 인제 안 할 테야. 불쌍한 모친이 부쳐 준 돈을 함부로 쓰지 않을 테야…….

속에서 치솟아 오르는 분노를 씹어 삼키고 있는데 벽에 걸린 채희의 옷이 바람에 또 불룩 부풀었다 숙으러지는 것이었다.

— 괘씸한 것. 문오는 그 쪽으로 눈을 흘겨주었다. 마치 그 옷에 잘못이나 있는 것처럼.

"가보겠어요."

문오의 입가엔 경련이 일고 있었다.

"갈텐가?"

허윤이 하용빈을 막 잡듯 잡지 않고 쉽게 보내 줄 기색이었다.

마당에선 금아가 아까 놀던 흙장난을 계속하고 있었다.

"넌 나팔이나 불렴."

하용빈을 더 좋아하던 어린것에게까지 문오는 적의에 가까운 감정을 가지게 되었다. 젖혀진 쪽대문을 콱 쌔려 닫았다. 콱 자빠져도 좋다는 생각이었다.

문오는 먼 데를 바라다 보았다. 지대가 높은 까닭일까? 지평선 근방의 하늘이 뉘연이 내려다 보였다. 턱에 닿게 조여들던 숨을 화악 내 쉬었다. 시원치 않았다.

"뚜우" "뚜우" "뚜우"

문오는 나팔 소리에 걷던 걸음을 멈추고 되돌아 섰다. 문오가 나올 때 넌 나팔이나 불라고 한 말을 금아는 지나쳐 버리지 않은 모양이었다. 어린것을 한번 돌아다보아 주지 못한 옹졸함을 부끄럽게 여겼다.

"뚜우" "뚜우" "뚜우" "뚜우우"

문오는 의식적으로 더 먼 데를 바라다 보았다. 더 먼 데 하늘을 아득히 느끼면서 나팔 소리에 쫓기기라도 하는 것처럼 경사진 길을 재게재게[9] 내리걸었다. 그렇게 쭈욱 걸어서 안국동 로타리에 이르렀을 때 앞을 막아 서며 내미는 손이 있었다.

"문오군. 일전 실례했네. 아침 일찌기 볼 일이 있어서 목욕을 분주히 하던 참이라 그만 실례했어."

상찰하고 본즉 오경배다. 문오도 다시없이 반가워하며 마주 손을 내밀었다.

"오군. 잘 만났어. 잘 만났어. 만나구 싶었어."

오경배를 만나겠다던가, 만나고 싶어 한 적이 없었지만, 그동안 그런 생각을 할 여지도 없이 지났지만 문오는 아무 가책 없이 이런 말을 내던졌다.

혼자 외톨이 되고싶지 않은 마음이 문오로 하여금 거짓말을 지껄이게 했다. 문오는 아무하고라도 어울려야 할 것 같았다.

설사 오경배가 허윤의 말대로 적의 편이라 하더라도 문오는 보람있었던 과거를 알고 있고 또 그는 채희도, 허윤도, 하용빈도 알고 있지 않으냐 말이다.

"오군. 오늘은 바쁘잖지? 바쁘더라두 나하구 같이 있어 주게. 조용히 얘기나 하자구 응? 난 자네가 여기 있는 줄 전혀 모르구 있다가 일전 목욕탕에서 만나군 놀랐어. 그 땐 조용히 얘기두 못하구 섭섭했어."

문오는 필요 이상의 말을 지껄이며 사람은 외로울 때 비굴해지기 쉬운 건지 모르겠다는 생각을 한다.

"아 글쎄 나두 자네들 일이 늘 궁금했단 말이야. 지난 소식을 그날 대강 들었지만 그동안 고생두 했더군 그래. 그럼 우리 조용한 데 가서 한잔 나누세. 자아 어딜 간다? 자네가 아는 데 있음 안내하게."

"나야 아는 데 있을 턱이 있나. 아는 건 길뿐이야."

오경배가 손을 들어 자동차를 불렀다. 차에 타고 앉으니 문오는 턱에닿아 조

9　'빨리빨리'의 방언

이던 숨이 좀 풀리는 듯 했다.

두 사람은 남산 밑 어느 오뎅집 이층에 자리를 잡았다. 여급들이 오경배더러 '고상' '고상' 해가며 친절히 맞아주었다. 여급의 하나가 '기미꼬'가 쉬는 번이 돼서 쓸쓸하겠다고 놀려주니까 오경배가 오늘은 그런 농지거리를 해선 못쓴다고 일러준 다음, 문오를 동경 있을 때의 유일무이한 친구였다고 여급들에게 소개해 주었다.

여급이 주문을 받아가지고 나간 뒤에 문오가 오경배더러 '하이칼라'가 되었다고 놀려주었다. 그런 여자들 하고 놀아 본 일도 없을 뿐 아니라 놀겠다는 엄두조차 못내던, 소박한 오경배가 문오의 머리를 스쳐갔다. 그땐 오경배나 문오나 일하겠다는 일념만 가졌던 것이다.

"왜? 저런 여자들 하구 농지거릴 한다구?"

당장 집히는 데가 있나보았다.

"그것도 그렇구."

"자네들은 비난할지 모르지만 그게 진실이 아닌가 하네. 본능을 죽이구 살구 싶지는 않아. 조국을 위해 투쟁을 한다, 그것두 장하지만, 안 돼. 안 돼. 마른 나무에서 물 짜기야. 난 적어두 그렇게 생각하네."

여급이 주문한 것들을 받쳐 들고 들어와서 이야기가 중단되었다. 허윤한테서 예비지식을 얻은 문오로선 새삼 실망하지는 않았지만 술도 들어가지 않은 맑은 정신에 다짜고짜로 그따위 소리를 지껄이는 오경배가 괘씸하다는 생각이 들었다.

그러나 문오는 그를 힐책할 용기가 아직 나지 않았다. 그를 힐책하고 보면 문오는 또 자기 혼자 외톨이 될 것이 두려웠다. 어떻게 생각하면 오히려 제 뱃속을 솔직히 털어 놓는 오경배가 허위로만 꾸려가는 허윤이보다 나을지 모른다고 생각했다.

— 허윤은 옛날부터 동지들 덕으로 살았으며 현재도 하용빈을 뜯어 먹으며 연명하고 있지 않은가······.

문오는 채희가 하던 말까지 되풀이 해서 합리화 하려 들었다.

"자아. 오래간만이니 한번 맞쪼아나 보세."

여급이 맥주를 따르자 오경배가 컾을 들어올렸다. 컾과 컾이 짤깍 특유한 음색을 발했다. 그들은 컾을 연거푸 비웠다. 문오 쪽에서 더했다. 이어 얼떨떨 해 왔다. 아침도 뜨는둥 마는둥 했을 뿐이고 아까 허윤 집에서 호떡을 먹어내지 못했기 때문에 맥주의 효력이 쉬이 발생되나 보았다.

"우리 여잘 내보내구 둘이서만 마시면 어때? 둘이서만 마시자구…… 오늘만은 자네의 진실을 버려 주게. 날 위해서 말이야."

여급이 나갔다. 맥주와 안주는 즐비하게 들어왔다. 오경배는 넙쭉넙쭉 마시며 먹으며 하다가 이렇게 맛있는 음식을 우리는 못 먹구 살아왔다. 이렇게 맛있는 음식이 있는 걸 잊어버리구 있지 않았느냐? 난 인제부터 호의호식하는데 주력하겠다. 문오, 자네두 나와 같이 그런 방향으로 생각을 기울이는게 어떻겠느냐고 오경배는 말했다.

문오가 컾을 놓으며 자네 이런 현실 속에서 호의호식할 수 있다구 믿는가? 설령 있다구 치더라두 그건 개나 돼지가 배불리 먹는 거와 똑같은 거 아니겠느냐고 문오가 타도해 준즉 오경배는 살점이 흐들거리는 바른 팔의 런닝·샤쓰 소매를 왼 손으로 걷어 붙이곤 문오더러 구경하라는 것이었다.

"동경서 나올 땐 뼉따귀뿐이었어. 뼉따귀뿐인…… 내 팔은 꼭 판자쪼각 같았단 말이야……. 이 팔에 이만큼 살을 붙여 준 건 내 부친이야. 일년 내내 복약을 시키는거 아냐……. 인삼이다, 녹용이다, 그러니 병이 쫓겨 갈밖에. 난 내 부친한테 감사해……. 지금 내가 그 은공을 갚느라구 부친 회사에서 열심히 일을 보구 있지. 부친을 위한 일이지만 즉 내 일이란 말이거든……. 일을 함으로써 난 호의호식을 할 수 있다는 말이거든. 이 팔을 보란 말이야……. 문오군."

오경배가 런닝·샤쓰를 걷어붙인 팔을 마구 흔들었다.

"그만. 그만. 너무나 달라졌구나. 그렇게 허물어져 갈 수가 있단 말인가? 난 그래두 자네의 그 살뎅이보다 옛날의 뼉따귀가 좋아. 매력이 있었어. 뼉따귀엔 사상이 있었어. 아무것두 들어 있지 않은 그 살뎅이…… 그건 구토증 촉발제밖에 안 돼……. 난 외톨이기 때문에 구토증을 느끼면서두 너하구 맥줄 마시는구나. 이 시시한 새끼 하구…… 내가 반한, 오경밸 잡아 먹은 살뎅이 하구 맥줄 마시는구나. 이 새끼야 오경밸 계워나라. 맥줄 같이 마시게. 살뎅이 하군 구토증이 나서 못 마시겠구나.”

문오는 눈을 부릅떴다. 그리고 몸을 부르르 떨었다. 기세를 뽑던 오경배도 문오가 이렇게 나오자니까 런닝·샤쓰 소매를 내린 다음, 극히 조용한 어성으로

“강군 자네 말을 알아들었어. 충분히 이해를 하구두 남음이 있어. 그런데 이제 내 말두 들어 봐. 내 말에두 진리가 있어. 우리가 투쟁했다는 거, 자네가 동경서 감옥살일 했다는 거, 장한 일이기야 하지. 그렇지만 그 투쟁 뒤에 온 게 뭐란 말인가? 우리는 그대루 부자유한 것뿐이야. 그대루 피압박민족일 뿐이야. 실오리 만한 자유두 얻지 못했어. 한강에 돌 던지기나 마찬가지야. 한강에 돌을 던져 보란 말이야. 한강은 그대루 흐를 뿐이야.”

오경배는 이것만 말하지 않았다. 김 모 이 모 하는 모모한 지사(志士)들도 속속 전향한다는 이야기와, 자기가 문오와 제일 가까웠던 친구이니 만큼 하루 바삐 과거를 청산하고 자기와 뜻을 같이 하자는 것이었다.

“야 그 거지 같은 소릴 집어쳐라. 너 정말 왜놈의 주구가 다 됐구나. 설마 했더니 너 아주 형편없는 자식이 되구 말았구나. 허윤이보다두 더 시시한 새끼가 됐구나. 허윤이보다두. 허윤이보다두…….”

문오는 팔을 내어 휘둘렀다.

“여보게 강군. 허윤 말이 나왔으니 말이네마는 그 자가 한게 뭐야? 그 자의 실적이란 동지들을 착취한 것밖에 더 있나? 나중엔 우리들의 귀염둥이 채희까지 꾀달아 차구 조선으로 나와버렸으니 다아지 뭐야. 그렇잖은가? 자넨 그거 부화가 안나? 어디 두구 보라지. 조만간 허윤이란 작자 오재길 짊어질[10] 신세가 될테

10　오쟁이지다 : ‘자기 아내가 다른 남자와 간통하다’를 뜻하는 우리말.

니……. 보란 말이야.”

“오재기라니?”

문오가 휘두르던 팔을 딱 멈췄다. 부릅뜬 눈엔 불이 퍼렇게 켜져 있었다.

오경배는 책상다리를 한 양 무릎을 두 주먹으로 쿵쿵 찧으면서 히죽히죽 웃기까지 했다. 쿵쿵 찧을 때마다 팔의 살점이 디룩거렸다.

“너 허윤 집에 가지두 않는다면서?”

문오가 재차 물었다.

“처음에사 왜 안갔댔나. 동경서 지나던 일이 그립잖을 수 있어? 그래 몇 차례 채희 옷감이니 양말이니 가지구 갔었지. 그랬더니 허윤이란 작자가 냉멸 하는 거 아냐?”

오경배의 말이 떨어지기도 전에 문오가

“허윤에게 오재길 지울 자 누구야? 오경배란 말이냐?”

불을 뿜는 듯한 고함을 쳤다. 오경배가 히죽히죽 웃던 웃음을 걷우고 주춤 숙으려지다가 그래도 할 소리는 하고야 말겠다는 자세로

“그렇다. 나다. 오경배다. 어쩔테야? 채휜 인제 가난에 지쳤어. 그 여잔 인제 돈의 매력밖엔 몰라…….”

말이 더 계속되었을 것인데 문오가 반 이상 담긴 맥주병을 집어 던졌기 때문에 오경배는 식탁 밑에 납죽히 엎드리느라고 그쳐버렸다. 맥주가 쏴아 공중으로 올려뻗쳤다. 식탁 밑에 납죽히 엎드린 오경배를 향해 문오가 달렸다.

“이 주구야. 친일파야. 넌 내 원쑤다. 원쑤야. 원쑤야…….”

마구 밟아주면서 정신 없이 울부짖었다. 올려뻗치던 맥주가 밟는 문오도 밟히는 오경배도 똑같이 적셔 주었다.

“아이쿠. 아이쿠. 강군. 문오군. 말루 하잔 말이야. 내 잘못이 뭐란 말인가? 내 말이 거짓인가 두구 보믄 알 일인데. 아이쿠 야 이 사람아……. 옛날 우의를 봐서두 이럴 수가…….”

팔에 살점을 자랑하던 오경배는 맥을 못 추고 물에 빠진 쥐가 되어 팔을 내저

었다.

문오는 무수히 걷어차다가 그 기세대로 뛰어 나왔다. 본정 입구를 향해 걸었다. 그리로 빠져 나가야 장안백화점으로 갈 수 있다고 인식한 까닭이다. 분노에 분노를 겹치고 외로움에 외로움을 겹쳐 안은 문오는 전신이 뻣뻣해져 올 뿐이었다.

퇴근 시간이어서 사람의 사태가 터진 듯 밀려 나왔다. 문오가 중학교에 다니던 때부터 일인상가(日人商街)인 남촌이, 북촌 종로 거리보다 번화하긴 했지만 이다지 사람이 많이 꾀던 것같지는 않다.

— 물건 사러 나온 사람도 있겠고 산책으로 나온 사람도 있을 테지.

문오는 사람물결 속을 뚫으며 분주히 발을 옮겨놓았다. 포키트[11]의 돈을 생각하면서. 이 돈은 아까 허윤의 집을 찾을 때 넣고 간 것이다. 허윤에게 주고 자기는 집에 내려가자는 마음이었다. 그런데 정작 가놓고 보니 먹었던 마음하고는 달라졌던 것이다.

— 난 인제 그런 짓을 안 할 테다. 모친이 부쳐 준 돈을 함부로 쓰지 않을 테다…….

라고 다짐하면서 허윤의 집을 나왔던 것이다.

돈을 부쳐 달라고 모친한테 요구할 때부터 문오는 허윤들을 염두에 두고 한 일임에 틀림없었는데 아직 포키트에 들어 있다는 사실은 무엇을 의미하는 건지 자신도 알숭달숭하기만 했다.

— 돈이 그렇게 매력 있는 것이더냐? 이걸 다 바루 그 면상에다 탁 던져 주자. 괘씸한 것.

문오는 몸 전체에 경련이 이는 것을 깨달으며 발을 재게 놀렸다.

11　포켓 : 주머니

제2부

1

백화점엔 불빛이 휘황했다. 그리로 쏠리는 사람들도 적지 않았다. 이층 레코드 판매부에도 불빛이 화안했다. 채희가 어떤 남자손님하고 시시덕거리고 있었다. 코가 유난히 뾰족한 남자라는 인상을 깊이 가졌다. 들어가던 길로 돈을 콱 던져 주자고 마음 먹은 문오는 일단 주춤 서 있지 않을 수 없었다.

"어머나. 강선생님."

어느새 채희가 주춤 서 있는 문오를 발견하고 함성을 질렀다. 코가 뾰족한 손님이 눈이 휘둥그래서 두리번 거리다가 문오를 목격하자 쓰거운[12] 웃음을 입가에 보이며 훌훌히 가버렸다.

문오가 미처 움직이기도 전에 채희는 문오가 서 있는 데로 달려 왔다. 숨을 들이쉬며

"강선생님. 어쩜 지금사 오세요. 저 지금 괭이 낙태한 상을 하고 있는 거에요. 강선생님이 보고 싶어서……."

라고 했다.

여럿에게 들릴 만큼 큰 소리를 쉽게 치는 이 장난꾸러기를 문오는 다잡을 도리가 없었다. 술이 확 깨어가는 것이 알렸다.

"그건 웬 소리야? 괭이 낙태한 상이란."

채희가 검은 눈을 크게 뜨고 문오를 쳐다보다가

"그거요? 아주 죽어가는 상을 한단 말이죠. 괭이가 낙태하니 오죽 해요?"

시침일 딱 떼고 내던진다.

다른 때 같으면 웃었을지 모르지만 문오는 눈이 퍼래서 채희를 보고만 있

---

12 쓰겁다 : '쓰다'의 방언.

었다.

"강선생님도 남은 괴롭다는데 벙벙히 서 계셔요? 아까 용빈씨가 다녀 갔잖어요? 용빈씨가 와서 강선생님이 우리집에 계시다는 거에요. 그 말을 듣자 그만 제가 찰싹 까부라졌거던요. 어저께 종일 오시나 오시나 하고 기다렸는데 요리랑 시켜다 자기네끼리만 잡수시면서. 저만 쏙 빼 놓으시면서. 전 외롭지 뭐에요? 채흰 외롭고 괴로웠어요. 어저께만이라도 저한테 와 주셨음 이렇진 않았을 거에요."

채희가 풀이 다 죽어가는 시늉을 했다. 풀이 다 죽어가지고 말하는 채희가 문오 눈에 더 아름다워 보였다. 돈을 그 면상에 콱 던져 주자던 분노의 감정은 가버렸다. 술기운도 얼마 남아있지 않았다.

"아무렇지두 않은데 어디가 어떻다구 그래?"

"그래도 용빈씨 눈엔 그래 안뵜게 괭이 낙태한 상이라고 했겠죠."

"제발 그 하용빈이란 자를 치켜들지들 말라구. 밉다던 사람의 얘길 왜 자꾸 하느냐 말이야? 채희한텐 냉담하다더니 그 새 그런 수작들을 부렸어?"

잘 자란 나무처럼 쭉쭉 뻗었던 하용빈의 건장한 모습, 또 그 얼굴의 삼분의 이 이상을 차지한 무성한 수염, 문오는 턱에 닿는 압박감을 다시 느끼지 않을 수 없었다.

"인제 안해요. 용빈씨 얘기같은 건 흥미두 없어요."

"흥미 없는데 그렇게들 야단이야?"

아까 허윤 집에서 당한 일들이 눈 앞에 낱낱이 떠오른다. 월급의 반 이상이 자기 약값으로 쓰인다던 허윤의 치사스런 얼굴, 눈을 딱 감았다 뜨면서 하용빈의 무릎에 가 앉던 어린것, 문오는 발동하는 기계처럼 몸이 덜덜덜 떨렸다.

"나가자구."

말소리도 떨렸다.

"오늘은 하늘이 고추 맴을 도는 한이 있더라도 강선생님 여관을 알아 놔야지."

하곤 채희가 팽그르르 돌았다.

"리이상 나 먼저 나갈테야. 오도꼬노(남자) 리이상한텐 나 아파서 먼저 나갔다고 그래줘 응."

문오가 먼저 발을 옮겨놓았다.

"안녕하세요?"

완구부 앞에 이른 것도 모르고 있는데 인삿소리에 고개를 돌린즉 먼젓번 나팔을 팔던 여점원이 문오를 알아 보고 반색을 하는 것이었다. 문오는 얼떨결에

"아무것도 안사요."

해버렸다.

"땅꾸13도 있고 총도 있어요. 하나 골라 보시죠."

대꾸할 새도 없이 또각또각 다가 오는 채희와 분주히 걸었다.

"벌써 나가시는군요? 오늘은 동부인하시고 극장구경을 가시나봐."

여점원이 채희 쪽에 말을 걸었다. 채희는 그렇다고도 안그렇다고도 하지 않고 고갯짓으로 응수 해주었다.

"강선생님 지금 그 여자가 우릴 부부로 아나보죠?"

그 여점원 말에 그렇다고도 안그렇다고도 하지 않고 고갯짓으로 응수하던 채희는 발쭉발쭉 웃으며 문오를 쳐다보았다.

문오는 채희를 덤덤히 내려다 보고만 있었다.

"강선생님 잠깐만 기다리세요. 저 윤의 약을 사가지구 와요."

채희가 층계 아래 약품부로 쭈르르 달려 간다. 문오는 먼저 밖으로 나왔다. 시야로 얼른 들이민 것은 저녁노을이었다. 노을 때문에 온통 거리와 사람들이 불그레해 보였다.

채희가 작으마한 상자갑 하나를 들고 분주히 뒤를 따랐다.

"그거면 얼마 동안이나 복용하지?"

13　탱크.

문오가 상자갑에 싫은 시선을 보내면서 물었다.

“이거. 한달 분이에요. 이거면 한달 동안 걱정 없이 먹는거죠.”

채희의 분홍 저고리가 노을을 받아 진해지고 파랑 치마는 자흑색으로 번져갔다.

문오도 말이 없었고 채희도 아무 말이 없었는데 그들은 남쪽 길을 걸었다. ‘미쓰꼬시’ 앞에 이르러 채희가 비성을 발하며

“강선생님 여관을 알아 맞출까요?”

했다.

여관이란 말에 뜨끔했으나 문오는 이내 자세를 바로 잡고 알아보겠거들랑 알아맞춰 보라는 낯색을 지었다.

“남산밑일 거에요. 그렇죠? 강선생님은 멋쟁이시니까 그런데 정했을 거라고 짐작했어요.”

채희가 자신있게 나왔다.

“남산밑? 남산밑은 오경배 따위들이나 드나드는 데야. 친일파 주구들이 계집을 희롱하면서 못난 돈을 쓰는 데야. 난 돈이 없어. 채희가 매력을 느끼는, 허윤이 맥을 못 쓰는 돈이 나한텐 없어. 난 약두 못 사구 옷두 양말두 못 사.”

어느 정도 가라 앉았던 분노가 또 불길같이 되살아올랐다. 문오의 걸음이 빨라졌다.

“어쩜 혼자 달아나세요? 절 떼 버리고 가실 작정예요?”

채희가 숨을 헐떡거리며 옆에 와 팔을 끼었다. 문오는 그대로 내버려 두었다. 아무리면 어떠냐는 생각도 있었지만 채희가 그래주지 않으면 문오는 더 분하고 더 외로워질지 몰랐다.

“오경배가 또 뭐라고 지껄였군요? 그거 누구하고도 저한테 옷이랑 양말이랑 사 줬단 말을 지껄이나봐요. 용빈씨한테도 그러더래요. 용빈씨가 언제 한번 때려준대나.”

채희는 남의 이야기 하듯 얼굴에 구김살 하나 짓지 않고 말했다.

남산엔 노을이 더 찬란히 펼쳐져 있었다. 숲들은 채희의 파랑 치마와 똑같이 자흑색으로 물들어 있었고 그 속에서 새들이 무수히 재깔거렸다. 더 한마디 무슨 말로 울분을 토하려다가 문오는 말아버렸다.

중학 때 여기에 몇 차례 올라와 본 일이 있었을 뿐 참으로 오래간만에 올랐던 것이다. 문오는 발을 문뜩 멈췄다.

문오가 발을 멈추자 채희도 따랐다. 산 아래 먼 데까지 시야 속으로 들어왔다. 그 중에서 총독부, 경성부 이런 큼직한 건물들이 더 두드러지게 드러났다.

문오는 그런 것들에서 눈을 돌리며 채희더러 장안백화점이 어디쯤 되느냐고 물었다. 채희가 손가락으로 저거 아니냐고 종로 쪽에 우뚝 솟은 빌딩을 가리키고 나서 인젠 파했을 거라고 말했다. 문오가 파했을 텐데 집에 가지 않아서 어떻게 하느냐고 걱정 비슷이 말한즉 채희는 얼굴을 잔뜩 치켜들곤 도리를 다알달 돌리며

"괜찮아요. 괜찮다고 그래주세요. 강선생님."
했다.

문오는 채희 속에 들린 약상자갑에 시선을 주면서

"윤이 약을 기다릴텐데……."
했다.

"바아보. 윤이 강선생님을 어떻게 미워하는데 허형 허형하면서 그러세요? 집에 오는 것도 얼마나 싫어하는지 아세요? 모르시니까 가시는 거겠죠?"

채희가 빈정대는 얼굴로 문오를 쳐다 보았다. 문오가 쳐다 보는 채희의 빰을 찰싹 갈겨주었다. 채희가 꼈던 팔을 쑥 잡아 빼면서 물러서더니 자흑색이 된 파랑 치맛자락을 팔랑팔랑 날리며 언덕길을 내려가는 것이었다.

채희를 갈겨준 보드라운 감촉을 손바닥에 느끼면서 멀거니 채희가 내려가는 쪽을 바라보던 문오는 오싹 추워지는 것을 느꼈다. 노을이 찬란한 하늘이 멀어지는 것을 느꼈다.

"채희. 채희."

문오는 언덕길을 달려 내려가 채희를 막아섰다.

"채희 날 두구 감 어쩔 셈이야? 날 여기 혼자 남겨두구 감……"

"윤의 약을 갖다줘야 한다면서?"

채희가 항의조로 맞섰다.

"있다 갖다 줘. 조금만 더 있다가 가 줘."

채희가 빨쭉 웃으며 문오 팔에 팔을 쑥 끼곤 머리를 문오 어깨에 자긋이 들이붙이면서

"강선생님이 어린애같이 그러는 거 참 좋아. 우리 애기야."

했다.

머리 냄새가 거기 서 있는 나무 냄새같이 훙긋했다. 문오는 채희를 와락 끌어안았다. 채희가 약상자갑도 동댕일 치고 문오 목에 깡충 매달렸다. 문오가 채희의 허리를 안았다. 허리께가 안기에 편리한 위치에 있었던 것이다.

"강선생님 계신 여관에 가요. 선생님 계신 델 알고 싶어."

채희가 문오 귀 가까이 속삭였다.

"그래. 가자구."

문오가 채희를 안은채 동댕일 친 약상자 갑을 집어 들고 숲이 빽빽하게 짙은 속으로 발을 옮겨갔다.

"이 숲 속에 여관이 있어요? 멋인데……"

채희가 알면서 하는말인 줄 문오도 알았다.

산길은 만만치가 않았다. 나무뿌리에 걸키기도 했다. 높고 낮은 델 헛 밟기도 했다. 그러나 안은 것은 놓지 않았다. 놓아선 안 되겠다는 생각이었다. 분노도, 외로움도, 문오를 둘렀던 무장도 훌러덩 벗겨져 갔다. 의지와 판단까지도 문오는 상실하고 말았다.

채희를 풀 위에 내려놓았다. 채희가 내려 논 채로 문오를 올려다 보며

"이게 여관이죠?"

묻는다.

"그래. 이 풀보료 깔린……."

문오는 말을 채 마치지 못하고 하늘을 향해 누운 채희 얼굴 가까이로 갔다.

채희의 크고 검은 눈이 사르르 감겼다. 눈을 감은 탓일까? 입술이 더 고왔다. 꽃이파리 같다고 생각했다. 꽃이파리에, 문오는 입술을 갖다 대었다. 채희가 양 팔을 문오 목에 감았다.

채희를 한참 만에 문오가 불렀다. 채희는 감았던 눈을 뜨는 것으로 대답을 대신 했다.

"인제 채흴 놓지 않을 테야. 채흰 내 편이야. 나한테서 떠나지 말아 줘."

채희의 몸 전체를 벌써 문오는 거둬 안았다.

"그래. 안 떠날께."

거야 안기운 채희가 숨 가쁜 소리로 속삭였다.

"이내 날아갈거야. 다른 나무 가지루. 새처럼 포로로오……."

잘 자란 나무처럼 쭉쭉 벋었던 하용빈의 모습이 앞을 스쳐갔다.

"아녜요. 오래오래 이 나무 가지에 머물러 있겠어요. 멋진 이 나무 가지에. 앉 구 싶던 가지에요."

채희가 다시 눈을 감았다.

"실컷 앉아 있어 줘 채희. 실컷. 실컷. 이 나무 가지에."

황혼이 짙은 어둠으로 바뀌었다. 숲도 채희도 어둠 속에 파묻히었다.

문오는 몸뚱이 전체가 마구 젖어드는 것을 느꼈다. 이렇게 흥청거릴 수가 있 을까부냐고 외쳤다. 옥주여사밖에 체험하지 못한 문오는 여자란 바삭바삭한 것으로만 알고 있었다.

"채흰 너무 좋아."

숨이 헉헉 막히는 소리었다.

"선생님, 저 지금 눈을 딱 감았다 뜬 거 아세요?"

채희가 몸을 마구 흔들어 대며 했다.

"몰라. 안 보여. 어두워서."

문오는 산 아래 불빛과 하늘의 별들이 온통 한데 어울려 출렁거리고 있음을 알 뿐이었다.

2

문오가 잠에서 후닥닥 눈을 떠 상찰했을 땐 나팔 소리가 아니고 두부장사의 방울 소리였던 것을 알았다. 딸랑딸랑 치는 방울 소리와 '뚜우' 부는 나팔 소리의 그 음향이나 음색이 같을 리 없을 텐데 어찌하여 방울 소리가 나팔 소리로 들려 온 것인지 모를 일이라고 멀어져 가는 방울소리에 귀를 기울이며 문오는 곰곰히 생각하는 것이었다. 그는 나팔 소리를 털어 버리기라도 하려는 듯 머리를 두어 번 흔들며 털다가 벌떡 일어나 앉았다. 채희는 이불 위로 몸뚱이 전부를 드려내놓고 잠들어 있었다.

아직 다 밝지 않기도 하려니와 창에 육중한 커튼이 내려뜨리운 탓으로 채희를 완전히 살피지 못했으나 숨소리로서 채희가 지극히 평온하게 자고 있음을 간파했다.

"이것아. 자구만 있음 어쩔 셈이야?"

채희한테 치란하자[14]는 것은 아니었는데 기가 꽉 차니까 불쑥 나와버린 소리였다. 문오로서는 채희를 치란할 아무런 건더기가 없었다.

어제 저녁, 산에서 내려오는 길에 그는 채희가 집에 돌아가리란 예측을 속으로 하면서 채희 어깨를 부둥켜 안은채 채희더러 집에 돌아가지 말아달라고 애원했던 것이고, 그러자 또 채희는 마구 몸을 흔들어 대며 초생달이 산 허리를 다 넘어간 이 밤중에 가긴 어딜 가느냐고

"채흰 인제 영영 강선생님 것이에요."

---

14 치란하다 : 혼란에 빠진 세상을 다스리다. 여기서는 '혼을 내다' 혹은 '잘못을 바로잡다' 는 의미로 쓰인 듯함.

라고 앙탈을 부렸던 것이다.

채희 이 말에 문오는 막 신이나서 걸음을 우뚝 멈추고 채희를 전부 끌어다 안고는—

"하용빈두 허윤두 발 밑에 밟고 선 기분이야. 아무두 두려울 것 없어. 난 승리자야. 틀림없는 승리자지 뭐야. 이렇게 채희의 전부를 차지했으니 말이야……."

하곤 수 없이 지껄였던 것이 아닌가.

제 아무리 육중한 커튼이 내려뜨리웠어도 밝아오는 날을 막아낼 재주는 없었다. 방 안에 서리었던 어둠은 부신듯 가시고 환해 오자 테이불이 드러나고 거기 올려 논 약상자 갑이 시야 속으로 들어왔다.

문오는 몸을 뒤로 움츨뜨렸다. 허윤이 거기 올라앉아 있는 것같은 착각을 일으켰던 것이다. 미간에 한일자를 쭈욱 내려 꽂은 허윤이다. 일을하는 때면 으레 허윤은 이런 얼굴을 지었다. 동지들은 허윤의 이런 얼굴 앞에선 꼼짝을 못하고 허윤을 따를 뿐이었다. 문오는 그 중에서도 더 꼼짝을 못하는 편이었든지 모르겠다.

문오가 대학 정치과에 입학하던 봄 어느 날 저녁, 성철수의 안내로 허윤을 찾았다.

성철수는 명치대학 일년 생으로 명치대학 독서회에 조선인 학생 책임자 격이었던 터이라 성철수가 위대한 지도자로 모시고 있는 허윤을 만나는 일에 처음부터 문오는 기대를 가졌던 것이다.

그리 밝지 않은 전등불 아래 칠 팔명의 청년들이 둘러 앉은 가운데 '쯔메에리' 검은 세루[15] 양복을 입은 허윤이 '맑쓰=엥겔스의 유물사관'을 이야기하고 있었다.

허윤은 시종일관 미간에 한일자를 쭈욱 내려 꽂고선 분명한 어조로 또박또박

---

15 '서지(serge)'의 비표준어. 옷감으로 쓰는 모직물의 하나.

이야기를 계속하고 있었다.

문오는 그렇게 하고 있는 허윤에게 당장 반해버렸으며 그 날 밤으로 성철수를 통해 허윤들과 동숙하기를 자청하여 이튿날 곧 짐을 옮겨 왔었다.

가끔 허윤은 문오더러 부르좌지의 근성을 청산하라고 충고해 주었다. 지주의 아들이라 할 수 없나보다고 빈정대는 어조로 나오는 때도 있었다. 채희의 오빠인 마채균과 같은 생각으로 문오를 관망하고 있는 눈치였다.

문오는 이럴 때마다 치욕을 느끼는 동시에 발을 뻗디디며 이 근성을 뽑아 버리리라고 버둥거렸다. 모친이 송금해 주는 돈을 아낌 없이 그들 때문에 써버리게 된 것도 부르좌지의 근성을 청산하자는 노력에서 였다. 그러면서도 실상 문오는 자기의 어디에 부르좌지의 근성이 남아 있는 지를 알지 못했다.

"이게 바루 부르좌지 근성의 발로야."

테이불 위의 약상자갑이 미간에 한일자를 쭈욱 내려 꽂고선 이렇게 고함을 지르는 것이었다. 또 생통같이도 관자놀이께에 파란 줄이 드러난 옥주여사의 파리한 모습이 그 주위를 동동 배회는 까닭은 무엇일까? 이것들은 벌써부터 거기 그렇게들 하고 있었던 것인지 모를 일이다. 이것들 때문에 문오는 잠 속에서 두부장사의 방울 소리를 나팔 소리로 들어버렸던지 모를 일이다.

문오는 끝내 두 손으로 얼굴을 감싸 쥐고 '으음' 신음소리를 발하고야 말았다.

"선생님. 벌써 깨셨네."

채희가 깨었다. 문오는 두 손을 풀고 채희를 공포에 떠는 눈으로 보았다. 채희는 문오의 신음 소리에 깬 것 같지는 않았다.

채희는 거침 없이 양 팔을 쭈욱 펴 들곤 문오 목에 매달리는 것이었다.

"안아 줘."

채희가 비성을 마구 발했다. 문오가 채희의 말대로 덥썩 안았다.

문오가 채희를 안은 것이 아니라 문오가 채희에게 안기웠다. 마치 어린 것이 무서운 것에게 쫓기는 때 어머니의 품 속으로 뛰어들듯이 문오는 채희의 가슴팍에 머리를 파묻었다.

"채희. 날 어떻게 해 줘. 꽉 안아 줘, 응 채희."

문오는 테이불 위의 약상자갑에 시선을 보내지 않으려고 애쓰면서 애원했다.

"어머나. 이 애기 보겠네. 우리 애기 예쁜 애기 자아장 자아장……. 그렇지만 전 선생님이라 해요. 애기라고 안 하고 여보라구두 안 불러요. 이 세상에서 젤 존 이를 윤하고 같은 대명살 사용하고 싶진 않거든요."

채희는 문오의 다 자라지 않은 머리털을 쓰다듬어 눕히며 노랫조로 지껄였다. 문오 이마에선 땀방울이 줄을 지어 흘러내렸다.

"더우신가봐? 땀을 이렇게 흘리시게. 창을 열어 놀까?"

— 밝음이 두렵다는데 창을 열다니…….

"아니 이대루 가만 있어 줘. 어둔대루 가만 놔둬 줘."

문오는 손을 내저었다.

"선생님. 어디 아프세요? 아프신 것같아."

채희가 제 뺨을 문오 이마에 대어 본다.

"아무렇지두 않아. 가만히 쉬게 해 줘. 날 잠들게 해 줘. 채희."

"자장갈 불러드릴께 주무셔요, 네?"

채희가 '자장가'를 나직히 부르기 시작한다.

— 자아장 자아장 우리 아가 자장. 꽃같이 어여쁜 우리 아가야 — .

'자장가' 소리에 문오의 눈이 스르르 감겼다. 잠이든 것은 아니었다. 눈이 저절로 감겨진 것이다. — 하늘의 천사 춤을 추운다 — 에 이르렀을 때 문오가 바른 손으로 노래가 흘러 나오는 채희의 입 언저리를 더듬으며 중얼거렸다.

"목소리가 그대로 곱다."

고 중얼거렸다.

"선생님! 저 지금 꿈을 꾸다가 깼어요. 꿈 속에서 이렇게 노랠 부르다가 깼어요. 그냥 노래만 부르지 않고 서반아 무희처럼 원무를 추면서 불렀어요. 빠알간 무희복을 입구요. 그런데 선생님이 어디선가 나타나 두 팔을 쫘악 펴들고 절 안아주시는 거 아녜요. 터지게 안아주셔서 숨이 막혔어요. 저 그래서 깬 거예요."

더듬는 문오의 손을 채희가 잡아 쥐곤 제 뺨에 문질렀다.

— 채희는 고운 꿈을 꾸며 편안히 잘 수 있었는데 나는 왜 괴롭기만 한 걸까……?

문오는 채희가 부러웠다.

"채희. 또 노랠 부르라구. 이렇게 눈을 감구 채희 노랠 듣구 있으니까 동경 있을 때와같은 기분이야. 조금두 달라진 게 없는 것같아. 모두 한 덩어리가 되어 일하던 때와 똑같아. 자아. 노랠 불러 줘. 더 불러 줘. 응 채희."

— 밤이나 낮이나 감방은 언제든지 어두워 아귀의 눈이 — .

동경 이야기가 나온 까닭인지 채희는 '옥중가'를 극히 낮은, 문오에게밖에 들리지 않는 소리로 부르는 것이었다. 그들이 늘 부르던 노래라 문오도 눈을 감은 채 채희보다 더 낮은 소리로 멜로디로만 따라 불렀다.

채희가 양말을 기우면서도, 밥을 지으면서도, 다리미질을 하면서도 노래를 불러서 동지들도 노래부르는 버릇이 생겼던 것이다. 우렁찬 남자들 소리에 섞인 채희의 소리는 채색과 같은 것이 아닐 수 없었다.

그대신 집 주인네는 그들의 노래에 진력이 났다. 땅딸보인 바깥 주인이 삐이걱거리는 층계를 통통 구르며 올라와선 노래를 그치지 못하겠느냐고 간청도 해보다가 위협도 해보는 것이었다. 땅딸보 주인은 당신들이 조선인이 아닌체 하고 남의 집에 들어가지고 방 세도 내지 않으면서 불러선 안 되는 노래까지 부르면 우리는 너무 억울하지 않느냐는 것이었다.

학교에 매일 꼬박꼬박 나가는 대학생 둘이서 자취를 하기로 하고 온 것이 학교는 커녕 학교 문전에도 가지 않고 여자까지 합치면 십명 가까운 식구가 온통 한 데서 들끓을 뿐 아니라 열흘이 멀다고 서로 내기라도 하듯이 유치장엘 드나드니 우리가 못 견딜 노릇이 아니냐고도 했던 것이다.

이런 때 도맡아 들고 나서는 치가 우영춘이였다. 우영춘은 목청을 가진 사람이면 소리를 지를 자유가 있거늘 어찌하여 우리들에게 소리 지를 자유조차 막느뇨. 방을 우리에게 세로 준 이상 열사람이 들끓건 스무사람이 들끓건 상관할 바가 못되고 학교에 꼬박꼬박 나가거나 말거나, 유치장에 드나들거나 말거나 간섭할 게 어디 있느냐고 따졌다.

땅딸보 주인이 내려가고 나면 노래는 더 극성스럽게 계속되는 것이었다.

입을 크게 쩌억쩍 벌리는 허윤의 소리가 들렸다. 콧구멍을 벌룸거리는 성철수의 소리가 들렸다. 목을 바짝 제낀 오경배, 목에 핏줄이 드러나는 마채균, 몸을 건들건들 흔들어 대며 바리톤을 뽑는 하용빈, 저 혼자 느리게 빼던 우영춘.

문오가 채희의 가슴팍에서 빠져 나왔다. 노래가 부르고 싶어졌던 것일까?

채희가 벌떡 일어나 노래에 맞춰 원을 그리며 돌아갔다. 속치마 자락에 잔뜩 든 바람 때문에 채희는 에두발룬처럼 둥둥 뜬다. 둥둥 뜨는 기세로 커튼을 밀어 젖혔다.

밝음이 쏴아 방 안으로 밀려들었다. 책상 위의 약상자갑, 아무렇게나 벗어 던진 채희의 옷들과 문오의 것들. 방 안은 한껏 지저분하다.

"커텐을 쳐라. 커텐을."

문오가 고함을 질렀다. 돌아가고 있는 채희 귀엔 문오의 고함 소리가 노랫소리로 들렸던지 그대로 돌아갔다.

문오가 씨잉 채희에게로 달려가 채희를 탁 쌔려뜨렸다.

"저 오래간만에 노랠 불렀어요."

채희는 발죽발죽 웃었다.

문오가 채희의 뺨을 찰싹 후려 갈겼다. 채희는 문오 목에 팔을 감고 파드득 웃었다. 채희는 문오의 행위를 애무의 표시인 줄로만 알고 있었다. 몇 차례를 지내 본 결과, 몸과 몸이 부딪히는 때면 으레 문오는 미친 듯 채희를 다루어 주었음을 알고 있는 관계로 실오리 만큼이라도 다른 생각을 채희는 품을 필요가 없었다.

문오가, 파드득 웃고 목에 매달리는 채희를 떼 밀어내며 몇 차례를 더 갈기곤, 씨잉 일어나 테이불 위의 약상자갑을 채희에게 갖다 안겨주었다.

"가지구 가라구. 가. 가."

　그제야 채희는 문오의 거동을 알아 채고 어린애처럼 와앙 울음을 터트렸다. 그 크고 검은 눈에서 방울방울 쏟아져 흐르는 눈물.

　"어쩜. 절더러 가라는 거에요. 저 안가요. 강선생님 곁에 있을 테예요. 영원히…… 있는다고……. 했는데 강선생님도 그런다고 하고선 왜 가라는 거예요?"

　채희는 흐느끼느라고 말이 토막토막 끊겨졌다. 채희가, 안겨 준 약상자갑을 쌔려 던지곤 테이불 앞 의자에 가 돌아앉는 문오 목에 매달렸다.

　"강선생님. 정말 절더러 가라는 거예요? 정말이람 전 죽어버려요. 누어 앓는 윤의 꼴을 가서 보라는 거예요? 아침에 점심과 저녁밥을 다 지어 놔야 하는 그 노릇, 이젠 못해요. 저녁에 들어가선 아침에 지어 논 찬 밥을 찬도 없이 먹는 거 싫어요. 무거운 물지겔 지기가 싫어요. 선생님 저 언제까지 여기 있게 해줘요. 이 풍성한 가지에 항상 머물게 해 줘, 응 선생님."

　채희는 다시 더 팔에 힘을 넣어 문오 목이 나무 가지인양 매달리며 제 얼굴을 그 얼굴에 부벼댔다.

　문오는 하는 대로 내버려 두었다. 한참 만에야 채희를 안아다 자리에 눕혔다.

　"잘못했어. 내가 잘못했어. 아무 생각 말구 한 잠 자라구……."

　문오는 채희를 편안히 쉬게하고 싶었다. 물지게를 짊어지었던 채희도 알고 있고, 찬이 없는 초라한 밥상도 문오는 보아서 알고 있다.

　"선생님 저 노래 부르고 날뛰는 거 보기 싫어서 그랬어?"

　울고 난 채희는 이슬을 먹음은 꽃봉오리 같았다. 문오가 고개를 저어 아니라고 대꾸를 대신했다.

　"그럼 왜 그랬어?"

　채희가 한껏 비성을 발하며 응석을 부렸다.

　"암말두 말구 푹 쉬라구. 이번엔 내가 자장갈 불러 주지."

　"선생님도 같이 누워."

　채희가 문오의 목을 끌어 당겼다.

　"난 이대루 앉아 채흴 재워줄테야."

"커텐을 쳐요. 너무 밝아."

"밝은대루 내버려 둬."

"선생님 무슨 생각을 하시는 거죠?"

채희가 문오를 찬찬히 올려다 보았다.

"아무 생각두 안해."

"그럼 왜 그렇게 재미 없게 구세요?"

채희가 입을 쑤욱 빼물고 트집부리듯 말한다.

"채희."

신중히 부르는 소리에 채희가 쑤욱 빼물었던 입을 열어서

"네."

정중히 대답했다.

"……채흰 금아랑 생각나지 않어? 금아가 부는 나팔 소리가 들리잖어?"

문오는 채희의 흐트러진 머리카락을 쓸어주며 물었다.

"그런 소리 하심 싫어요. 전 지금 강선생님뿐인 걸요. 아무도 절 침범하지 못해요. 제 몸뚱이 속엔 선생님 만이 꽉 차 있는 걸요."

채희한테 쌔려 던지운 약상자갑이 웃목에 가 비지발 없이[16] 멀뚱거리고 있다.

"커텐을 쳐버리지."

문오가 커튼을 치고 나서 약상자갑을 휴지통에 처넣으려다가 휴지통 뒤 눈에 뜨이지 않는 데다 들여 놓곤 채희 곁에 와 누웠다. 채희의 손을 꼬옥 잡은 채 눈을 감고 있는데 또어 밖에서 노크 소리가 들렸다. 문오가 엉겁결에 일어나며 누구냐고 소리쳤다.

문을 열어도 괜찮으냐고 묻는 여자의 소리다. 호텔의 하녀인가 보았다. 문오가 무슨 일로 그러느냐고, 할 이야기가 있으면 거기서 하라고 말한즉 아침밥을 어떻게 하겠느냐는 것이었다. 먹겠노라고 대답해 보내고

---

16 '비지발 없이'가 특정 단어의 오식인지 혹은 방언인지 확인하기 어려움.

"난 또 누구라구……."

하면서 문오는 안도의 숨을 쉬었다.

"윤이라도 찾아온 줄 아셨군요? 겁보. 애기. 얼른 눕기나 해요."

문오가 다시 자리에 누어서 얼마 안 되어 아침 상이 들어왔다. 아침을 먹고 나서도 그들은 또 누었다. 누어 있는 일외에 할 일이라곤 없었다. 초여름으로 접어든 하루 해는 그대로 길었건만 그들은 그 긴 하루를 누어서 지내는 일에 지치지도 않았다.

날씨가 점점 더워지면서 그들도 닫쳐두었던 문과 창을 열어젖혔다. 다행히 창고로 쓰이는 방과 마주 바라보고 있는 방이어서 열어놓더라도 사람 눈에 뜨일 염려가 적은 터이라 문과 창을 온통 다 열어 놓고도 속치마와 '사루마다'[17] 바람으로 지나기에 무방했다.

그 날은 바람이 좀 세차게 불었다. 온통 다 열린 창과 문으로 들이치는 바람으로해서 벽에 걸린 채희의 옷이 자주 불룩 부풀었다가 갈아 앉곤 했다. 허윤집에 갔을 때 채희가 벗어 건 낡은 옷이 똑 생명있는 물체처럼 불룩 부풀었다가 갈아 앉곤 하던 것과 똑같이도 ─ .

"저 옷 저걸 이쪽으루 갖다 걸든가, 베껴버리든가 해."

"보기 싫으셔요?"

"글쎄 베끼래두 그래."

짜증에 가까운 어조로 나왔다.

"오경배가 준 거라고? 오경배가 선생님한테 그따윗 소릴 지껄였군요?"

"게다가 또 오경배가 준 거야?"

문오가 후다닥 일어나 못에 걸린 채희의 옷을 한 쪽 구석에 쌔려 던졌다. ─ 개놈의 자식. 그놈이 아니었더면 이 지경에 이르지는 않았을 것이라는 생각에

17　일본의 남성용 속바지.

서 화살은 오경배게로 돌아갔다.

"선생님이 절 아주 경멸하시죠? 전향한 그따윗 남자가 준 옷을 걸치고 다닌다고……. 윤두 그랬으니까요. 윤이 저걸 입는다고 얼마나 야단쳤게요. 때리자고 달려들었다니까. 그렇지만 옷이 없는 걸 어떡해요. 밤낮 검정치마 하날 가지고 입기가 진절머리 났거든요. 인젠 벗어버려도 좋아요. 지금은 옷이 필요 없잖어요? 이렇게 속치마 하나로라도 넉넉하잖어요? 선생님만 곁에 있어 주면 아무것도 필요 없어요. 선생님만이 필요해요."

누어 있던 채희가 분노와 불안에 떨고 섰는 문오를 향해 두 팔을 높이 쳐들었다.

채희의 긴 머리는 풀어헤쳐져 있었다. 머리를 풀어 헤친 채희는 어느 때를 막론하고 아름다웠다.

문오가 자기를 향해 두 팔을 높이 쳐들은 채희에게로 주춤주춤 다가갔다. 줄에 달린 연이 줄을 당기면 다가오듯이, 주춤주춤 다가 온 문오를 채희는 쳐들은 두 팔 안에 와락 끌어넣었다.

"우리 애기. 성 내면 안 돼요. 성 내면 채흰 어떡하라고."

분노와 불안이 뒤엉킨 문오다. 저도 채희를 안고 딩굴을밖에 더 달리 도리가 없었던 것이다.

저녁을 먹고 난 뒤 어둡기를 기다려서 문오가 채희더러 머리를 빗고 옷을 입으라고 했다. 채희는 왜 그러느냐고 눈을 크게 떠 문오의 낯색을 살폈다. 채희의 얼굴엔 불안한 빛이 확 떠올랐다. 그 불안은 저를 허윤에게 보내려고 그러는 줄 알고 있는 듯 보였다. 채희는 문오가 나갈 차부새를 차리는 것을 보자 변소에도 가기 싫다던 이가 어딜 가자는 거냐고 물으며 불안한 낯색을 버리지 못했다. 미리 그렇게 하리라는 생각이 있은 것은 아니지만 채희가 이렇게 나오니까 슬그머니 골려주고 싶은 충동도 없지 않아서 문오는 굳이 나가는 이유를 밝히지 않았다.

채희도 하는 수 없이 옷을 입었다. 속치마 바람으로만 보던 채희보다 옷을 제대로 입은 채희가 새삼스럽게 고와 보였다.

아래층으로 내려간즉 문오들 방 담당인 하녀가 따라 나오며 아주 가는 거냐, 다녀오는 거냐고 묻는다. 약상자갑 하나밖에 없음을 인식하고 문오가 하녀에게 그동안의 유숙비를 치르겠노라고 했더니 그럼 아주 가시는 거군요, 했다. 문오가 다시 오겠노라는 말에 하녀는 유숙비를 치를 것까지 없지 않겠느냐고 했으나 방에 아무것도 남긴 것이 없으니 치르는 편이 좋겠다면서 유숙비를 치르고 나니 채희의 불안은 더해갔던 것이다.

채희의 불안은 거리의 포목상으로 문오의 발이 넘어섰을 때에야 비로소 풀렸다. 채희는 남의 눈을 꺼릴 새도 없이 뚝뚝 뛰며

"선생님. 강선생님. 절 데려다 주는 줄 알았어요. 어머나, 어쩜 좋아. 그렇지만 저 집엔 안 갈 각오를 단단히 한 걸요. 어디서고 막 소릴 쳐 울어버릴 작정이었어요."

하곤 푸드득 웃기까지 했다.

문오는 남의 눈도 있고 해서 채희더러 얼른 옷감이나 골라보라고 했다. 채희가 빨강치마를 뜨겠노라고 새새거리면서 그래도 괜찮으냐고 다짐하는 것이었다.

포목상에서 나온 그들은 백화점에 들려 채희의 원피스, 내의, 양말 등과 둘의 자리옷 그리고 문오가 집에서 입을 기성복 바지까지 샀다.

서점에 들려서 책을 몇권 구하기로 했다. 문오는 동경서 읽은 것들을 다시 읽어보겠다는 생각이 들었다. 책이라도 읽어서 불안을 메꾸어 보자는 생각이었다. 본래의 자기를 찾아보자는, 자꾸 허무러져만 가는 자기를 다잡자는 생각에서였던지 모른다. 개조사판(改造社版)으로 나온 『맑쓰=엥겔쓰의 유물사관(唯物史觀)』하고 『맑쓰 경제학원론(經濟學原論)』 두 권을 찾았다. 옆에 지켜 섰던 채희가 소설책도 사라고 일러주었다. 얼른 눈에 띄인 것이 『치인(痴人)의 애(愛)』라는 곡기(谷崎)[18] 것이었다.

---

18 다니자키 준이치로(谷崎潤一郎).

새 옷을 입은 채희는 문오를 황홀하게 만들었다. 빨강치마를 입으면 공작새 같다고 안아주었다. 원피스를 입은 채희는 칼멘[19] 같다면서 안아주었다. 문오는 채희에게 칼멘의 피가 섞여 있는지도 모를 일이라는 생각도 하면서 날뛰었다.

채희는 새 옷으로 해서 자태가 아름다워졌다는 사실을 인식하고 문오를 더욱 더 열에 뜬 상태로 이끌어 갔다.

문오는 책을 읽으려고 했으나 채희 때문에 초지를 일관할 수가 없었다. 책을 읽다가도 채희를 자빠뜨리는 점잖지 못한 거동을 하기가 일쑤였다. 문오는 자기의 어디에 그러한 힘이 숨어 있었던가 하고 스스로 놀라기도 했다. 그 힘은 채희로 해서 발아(發芽)한 것인 동시에 또 그것은 채희로 해서 칡넝쿨 모양 굵고 질기게 뻗어가는 것이라고도 생각했다.

어느 날 문오가 책을 읽고 있는데 채희가 문오의 대퇴골을 누르곤 엎드리라는 것이었다.

대퇴골이 눌린 탓으로 겨우 목을 뒤로 꼬며 까닭을 물은즉 채희가 아무 말도 말고 하라는 대로 하라면서 쿡 박아 주었다.

채희의 말투나 행동에 날마다 조심성이 결여되어가는 것이 현저했지만 문오는 그렇게 하는 채희가 점점 더 귀여워 졌다.

문오가 채희 말대로 엎드렸더니 채희는 움쭉 문오 등에 올라 타는 것이었다.

"이건 또 무슨 짓이야?"

허리가 빠지는 듯 무겁기만 하고 말이 제대로 나오지 않았다.

"인제 겨요. 앞으로 기어 가란 말이야."

문오는 또 채희가 하라는 대로 떵기떵기 기었다.

"나 지금 읽은 소설책의 남자가 여자를 이렇게 태우고 있잖어? 나도 한번 그 여자처럼 남잘 타 보구 싶어졌어. 이랴. 이랴."

채희는 말을 몰듯 몰면서 양쪽 정갱이로 문오의 옆구리를 툭툭 쳤다. 문오는

자리옷 자락 사이로 드러났을 싯뿌연 채희의 정갱이를 전신으로 감각하며

"대관절 이게 무슨 꼴이람. 날 아주 바볼 만드는 거지? 꼼짝을 못하구 난 바보가 돼가는 거야? 이게 뭐야? 버르장머리두 없지. 이게 아주 버르장머리가 없단 말이야."

문오가 끝내 엉덩이 쪽을 공중 치켜들어 채희를 떨어뜨린다. 채희가 문오의 바루 머리통을 스쳐서 떨어졌다. 떨어뜨린 채희는 벌렁 자빠진 채로 달려드는 문오를 받았다.

"강문오가 이렇게 점잖지 못한데 채희가 버르장머리가 있을 수 있어?"

간지럽기라도 한 것처럼 채희는 파드득파드득 웃었다.

"자알들 논다. 바루 에덴동산이로구나."

'발'만 친 방 안의 정경을 모조리 목격하고 있은 하용빈의 고함 소리였던 것이다.

문오는 이 고함 소리만 들었을 뿐 그 뒤의 일은 전연 모르고 있었다.

문오가 깨어났을 땐 사방이 고요하기만 한 밤중이었다.

문오는 얼른 옆을 더듬어 채희를 찾았다. 그가 깨어 난 목적이 채희를 찾자는 데 있은 것처럼. 채희는 없고 더듬는 팔이 제대로 움직여지지 않는다는 사실을 문오는 알았다.

— 어떻게 된 셈이야? 그 놈이 실컷 짓밟구 차구 하구선 채흴 데리구 갔구나. 에에익…….

몸을 일으켜 채희를 찾으려고 했다. 그러나 몸마저 무거운 것에 꽉 눌린 것 같으면서 움직여주지 않았다.

— 아이쿠. 어쩌나? 아주 운신두 못하게 됐구나…….

간신히 바른 편 손을 움직여 얼굴을 만져보았다. 도무지 제 살같지 않게 감각이 무딘 위에 피가 말라 붙은 셈인지 얼굴 전면이 뻐득뻐득하다.

— 얼굴까지 박살이 됐구나…….

채희를 다시 더듬어 보았다. 이 지경 돼가지고 채희까지 없으면 차라리 죽는

편이 낫다는 생각이 들었다.

— 어떻게 전등이라두 켜낼 수 있었으면. 커텐을 제끼던가. 커텐만 제끼더라두 들이미는 달빛에 방이 한결 밝을 텐데…….

어제 저녁의 광경이 문오 머리를 훌쩍 스쳐 갔다. 달빛만으로도 채희의 몸뚱이 전부를 충분히 살필 수 있었다. 채희 가슴팍, 유방 아래를 좀 지난 처소에 도드라진 녹두알 만한 사마귀까지 까맣게 드리비쳐 주었던 것이다.

문오는 몸을 더 한번 버둥거려 본다. 여전히 꼼짝 할 수가 없다.

"채희."

소리를 쳐 보았다.

"어머나. 깼네."

채희가 겅둥 일어나서 전등을 켠다.

— 아아, 있었구나. 거기 있었구나…….

문오는 숨을 화알 내쉬었다. 몸뚱이 전부가 부서졌더라도 채희만 옆에 있어 주면 살 것 같았다. 불빛에 부시우는 눈을 벌려 뜨며 채희를 살폈다.

"채희. 어디 있었어?"

"어디 있긴 어디 있어요. 여기 있었지. 막 차 밀어내니 옆에 누어있어 낼 수 있어야지. 이를 뿌득뿌득 갈면서 안 하던 짓을 하던데."

"그 놈을 어떻게 하지 못한 분풀일 하느라구 그런 게지. 대관절 어떻게 된 거야? 내가 지금 어떻게 됐냐 말이야? 온통 운신을 할 수가 없어. 얼굴두 진창이 된게 아냐?"

문오가 다급히 서들며 채희의 대꾸를 기다렸다.

"괜찮어. 문둥이같이 되긴 했지만."

"문둥이? 그래서 피했구나?"

문오가 소리를 버럭 질렀다.

"그렇잖다니까. 막 차서 밀어내니 하는 수 있어야지."

문오가 아주 병신이 된 건 아니냐고 다시 물었다. 채희는 대단치 않다는 듯이 몇번 차구 밟구 했을 뿐이라고, 얼굴은 서너 차례쯤 갈기니까 그 지경 되더라고 말했다. 왜 좀 말리지 않았느냐고 문오가 역증을 내니까 채희는 그 불길같은 힘을 어떻게 막을 수 있을까부냐고 하며 냉담하게 굴었다. 또 채희는 하용빈이가 경성 장안을 발끈 뒤졌더라는 말도 문오에게 들려 주었다. 차고 밟고 하면서 지껄이는 소리가 그렇더라는 것이었다.

"나 하구 있은 건 어떻게 알았을까?" 묻는 문오 말에 채희는 백화점에서 알았을 게 아니냐. 키가 좀 후리후리 하고 얼굴이 희멀끔한 남자하고 같이 나가더라고 했을게라고 말한 다음, 창피스러워서 수색원을 제출할 염도 못했다던 하용빈의 말을 옮겨도 주었다.

문오는 '아이쿠' 소리를 내질렀다. 육신이 움직일 수 없이 아픈 것만이 아니었다. 아무렇지도 않아하는 채희 일에 기가 딱 찼던 것이다.

"어디가 아파서 그래요?"

"어디가 아프다니 무슨 소리야? 사지가 제가끔 물러 앉는 것 같은데."

문오가 오만상을 찌푸렸다.

"왜 그렇게도 맥을 못쓰는 거요? 꼭 꿩이 앞에 쥐던 걸."

"내가 힘을 쓸 만한 위치에 있었어?"

문오는 불리했던 위치를 들고 나섰다.

"위치가 문제 아니던데. 벌써 용빈씨 소리가 들리자 덤벼들기도 전에 힘을 잃던 걸."

"그래 그게 싫더란 말이지?"

"글쎄……. 두들겨 맞아대는 남자보다는 패주는 편에 서는 남자가 매력이 있을 테죠."

채희가 아무렇지도 않은 표정으로 받아 넘겼다.

"그 놈을 따라 갈 일이지. 뚜들겨 패는 편에 선, 매력 있는 남잘 왜 따라 가지 못했어?"

"따라 가긴 어딜 따라 가요? 썩은 개고기 덩어릴 찾아가려고 온 게 아니라던

데. 반환해 갈 생각은 손톱만치도 없대나. 더럽대.”

“따라 갈 생각이 없은 건 아니었단 말이지?”

“그런 생각 할 여지가 어디 있어? 뚜들겨 패고나선 악취가 풍긴다면서 수 없이 침을 퉤퉤 뱉고 번개같이 사라진 걸.”

“다시 또 올 모양인가?”

“인제 안 와. 그 솜씨에 다시 와요?”

“하용빈을 그렇게두 잘 알구 있구나 장하다 장해?”

“사뭇 같이 지내 본 사람을 모를 리 있어?”

“사뭇 지내 봤으니 쫓아 가란 말이야.”

“쫓아 가면 가만 놔 둘줄 알아? 코를 꿰서라도 다시 돌려 보낼걸.”

“이것아, 넌 하용빈하구 한 편이구나? 그래서 이 지경 되두룩 말리지두 않았구나. 내가 모르는 사이에 어떻게 했어? 뭣을 했느냐 말이야?”

손을 놀릴 수 있었으면 힘껏 갈겨주기라도 할 텐데 그것조차 못하고 보니 오장육부가 터질 것만 같았다.

“왜 이리 흥분할까? 채희가 옆에 있는데. 채힐 가지고 있는한 승리자라고 뽐내더니[20]⋯⋯.”

채희가 지껄이며 문오 옆에 누어 문오 몸에 한 쪽 다리를 털썩 올려놓았다. 문오는 ‘아이쿠’ 소리가 나오려는 것을 이를 악물며 견디었다.

거진 한달 만에야 문오는 기동을 하게 되었다. 기동을 하게 되자 전과 마찬가지의 생활로 들어갔다. 오히려 더 강렬한 나날을 보냈다는 편이 옳으리라.

마음의 가책같은 건 그의 마음 어느 구석에도 자리 잡고 있지 않았다. 오직 채희를 놓쳐선 안 되겠다는 욕심만이 그를 지배하고 있는 것이었다. 더 강렬한 나날을 보내게 되는 원인이 여기에 있은 것 같았다.

---

20 ‘뽐내다’를 ‘뽑내다’로 표기한 것으로 보임.

책을 읽어서 허물어져 가는 자기를 추세워 보자던 생각도 스러져 갔다. 책이 테이불 위에서 먼지를 뿌옇게 쓰고 있었다. 틈을 내게 되는 경우면 채희가 읽는 소설책에 눈을 돌리는 일이 많았고 그 책을 읽고선 문오 편에서 오히려 소설 속의 주인공처럼 굴었다.

문오의 오관이나 세포가 온통 채희로 해서만 움직일 뿐이었다. 이럴 수록 문오는 채희를 그들과(허윤, 하용빈) 멀리 떨어진 곳에 두고싶은 충동이 생겼다. 고향으로 데리고 가야 하겠다는 생각이었다. 그러나 채희가 움직여 주지 않을 것 같아서 말을 꺼내지 못하고 있던 중이다.

달이 유난히 밝은 어느날 밤, 창 앞으로 문오가 채희의 손을 이끌었다. 푸른 냄새와 함께 남산이 지척에 다가오고 있었다. 숲 속을 뚫고 나간 훤언한 길 위의 달빛은 한결 더 희었다.

"채희 우리 산에 올라가자구."

"그럴까? 뻐꾸기라도 울 것만 같은데."

눈만 돌려도 보이는 그 산을 그동안 한번 올려다 본 일도, 올려다 볼 틈도 없이 지났던 것이다. 그들은 처음 갔던 숲 속을 찾기로 했다.

"여기 쯤 될거예요."

채희가 숲이 울창하게 둘리운 평평한 곳을 골라내었다.

"여긴가봐."

둘이는 맹렬했던 전 날의 기억을 되살리며 새삼 새로운 흥분 속으로 빠져 들어갔다. 달빛 마저 그들 몸뚱이를 미끄럽게 적셔주었다.

"채희 우리 시굴에 가 살까?"

"시굴은 왜?"

채희가 반문하긴 했으나 채희 얼굴에 불복의 기색이 없는 것을 문오는 엿보았다.

"채흴 편하게 해 주구 싶어."

"지금도 편한 걸."

"어머니한테 채힐 보여 드리구 싶단 말이야. 어머닌 채힐 귀여워 해주실 거야. 어머닌 며느릴 무척 보구싶어 하셨어. 며느리에게 주시자구 비단 옷감, 패물 등을 잔뜩 마련해 두셨어."

"어머나. 정말?"

"그럼. 정말이 아니구."

채희의 몸이 해면처럼 부드러워 가는 것이 알렸다.

그들의 대화는 그냥 연장되었다.

"이봐. 정말 어머니가 날 귀여워 해주실까? 어린애랑 있는 여자란 걸 아시고도……."

"그런 것 상관 없어."

이렇게 말은 해 놓았으나 문오는 채희 소리에 가슴이 뜨끔하지 않을 수 없었다. 모친은 문오가 중학교를 졸업하기 전부터 며느릿감을 고르고 있었다. 문오가 방학때 내려가면 사뭇 이런 이야기만 하자고 하는데 모친의 요구 조건이 이만저만이 아니던 것을 문오는 기억하고 있다.

키가 너무 커도 안 되고, 또 작아도 안 되고, 얼굴이 둥굴지도 길지도 아니한, 알맞게 갸름한 편이래야 하고, 거기에 눈, 코, 입, 귀, 할것 없이 빠진 데가 없을 뿐만 아니라, 마음씨가 곱고, 무던하고, 그 위에 또 후덕해야 한다는 것이었다.

아무개네 딸은 인물은 그만 한데 바깥 부모가 없어서 틀렸고, 아무개네 딸은 모친의 친정이 상스러워서 못쓰고, 아무개네 딸은 다 갖춘 조건이긴 한데 색씨의 눈이 좀 크다는 것이었다. 남자와 달라서 여자는 눈이 커선 안 된다는 것이었다. 눈 큰 여자 치고 조용한게 없다는 것이었다.

꼭 박인 가느스름한 눈이라야만 단정히 몸매를 가누어 간다는 것이었다.

채희는 키와 몸집엔 불만이 없을 것이라고 보나, 눈이 크다. 입도 큰 편일 것이다. 채희에겐 이 큰 눈과, 입이 특징일지 모르지만 모친 비위에 맞지 않을 것을 문오는 알고 있다. 그 위에 채희가 기혼녀로 어린애까지 있고 게다가 동지의 아내인 줄 안다면 모친은 문오 앞에서 칼을 물고 넘어질는지도 모르는 일이다.

모친은 문오의 편지로서 허윤을 잘 알고 있다. 문오가 허윤에게 반했을 시절에 편지마다 자신의 영달을 돌보지 않고 오직 조국과 민족을 위해 투쟁하는 위대한 선배 허윤의 그늘 밑에서 자기는 날마다 눈에 보이리 만큼 훌륭히 자라가려고 노력한다 했다. 모친은 또 훌륭히 자라가는 아들을 위해서 아깝지 않게 송금해 주었던 것이[21] 걱정이 태산같긴 했지만 우선 모친한테 편지를 내서 돈을 부쳐 달라자고 마음 먹었다. 채희를 멋지게 꾸미자는 생각을 해 보았다. 왼 동네가 들썩 떠드는 멋쟁이라면 모친도 그냥 넘어가지지 않을까 생각했다.

이튿날 일찍 문오는 모친에게 돈 사백원을 보내 달라는 편지를 써 부쳤다. 삼백원으로 여장을 차리리라고 마음을 먹었다.

그날로 채희에게 옷과 구두를 맞추게 하고 미용원에 가서 머리 매무새도 달리 하라고 일러 주었다.

돈이 온 뒤에 서둘러도 될 일이지만 문오는 미리부터 채희의 머리 매무새랑 고쳐보고 싶었다.

"머린 미리 함 안 돼요. 망가질테니까."

"망가져두 괜찮으니 머리부터 멋진 머리 매무새를 익혀 두란 말이야."

채희가 미용원에 처음 가던 날은 네시간 만에 돌아왔다. 누어 있던 문오는 옴쭉달싹을 못하고 채희를 올려다 보았다.

"왜 그렇게 봐요? 머리가 이상해?"

"아니야. 좋아. 구라파 어느 곳 여왕같아. 꼭 그래."

감동이 큰 탓인지 말 소리도 제대로 순편하지 못했다.

"그렇잖아도 미용사가 서양 여배우 같다는 거야. 그 미용사 동경서 칠년 동안이나 미용 연굴 하고 얼마 전에 돌아왔다나, 사람이 어떻게 많은지. 난 그런 미용사가 있는 걸 오늘사 알았어. 미용원이란 데 발을 디려놔 본 일조차 없었으니까. 미용원같은 데 갈 여유가 언제 있었던가. 밤낮 물지겔 짊어 지는 신세였으

---

21 '것이다.'의 오식으로 보임.

니……. 그렇지만 오늘은 참 기뻐. 그런 미용사한테 대찬살 들었으니……. 더구나 그 많은 사람들 가운데서……. 아하아 채희가 기쁘지 않을소냐.”

거울을 들여다보며 사뭇 지껄이던 채희가 몸을 돌이켜 팽그르르 돌아가는 것이었다. 빨강 치마자락 속에 바람이 둥둥 차면서 채희의 하체 전부가 드러난다.

“채희. 채희는 나의 여왕. 아무두 침범치 못할 내 것이야.”

옴쭉달싹을 못하고 있던 문오가 질풍같이 채희에게로 달려 왔다.

“안 돼. 안 돼. 머리 때문에.”

채희가 몸을 빼려고 한다.

“머릴 다시 함 되잖어? 머린 다시함 돼.”

〈아들아밧아보라.

네가띠운서신을밧아보았다. 네가약혼자하고집에내려온다하니 이기쁨을 무어스로 측량할디 모르갓다. 오직하나님께감사를 돌리는바이다.

네인해[22]될규수는 어디태생이며나이는 몃살인고. 양친이가추계신디 당갓스리를하믄 귓등으로듯던 네가당가갈생각을 낸걸보믄 규수가매우 출중한게로구나. 당장송금하고십으나 쌍을 팔기전에는현금이업다. 페양도네가 이슬째갓디안아서우리 쌍잇는급방까디 집들이쭈욱들어안고 그럼으로우리 쌍갑이당차고등하리라는이논 들이다. 당차야 고등하거나 말거나 위선그돈어티만큼 팔아서 보내도록하마.

에미는인젠오늘한일이어제갓고어제한일이오늘갓티어리벙벙해간다. 너희들이겻헤잇스믄사얼마나도캇느냐. 하루밧비 내려와서 혼례식을 이루고손주라도보게되믄 내사그것들을봐주고 너희들도아지나는얼굴이나 쳐다보믄서 살믄 얼마나도캇느냐. 맛날째까디주의은총중에 잇기를기도한다.〉

---

22 ‘안해’의 오식.

문오가 편지를 내서 엿새째 되던 날, 이러한 모친의 편지를 받았다. 문오와 힘들게 읽고 난 채희가

"당신이 당가 오는 날 나 면사포 쓰고 당신한테 시딥가는 거지?"

하면서 웃어댔다. 문오도 웃었다. 채희는 너무 웃느라고 문오한테는 쓰지 않겠노라던 대명사 '당신'을 입밖에 냈던 것이다. 편지 속에 '당가'니, '도캇다'느니 하는 사투리가 웃읍기도 했지만 채희를 눈물이 나도록 웃겨 준 것은 흡족한 그 내용인 것인지 몰랐다.

"그럼. 면사폴 쓰구 목사님 주례루 식을 거행하자구. 아무렇게나 할 순 없어."

아직 웃고 있는 채희의 얼굴을 들여다보며 문오가 말했다.

문오는 채희가 허윤하고 아무렇게나 식을 올리던 일을 상기했다. 주례를 성철수가 섰다. 성철수가 그 중 나이를 더 먹었다는 것이 이유가 되기도 했겠지만 여럿 중에 점잖을 뺄 줄 아는 데서 선택을 받았던 것이 아닌가 한다.

성철수는 익살맞게 주례를 잘했다. 더우기 맨 나중에 '채희양을 허형에게 몽땅 뺏긴 우리 동지들은 서글플 뿐'이라는 주례사가 동지들의 가슴을 파고들게 했다. 이러한 주례사가 있었기 때문에 동지들은 제 각기 일어서서 서글프다는 말로만 축사를 대신했다.

문오는 아직 웃고 있는 채희를 높이 들어 올렸다. 허윤에게서 채희를 도로 찾은 기쁨이 하늘에 오른 듯 했던 것이다.

3

이렇게 한창 즐거운 때, 실례하겠다면서 들이닥치는 두 사람의 사나이가 있었다. 신분증명서로서 그들이 C읍경찰서 고등계 형사라는 것을 알았다. 그들한테서 문오는 체포령이 내렸다는 것을 듣고 오똑이처럼 자기 몸이 마구 군들거리는 것을 알았다.

오똑이가 군들거리다가 뚝 제 자세를 바루 잡듯이 문오는 발을 꽉 뻗디디며

몸을 가누려 했으나 소용이 없었다. 문오로서는 처음 당하는 일이었다. 잡혀 가기를 몇 번 했어도 잡는 편에서보다 잡히는 편에 선 문오가 번번이 더 떳떳이 나가곤 했던 일인데 —.

채희를 어떻게 하나 하는 생각뿐이었다.

오뚝이처럼 몸이 마구 군들거리는 것도 채희 때문이었다. 문오는 그래야 소용 없다는 것을 알았다.

"모친한테서 송금 해오는 대루 곧 시굴로 내려가요."

문오는 형사들에게 두 손을 내밀며 나즈막한 목소리로 채희에게 일러 주었다.

그날로 문오는 본정경찰서 유치장에 수용되었다가 밤 차로 C읍에 호송되었다. C읍에 가서야 '청년동지회' 사건이라는 걸 알았다.

사건의 발단은 경성 유학생인 C읍 학생이 방학 동안 고향에 내려가 있다가 검거된 데서 시작되었다고 했다. 이미 검거된 수효만 하더라도 백명에 달한다는 소문이고, 이 많은 수효를 도내에 산재한 각 경찰서에 분산시켰다는 것과, 그러고도 아직 검거의 선풍이 그대로 휘몰아치고 있는 중이라는 것을 문오는 알았다. 같은 사건의 연루자를 한 유치감 안에 처넣는 것으로서도 검거된 수효가 적지 아니함을 알 수 있었다.

문오가 들어 있는 C읍경찰서 유치장 9호실에도 문오까지 '청년동지회' 사건의 연루자가 세 명이나 되었다. 그 외의 유치감에도 적지 않은 수효의 연루자들이 있음을 알았다.

어떤 이유에서인지는 몰라도 어느 한 군데 오래 두지 않고 M경찰서에서 Y경찰서로, S경찰서에서 D경찰서로 끊임 없는 이동을 계속하게 하는데 그 중에서 제일 큰 C경찰서엔 이송되어 가는 편보다 되어 오는 편의 수효가 많았다.

허윤과 하용빈은 아무 날도 검거되었다는 소문이 들리지 않았다. 허윤은 병 중이라 그럴 수도 있을지 모르지만 허윤의 손 발이 되어 움직인다던 하용빈이 잡히지 않는 데는 까닭이 있다고 문오는 추측했다.

—완전히 그놈들의 책략에서 이루어 진 일이다. 나 없는 틈에 채희를 어떻

게 하려고 한 짓임에 틀림이 없다. 더구나 채희한테선 아무 날도 소식이 없지 않으냐…….

문오는 떠나던 때의 채희를 상기해 보았다. 채희는 몸을 가눌 수가 없어서 결국은 쓰러지고 말았다. 호텔 주인여자한테 문오는 채희를 부탁하고 나왔다. 그런데 채희는 곧 회복되었던지 그 날 저녁차로 호송되는 문오 앞에서 저도 같이 따라 가겠노라고 몸부림을 쳤던 것이다.

— 필경 일이 벌어진 게야…….

문오의 눈 앞을 채희와 하용빈의 농후한 거동들이 쓱쓱 스쳐갔다.

"못된 것들. 못된 것들."

문오는 입밖에까지 소리를 내어 버럭 지르고야 말았다. 노상 지껄이고 있던 오억두, 그의 이야기를 흥미 진진하게 듣고 있던 축들까지 깜짝 놀라서, 문오에게로 쏠렸다.

"선생님. 조용히 명상하고 기시는디이 죄송합니다."

놀란 토끼눈이 된 오억두가 굽신 했다. 문오가 오억두의 하는 양을 찬찬히 보고 있으나 그가 무엇 때문에 굽신 하는 것인지 알지 못했다.

"선생님. 다시는 무용담을 안 할 테라오."

그제야 문오는 알아차렸다. 바로 어제 저녁, 이 자가 무용담(?)을 지껄여서 문오를 격분케 한 사실이 있다.

'무용담'이라 함은 여자를 나꿔채는 이야긴 것이다. 발가락으로 여자의 겨드랑이를 어떻게 한다는 둥, 혀 끝으로 여자의 어디를 어떻게 한다는 둥, 하는 따위의 음담인 것이었다. 그의 이런 음담을 감방인들이 '무용담'이라는 이름을 붙여주었던 것이다.

오억두는 잠을 자거나 밥을 먹는 외엔 여자를 나꿔채는 이야기에 몰두하는 인물로서 세월의 사분의 삼을 그런 일로만 보내지 않았는가 싶게 보였다.

심지어는 변기에 올라앉아서까지도 그런 소리를 지저분하게 늘어 놓는 위인이었다. 지껄인 이야기를 또 지껄이곤 했다. 지껄이는 축에서도 신바람이 나 하지만 듣는 축에서도 신바람이 났다. 침을 꿀꺽 삼키는 자가 있는가 하면 사타구니를 부여잡고 몸을 비비 트는 축도 있었다.

다른 이야기에선 문오도 덤덤히 들으며 오히려 채희와 지나던 맹렬한 시기를 되살려 보기도 했지만 ― 감옥에 간 남편을 기다리며 살아가는 젊은 아내를 모기장 속에서 나꿔챘다는 소리에선 몸이 부들부들 떨리지 않을 수 없었다.

오억두는 여자 관계로 해서 여섯 번째 들어온다는 것인데 이번엔 여자의 본부가 고소를 했기 때문에 여자와 둘이 같이 들어왔다.

여자의 '사루마다'를 남자가 입고 남자의 것을 여자가 입고 있는 남 녀를 '스기모도' 간수가 복도에 끌고 다니며 "이 꼴을 똑똑히 보란 말이야. 현장을 드러낸 본부가 이 모양새로 여기까지 끌고 온 것이야"라고 심한 조소를 퍼 부으면서 유치인들에게 구경시켰다. 가랑이에 고무줄을 끼고 안 낀 것으로 남자 여자의 것이 구별되는 극히 적은 차이건만 남자의 것을 입은 여자는 유난히 헐렁했으며, 여자의 것을 입은 남자는 유난히 도도해 보였다.

여자를 여자들 유치감에 넣고나서 '스기모도'는 남자를 문오가 들어 있는 9호실에 넣었다.

공교롭게도 9호실 감방은 여자유치장과 가장 가까운 거리에 있어서 두 남녀는 서운하지 않게 된 셈이라고 할까. 그대신 여자의 옷자락 한 점 보아낼 수가 없는 위치에 놓여 있는 것이 탈이었다. 여자유치감으로 쓰이는 방이 구호실 정면에다 좌측 벽을 둘러 대고 있기 때문이었다.

그런데 일 '미터'의 간격밖에 두지 않은 거리(距離)여서 청각적으로 입는 혜택은 적지 않았다. 그 속의 일체를 잡은 듯 알아낼 수가 있었으니까. 대 소변을 보는 경우에 대변인가, 소변인가를 가려내는 것, 설사인 경우엔 더 수월히 알아낼 수 있고, 그리고도 그런 경우에 이르러서 누구 하나 눈쌀 찌푸리는 일 없이 오직 귀를 그리로 기울이는 것 등, 흥미로운 일이라 아니 할 수 없었다.

얼마 전, 본처 집에 불을 놓고 들어 온 아름다운 첩이 있었다. 이 아름다운 첩은 들어오면서부터 줄곧 설사를 하게 되어 변기에 올라 앉아 있다시피 했건만 9

호실 유치인들의 퉁퉁 붓고 때묻은 얼굴에 환한 웃음이 떠돌고 있었던 것을 보더라도 알만 했다. 하기야 9호실뿐이랴. 열아홉 감방 안이 다 그랬든 것이다.

이런 기미를 알아챈 여자 유치인들 중에서는 공연히 지껄이고 흐드득거리며 마뜩지 않게 구는 치가 있었다. 오억두의 여자가 더욱 심해서 '스기모도' 간수는 이러는 오억두의 여자를 가만두지 않았다. 어느 날은 쇠창살 사이로 손을 내밀라고 한 다음 회차리[23]로 무수히 난타한 일까지 있다.

"공연히 까불어 쌌는 년은 저래야 하거든. 저래야 해."

오억두가 무척 시원한 모양으로 깝죽거렸다. 오억두는 여자가 여러 남자의 주의를 집중시키려는 일이 비위에 거스리는 모양이었다.

오억두의 여자가 무수히 난타 당하던 날 밤 문오는 꿈을 꾸었다.

— 모기장 속이 해저(海底)같은데 거기 채희가 누어 있었다. 머리를 풀어 헤친 채희가 구라파의 어느나라 여왕같다고 여기고 있을 지음, 어느새 나타났던지 하용빈이 해저 속으로 헤엄쳐 들어가는 것이 아니겠는가. 채희는 또 어느새 두 팔을 하용빈의 목에 들이감고선 그의 수염이 고슴도치의 털같이 억세다고 엄살을 부리는 것이었다.

공교롭게도 꿈을 꾸고 난 이튿날 하용빈이 문오가 들어 있는 감방에 들어왔다. 문오는 꿈으로 알았다. 문오는 비 맞은 개가 물을 털듯, 꿈을 털어 버리려고 몸을 마구 흔들어 털었다. 하용빈은 '자아 인제 들어왔다 어쩔테냐?'고 서슬이 퍼런 자세로 버티고 서 있었다.

"강문오. 자리를 마련해 주슈."

'이마이' 간수가 일러주게 되자 비로소 문오는 꿈이 아니라고 알았다. 허청거리며 일어서서 하용빈에게로 갔다.

"언제 잡혔어?"

---

23 '회초리'의 방언.

잡히기를 얼마나 기다렸던 것이냐. 자랄대로 자란 수염 속의 눈을 번쩍이며 하용빈은 문오를 덤덤히 보고 있을 뿐 대꾸를 해주지 않았다.

"이리 와 앉아요."

문오는 얼른 그에게서 시선을 돌리며 그의 팔을 끌었다. 어쨌든 하용빈을 가까이 앉혀두고 보자는 마음이었다. 하용빈이 묵묵히 앉은 뒤에 문오도 앉았다.

"어디 있다 왔어?"

생각 같아선 채희 말부터 묻고 싶었지만 그래 낼 수가 없었다.

"저어기."

말 끝도 마무르지 않은 대꾸에 비위가 뒤집힐 지경이나 문오는 그래도 또

"건강은 어때?"

하고 나왔다.

하용빈의 건강을 염려해 물은 것이 아니었다. 그럭저럭 나가느라면 핵심에 부딪칠 것이 아니겠느냐는 마음에서지만 하용빈은 대꾸가 없이 가슴을 쓰윽 내밀은 채 묵묵했다.

문오는 더 어쩔 용기가 나지 않았다. 그렇다고 잠잠히 앉아 있을 수도 없어서 허윤의 안부라도 물을까 하다가 트집스런 대꾸가 터질까 두려워 그만두었다. 막 발광이 날 지경이었다. ― 이 놈이 필경 채희를 어떻게 한게야. 꿈에 본 광경 같은 걸 치르구 왔음에 틀림없어…….

끝내 문오는

"채흴 만났어?"

해버렸다.

참으로 힘들게 한 말인데 하용빈은 "못봤어"라고 간단히 해치웠다. 그리고 보니 인제 더 물을 말이 없었다. 문오는 옆에 앉았는 하용빈을 곁눈질 해 보았다. 하용빈은 점점 더 가슴을 쓰윽 내밀고 정좌의 자세로 앉아 있는 것이다. 문오는 하용빈의 이 정좌의 자세에 한층 꿀리는 자기를 발견한다. 하용빈은 이 자세로서 득을 보고 있는 것도 문오는 알고 있다. 동경서 두 번 같이 유치장에 들

어가 본 일이 있었지만 그때도 하용빈은 꼭 이렇게 정좌를 하고 있어 간수에게 칭찬까지 들은 일이 있다. 어린 사람이 똑바르게 앉아 있는데 대가리가 다 큰 작자들이 그 모양새냐고 문오들은 꾸중을 들은 일이 있다.

너무 조용하기 때문에 문오는 머리를 슬쩍이 돌려 주위를 살폈다. 새로 들어오는 유치인이 있을 경우면 더 술렁거리는 것이 통례였는데 이상한 현상이었다.

하용빈의 무성한 수염과 그 속에 묻혀 있는 광채나는 눈, 그리고 그 큰 체구에서 오는 중압감 때문일까?

줄곧 지껄이기만 하던 오억두까지도 토끼눈을 뒤룩거리며 하용빈과 문오의 사이를 관망하는 것이었다.

"왜들 이리 조용해? 무슨 큰 변이라두 생긴 줄 알어?"

문오가 견디다 못해 소리를 버럭 질렀다.

"조용하면 실장님이 좋으실게 아닙니까?"

오억두가 희롱조로 나오는 것이었다. 이때까지는 오억두가 이런 태도로 나와 본 일이 없었다.

— 요 눈치 빠른 것이 벌서 하용빈과의 사이를 관망해버린 게로구나. 하용빈에게 눌리는 편에 서 있는 나를 알아 차렸구나. 괘씸한 놈…….

"자넨 그 주둥아리 때문에 망치는 거야."

문오는 오억두에게라도 화풀이를 해야 숨이 나올 것 같았다.

"저 말입쇼? 절 망쳐주는 건 바루 에헤헤……."

오억두 말에 모두들 와하하 웃음을 터뜨렸다. 오억두가 하다 만 말이 무엇 임을 그들은 알고 있는 것이었다.

기적 소리에 문오는 잠이 깼다. 여기 온 뒤로 늘 이 소리에 눈을 뜨게 되는일이 많았지만 근자에 와선 더욱 돗수가 잦아졌다.

문오는 깨자마자 하용빈이 곁에 누어 있다는 사실부터 인식하고 그 쪽으로 머리를 돌려 그를 살폈다. 하용빈은 천장을 향해 번듯이 누어 잠들고 있었다. 높이 달린 촉수 얕은 전등이 그의 전부를 비쳐주고 있는 속에서 —.

어찌 되었든, 문오는 하용빈을 곁에 누이고 있다는 현실에 적이 안심했다. 전엔 밤 기적 소리에 깨고 나면 하용빈과 채희와의 사이에 가로 놓였을 사건들에 재이느라고 밤을 꼬박 새며 덜덜덜 떨던 일이 몇번인지 몰랐다.

문오는 고개를 약간 들어 우선 간수가 누구인 것을 확인했다. 조을고 있는 것으로서 '이마이' 간수 임에 틀림없음을 알았다.

상반신을 일으킨 다음, 하반신을 간신히 뽑았다.

문오가 비어 준 자리에 하용빈의 나무 등거리같은 큰 몸뚱이가 꽉 채워졌다. 하용빈의 벌어진 적삼 앞 자락 사이로 성성히 솟아 난 털, 가슴 아래로 이어 내려 간 굳건한 허리, 거기에 또 힘차게 뻗은 두 다리.

문오는 어느날 밤에 꾼 꿈을 되살리지 않을 수 없었다. 헤엄을 쳐 모기장 속의 채희에게로 다가 가던 하용빈과 고슴도치의 털같은 수염이 따겁다고 엄살을 부리던 채희가 연신 웃고 있는 것이었다.

— 괘씸한 것들…….

틀림없이 하용빈의 체력은 채희와 맞먹으리라고 단정했다. 어느 한 순간엔 피곤도 수집음도 모르고 잔뜩 조인 악기의 줄모양 팽팽하기만 한 채희다. 실버들나무 가지처럼 착착 감기기도 잘 하는 채희, 그리고도 저를 다 집어 삼키기라도 하지 않는다고 트집을 부리는 채희다.

— 이 세찬 놈 하구…….

하용빈의 체구를 샅샅이 살피던 문오는 불길 같이 치밀 어 오르는 욕정과 분노를 안고 와들와들 떨었다.

문오는 씨근 씨근 잠자고 있는 하용빈의 면상을 찰싹 갈겼다. 하용빈의 광채나는 눈이 번쩍 떴다. 금새 깬 눈이건만 광채가 이글거린다.

"채힐 어떻게 했어?"

이글거리는 눈을 향해 문오가 대어들었다.

하용빈이 벌떡 일어나 앉는다.

"뭔가 했더니 강문오구나. 날더러 어쩌라는 거야?"

하용빈은 얻어 맞은 것을 모르고 있는 눈치 같았다.

"너 채휠 사랑하구 있지?"

헐떡거리는 숨을 몰아 쉬며 문오가 다급하다.

하용빈은 그제야 상황을 파악했던지 문오를 한껏 경멸하는 눈초리로 노려 보며

"이런 돼지굴 속에 갇혀 있으면서두, 아귀들의 감시를 받으면서두, 겨우 한다는 소리가 그거냐."

고 큰소리로 문오를 욱박질렀다. 그리곤 또 하용빈은 말을 이어서

"자유가 없는 데선 사랑두 무엇두 없는 거야. 그렇게 못 믿을 여자거들랑 내동댕일 치든지 할꺼지 왜 남까지 들먹여가지구 성화냐. 도둑질 해 간 장물(藏物)이라 맘을 놀 수 없다는 거냐? 선배두 동지두 모르구 덤비는 이 개같은 인간아. 인젠 채희란 계집은 선배의 아내도 애인도 아니야. 지저분 해진 강문오의 절도품인 거야."

하고 퍼부었다.

"야 이 개새끼야. 지금 뭐라고 했지? 이런 돼지굴 속에서 어쩌고 어쩌라고, 이 새끼 나오너라. 네 놈이 말한 아귀들의 성화를 어디 좀 받아 보란 말이야. 나와! 나와!"

어느새 교대가 되었던지 '스기모도' 간수의 벼락같은 소리가 터졌다. '이마이' 간수를 뒤로 돌리고 제가 나섰는지도 모를 일이었다.

'스기모도'는 조선 말을 능숙하게 하기도 하고 듣기도 했다. '이마이' 간수가 순하기 때문에 점점 더 악독해 간다는 평판이 돌고 있는 간수였다.

"얼른 나오지 못해? 이 새끼. 자식이 인상부터가 아주 틀려먹어 뵈더니 아닌 게 아니라 여자깨나 해 먹게 생겼구나."

하용빈이 불을 켠듯 환한 눈을 굴리며 벋대고 앉아만 있으려니까

“선생님. 죄송합니다만 일어나세요. 일어 안나시고는 못 백입니다.”

오억두가 문오를 힐끔힐끔 보아 가며 하용빈의 뒤에 움추리고 앉아 안절부절을 못했다. 그 얼굴엔 작대기 노름이 나올까 걱정하는 공포의 빛이 꽉 차 있었다. 이 ‘작대기노름’에는 감방 안 전체가 욕을 보게되는 것이다.

쇠창살을 사이로 긴 작대기가 들어와선 아무렇게나 휘둘러 대자니까 코가 터지는 일도 있고 눈이 빠지는 일 쯤 있기가 쉽상이다.

얼마 전에도 ‘스기모도’의 작대기노름에 희생된 유치인이 있었다. 어딜 어떻게 맞았던지는 모르나 거죽은 말짱한데 쓰러졌다 병감으로 간다고 간 것이 다시 돌아오지 않았으니 아주 가버렸다고 보아야 옳을 것이다. 그러기에 유치인들은 이 작대기노름을 방지하기 위해선 당사자가 쾌속히 명령 복종에 응할 것을 재촉하지 않을 수 없었던 것이다.

어떤 경우엔 간수 측에서보다 유치인들 측에서 더 삼엄하게 나왔다. 소리를 지르던가 쥐어박으면서까지 서둘렀다.

문오는 하용빈에게도 응당 그러하리라고 믿었으며, 또 그렇게 되기를 기다리고 있었는데 겨우 오억두가 그것도 매우 조심스럽게 나오는 것은 무슨 이유일까.

“이 새끼 안 나올테야?”

‘스기모노’[24]가 벼락같은 소리를 다시 질렀다.

“자아. 네 놈이 하구 싶은 대루 해 봐라.”

하용빈이 벌떡 일어나 양 팔을 쫙 펴들고 창살 앞으로 갔다.

“야 이 새끼 봐라. 왜 이리 건방져, 톡톡히 맛을 봐야 하겠구나. 여기 올라 서라.”

쇠창살을 가로지른 나무에다 발을 올려 놓으라는 것이었다.

하용빈은 그러한 일을 몇번 치르어 본 경험이 있어서 서툴지 않게 좇았다.

---

24 ‘스기모도’의 오식.

‘스기모도’가 나무걸상을 들고 왔다. 그의 손엔 포승이 쥐어져 있었다.

“팔을 올려!”

‘스기모도’가 하용빈의 두 팔을 쇠창살에다 묶어 달았다. 묶는 측에서도 늘 하던 일이라 익숙히 잘 했다.

‘스기모도’가 가로지른 나무에서 하용빈의 발을 탁 밀어 떨어뜨렸다. 팔을 묶인 채로 내려 드리우기로 마련일 하용빈의 발이 디룽디룽 허공에 드리웠다. 묶인 양 팔이 길어 보였다. 몸뚱이 전체가 길어 보였다.

“이 개새끼야. 자유가 없는 데선 사랑도 어떻다고? 그래서 이 새끼야 넌 남의 여잘 따 먹었단 말이야!”

‘스기모도’가 가죽채를 들고 내려 족치기 시작이다.

하용빈이 이를 악물고 머리를 이쪽 저쪽으로 흔들 뿐 소리가 없다. 눈에선 시퍼런 불꽃이 일었다. 시퍼런 불꽃이 이는 눈으로 하용빈은 문오를 쏘아 본다.

문오는 쏘아 보는 하용빈의 눈초리를 피하고자 머리를 돌리다가 ‘청년동지회’ 건으로 들어 온 이춘길과 마주쳤다. 하용빈과 같은 눈초리로 문오를 보고 있는 것이었다. 문오는 그에게서 눈을 돌렸다. 이번엔 그 바른 쪽 장병위와 부딪친다. 역시 같은 눈초리로 문오를 쏘아 본다. 문오는 눈을 더 돌릴 용기가 없어 고개를 푹 숙이고 말았다.

하용빈은 ‘이마이’ 간수가 교대되어서야 풀렸다. 풀어 놓자마자 나가 자빠졌다. 그는 한없이 길게 늘어져 있었다.

좌중이 와르르 하용빈에게로 몰려들어 의식을 완전히 잃은 그를 바로 잡아 눕혔다. 이 때까지 문오는 이와같은 그들의 행동을 구경해 본 일이 없었다. 누가 벌을 받는 일이 있더라도 그들은 바람이 어디서 부느냐는 얼굴을 하고 있었고 모진 비명에도 끄떡 없이 오히려 구경거리가 생겼다는 얼굴들을 짓곤 하지 않았던가.

“뭘 잘못했게 저렇도록…….”

‘이마이’ 간수가 들여다보며 혼잣말로 중얼거리고 있으려니까 하용빈을 바로

눕히던 축들 중의 몇몇이 무슨 구호에나 맞추듯이 일제히 머리를 옆으로 돌리며

"하선생이 잘못하신 건 없어요."

했다. 그 다음으로 오억두가

"잘못한 사람은 따루 있지요. 공연히 주무시는 하선생을 주물러 깨워가지고."

'이마이'와 좌중을 번갈아 본다.

"주물렀던가? 때렸지. 배가 아파 똥 누러 가려고 하던 참에 보니까 강씨가 하선생 뺨따귈 철썩 갈기는 거 아냐. 내가 이 눈으로 봤어."

절도범이 기승을 부린다. 이 지경을 만든 놈을 달자는 어느 하나의 소리가 들리자 이번엔 온통 다 "그래라."하는 호응이 질풍같이 일었다.

문오는 몸을 부르르 떨었다. '이마이' 간수가 아니고 '스기모도'였더면 하고 바란다.

그러나 곧 내부에 이는 무서운 반응에 스스로 움찔 놀라게 되는 자신을 발견한다.

— 어쩌다가 이렇게 되었던 걸까? 맞으면 같이 아프고 하나가 슬프면 같이 슬프던 동지들이었는데……. 저들 적(敵)이 곧 내 적이었고 나의 적이 곧 저들의 적이 아니었던가? 우리들의 적은 오직 하나뿐이었다. 깍지 낀 우리들의 피는 뜨뜻하게 우리들의 몸과 몸속을 유통하고 있었던 것이다.

"그만 자. 떠들면 자네들한테 손해야. 나를 봐서라도 조용히 누워 있으라고. 세상사가 모두 뜬구름이요, 흐르는 물인데 뭣들 가지고 와아와아 떠드는 거야."

'이마이' 간수는 험악한 공기를 알아채고 세상사가 뜬구름이요, 흐르는 물이라는 귀절을 몇번을 되풀이하며 간절히 당부하는 것이었다. 모두들 걷어 쥐었던 주먹을 펴고 소리 없이 자리에 눕는다. '이마이' 간수 교대시간이면 문란하기도 했지만 또 이렇게 그의 말대로 그들은 순순히 순응하는 일도 있었다.

이런 일이 있은 뒤로 하용빈에게 가는 9호실 내의 신망이 대단한 것은 말할

것도 없으려니와 이웃 감방에까지도 하용빈은 거물 투사로 알려졌다. 그 반면에 강문오는 나날이 미약한 존재로 전락해 갔다. 미약한 존재대로 한 구석에 처박아 두었으면 좋으련만 가끔 들쑤성질 하는데는 견디기가 어려웠다.

'이마이' 간수의 교대시간 이었다. 중·일 전쟁에서 일본이 이기느냐, 중국이 이기느냐의 문제로 논쟁하다가 살인미수범이 한구석에 잠잠히 있는 문오에게 들이대었다. 문오가 대꾸 없이 가만 있으니까 오억두가 눈을 뒤룩거리며

"강선생님께서야 일본이 이기셔야 하지오. 큰 집이 이겨야 할 께 아니겠읍니까."

하고 빈정대었다.

문오의 손이 빗발같이 오억두의 상판으로 날라갔다. 오억두가 문오의 머리끄덩이를 잡아 쥐었다.

"헤에헤. 날 작게 보고 달겨드는게여? 적어도 이 오억두가 강문오에게 질상부르냐? 비록 지금 내가 갇혀 있는 신세지만 억두야. 억 말을 거두며 살라고 우리 아버지가 억두라고 이름을 지었어. 한 말이나 두 말 쯤의 인간 하곤 문제도 안 되여어. 뎀빌테면 뎀벼 보란 말이여어."

문오의 머리끄덩이를 잡아 흔드는 오억두의 손을 탁 쳐버린 사람이 하용빈이었다.

하용빈은 왜 요렇게 깝쭉거리는 거냐고, 무슨 짓이건 하면 되는 줄 아느냐고 오억두를 꾸짖어 주었다. 오억두 생각엔 하용빈이가 분명히 자기 편이 되어 주리라고 믿었던 것이리라. 그랬기 때문에 그렇게 과감한 행동으로 나왔던 것이리라.

"하선생님. 저걸 가만 놔 둔단 말입니까?"

오억두가 어깨쫌을 달싹거리며 분해했다.

"까불지 말어. 자네 같은 자가 나설 데가 아니야. 따루 있어."

하용빈이 오억두를 움쭉 못 하게 눌러주었다.

문오는 턱을 치켜들고 서향한 창으로 밖을 내다보았다. 그 창 앞에 드리운 가

지에 잎들이 그 새 더 무성해 진 것을 알렸다.

하용빈이 들어오기 전엔 항상 그 창 쪽을 바라보며 생각을 펼쳐 갔던 것인데 근자엔 그것조차도 잊어버릴 정도로 문오는 여지가 없이 지난다.

4

십일월 중순에 채희가 잡혀 왔다. 하용빈이가 먼저 알아 보고

"채희다."

낮게 소리를 쳤다.

문오가, 던진 공같이, 날쌔게 쇠창살께로 다가 가 채희를 확인 했다.

유치장에 들어오는 다른 여자들처럼 채희는 머리를 풀어 내리고 있었다. ― 머리를 풀어 내린 채희를 하용빈이 어떻게 알아 보았단 말인가? 때마침 전등불의 고장으로 '스기모도'의 날카로운 콧마루조차 알릴락 말락한 속에서 항차 머리를 풀어 내린 채희를 알아보다니 수상하지 않을 수 없는 것이다.

자리에 들지 않는 때의 채희는 머리를 풀어 내리는 일이라곤 거이 없었다. 미용원에 다녀 와서까지 머리가 망가질까 조심하다가도 일단 자리에 들게 되는 경우 머리를 풀어 내리는 버릇이 채희에겐 있었던 것이다. 풀어 내리지 않고선 마음대로 되지 않는다면서 미처 풀어 내리지 못했을 경우엔 한 쪽 손으로라도 풀어 내리곤 했다.

채희가 9호실에 좌측 벽을 돌려 댄 여자 감방으로 들어갔다.

"구두는 보관했다 주지."

채희가 벗어 논 구두를 '이마이' 간수가 손에 들고 말했다.

"네. 그러세요."

넉달 만에 들어보는 채희의 아름다운 목소리. 그렇건만 문오는 채희가 아뭇 소리도 말고 잠잠히 있어 주었으면 하고 바랐다. 9호실과 또 다른 감방인들에게 채희의 목소리가 들려선 안될 것 같아서 문오는 마음을 졸이고 있는 것이다.

그 중에서도 하용빈이가 채희의 목소리를 들어선 더 안될 것 같았다.

오억두가 같이 들어 온 여자에게 가졌던 감정을 문오는 이해 할만 했다.

오억두가 그대로 있었더면 동지가 되었을지 모른다는 못난 생각도 해 본다. 그런 생각을 하면서도 문오는 오억두가 없어진 것이 다행이라는 생각도 해 본다. 그것이 송청되지 않고 그대로 있었더면 그 주둥아리 성화에 배겨내지 못했으리라 생각했다.

하용빈이 부스럭부스럭 하더니 '이마이' 간수를 불렀다. '이마이' 간수가 뭐냐는 말이 떨어지기도 전에 하용빈이 쇠창살께로 다가 가선

"이 보선을 지금 들어 온 여자분에게 갖다 줄 수 없을가요?"

했다.

문오는 그제야 하용빈이 신었던 버선을 벗느라고 부스럭거렸다는 것을 알았다. 사흘 전 그의 어머니로부터 차입해 온 것으로 쌀 한말 쯤 들어가리라는 평이 있을 만큼 크게 기운 버선이었다. 그러나 평과 같지는 못했다. 솜을 많이 두었기 때문에 커 보일 뿐이지 발 한 쪽밖에 들어가지 못했다.

"내가 고맙군. 가냘핀 여자한테 동정하는 것도 존 일이야."

'이마이' 간수가 반가워서 하용빈이 내보낸 버선을 받아 들고 채희에게 갖다 주었다.

"어머나. 이걸. 이런 큰 보선을……."

채희의 비성이 노골적으로 발산되었다. 누가 주는 거냐고 채희는 묻지 않았다.

— 다 알구 하는 노릇이구나……. 년 놈이 짜구 들어 온 거구나…….

문오는 더 견디어 내지 못했다.

"용빈이. 자네 이 컴컴한 데서 채흴 어떻게 알아 봤어?"

채희에게로 쏠렸던 유치장 안의 귀가 쫑긋 소리나는 쪽으로 이동되었다.

"낯익은 사람을 어둡다구 못알아 볼까?"

하용빈은 한껏 경멸하는 어조로서 문오의 말을 받았다.

"나두 알아 보기 전에 알아 봤으니 말이야."

"이런 생 트집 좀 보지. 먼저 알아 보지 말랬어?"

"머릴 풀어 내린 채흴 알아 본다는 사실이 수상하잖어?"

문오가 점점 더 기가 났다.

"머릴 풀어 내려두 채흰 채희대루 있을거 아냐."

채희의 콩콩 짖는 기침 소리가 들려 왔다. 감방 안의 전 신경들이 그 쪽으로 쏠리는 것이 알렸다. 감방 안은 문오와 하용빈의 옥신각신으로 그들 사이를 눈치 채고 있었다. 하용빈이 들어오면서부터 이미 알고 있는 축들도 있었지만.

"버선은 왜 주는 거야?"

문오는 고맙다는 생각이 들지 않았다.

"발이 시릴테니까 준 거야."

"사랑하는구나?"

문오는 거진 주먹을 내두르며 발광적으로 나갔다.

"사랑하지 않을 수밖에 없잖어? 채희가 들어 올 만한 하등의 근거가 없는데 우리들 때문에 들어 온 거니 측은해서라두 사랑해야 하겠어. 버선이 아니라 옷 까지라두 벗어 주구 싶어. 채희가 들어오는 걸 봤을 때 허윤을 배반한 여자란 것두, 강문오가 절도질 해 간 여자란 것두 다 잊어버리구 지난 날 우리들과 형 제같이 지나던 조선 여자라는 것만 인식하구 있었을 뿐이야. 그 외엔 아무 생각 두 있을 수 없었어."

문오는 이러한 하용빈의 소리에도 치솟는 것이 내려가지 못했다.

'청년동지회' 연루자들이 검사국으로 넘어 가던 날은 눈이 푹푹 쏟아지는 십 이월 하순께였다. 그들은 두 대의 추럭[25]에 분승되었으나 대형이 못되는 탓으로 콩나물 서듯 빽빽히 서서 푹푹 쏟아지는 눈을 맞고 있었다. 땟국물이 쫄쫄 흘러 내리는 퉁퉁 부은 얼굴과 얼굴. 그래도 반갑다고 감시의 눈을 피해가며 굳게 잡는, 사슬에 묶인 손과 손엔 무언의 맹세가 감돌고 있었다.

---

25 트럭.

　경찰은 그들을 송국하기 위해서 십이월 중순께부터 C도 내에 산재한 각 경찰서에서 '청년동지회' 사건의 연루자들을 C경찰서로 이송 해 온 것이다. 약 일주일 가량으로 이 일은 일단락을 지었다. 지난 칠월 하순에, 검거의 선풍을 일으킨 이 사건이 옹군[26] 다섯달 만에야 송국되는 단계에 이르렀던 것이다.

　채희는 '청년동지회' 사건의 연루자들이 C경찰서로 이송되어 오는 도중에 석방되었다. 하용빈의 힘이 크게 움직인 것이라고 문오는 추측하고 있었다.

　하용빈이 취조 받으러 나갔다 들어 온 뒤에 이어 채희가 석방 된 것으로서도 짐작이 갔다.

　문오도 채희를 사상적으로 백지와 다름없다고, 그런 일엔 흥미조차 느끼지 않는 여자라고 변호를 하긴 했으나 채희와 동거하던 자라는 점에선지 형사들은 문오의 말을 신용하는 기색이 아니었다. 그들은 채희가 허윤의 아내였다는 것으로도 충분히 도마에 오를 수 있는 고기라고 알고 있었다. 그 위에 마채균의 누이동생이었다는 것, 동경서 오랜 세월을 그들과 같이 생활 해왔다는 것 등이 혐의의 대상이 된다고 주장 했다.

　하용빈의 힘으로 채희를 석방시켰다고 해서 문오가 하용빈을 고맙게 여기지는 않았다. 하용빈은 채희를 석방시켜 놓고 뒤를 따라 나갈 공작을 하는 것이라고만 문오는 의심했던 것이다.

　그러나 하용빈이 송국되는 이 마당에 있어서 채희가 나갔다는 사실은 만번 다행이라고 여길밖에 없었다. 만약 채희가 그냥 있었더라면 채희도 같은 추럭으로 운반되었을 것임에 틀림없는 일이다. 여자유치감에 있던 피의자들조차 이렇게 다 같은 추럭에 올라 탔으니 말이다.

　문오는 세 사람 건너 뒤에 선 하용빈을 힐끗 돌아다 보았다. 힐끗 보느라고 채 보지 못한 탓인지는 모르나 하용빈은 벌써 어느새 히멀끔하게 씻겨져 있었다. 푹푹 쏟아지는 눈 속에서도 미간 하나 찡그리는 일 없이 가슴을 쓰윽 내밀

26　'옹근'의 오식으로 보임. 옹글다 : 조금도 축가거나 모자라지 아니하다.

고 당당히 서 있었다.

문오는 또 한번 다행이라고 속으로 중얼거렸다. ― 저러한 모습에 채희는 응당 반하고야 말 것이리라. 그렇잖아도 채희는 그동안 하용빈에게로 기울어져 가는 눈치었다.

하용빈이 취조 받으러 나가는 때면 채희는 기침인지 신음인지 분별키 어려운 소리를 낸다. 문오가 허윤 집에 처음 찾아 가던 날 채희가 이런 소리를 두어번 낸 일이 있었다. 한번은 밥을 먹다가 문오를 건너다 보며 이런 소리를 내었고 또 한번은 막 잡다가 끝내 떠나는 문오를 쫓아 나오며 이런 소리를 내었었다. 채희는 재채기를 해서 곧잘 전 유치인의 주의를 환기시키는 일도 있었다. 처음 문오는 자기더러 들으라고 그러는 줄 알고 가슴을 설레곤 했다. 취조 받으러 드나들면서부터 채희의 이러한 소리가 순전히 하용빈을 위해서 치는 것이라고 알게 되었다. 그러한 것을 알게되자 문오는 전신이 부들부들 떨렸다. 기침인지 신음인지 분별키 어려운 소리라면 혹 자유 자재로 낼 수도 있을 테지 하고 이해하겠는데 재채기를 마음대로 한다는 것은 묘한 일이라 하지 않을 수 없었다. 감기라도 들었나 하고 주의를 기울이고 보면 감기 기운은 전혀 없는 듯 했다. 그래도 오억두의 여자나, 다른 여자들처럼 까불어 대지 않는 것만은 고마웠다. 일주일을 있는 동안에 말이라곤 몇마디 하지 않았다. 제딴엔 신중히 언동을 취하느라고 했던 듯 하다. 전 유치인의 신경이 그리로 쏠리고 있다는 것도 알고 있고 여자 중에선 저 혼자 사상범 취급을 받는다는 것을 잊지 않고 있은 듯 했다. 또 남자 유치인들의 대부분이 사상범이라는 것도 채희는 알고 있은 것 같다. 자기가 가지고 있는 총명으로서도 젤 수 있었지만 이 때까지의 생활 환경에서 얻은 훈련으로서도 능히 그만 쯤의 분별은 헤아릴만 했을 것이다.

추럭이 움직였다. 두 갈래의 바퀴 자욱이 푹푹 쏟아지는 눈에 묻혀버렸다. 묻혀버리는 바퀴자욱을 멀거니 바라보고 있던 문오는 몸을 부르르 떨었다.

눈이 온통 가슴 밑바닥으로 내려 깔리는 것이었다. 눈이 가슴 밑바닥을 전부 빙판을 만들어 놓는다고 느끼면서 형무소 정문 앞에까지 이르렀던 것이다. 그

100최정희 소설 전집 5

뒤의 일은 의식하지 못했다. 이튿날 새벽에야 문오는 병감에서 깨어났다.

문오가 깨어 난 것을 본 옆의 청년이 깨었느냐고, 그래도 깨셨으니 맘이 놓인다고 하며 창백한 얼굴에 안도의 빛을 띄워주었다.

문오는 청년에게서 열세시간 동안을 감감히 죽어 있었다는 것과, 병감에 들려 왔을 때 전신이 새파랗더라는 이야기를 들었다.

"눈이 아직두 오나 부군."

문오가 혼잣말처럼 중얼거리며 히뜩히뜩 와 부딪치는 유리창 께를 내다보고 있으려니까

"어느 먼 동네에서 당나귀 울음 소리라도 들려 올 것만 같은 밤이죠?"

앓는 청년이 받았다.

"어디가 아파서?"

문오는 청년의 감상적인 어귀가 마음에 들었다. 빙판이던 가슴 밑바닥이 금시 뜻뜻해지는 것을 느꼈다.

청년은 폐를 앓은지 오래라는 것과 필화 사건으로 들어온지 석달이 되는데 아직 미결에 있다고 들려주었다. 그리고 문오더러는 무엇 때문에 들어왔느냐고 물었다. 문오가 '청년동지회' 사건이라고 말했더니 이불 속에 집어 넣던 하얗게 바래진 야윈 손을 내밀어 악수를 청했다. 문오도 거침 없이 청년의 손을 잡아주었다. 하얗게 바랜 야윈 손이지만 문오는 청년의 감상적인 말을 듣던 순간처럼 뜻뜻한 것이 가슴 밑바닥으로 흘러 드는 것을 깨달았다.

이튿날도 눈이 시름시름 내렸다.

아침 열시가량 해서 문오는 병감에서 나왔다. 지문을 찍고 몸을 달고 키를 재이는 일체의 절차를 밟고 나서 감방에 수감되었다. 감방 문 안에 들어서면서 문오는 하용빈을 찾았다. 퍼런 미결수 복을 입고 앉은 중에서 하용빈이 얼른 눈에 띄이지 않았다.

— 다른 방에 수감되었나? 제발 그러기나 했으면⋯⋯.

하용빈을 가까이 두고 지켜보자던 생각은 인제 없었다. 하용빈이 눈에 보이

지 말았으면 하는 생각뿐이었다. 하용빈이 영영 사라지기라도 했으면 하는 생각뿐이었다.

"앉아. 빨리 앉으란 말이야."

서서 어름 어름하는 문오에게 간수가 소리를 질렀다.

"이리 와 앉아요. 왜 이러구 섰어?"

이런 소리와 함께 옷소매를 째리다 싶이 해 끌어가는 손이 있었다. 째리운 문오가 끌어가는 손의 임자를 더듬어 살폈다. C경찰서 유치장에 석달을 같이 있는 동안에 문오의 온갖 것을 다 알고 있는 이춘길이었다. 이춘길 역시 문오를 경멸하고 하용빈을 추앙했던 것이다.

—야아. 이 자가 여기 있구나……

금방 쓰러질 것같은 몸을 문오는 그래도 가누면서 자리에 앉는다. 오똑이 모양, 몸이 군들거리는 것을 버티면서 바루 앉는다. 지문을 찍고 몸을 달고 키를 재이던 때에도 마구 군들거리는 몸을 쓰러져서는 안 된다고, 쓰러지지 말아야 채희를 차지한다고 버티었던 것이다. 문오는 이것 외에 더 다른 것을 생각할 수 없었다. 이것 만이 그의 유일한 사상(?)인 것이었다.

"하용빈은 어디 있어?"

"왜? 또 간수 놈에게 내 주려고? 아직 더 해야 속이 풀리겠어?"

이춘길의 눈꼬리가 달싹 들렸다 매섭게 처졌다 문오는 그의 눈꼬리에서 시선을 돌리며

"여기 와서까지 그렇게 대할 게 뭐요? 같은 동지로서."

해 보았다.

"동지? 동지의 아내를 약탈했으니 동지란 말인가?"

이 말 끝에 여럿의 웃음 소리가 와하하 터졌다. 웃음 소리는 문오의 옆구리를, 가슴팍을, 쿡쿡 쥐어박아 주곤 먼 데로 사라진다.

소학교 삼학년 때의 일이 문뜩 머리에 떠올랐다. 반장 아이가 먼저 옆구리를 쿡 쥐어지르니까 씩씩 거리기만 하던 성남이가

"너, 내 고무 내노티 못 하간?"

하고 가슴팍 께를 탁 밀었다. 문오가 비틀거리다가 운동장 바닥에 자빠져버렸다. 쭉 둘러 섰던 주위의 제 또래들이 와하하 웃음을 터뜨렸다. 문오는 자빠진 채로 성남의 고무를 바지 호주머니에서 꺼내 동댕일 치곤 재빨리 움직여 마을 앞 탱자나무 위로 도망쳐 올라갔다. 문오의 몇 아름씩 되는 탱자나무의 가지들은 잎을 흠뻑 피우고 있어서 아무도 문오가 그 위에 앉아 있는 것을 알아내지 못했다. 햇빛이 진종일 쨍쨍 내려 쪼였어도 탱자나무 위는 서늘하기만 했다.

문오는 눈을 들어 주위를 살폈다. 그러나 피신 할 탱자나무는 그의 앞에 있지 않았다. 두터운 벽과 육중한 철장이 버티고 있을 뿐이었다. 몸을 쭈욱 솟구쳐 보았으나 와하하 터진 웃음의 그물 속을 빠져 나갈 구멍은 아무 데도 뚫려 있지 않았다.

— 어떻게 해서라도 뚫구 나가야 한다. 허윤, 하용빈들과 한 패가 된 자들하구 같이 있으면선 채희를 차지하지 못한다. 채희를 차지하지 못하는 세상은 암흑일 뿐이다. 상상조차도 하기 싫은 세상이다…….

십이월이 다 갈 무렵에야 채희가 면회를 왔었다. 면회실로 향하는 문오는 헝크러진 머리털을 손바닥에 침을 발라 눌러 놓으며 바로 놓이지 않는 발을 재게 놀렸다.

면회실에 들어선즉 청색 오바[27]에 윤이 막 나는 칠피 구두를 신고 채희가 서 있었다. 어느 때의 채희보다 아름다웠다. 문오는 '채희'를 터지게 부르며 구을 듯 다가 갔다.

"가까이 가지 마라."

간수의 호통에서 문오는 비로소 자기를 의식했다. 그렇지 않았더면 호텔 방에서 하듯 채희를 자빠뜨렸을지도 모르는 일이었다.

27　오버 : 추위를 막는 겉옷.

"건강은 어때요?"

채희 편에서 물었다. 문오는 무슨 말부터 해야 할지 밥에 목이 메었을 때처럼 끼욱끼욱 하고 있었다.

"어머니한테서 온 편지야."

채희가 편지를 건네어 주었다.

"참 어머니한테 가 있어?"

채희가 건네어 주는 편지를 간수가 눈을 부라리며 빼앗았다.

"아뇨. 그냥 거기 있지."

"거기라니?"

"호텔이지."

"아 그래?"

"거기 있어야 어머니하고랑 연락이 되잖어?"

"그래. 어머니한테 편지두 하구 그랬군?"

"그럼. 어머니가 돈을 부쳐 주군 했는데⋯⋯."

호텔 숙박비가 적지 않을 것이라고 짐작되었지만 자기 없는 사이에 모친하고 연결을 맺고 있다는 사실에 문오는 안도의 숨을 내 쉬고는

"채희가 그러구 있은 걸⋯⋯. 어머니하구 서루 연락이 있었군 그래. 고마워."

허리까지 굽혔다.

"왜? 용빈씨 애기라도 배는 줄 알았구려? 유치장에서 하는 짓을 보니 그렇더군."

"내가 잘 못했단 꾸지람인가?"

"그렇지만⋯⋯. 한꺼번에 애길 둘 가질 수는 없잖어? 강문오의 애길 이미 가지고 있으니까."

채희가 발름발름 웃어가며 뒤로 고개를 제끼며 말했다.

"뭐? 정말? 채희."

"정말. 병원에 갔더니 이렇다는군."

채희가 바른 손 다섯 손가락을 쫙 펴 들었다.

"어머니한테 알리라구. 곧 편지를 내라구."

문오는 입이 얼굴 밖으로 나가도록 벌려 놓았다.

"벌써 알렸어. 그러니까 돈을 썩썩 부쳐 주시는 거겠지. 이번에도 땅을 팔았다면서 이백원을 부쳐 주셨어. 당신 사식 차입도 해 주라고 했던 걸. 오늘 삼십원을 차입해 놨지."

"고마워. 고마워."

고맙다는 말이 연거푸 나왔다. 문오는 온통 다 고마울 뿐이었다. 그동안 채희를 의심하고 있던 일을 뉘우쳤다.

채희가 돌아 간 뒤에도 문오는 고마운 마음이 갈아 앉지 않았다. 오직 하늘이나 땅에나 절하고 싶을 뿐이었다. 모진 추위에도, 이춘길 등의 조소에도 끄떽없이 가슴을 쓰윽 펴고 앉아 있을 수 있었다.

— 채희가 나의 아이를 낳는다. 채희가 난 아이가 날더러 아빠라구 부를테지? 채흰 엄마라 부르구…….

문오는 흐드득 웃음이 나왔다. 채희는 그 뒤로도 네번 면회를 왔었고 사식 차입을 쭈욱 계속 해 주었다. 문오는 채희가 면회를 올 때마다 우쭐거렸다.

'청년동지회' 최종 공판은 이듬 해 봄 삼월에 있었다. 공판을 받게 된 피고들의 수효는 이십 칠 명이었다. 대부분이 불기소가 되었다. 이 공판에서 문오는 3년 집행유예의 언도를 받았다. 허윤도 문오와 마찬가지로 3년 집행유예를 받았다. 허윤은 병상신문으로 끝을 맺었던 것이다. 다른 연루자들의 대부분이 대개 이 정도의 형으로 낙착이 되었으나 하용빈, 장병위, 이춘길 세 사람은 5년 징역에 떨어졌다.

하용빈은 시종일관 허윤을 위시한 전체 회원의 발뺌 할 구멍을 열어 주기에 급급했다. 문오까지도 그는 싸 주었다. 허윤은 병중이어서 '청년동지회'의 총책임자이면서도 전혀 회원의 움직임을 알지 못하고 있었다 했고, 강문오는 출옥하자 일본서 추방되어 귀국하던 도중에 체포되었으니 이 사건과 관련이 있을

리 없지 않느냐고 오히려 따졌다. 다른 연루자들을 위해서도 각각 이와 유사한 증언을 해주었다.

하용빈의 이러한 태도에 감동되었든지 장병위는 '청년동지회'의 총 책임은 어느 한 사람이 질 게 아니고 조선 사람 전체가 다 져야 한다고 주장하고 자기는 조선사람의 일원으로서 '청년동지회'의 총 책임자 임을 자인한다고 말했다. 이춘길도 장병위와 비슷한 답변을 했다. 자기는 '청년동지회' '강령'을 성서처럼 신봉하고 있는 자라 말하고 조선 민족 전체가 이 강령 아래 모이는 날이 오기까지 자기는 투쟁 할 것을 맹세한다고 말했다. 이 두 사람은 경찰서 유치장에서부터 하용빈과 함께 지내면서 하용빈을 흠모해 온 터이었다. 문오에게 모멸감을 가진 것도 거기에 기인했던 것이라고 문오는 짐작하고 있었다.

나머지의 회원들 대부분은 자기 변명에 여념이 없자니까 하용빈을 끌고 들어가기가 일쑤였다. '청년동지회'가 계몽을 주로 하는 단체라고 주장하는 하용빈의 말을 믿었기 때문에 가입했다는 회원이 있는가 하면 철이 없어서 그런 어마어마한 '강령'을 가진 단체에 발을 들여 논 자신을 뉘우치며 앞으로는 천황폐하의 '적자'로서 대 일본제국에 충성을 다할 것을 맹세하니 한번만 관대히 보아달라고 눈물을 흘리며 애원하는 자가 있었다.

또 어떤 자는 '청년동지회'의 '강령'을 알고 있으면서도 똑똑한 현대 청년이되고 싶은 생각에서 발을 들여 놓았노라고, 그러한 사상을 가진 체 해야만, 그 방면의 서적이라도 옆구리에 끼고 다녀야만 똑똑하게 보아주던 한 때의 풍조에 휩쓸린 것뿐이노라는 변명을 널어 놓았다.

재판장이 '강문오'를 불렀다. 문오는 제 소리 같지 않을 정도로 공손이 대답하곤 재빨리 일어섰다. 판, 검사의 비위에 거슬려선 안 된다. 그래선 감옥을 빠져 나가지 못한다는 일념이 그의 언동을 지배하고 있었다. 재판장이 문오에게 피고는, '청년동지회'를 합법적 단체로 보느냐? 비합법적 단체로 보느냐고 물었다.

문오는 다급한 중에

"먼저 말한 피고인과 동감입니다."라고 해버렸다.

재판장이 어느 피고인과 동감이냐? 조선인 전체가 '청년동지회' '강령' 아래로 모이는 날이 오기까지 투쟁을 계속하겠다는 자와 동감이라는 말이냐고 물었다.

"아까두 말씀한 바와같이 저는 지주의 아들입니다……."

"아까 한 말을 되풀이 할 필요는 없잖어?"

재판장의 핀잔이 가혹했다. 주위가 술렁거렸다.

하용빈이나 이춘길, 장병위 등의 경우엔 낱낱의 숨 소리까지 들리게 조용하고 엄숙했다. 준엄하게 나가면서도 그들을 만만히 다루지 못하는 재판장의 낯빛도 엄숙했다. 문오는 왈칵 얼굴이 달아 올랐다. 그러나 문오는 중단하겠다는 생각은 없었다.

"저두 시대의 영웅이 되어보겠다는 허영에서 한 일입니다. 아까두 말씀했지만 과거를 전부 청산하구 가족과 더불어 단란한 생활을 하고저 하는 바입니다."

"마채희 하고 말이지?"

재판장이 안경 넘어로 문오를 노려 보았다. 술렁거리던 주위가 웃음의 물결로 번져 갔다. 달아 올랐던 얼굴이 불덩어리가 되는 것을 문오는 깨달았다. 방청석에 와 앉아 있는 모친을 생각했다. 모친이 혹시 재판장의 눈치를 알아차리지 않았을까? 모친이 언어를 알아 듣지 못한다 하더라도 공판정의 공기와 재판장의 낯빛으로서 아들이 경멸의 대상이 되어 있다는 것을 눈치 채고 있을지 모른다는 생각에서였다. 그래도 문오는 다시 또 시대의 영웅이 되겠다는 허영을 버리겠노라고 손을 모아 쥐고 누누히 말했다.

재판장이 쓰레기라도 버리듯 하는 태도로 문오에게 앉으라고 말을 던졌다. 무슨 말을 더 하려던 문오는 머뭇거리다가 앉았다. 땀이 흘러 내렸다. 이런 경우에 땀을 흘려보기가 처음이었다. 일본서 삼년 형을 받던 때도 바로 이런 계절이었지만 땀 한방울 흘리지 않았다. 오히려 서릿발 같은 것을 등허리에 느꼈다. 삼년 형이 두렵다거나 싫다거나 한 데서 온 것이 아니었다. 사형이더라도 끄떽

없을 의기가 충천했던 것이다.

문오는 그때 재판장 앞에서 줄다리기를 하다가 줄을 놓쳐 버린 분함을 참지 못하겠노라고 고함을 질렀다. 등허리의 서릿발은 이렇게 고함을 지르던 때에 왔던 것이다.

공판장에 방청했던 문오의 모친도, 아들을 면회하면서 하용빈 등의 태도를 갸륵하다고 노상 외웠다. 입회 간수가 아니면 모친 입에서, 남을 위해 살려는 그의 큰 뜻을 칭송했을지 모르는 일이라고 문오는 추측했다. 모친 얼굴에 그런 빛이 역력히 나타나 있었다. 문오는 역시 하용빈의 영웅적인 태도에 저도 모르게 머리가 숙으러 졌고 또 저를 비호해 준 고마움도 모르는 바 아니었으나 그러한 감정은 잠시뿐이고 이어 출옥해야 한다는, 그래서 채희와의 황홀했던 생활을 계속해야 한다는 일념에 사로 잡히는 것이었다. 모친도 아들의 이러한 심중을 엿보고 있는 듯 했다. 하용빈에게 보내는 찬사의 반 이상이 아들의 심중을 엿본 데 기인한 일이 아닐가 한다. 그렇다고 모친이 아들에게 감옥살이를 시키자는 생각은 물론 아니었으리라는 것도 문오는 알고 있었다.

모친은 오던 길에 채희를 만난 이야기를 들려주면서 채희가 호텔에 머물러 있은 사실을 전연 모르고 있었노라고 끔찍해 했다. 그동안 여러 차례를 거액의 돈을 가져다가 사식 차입이나 옷 차입에 쓴게 아니라 호텔 유숙비와 옷 차림으로 온통다 소비해버렸을 게라는 말도 했다.

모친은 시종 좋은 낯으로 말했지만 말의 어취로서 채희를 못마땅히 여긴다는 것을 문오는 알아채었다. 시종 좋은 낯을 지은 것은 입회 간수도 있고, 또 감옥 안에 있는 아들 앞에서 차마 마음의 분풀이를 해 낼 수가 없었기 때문인 것 같았다.

"제가 그냥 있으라구 해서……."

문오가 말귀를 떼 놓으려고 한즉 모친은 벌써 알아 듣고 손을 살살살 내 저으며

"걱정할 것 없다. 내려 오면서 방 한간을 얻어 주고 끼니랑 끓여 먹을 그릇개도 사 주고 손수 밥을 디어 먹으라고 일러줬다. 네펜네는 밥 딛고 자식 잘 길르고 하믄 그만이디 별 수 있느냐. 너도 타일러 도야 하갔더라……. 엇디 되든 간

에 너나 출옥하고 아들이나 쑥 낳고 했음 도캈구만서도……."

전 같으면 그 새 면회도 사 오차 왔을 텐데 약혼자가 모두 잘 알아서 오죽 잘하랴 하고 자기는 집에서 돈 마련하는 일에만 여념이 없었다는 말도 모친은 덧붙였다.

그래도 문오는 채희를 모친 마음에 들게하고 싶어서

"채희가 어머니 편질 처음 받았을 때 어떻게 좋아했던지 몰라요. 저보다 채희가 어머니한테 효돌 할겁니다."

해 보았다.

모친이 아들 말에 낯색을 약간 고치며

"그랬으믄야 오죽이나 도캈느냐. 이날 이때 까디 너이 오누이 뒷티닥거릴 하느라고 볓 한번 벤벤히 쐬보디 못한 신세다. 며느리 덕이나 봐야디, 봐야디."

모친은 '며느리 덕'을 연거푸 강조했다. 오누이란 말에 문오는 깜짝 생각나서 참 문희가 잘 있느냐고 오래 잊고 있던 누이동생의 안부를 물었더니 모친은 딸이 시집살이를 기특하게도 잘해서 시모의 총애를 한 몸에 지닌다는 말을 한 다음

"녜편네야 살림살일 잘 하는게 데일이지 다 소용있는 덧이냐."

는 말도 했다.

5

모친이 채희에게 얻어 주었다는 셋방은 수표정 청개천[28]을 끼고 앉은 어느 집 뜰아래 방이었다. 출옥하는 아들을 기다려 함께 상경한 모친이 이방에서 하루 밤을 그들과 같이 지나게 되었다.

이튿날 아침 떠나기 직전에, 모친은 아들을 불러놓고 매우 꾸짖었다. 환장을 한 게 아니냐고 첫마디부터 과격한 언사로 나왔다. 모친은 부들부들 떨기까지

---

28 '청계천'의 오식. 이하 모든 '청개'는 '청계'의 오식임.

했다. 모친이 한 방에 있다는 사실 같은 것을 생각할 새도 없이 계집과 허기차서 날뛰는 아들을 모친은 어둠 속에서 관망하고 있었던 것이다. 본래 채희에게 가는 모친의 감정이 곱지 못한 데다가 그 지경 돼 놨으니 모친이 부들거리는 심경도 이해 할만 했지만 그래도 문오는 종시 제가 잘못했다는 생각이 들지 않았다.

이날 아침 모친의 말을 들으면 채희는 그동안 이천원 가까운 거액을 올려다 썼다는 것이었다. 모친은 아들이 체포된 것도 모르고 아들의 편지대로 사백원을 만들어 송금한 것을 위시하여 일곱 차례에 걸친 송금이 있었다고 했다.

채희는 편지마다 변호사 비용, 사식 차입, 옷 차입을 핑계해서 돈을 요구했다고 하고, 그래 그렇게 걱정하던 옷이 겨우 두벌밖에 안 되니 그 돈은 다 어디로 흘렀느냐고 하면서 벽에 돌아가며 쭈욱 걸려 있는 채희의 사치스런 옷들을 모친은 눈흘기는 것이었다.

문오는 그제야 채희의 옷이 그동안 많이 불었다는 사실을 인식하는 동시에 급속히 하용빈과의 관계를 다시 의심하기에 이르렀다. 채희는 거액을 올려다가 하용빈의 사식과 옷 차입도 했을 것이라고 단정하게 되었다.

"이러다간 일년도 못 가서 허디에 나 앉게 되갔다. 옛날부터 남의 사람을 잘 만나야 집안 꼴이 잽혀 간다는 말이 있다. 아예집에 내려와 살갔다는 생각은 먹디두 말아라."

모친은 이런 말을 뇌이면서 재차 벽에 걸린 채희의 옷들에 흘깃 눈을 보내는 것이었다.

채희는 문오가 나온 뒤 한달 남직[29]해서 사내 아이를 낳았다. 문오는 몇 십번도 더 손가락을 꼽아 보면서 달 수와 날 수를 맞추어 보았다. 병원에 가면, 아이를 들여다 보며 하용빈을 닮은 데가 없는가를 살피기에 여념이 없었다. 어린것의 팔과 다리를 주물러 보기도 했다. 하용빈의 골격을 닮았으면 억셀 것이라는 생각에서였다. 뺨과 턱주가리 언저리를 살피기도 했다. 장차 수염이 무성할 가

---

29 '남짓'의 방언.

능성을 지녔는가를 진맥하자는 것이었다. 옷을 헤치고 가슴팍을 들여다보았다. 하용빈의 쓰윽 내민 가슴팍에 무성하던 털을 알고 있기 때문이었다.

"왜 그렇게 아일 샅샅이 뒤지고 야단이우?"

채희가 보다 못해 이런 말로 물으면 문오는 당황히 자기를 수습하기에 이르곤 하는 것이었다.

몇 번이나 편지를 띄웠으나 모친은 시종 묵묵하다가 채희가 아들을 낳았다는 전보를 받고서야 돈 백원과 짤막한 사연을 보내 주었다. 주야로 원하던 손자를 보아서 하느님께 감사하다는 것을 쓰고, 이 후일랑은 돈 청구하는 일 없도록 하라는 것이었다.

채희가 아들을 낳았다는 소식만 띄우면 뛰어올라 오리라고 믿었던 모친의 편지조차 이렇게 되고 보니 문오는 두루 부화가 나지 않을 수 없었다. 와락 편지를 비벼 쥐고 벌떡 일어났다. 누구하고 대결이라도 할듯한 기세였다.

"왜 그래요? 덜 존 소리라도 씨었어?"

침대 위에서 내려다 보고 있던 채희가 묻는다. 문오는 그제야 깜짝 깨닫고

"아무것두 아냐……. 돈이 적어서 그래."

했다.

"얼마게?"

"겨우 백원이야."

"떨어지면 더 보내라지 뭐."

채희는 쉽게 말했다.

"인제 내가 취직 해가지구 달란 소리 말아야지."

"취직이 그리 쉽게 될 줄 알아? 사상범으로 끌려 들어갔던 사람을 누가 쓰자고나 해?"

"우리같은 사람을 원하는 데두 있을 테지."

"사상범을 원하는 데선 월급이 안 나오거든."

채희는 한 달 만에 퇴원했다. 밥이랑 짓는 일이 지겨워서 병원에 그냥 눌러

있자고 앙탈을 부렸다. 입원환자 중엔 더러 병원에서 사는 사람들이 있다는 것이었다. 퇴원하고서도 줄곧 매식으로 때었다. 돈이 떨어지자 안집에다 부탁해서 계집애를 두었다.

어린것은 자라가면서 영락없이 문오를 닮아갔다. 벌쭉 웃는 모습까지 아빠를 쏙 빼었다고 안집 아주머니도 그러고 채희도 그렇다고 했다.

문오는 신이 났다. 아이의 이름을 '민'이라고 지었다. 백성 민자 한자었다. 민족을 위해 사는 아이가 되라는 암시 같은 것을 잊지 않았던 것이다. 자기 자신은 흐리멍덩하게 살고 있지만 아들은 자기 자신과 같지 말기를 원하는 마음이었다.

민이 웃음을 웃을 무렵부터 그들 생활에 궁끼가 끼기 시작했다. 문오는 취직자리를 구하는 한편 모친한테 절박한 사정을 호소하는 편지를 띄우기도 하고 어린것의 자라는 과정을 적어 보내기도 해서 모친의 마음을 풀려고 노력했으나 모친한테선 인제 땅도 다 팔아 댈대로 대고 없으니 제 힘으로 살아 볼 도리를 강구하라는 냉담한 회신이 한번 있었을 뿐이었다. 편지의 마지막에 가서 꼭 한마디로 어린것이 잘 자란다니 하느님께 감사를 드린다는 말이 적혀 있었다.

민이 둥싯둥싯 기어 다닐 무렵에 밥 짓는 계집애가 나갔다. 더운 땐 안집 마루에서도 자곤 하던 계집애는 추워지면서 잠자리가 마땅치 못 할뿐더러 날마다 더 어려워만 가는 살림살이에 진력이 난 모양이었다. 사람을 다시 구해 볼 용기는 채희에게도 없었던 것 같다. 밥 짓고 살림 사는 일은 하지 않겠노라고 앙탈을 부리던 채희가 하는 수 없이 일을 떠맡았다.

어느 날 아침, 밥을 지어가지고 들어 온 채희가 시퍼렇게 언 얼굴을 겨우 움직여 가며 이건 윤한테 있을 때보다도 더하니 어떻게 견디느냐고 시작하는 것이었다. 퍼뜩하면 외우곤 하는 말이지만 문오의 귀엔 잘 드는 칼같이 선뜩 해왔다.

"조금만 참어. 취직이 되면 곧 필테니……."
문오는 채희를 달래려고 했다.

"취직? 당신은 취직이 안 돼. 이때까지 그렇게 돌아다녀야 누가 당신더러 오라고나 해?"

"인제 어느 뒷골목에서 동정자가 불쑥 나타날지 알어?"

"동정자? 강문오의 동정자는 아마 없을 껄. 어떤 사람은 오년 징역을 먹는데 어떤 사람은 털끝 하나 다치지 않고 고스란히 나왔으니 누가 동정을 해. 친일파 오경배 따위나 할까?"

달래자고 자제하던 마음이건만 손이 어느 새 여자의 면상으로 올라갔다. 피가 툭 터졌다. 얼어 있었기 때문에 그렇게 쉽게 터진 것일까. 피를 본 문오는 당황해서 수건을 떼어다가 피를 씻어주려고 했다. 채희는 피를 씻어주려고 다가든 문오를 탁 차서 자빠 뜨렸다. 피가 턱을 거쳐서 저고리 앞섶 께를 물들였다. 문오는 자빠진 채로 올려다 보고 있었다. 똑 요귀 같다고 생각했다. 어릴 때 꿈에서 보아 본 일이 있는 바로 그것과 흡사했다. 요귀를 보는 밤이면 식은 땀을 철철 흘리며 헛소리를 마구 지르곤 해서 모친은 문오를 품 안에 싹 거둬안고 하느님께 기도를 올렸다.

— 허약한 나의 아기에게 주여 손길을 내밀어 보호하소서. 애비의 얼굴도 보지 못하고 태어난 자식이오니 버리지 마시고 훌륭한 인물이 될 때까지 주님이 항상 지켜 주시옵소서.

또렷또렷한 어조로 빌었다.

"피를 닦어라. 피를!"

자빠진 채 문오가 발광적으로 소리를 질렀다. 자고 있던 민이 부스스 눈을 떴다.

채희가 흘러 내리는 피를 훑어서 문오에게로 홱 뿌렸다. 문오가 피를 비맞듯 맞으며 번개같이 일어나 채희를 안아 자빠뜨렸다. 피묻은 그대로 문오는 양 팔 안에 여자를 거둬넣었다. 부스스 깨어난 민이 엄마 아빠를 멍청히 보고 있었다.

민은 그렇게들 하고 있는 엄마 아빠를 여러 차례 보아 왔기 때문에 그저 또 그러나보다고 알고 있는 모양이었다. 피를 구경해 본 일이 없는 민은 그것도 웬 영문인지를 모르고 있는 눈치였다.

"이건 또 무슨…… 밤낮 이런 짓밖에 할 일이 없어!"

채희가 몸을 틀며 문오를 밀어냈다. 문오는 채희를 놓쳐서는 안 되겠다는, 놓쳐버리면 그만이라는 생각에서 여자의 몸뚱이 전체를 한 점 남김 없이 더 바싹 제 몸뚱이 속에 거둬 넣었다.

"좀 몸을…… 바루 못해."

몸뚱아리의 어느 한 부분도 젖어들지 못한 문오는 발광이 나갈 지경이었다. 여자는 언 빨래처럼 차겁고 꼿꼿하기만 했다. 채희가 차차 나긋나긋 못해 옴을 문오가 처음 감각하고 있는 것은 아니지만 이처럼 되어 본 일은 아직 없었다. 문오는 지난 날의 가장 맹렬하던 채희를 상기하며 훨훨 타들어 갔으나 끝내 채희는 몸을 홱 뒤틀어 빼쳤다.

"너 하용빈 하구 무슨 일이 있었지?"

— 모기장 속이 해저같은데 하용빈이 헤엄치듯해 모기장 속으로 들어가던 꿈이 되살아올랐다. 그 꿈으로 해서 문오의 가슴이 늘 어름장 같으면서도 다칠가봐 겁나는 종기와도 같이 조심해 오던 말이었다.

"또 그 소리야? 이건 윤보다두 더 지겹게 구네. 없는 틈에 무슨 짓을 했다고 해야 씨원할 참이야?"

문오는 눈을 부릅뜨고 있을 뿐 대꾸할 말을 찾지 못하다가

"그 허윤이 소린 제발 그만 둬. 이쪽에서두 지겨워."

해 놓곤 다시 입을 열어

"면획 갔지? 나한테 오는 체 하구 하용빈을 만났지?"

하고 눈을 부릅떴다.

"만나주지 않아서 면회 못한 걸."

대수롭지 않게 나왔다.

"그렇다니까. 차입두 했구나?"

"했지."

"그래 그 놈이 비겁하게두 받더란 말이지?"

"내 이름으로 했게? 김용석이 보내는 것처럼 했지뭐."

"나 잽혀간 틈에 넌 놈이 좋다구나 지랄을 쳤다는 걸 인제 알았어. 유치장 안에서 네년이 꼬릴 치느라구 기침 소린지 신음 소린지 모를 소릴 지를 때부터 다 알구 있었어."

"흥. 썩 잘 알아 맞췄는데, 정말이지 난 그때 유치장 안의 전부가 영웅시 하고 있는 그일 무척 좋아했어. 저이가 사랑하는 사람이었더면 하는 생각이 불붙듯 일어났어. 사실 나는 그때 그 생각에만 몰두하고 있어서 기침 소린지 신음 소린지 모를 소리가 언제 나갔던지 그것조차도 모르고 친 거야."

채희는 거울을 들여다보며 닦어내고 있었다.

"이 빌어먹을 것아. 아가릴 좀 닥치지 못해? 더 터져야겠어?"

채희가 들고 들여다보는 거울을 홱 째려채었다.

"왜 이리 못나게 굴까? 더 때려 보란 말야?"

채희가 눈을 고추 세우고 달려들었다. 윗입술이 위로 온통 말려 올라갔다.

문오는 눈이 크고 검다는 생각도, 입술이 꽃이파리 같다는 생각도 하지 못했다.

"우리 어머니 돈을 네가 그렇게 해서 다 써 버린 게 분하구나."

"소작인을 착취해 모은 돈을 그들을 위해 투쟁하는 투사한데 좀 쓰면 어떻단 말야?"

허윤이랑 채균이 하던 말을 채희는 그대로 쓰고 있었다.

"속은 텅 비어 있으면서 말만 배워 가지구 짜악짝거리는 년이 뭘 안다구 착취니, 투쟁이니, 투사니 하구 떠들어?"

"옳아. 강문온 속이 꽉 찼지. 말하자면 혁명가요, 사상가기 때문에 동지를 배반했구만."

채희에게서 빼앗아 들고 있던 거울을 문오는 아무렇게나 째려 던졌다. 채희에게 가 떨어져도 좋고 문오 자신에게 떨어져도 좋다. 벽이나 유리창에 가 부딪

처도 상관 없다. 될 대로 되어보라는 마음이었다.

문오는 채희의 악쓰는 소리와 민의 울음 소리를 뒤에 들으며 밖으로 뛰어 나왔다. 꾸물거리는 하늘, 눈이라도 푹 쏟아져라. 청계천변을 올려 걷던 문오는 되돌아서 내려 걷다가 다시 또 발을 되돌려 큰 길로 나섰다.

큰 길엔 악대를 앞세운 행렬이 무수한 일장기를 나폴거리며 행진하고 있었다. 일인도 끼어 있긴 하나 조선 사람이 많았다. 전쟁터로 끌려 가는 조선 청년을 앞세우고 경성역으로 나가는 행렬임에 틀림없었다. 청년들은 어깨와 가슴에 '무운장구' '필승 대일본제국' '천황폐하 만세'를 이리저리 갈긴 헝겊조각으로 멜방을 해서 띠고 있었다.

청년하고 가장 가까운 거리에 서 있는 중년 여인이 청년의 모친이리라. 참는 눈물일텐데 비오듯 쏟아졌다. 또 청년의 저쪽 편에 중절모를 쓰고 걷는 장년 남자는 청년의 부친이리라. 무엇이 목에까지 올리밀은 탓일까. 턱을 잔뜩 치켜들고 걸었다. 무엇 무엇을 써서 메고 걷는 청년의 턱도 들려 있었다.

문오는 행렬을 따라 발을 옮겨 놓았다. '대일본제국'을 짊어지고 전쟁터엘 나가는 청년의 행렬을 따르자는 것은 아니었다. 발을 옮겨 놓게한 것은 악대의 힘일지 모른다. 그렇다고 신바람이 나서 발을 옮겨 논 것은 더구나 아니었다. 갈 데라곤 없는 문오가 그저 걷고 있는 것이다.

꾸물거리던 하늘에선 끝내 눈이 푸슬푸슬 내리기 시작했다. 푸슬푸슬 내리는 눈발 사이로 문오는 퍼뜩 오경배의 모습같은 것을 발견했다. 목을 바싹 돌려가지고 다시 살폈다. 분명히 오경배였다. 몸이 더 부대해져 있었다. 턱을 잔뜩 치켜들고 우쭐우쭐 행진하는 것이었다. 청년이나 청년의 아버지인상 싶은 중절모와 유사하게 치켜 든 턱이지만 그것과는 판이하게 위풍이 당당해 보였다.

눈발이 좀 세찼다. 거기에 바람까지 일었다. 문오는 자신의 발걸음이 정확하지 못해 옴을 깨달았다. 깍지라도 꽉 끼고 싶은 충동이 치밀어 올랐다.

노도같이 행진하는 선두에 섰던 동지들은 다 어디로 간 것일까. 그 행렬엔 '게다'에 조선 옷을 두른 조선 여자도 끼어 있었다. 조선 노동자도 끼어 있었다.

조선 신사도, 조선 학생도 끼어 있었다.

눈발이 흩날리는 사이로 문오는 오경배를 다시 살폈다. 오경배는 여전히 살찐 턱을 치켜들고 우쭐우쭐 행진하고 있었다.

— 저걸 저걸 가만 놔둬야 한단 말인가. 그렇게 한 덩어리가 되었던 조선 사람을. 어디서나 마구 얼싸 안고 싶던 조선 사람을 우리와 맞선 적의 총마개로 몰아 넣는 저 살덩일 가만 놔둬야 한단 말인가…….

문오의 주먹이 불끈 쥐어졌다. 쥐여진 주먹이 부르르 떨렸다. 문오는 사람과 눈발을 헤치며 오경배를 향해 갔다.

"끌려 가면서도 끝까지 맞서던 오경배가 이제 와서 할 짓이 이것뿐이더냐!"

문오는 다짜고짜로 오경배의 살찐 턱을 떨리는 주먹으로 탁 들이갈겼다. 눈에선 불이 번쩍 일었다. 퍼런 불이었다. 그리움과 분노의 감정이 한테 뒤섞인 데서 생긴 불이었다. 그것은 오경배 때문에만 일어난 불이 아니었다. 문오 자신 때문에 더 많이 이는 불이었다.

"아니. 자네였구나. 문오군. 내 자넬 얼마나 찾았는지 아는가?"

불의의 침범자에게 당황히 시선을 돌린 오경배는 상대방이 문오임을 확인하자 안도의 숨을 내쉬더니 손을 내밀어 문오의 팔을 끌어다 끼곤 태연히 행진을 계속했다.

전후 좌우의 대열은 그들이 장난이라도 하는 줄 알았던지 아무런 변동도 없이 그대로 행진하고 있었다.

"나까지 끌구 갈 작정이야? 날 어디까지 이렇게 끌구 갈 작정이야? 끌려갈 순 없어. 이걸 놔 놔 놔."

문오가 팔을 빼며 발을 벋디디었다.

"문오군. 아뭇소리 말구 정거장까지 같이 가 줘. 우리회사 직원이야. 난 거기까지 가봐줘야 해."

오경배가 빼려는 문오의 팔을 팔에 힘을 주어 꽉 꼈다. 그러나 문오는 흐들거리는 살덩어리를 감각했을 뿐 깍지 낀 팔과 팔에서 흘러들던 뜨뜻한 것을 느끼지는 못했다.

"자네회사 직원이면 자네가 갈거지 난 왜 끌구 가는 거야? 이걸 놔. 이 팔을 노란 말야."

지난 봄 음식점에서 오경배를 차고 밟고 할 때만 해도 그를 만만히 다루었는데 어쩐 일인지 문오는 종시 오경배한테 질질 끌려 가고 있는 형편이었다.

"자넬 끌구 가자는게 아냐. 전송해 주구 자네하구 얘기하구 싶어서 그래. 이래 팔을 끼구 걸으니까 옛날루 돌아 간 것 같아서 감개무량하구나."

오경배는 문오를 낀 팔을 다시 조이면서 속삭이듯 말한다.

이제까지 아무것도, 오직 흐들거리는 살덩어리 이외의 것은 감각하지 못했던 문오도 이 소리엔 뭉클해 왔다. 그것은 팔과 팔에서 흘러드는 뜨뜻한 피라고 해도 좋고, 낮은 소리로 속삭이는 오경배의 입김이라 해도 좋을 것이다. 혹은 아무하고도 친근해 볼 수 없었던 근자의 문오인 탓으로 돌려도 무방했다.

문오는 다시 입을 열지 않고 묵묵히 오경배가 끄는 대로 경성역 푸랱 · 홈[30]에까지 갔다. 푸랱 · 홈엔 그들 외에도 여러 패의 행렬이 몰려들어 그들과 똑같이 전장에 나가는 청년을 에워싸고 웅성거렸다. 저마다 손엔 일장기를 들고 있었다.

오경배는 회사 직원인 청년의 출정을 격려하는 격려사를 장황히 늘어 놓은 다음, '대일본제국 만세'를 선창으로 그었다. 저마다 일장기를 높이 쳐들어 만세를 외쳤다. 문오는 무감각 상태에서 그것들을 보고 있었다. 얼마 안 되어 군대를 터지게 실은 기차가 홈으로 들이닥쳤다. 홈 안은 다시 일장기의 물결이 일고 악대와 만세성으로 떠나갈 듯 아우성이었다. 십여명의 출정 군인이 오르자 기차는 악을 빽 쓰면서 움직였다. 또 한번 남은 군중이 일장기를 쳐들어 만세를 불렀다. 기차가 떠나고 군중이 흩어지기 시작했을 때, 청년의 모친이 눈이 덮인 바닥에 쓰러졌다는 사실이 알려졌다.

30　플랫폼.

　　　　　　　　　최정희 소설 전집 **5**

눈보라 속을 뚫으며 멀어져 가는 기차를 멀거니 바라보던 청년의 부친 눈에서도 끝내 눈물이 주르르 흘러 내렸으나 그는 이어 '대일본제국'에 아들을 선선히 바친 자의 태도가 이래서야 될까 보냐고, 눈에서 흘러내리는 것은 눈에 눈이 들어간 탓이라고 꾸미려는 자세를 지었다. 기차에 오른 청년도 아버지와 비슷한 자세를 끝까지 짓곤 하던 일을 문오는 잊지 못한다.

오경배는 약속한대로 문오를 데리고 전에 갔던 남산 밑 일본음식점으로 갔다. 문오도 아무 데건 상관할 마음이 아니었다. 아무 데라도 들앉아 몸과 마음을 녹이고 싶었을 뿐이었다. 그러면서도 문오는 한편 오경배가 여기서 얻어맞았으니까 여기서 보복을 하려는 것이 아닌가 하는 생각도 들었다. 그렇더라도 받아 당하자는 마음이었다.

"강군. 여기서 날 또 때려줘두 좋아. 이렇게 눈보라 치는 날 자네한테 실컷 맞아보구도 싶어."

오경배가 외투를 훌 훌 벗다 말고 문오를 돌아다 보며 벌쭉벌쭉 웃었다.

"이번엔 자네 차례야. 자네가 날 때려줘. 나두 실컷 맞아대구 싶어. 아까 길에서 자넬 때리려 덤벼들 때두 그런 생각이 있었을 꺼야. 거기서 자넬 어떻게 하구서 견뎌 내지 못할 걸 알면서두 덤벼든 걸 보면……."

"그럼 우리 둘이 실컷 서루 뚜들겨 패줄까? 저 눈보라 치는 거리에 나가서 이렇게 실컷."

오경배가 '폭싱'[31]하는 자세를 짓다가 풀면서 크게 소리를 내어 웃었다. 문오도 따라 웃었다. 오래간만에 그렇게 크게 웃는 소리를 들었고 또 자기도 웃어본다고 생각했었다.

"내가 자넬 때릴 수는 없어. 자네가 날 때리는 건 하는 수 없지만. 그래 그동안 또 고생을 하구……. 몸이 말이 아니군 그래. 집행유예가 됐다니 다행일세."

오경배가 웃음을 그치고 정색을 했다.

---

31 복싱.

"내가 집행유예 된 걸 어떻게 아나?"

"신문지상에두 보도 됐지만 허윤이한테서 자세한 걸 들었지."

허윤의 이름이 들먹이자 문오는 움츠러졌다.

"허윤한테 갔던가?"

"자네하구 여기서 헤어진 뒤에 갔었어. 자네 숙소를 알려구. 그때 자네가 숙소를 알려주잖았거든."

"보복하려는 생각이었구나? 자 이제라두 쳐라. 난 맞아야 할 일이 많아. 쳐라."

문오가 벌떡 일어서서 오경배 앞에 몸을 들이밀었다.

"앉게. 앉어. 보복하구 싶은 생각은 조금두 없어. 자네가 그리운 생각뿐이었어. 자네뿐 아니라 우리 모두 같이 지나던 일이 그립단 말이야. 그래서 허윤한테 갔지. 허윤까지두 그리운 생각이 들더란 말이야. 그래 갔더니 허윤이 누어 앓구 있구 채희는 행방불명이라더군. 안됐더군. 그래서 주머니에 든 걸 다 털어 놓구 왔지."

"얘긴 그만 하구 인제 날 치라구. 배신잘 치란 말이야."

"글쎄. 앉으래두 그래. 자네 고민두 내 모르는 배 아닐세. 이왕 그렇게 된 걸 어떡하나. 난 솔직히 말해서 채희가 허윤한테 있기보다 자네한테루 온 걸 다행하게 여기는 사람이야. 채흴 동경서부터 너무 고생시켰으니까 말이야. 좀 편안히 살게 해주구 싶어. 자네라면 채흴 물질적으로나 정신적으로나 편안히 해 줄 수 있어. 우리 여럿 중에서 자네가 제일 적임잘 거야. 또 채희두 자넬 좋아할 거구…… 전번에 내가 채희한테 관해서 지껄인 거 죄송하게 생각하네."

음식이 들어와서 오경배의 이야기가 중단되고 벋대고 섰던 문오도 오경배가 끌어 앉히는 대로 앉았다. 음식을 가져 온 여자는 상을 보아주고 나가며 두분이 조용히 얘기하면서 잡수시라고 저희들은 나가는 거라 했다.

오경배가 '도꾸리'를 들어 문오 잔에 술을 부었다. 문오도 오경배에게 부어주었다. 둘이는 잔을 마주 들었다. 그 작은 잔에 담긴 한잔 술에 문오의 몸은 포근히 풀려 갔다.

"여보게 고뿌루 마시자구. 요것 가지군 셈이 안 되겠네."

한잔 술에 포근히 풀린 문오는 더 좀 몸과 마음을 확 풀어보고 싶었던 것이다. 오경배도 물론 문오 말에 찬동했다. 유리컵을 가져오라 해서 둘이는 마시기 시작했다.

"허윤이 병세는 어떻던가?"

인제 문오는 허윤의 이름을 제 입으로 들먹일 만한 용기가 생겼다.

"허윤이 말인가? 허윤이 병세가 아주 틀렸어. 악화 일로야. 그럴게 아닌가? 오재길 졌으니 안 그럴 수 없지. 그래서 평양으로 갔어. 도립병원에 친구가 있대. 그 친구가 오라구 해서 간다나. 떠날 때 역에까지 나가줬지."

"누이동생이 온다더니 와 있던가?"

"안왔어. 쥔 할머니 있잖어? 그 할머닌 앓구 있구……. 그래서 할머니 아들이 밥을 지어 허윤이랑 먹였대. 철공장에 다닌다는 아들 말이야. 그런데 이 작자가 또 끌려 갔거든. 곧 나오긴 했지만. 그래서 앓는 할머니 하구 허윤하구 엇가림 교대루 밥을 했대. 나두 몇번 가 해줬지. 그렇게 되니까 가엾더군."

"금아는 어디다 두구 갔을까?"

"금아? 참 금안 어쨌더라? 떠날 땐 없었어? 못 봤는걸."

"경배군. 자네 내 심부름을 한번 해 주려나?"

"뭔데? 자네 심부름이라면 신바람이 나서 하겠네."

"금아를 어떻게 하구 갔나 알아 봐 주게. 쥔 할머니한테 물으면 알거 아니야."

"그렇게 할 테니 술이나 먹으라구. 자넨 역시 유자격 자야. 난 금아 생각은 통 못하구 있었어."

"꼭 좀 알아 봐 줘."

문오의 눈 앞엔 나팔을 '뚜우' '뚜우' 불던 금아의 뒤퉁거리는 모습이 떠올랐다.

"곧 알아 볼께. 그럼 어떻게 연락을 한다?"

"내가 자넬 찾아 갈께. 자네 사무실이 어디 쯤이야? 다른 장소에서 만나두 좋구……."

"우리 회사루 와. 인제 종종 좀 만나자구. 배신자라구 버리지 말구 옛날대루 애껴달란 말이야. 난 이러구 있어두 옛날 친구들이 그리워. 늘 가슴 한 쪽이 텅 비어 있는 것같단 말이야."

"암말두 말구 술이나 마시자구. 암말두 말구."

문오의 이 말은 나도 너와 같은 말을 하고 싶다는 말 대신에 한 말인 것이다.

"그렇다구 옛날루 돌아 갈 수는 없는 거야. 대세는 기울어졌어. 아까 자네두 보지 않았어? 우린 인제 일본놈이 돼야만 되게 됐단 말이야. 어떻게 좀 더 고민 없이 일본놈이 되느냐 하는 것이 숙제야. 우리민족 전체가 제각기 일본사람 되는 연습을 잘하구 못하구에 행, 불행이 달린 것같아."

"글쎄 술이나 먹자니까."

문오는 오경배의 말을 탓하자는 생각도 없었다. 아까 정거장에서 기차가 눈보라 속을 뚫고 가는 것을 바라보면서 자기도 오경배와 비슷한 생각을 한 일이 있었음을 숨기지 못했다. 문오는 청년들이 저렇게 많이 가야만 자기가 저질어 논 잘못들이 묻혀버리게 된다고 속으로 주장했던 것이다. 결코 무감각 상태에 있는 것이 아니었다.

문오는 술을 진창이 되도록 마셨다. 아침도 먹지 않은 빈 속이어서 더 했다. 오경배는 술을 마셔도 또랑또랑 했다. 오경배는 문오와 갈라질 때 문오에게 제 외투를 입혀 주었다.

"왜 내가 외투가 없는 줄 알구 이러나? 있어. 있지만 안 입구 나왔단 말이야."

진창이 되어서도 외투가 전당포에 들어가 있노라는 말은 하지 말아야 하겠다고 생각했다. 오래간만에 술이랑 마시고 또 외투까지 버젓이 입은 모양을 채희한테 보여주고 힘껏 안아주려고 마음 먹으면서 거처로 돌아갔더니 민이 방 안 사굽을 둥싯둥싯 기어다니며 칭얼대고 있고 채희는 없었다. 문오가 둥싯둥싯 기어다니는 민을 안으며 중얼거렸다.

"엄만 어딜 가구 우리 민이 혼자 이렇게 놀구 있지? 울지두 않구. 민아 엄마 어딜 갔어?"

혼자 있다가 아빠를 만난 민은 울먹울먹 하며 아빠를 쳐다 보았다.

"그런데 이 사람아. 그러지 말구 엄마 간 델 대라구. 변소엘 갔나아? 안집엘 갔나……."

목을 길쭉이 빼어 안채 쪽을 들여다보고 또 목을 돌려 변소 쪽에 귀를 기울여도 보았으나 종시 기척이 없었다.

"엄마 도망 갔나 부다. 민아. 널 두구 말이야. 아빠두 두구. 포로로 날라 가버렸나 부지. 다른 나뭇가지루 말이다. 그런가 부지 응. 민아."

속에 있는 소리를 이렇게 휘뚜루 지껄이고나니 취중이지만 정말 그런 것 같기도 해서 민을 안은 채로 미닫이를 열고 안채를 향해 '여보오'를 불러 보았다. 대꾸가 없었다. 한번 더 불러 보았다. 좀 있다가 밥 짓는 안집 부용이가 안방 작은 미닫이를 빠꿈히 열고 해죽해죽 웃어가며

"아주머니도 아저씨 나간 뒤에 곧 나간 걸요. 애기가 울거던 날보고 봐달랬어요. 몇번 울어서 업어주고 죽도 쒀 멕였대요."
하곤 쑥 들어가는 것이었다.

— 저년까지 날 만만히 보는구나…….

민은 또 아빠를 골려주기라도 하려는 듯 울먹울먹 하던 울음을 터뜨려 놓았다.

"민아 왜 울어? 이자식이 왜 우는 거야? 너두 아빠가 싫으냐?"

문오는 우는 어린것을 추썩추썩 추세우며 방 안을 서성거리다가 민을 둘러업었다.

어린것은 업혀서도 울다가 잠이 들었다. 채희는 새로 한시도 넘은 밤중에야 들어왔다. 문턱을 마구 걸어차면서 — . 채희가 겨우 뜨이는 거슴츠레한 눈을 들어 문오를 보더니 "아핫하하" 웃음을 터뜨려 놓고 나서

"아주 웃으운데에……. 아일 그렇게 꺼죽이 업구 섰으니 말이야……. 뭣 같은

지 알어? 허수애비 같단 말이거든……. 아핫하하하. 저 밭 가운데 세워 논 허수애비 말이야.”

한껏 해롱거렸다. 몸을 바루 가누지 못해서 흔들흔들 했다.

“술 먹었구나?”

문오가 흔들흔들 하고 섰는 채희를 쏘아 보았다. 취기가 멎는다.

“먹었지. 먹었으면 어떻단 말이야?”

채희가 벽을 의지하고 섰다가 주르르 미끄러져 방바닥에 풀썩 앉아버린다. 문오는 깰까 겁나하던 어린것을 아무렇게나 팽개치듯 내려 놓았다. 어린것은 내려 논 채로 그냥 자고 있었다.

“아아니. 저것 보지. 저렇게 곤히 자구 있는 앨 왜 업구 있는 거야? 내 아이들은 아주 순하거든. 아주 순하단 말이야. 금아도 얼마나 순하다고. 우는 법이 없다니까. 쥔 할머니가 늘 칭찬 했지. 맏이가 그렇게 순하면 제 아래도 으례 순하다고 그랬거든. 인제 또 난대도 또 순할거야. 열을 낳던 스물을 낳던 온통 다 순할거란 말이야. 야… 아핫하하하.”

“이게 미쳤나? 어떤 놈하구 술을 이 지경으루 처먹어 가지구 이래?”

문오가 채희의 양 쪽 어깻죽지를 웅켜 잡아 흔들었다.

“어떤 놈하고 먹은 걸 아르켜 주지. 김 모씨야. 이름은 아직 비밀로 해 둬야지. 이 자를 길에서 턱…… 만났거든. 나한테 하루 건너…… 아니지 날마다 레코드 사러오던 작자야……. 나를 보더니 숨이 훌러덩 넘어가는 것 같더라니까……. 그동안 어디 있었느냐? 백화점은 인제 그만 둔 셈이냐? 결혼을 한 거냐? 작자가 날 처녀로 알았던게지? 아핫하하하…….”

“듣기두 싫어. 그놈한테루 가라. 가라.”

문오는 오경배를 때려주고 채희 면상에다 돈을 콱 째려주자고 백화점으로 달려 가던 날, 채희와 마주서서 수작을 부리던 작자일 거라고 알아 내곤 웅켜 잡았던 채희의 어깨를 콱 째려 던지며 물러나 앉았다. 그 남자의 유난히 코가 뾰족하던 것까지 생각났다.

"어허. 날 또 때리자는 거야? 또 피투성일 만들자는 거야……. 글쎄 가만 들어보고 때리든지 어쩌든지 해. 들어보고 말이야. 으응. 강문오 선생. 그래 작자가 말이야. 점심 먹으러 가자는거 아니야. 갔지. 점심 먹구선 극장 구경을 가자고 해서 갔지. 극장 구경을 하고 나오니까 저녁을 먹자는 거야. 갈 수밖엔… 나는 갈 데가 없었거든. 때려서 피를 터뜨리는 강문오한테 다시 돌아오지 않을 생각이었어. 아주 다른 가지로 포로로 날러 가버릴 생각이었단 말이야.

이 작자 나한테 산 레코드가 이백장도 넘는다는 거야. 그걸 뵈 줄테니 날더러 저 있는 델 가자는 거 아냐. 여관엘 말이야. 안 갔지. 가면 그만이거든. 강문오 여관에도 가지 않았더면 채희는 허윤하고 그냥 그냥 살았을 텐데……. 아뭏든 다른 가지로 포로로 날러 가버릴 생각을 중지했더란 말야."

"왜 그대루 가지 못하구 왔어?"

"그대로 가지 못한 이율 말할까?"

채희는 웃목에 내려 논 채 자고 있는 민에게로 눈을 돌려 좀 보다가 눈으로 민을 가리키며

"저것 때문에 돌아온 거야, 아까 아침에 나갈 때 영문두 모르고 벌쭉 웃더라니까……. 술을 먹으니까 벌쭉 웃던 민이, 엄마 엄마 하면서 달려드는 거 아냐." 하곤 몸을 부르르 떨었다.

"그런 소리두 할 줄 알어?"

문오는 채희의 이 소리에서 터지게 팽창되었던 마음이 스르르 풀리는 것을 알았다.

"금알 내 동댕이치고 오잖았더면 그런 것도 몰랐을 거야."

무척 거센 바람이 창문을 후려 갈기는 통에 창문이 요란스런 소리를 내었다. 채희는 또 한번 몸을 부르르 떨고선

"나 안아 줘. 저 눈보라가 무서워 응 강선생님."

엉금엉금 기어와 문오 목에 매달렸다.

문오가 매달리는 채희를 받아 안았다. 오래간만에 참으로 오래간만에 이렇게

내맡긴 몸뚱아리 전부를 받아 안은 문오는 채희를 산산히 부수어주고도 남음이 있을 힘이 솟아오르는 자기를 발견하게 되었다.

6

그런 뒤로 채희는 외출이 잦았다. 어딜 그렇게 나돌아 다니느냐고 문오가 물으면 취직 운동을 하느라고 그런다는 것이었다.

문오는 자기 취직 때문이라는 말인 줄 알고 내 일은 내가 할 테니 채휠랑 집에 들앉아 있어 달라고 한즉 누가 당신 취직 운동을 다니는 줄 아느냐고, 제가 취직을 해야겠다고 나왔다. 아차, 이거 까딱하다간 허윤의 꼴이 되구 마나 부다고 겁나는 마음에서 문오가

"난 죽으면 죽었지 여편넬 벌려 먹진 않아……."

했다. 그랬더니 채희는 문오를 한번 흘깃 보고난 다음,

"들앉혀 놓고 굶기기보다는 좀 날걸."

하고 받았다. 문오는 물에 빠진 사람이 있는 힘을 다 해 솟구쳐 오르듯 오르면서

"채희. 내가 무슨 짓이라두 할 테니 취직을 말어줘. 채휠 위해선 무슨 짓이라두 할 테야 응 채희."

애걸을 하니까 채희가 얼굴을 비뚤게 쳐들어 가지고

"기껏해서 오경배 돈을 얻어다 쓰는 일."

하고 퉁겼다.

"누가 오경배 돈을 갖다 쓴댔어?"

"왜 이래요? 다 알고 있어. 당신은 인제 꺼풀뿐이야. 강문오는 꺼풀만 남았단 말이야. 돈도 없고…… 사상도 잃고…… 말하자면 패배자지. 패배자는 늘 비참한 거야. 난 비참한 남자처럼 싫은 건 없어."

채희는 이런 말을 늘어 논 뒤를 이어 윤이 비참한 남자 중의 최고봉인 줄 알았

더니 윤은 그래도 혁혁한 투사의 도움을 받으면 받았지, 추접스럽게 배신자 오경배의 도움같은 것은 받지 않았다는 것, 오경배가 사다 준 제 옷까지도 벗어버리지 않는다고 두들겨 팰 기세를 보였다는 말들을 다시 끄집어 내었다. 또 채희는 문오가 입고 있는 외투가 오경배의 것이라는 것까지 알고 있다는 말을 했다. 문오는 기가 죽고말았다. 더 솟구쳐 낼 기력이 없었다. 멀뚱멀뚱 채희를 보고있을 뿐이었다.

문오는 금아의 소식을 알아보고자, 또 외투도 돌려 줄겸 해서 오경배를 다시 찾아갔다.

오경배는 그동안 벌써 금아의 행방을 알아다 놓고 장차 금아의 양육비까지 다달이 대기로 했다는 이야기를 문오에게 들려주었다. 금아는 집 주인의 아들 김용석이가 누이집에 맡겨 놓곤 허윤의 병이 나아서 돌아 올 때까지 제 월급에서 십원씩 떼 내어 금아의 양육비로 보태기로 했다고 하더라면서 이 기특한 청년의 본을 받아 자기도 당장 돈 오십원을 금아를 위해 김용석의 외투 주머니에다 넣어 주었다는 것이다. 문오는 손을 내밀어 오경배의 손을 덥썩 잡곤 '고마워'를 연거푸 발했던 것이고, 오경배도 문오의 손을 흔들어 주며 문오한테 얻어맞고 난 뒤에 죽었던 오경배가 대가리를 차츰 들기 시작한 것이라고 말한 다음, 사실 그렇게 자기가 얼른 죽어버리게 된 원인은 문오들하고 헤어진 뒤에 병이 덜컥 나게 되었던 데 있다고 해명했다. 병이 나지 않았더라면 집에 나오지 않았을 것이고 집에 나오지 않았더면 옛날대로 그냥 있었을 것이라고 말했다. 사람은 환경의 지배를 받는 동물이라 자연 환경에 물들어 가고 있어서 굳건히 쌓아올렸던 사상의 탑이 무너지기 시작하더란 말도 했다. 문오가, 이제라도 무너진 탑을 다시 쌓아 올리면 되지 않느냐고 했더니 오경배가 머리를 내저으며 옛날이 그리울 뿐이지 다시 그 길에 들어 설 생각은 없고 들어선 길을 그냥 가겠노라고 했다.

그러나 옷자락을 휘날릴만큼 신바람 나는 길은 아니라는 말을 오경배는 했다. 기왕 들어선 길이요, 그 길 외엔 더 없으니까 하는 수 없이 갈 뿐인데 인젠 옛날 모양으로 그러한 신바람은 쏟아 볼 기력조차 없다고도 했다. 그리고 나서 오경배는 지갑에서 돈을 꺼내어 문오가 입고 있는 외투 주머니에 쑥 넣어 주었다. 문오가 당황히 외투를 벗어 외투채 돌려주려고 한즉 오경배가 외투채 도루 내 밀며

"자네들의 도움이 되는 일이라두 하구 싶어. 옛날대루 대해 줘. 자네나 나나 그때 일은 평생을 두고 못 잊을 걸세. 밥을 굶으면서두 어디서 그런 기적적인 힘이 솟았던지 모르겠어."

했다.

그날 문오는 돌아오는 길에 금아를 데려다 기를 기회를 마련하겠다는 생각도 하고 그렇게 안 되는 경우엔 하다못해 양육비라도 보태 주자고 마음 먹었던 것인데 그렇게 되기는커녕 오히려 그 뒤로도 늘 오경배의 도움을 받는 처지에 있을 뿐이었다.

채희는 일본 군대가 진주만을 폭격했다고 떠들던 날 끝내 장안백화점 레코드 판매부로 다시 나가게 되었다.

단간 방이기도 하려니와 갑자기 식모를 들일 만한 능력도 없고 해서 여러가지로 궁리하던 끝에 당분간 밥은 주인집에다 붙여 먹기로 교섭했다. 채희는 죽으면 죽었지 허윤한테 있을 때 하던, 아침이면 밥을 지어 놓고 나갔다 저녁에 돌아와 그 찬밥을 먹을 생각은 없노라고 떼를 썼다.

문오 쪽에서도 채희의 의사대로 좇을 수밖에 없었다. 초라하게 차려 논 허윤의 집 소반을 구경하지 않았더면 그렇게라도 하기를 주장했을지 모르지만. 그러나 민은 꼼짝 없이 문오가 보아주게 되었다. 암만 허윤과 같은 짓을 하지 않으려고 발버둥을 쳐야 소용이 없었다. 채희는 일어나던 길로 세수를 하고 화장을 하고 가져다 주는 밥을 먹고, 그리고 나서 민에게 젖을 주는 일이었다.

민의 엉덩판을 철썩철썩 두들겨 주며

"이자식아 많이 먹어 둬. 하루 종일 굶을 테니."

있는 대로의 양(量)을 먹이려고 하는 때도 있지만 더 먹자는 어린것을 억지로

떼어 놓고 나가는 때도 있었다. 채희는 저녁에 늘 늦게 들어왔다. 돎을 넉달 넘어나 앞둔 어린것이라 아직 밥을 막 먹일 수가 없었다. 끓이던가 해서 먹이면 좋을 줄 알지만 안집에다 밥을 붙여 먹는 일도 만만치가 않은데 어린것의 먹을 것까지 마련 해달랄 수가 없었다. 제 집 부엌같으면 문오의 손으로도 어린것에게 먹일것 쯤은 만들 수 있었겠지만 남의 부엌이라 그런 궁상을 떨기가 싫었다.

늦게 들어 온 채희는 동료의 부친 소상이어서 여럿이 얼려 가 얻어 먹고 오느라고 늦었다는 둥, 친구의 동생 돎이어서 거기 들렀다 오는 길이라는 둥, 이 따위 핑계로서 일관하는 것이었다. 진종일 굶은 민은 눈이 푹 꺼지고 울 기력조차 잃고 있었다. 그러다가도 젖만 들여대면 꽐딱 꽐딱 요란스런 소리로 성급히 빨았다.

"이것 좀 봐. 내 몸 전체가 빨려 들어가는 것같아. 어떻게 세차게 빨아 대는지."

"그러게 제발 일쯕 일쯕 들어와 젖을 주라구."

"그래야겠어. 낼 저녁엔 일찍 들올게. 가엾어라. 우리 민이. 흐응."

채희는 어린것 뺨에 제 뺨을 들이 부벼대며 법석을 부렸다.

이렇게 하고도 채희는 늦게 들어오는 버릇을 고치지 못했다. 알릴락 말락 약간씩 술 냄새를 풍기는 일도 있었다. 어쩌다가 일찍 들어오면 심술이 부르르 나서 문오에겐 더 말할 것도 없고 민에게까지 짜증을 부렸다. 왜 젖을 바루 빨지 않고 암상스레 깨무느냐고도 하고, 인젠 밥을 와작 와작 먹을 땐데 밥은 먹지 않고 멍청이 모양으로 젖만 처먹는다고도 했다. 또 문오를 닮아 물러 빠져서 같이 난 아이들은 서기도 하고 걸음 발을 떼 놓기도 하는데 밤낮 엉금엉금 기기만 한다고도 했다. 듣고 있다 못해 물러빠지지도 않고 돈이랑 있는 놈팽이를 따라 가면 될게 아니냐고 문오가 소리를 버럭 지르면 채희는 또 왜이리 거드름을 피느냐. 무능한 남자일 수록 거드름을 더 잘 피더라고 대들었다.

채희는 날마다 화려해 갔다. 월급에서 선불을 받아가지고 그렇게 쓰노라고 묻지도 않는 말을 했다.

문오는 이렇게 날마다 화려해 가는 채희로 해서 초조하게 지난다. 진 종일 민을 보아주고 있노라면 영락 없이 허윤의 꼴을 물려 받았다는 생각밖에 없었다. 허윤과 다르다면 병을 앓지 않는다는 것과 채희가 차려 놓고 나간 밥상을 받아 먹지 않고 있다는 것뿐이지 그저 그대로다.

그날 저녁엔 민이 이상스럽게도 보채어 문오는 비스키트라도 사다 준다고 골목 어구 가개[32]로 나갔다. 밤이 이슥하자니까 가개문도 널빤지 두어장만 열어 놓고 주인 영감이 화로에 손을 얹은 채 졸고 있었다.

"영감님."

을 불러 놓았고 문오가 비스키트를 달라고 하려는 때, 어떤 그림자가 열린 널빤지 앞으로 쑥 스쳐가는 것이 알려졌다. 사람의 그림자라고 문오는 단정했다. 한 사람이 아니고 남자, 여자 둘의 그림자라고 단정했다. 여자는 채희요, 남자는 채희한테 레코드를 이백장도 넘게 사들였다는 남자임에 틀림이 없다고 단정했다. 문오는 그 남자의 뾰족한 코를 절실히 직각했던 것이다.

"뭘 드릴갑쇼?"

졸다가 깬 영감이 눈을 벌려 뜨며 문오에게 물었다. 문오는 대꾸를 못하고 멀뚱멀뚱 엉벌린채로 서 있었다. 경악, 분노, 절망, 이러한 여러가지의 뒤엉킨 감정이 그를 그렇게 만들어 놓았다. 주인 영감이 술을 주랴고 재차 물었을 때 문오는 생각지도 않던 엉뚱한 대꾸를 했다. 채희를 저녁 늦게까지 기다리다 못해 여기서 술을 가져가는 일이 줄곧 있었으므로 영감은 문오가 술을 가지러 온 줄 알고 있을만도 했던 것이다. 문오는 영감이 들려 주는 소주 한병을 들고 돌아왔다. 과연 채희는 그 새 들어와 있었다. 어린것에게 젖을 먹이고 있었다. 술병을 들고 들어오는 문오를 대강 쳐다보곤

"술 사려 가느라고 앨 울려요?"

하며 트집을 부린다.

---

32 '가개'의 옛말.

문오는 아무 소리 없이 자기가 먹고 난, 채희가 먹을지도 몰라서 그냥 두어 둔 (채희는 먹는 때도 있고 안 먹는 때도 있으므로 —) 밥상 앞에 가서 식기 뚜껑에다 술을 따라 마시기 시작했다. 삽시간에 한병을 다 마셨다. 취기가 곧 돌았다. 이쯤 되니 무슨 말이라도 지껄일 용기가 생겼다.

"울리는게 그렇게 아까워?"

"왜 또 걸고 달려드는 거야? 술을 먹었으면 쓰러져 자기나 하지 못하고."

문오는 채희의 이 소리에 술병을 그리로 쌔려 던졌다. 맞으라고 던졌는데 뒤벽에 가 떨어졌다. 젖을 먹고 있던 민이 젖꼭지를 떼고 아빠 쪽을 눈이 휘둥그레 보다가 으앙 울음을 터뜨리고, 채희는 우는 어린것을 내 동댕이 치고 미닫이를 걸어차며 밖으로 뛰어 나갔다. 아까 열린 판자 사이로 훌쩍 스치던, 코가 뾰족한 남자에게로 가는 것이라고 문오는 그렇게 짐작 해버렸다.

— 빌어먹을 것, 가겠으면 가거라. 엉덩일 붙이지 못하구 있는 너를 붙잡아 두자구 애쓰는 내가 글러먹었어. 포로로 잘두 날아 갔구나 잘두. 잘두. 꽁꽁 얼어 붙은 대공을 잘두 날아 갔구나. 새처럼 날아 갔구나. 어느 때까지 이 가지에 앉아 있겠다던 네가 잘두 날아 갔구나…….

민의 울음 소리가 아니었더라면 문오는 어느 때까지 어둠을 꿰뚫을 듯한 눈으로 밖을 내다보며 지껄였을 것이다. 어린것은 바르르 떨며 울었다.

— 허기져서 먹던 젖을 못 먹으니 울 수밖에 없지만 그만 울어라. 그것이 제 난 아인 울지 않는다구 장담하더니 이렇게 울기만 하는구나. 야아. 민아. 민아. 네가 울면 나두 울구 싶다. 콱 울어 버렸으면 씨원할 것 같다…….

열린 미닫이로 바람이 휙 들이쳤다. 문오는 비척비척 미닫이 쪽으로 걸어 가 미닫이를 닫고 다시 어린것한테로 왔다. 어린것을 안았다. 어린것은 울음을 그치지 않는다.

— 꼭 어디서 듣던 소리같구나. 옆집 아이가 이런 소리로 울었던가? 누이동생의 울음 소리가 이랬던가? 아니 내 울음 소리였던지 모르겠다.

모친이 타작을 보러 갔다 늦게 돌아오던 밤이면 문오는 몹시 운 일이 있었던 기억이 머리에 떠올랐다. 그때의 그 울음 소리가 지금 울고 있는 민의 울음 소리에 흡사한 것같이 문오 귀에 세차게 들려오는 것이다. 벽에 걸린 채희의 화려한 옷들이 불룩 부풀었다 갈아 앉는다. 미닫이를 닫았는데 바람이 어디서 들어온단 말인가?

제3부

1

아무래도 문오는 장안백화점엘 가 보아야 하겠다고 생각했다. 채희가 거기 있으리라고 믿는 것은 아니지만, 채희의 소식을 듣자는 것도 아니지만 거기밖에 찾아 갈 데라곤 없으니 가 본다는 것이었다. 그동안은 꼼짝을 안 하고 기다리고 있었다. 채희가 돌아오는 기척을 듣기 위해서 귀가 생기기라도 한 것처럼 문오는 밤 낮 귀를 바깥 세상에만 내놓고 지냈다. 바람 소리도 신발 소리도 소리라는 소리는 온통 다 채희가 돌아오는 소리로 들렸다. 그럴 때마다 문오는 구르다 싶이 해서 깔아 논 채로인 이불 속으로 들어갔던 것이다. ― 너같은 걸 기다리고 있는게 아니라고 아무렇지도 않은 태연한 모습을 보여주느라고 해서 그랬던 것이다.

어린것은 주인댁이 맡아주었다. 맡아달라고 요청한 것도, 맡아주겠노라고 그 쪽에서 자원한 것도 아니었다. 어린것을 그냥 두고 문오가 마당에 내려서는데 안방 샛문이 열리는 소리와 거이 같은 시각에

"어딜 나가시오?"

내다보며 묻는 주인댁의 목소리가 들렸다. 문오가 쭈뼛거리고 있으려니까 주인댁은 부엌 쪽으로 목을 꼬아 부용을 불렀다. 아랫방에 가서 민을 안아 오라는 것이었다.

부용에게서 어린것을 받아 안은 주인댁이, 너희 부모들은 너를 무슨 물건짝으로 아나 부다고 혀를 차면서 문오에게로 시선을 내려보냈다. 문오는 비굴한 눈초리로 주인댁을 흘금 보고 나서 머리를 꾸뻑해 보이곤 내달리듯 나왔다.

대문밖에 나와서야 문오는 쌀쌀해 보이든 주인댁의 따스한 정을 느끼게 되었다. 눈물은 주인댁이 던진 말 한마디로 그처럼 고일 수가 없었다. 그동안 부용

을 시켜서 하루에도 사 오차 암죽을 쑤어 어린것에게 먹여준 정성보다, 약간 보채기만 해도 이어 부용을 시켜 업어주게 하던 일보다도 문오는 어린것을 받아 안고 혼잣소리 같이 지껄여 준 주인댁의 말이 따겁게 가슴을 파고 드는 것을 알았다.

주인댁은 만주 어디 가 있다는, 소문만 알고 있고 편지 한 장 없이 지나는 아들에게 가는 회포를 민에게 쏟아보자는 것인지 몰랐다.

청개천변을 거쳐 큰 길에 나서자 사양(斜陽)을 받은 장안백화점이 드러났다. 문오 체내(體內)에 격랑같은 것이 왈칵 밀려왔다. 그 세찬 물살은 몸의 균형을 흔들어 놓았다. 문오는 비칠거리며 무엇을 휘어 잡으려고 허우적거렸다. 휘어 잡을 것이라곤 아무것도 없었다. 거리에 왕래하는 어느 한 사람도 문오가 비칠거리고 있다는 사실을 알려고 하지 않았다. 문오는 그래도 걸어야 한다고, 목적지까지 가야 한다고, 못 가고 말면 될 말이냐고, 얼마나 벼르고 떠난 걸음이더냐고, 짓씹으며 걸었다.

진땀이 전신에 내 배었다. 수건을 꺼내어 이맛전을 수 없이 닦어내면서 앞을 향해 걷고 있었다. 비록 비칠거리는 걸음이더라도 걷고 있는 것만은 사실이었다.

백화점 바루 문턱 아래까지 가 닿았다. 그 방대하고 우뚝 높은 놈이 모가지를 움쭉 못하게 눌르는 것이었다. 전신이 납작해지는 것만 같았다. 문오는 목을 내밀며 발을 땅에 단단히 붙이고 우뚝 섰다. 그런데 드나드는 인간들의 등쌀에 발을 붙여 낼 도리가 없었다. 이리 밀려서 비칠 저리 밀려서 비칠비칠거리기만 했다.

겨우 정문 안에 들어섰다. 이층으로 올려 뻗친 층층계가 보였다.

— 저기만 올라가면 레코드 판매부가 있을 테지.

문오는 그 층층계에 눈을 박고 발을 옮겨놓는다. 층층계는 기차 속에서 보는 밭이랑 같았다. 가만 있지 않고 위로 위로 이동해 갔다. 거길 오르내리는 인간들도 이동해 갔다. 현기증이 일었다. 메스꺼웠다. 왈칵 토해질 것 같아서 입을 꾹 다물었다. 그런대로 층층계를 향해 발을 옮겨 놓았다.

층층계에 발을 올려 놓았다. 층층계는 와르르 무너지는 것이었다. 어릴 때 돌 각담 위에 올라 섰다가 와르르 무너지던 일이 스쳐갔다. 그때 문오는 돌 밑에 깔리지 않고 돌무더기 위에 댕그라니 올라 서 있었다. 와르르 무너지는 층층계 밑에 깔리지 않겠다고 버둥질을 쳤고 문오는 무엇을 붙잡으려고 허우적 거렸다.

"약주 취하셨나봐? 절 단단히 붙잡으세요."

문오는 손을 놓지 않고 목을 돌려 소리의 주인공을 보았다. 채희일 리가 만무하다고 여기면서도 채희이길 바랐다.

"저 못 알아 보시겠어요? 완구부에 있는…… 전에 애기 나팔 사 가신 손님이시죠? 레코드부 마아상의……."

목을 돌려 정신 없이 보고 있는 문오를 여자는 올려다 보며 지껄였다.

"아아. 알었어. 알었어. 나 나팔을 사러 왔지. 자 올라가자구. 올라가야 나팔을 살꺼 아니야."

여자의 팔을 붙잡은채 문오 편에서 먼저 층층계를 더듬어 올라갔다. 와르르 무너진 층층계더라도 밟고 올라서야 하겠다는 생각을 버리지 않았다.

"약줄 많이 드셨군요?"

무너진 층층계라고 알고 더듬는 문오의 발길이 확실치 못한 데서 여자는 상대방을 끝내 취객으로 취급하는 것이다. 문오 자신도 술에 만취했을 때처럼 정신 상태가 몽롱했고. 그래서 문오는 숫제 술을 먹은 것으로 보이고 싶기도 해서

"요새같이 술이 귀한 때라두 나 먹을 술은 있단 말이거든."

고의로 비틀 해주었다. 그 바람에 상대방도 함께 비틀 했다. 몸을 바루 잡고는

"속상해 잡수셨죠? 마아상땜에……."

여자가 문오의 기색을 찬찬히 훑었다.

"마아상? 마아상이?"

귀에 익지 않은 까닭에 쉬이 알아 듣지 못했다. 이때까지 채희를 '마아상'이라고 해 본 적도 없고 또 들어 본 일도 없었으니까.

"애기 엄마 말이에요."

"아. 채희 말이야? 채희가…… 애기 아파서…… 그래서 나팔을 사러 온 거야……."

층층계가 끝나고 이층이 전개되었다. 몽롱하던 정신이 확 맑아 오는 것이다. 완구부 앞에 주렁주렁 매달린 사이로 레코드 판매부 쪽을 번개같이 넘어다 보았다. 채희는 과연 없었다.

— 있을 리 만무하지…….

문오 입에서 길다란 숨이 길게 흘러 나왔다. 채희의 동료 여자 '리상'이 '오도꼬노 리상'[33]이리라고 짐작되는 남자 점원이 서 있는 외에 또 한 여자가 있었다. 그 여자는 레코드를 돌리고 있었다.

— 저 여잔 채희 대신 들어 온 거야. 저 하늘색 까운은 필경 채희가 입었던 걸 테지…….

레코드에서 — 미요도오까이노 소라아께데 — 가 소리쳐 울려나오고 있었다.

"어딜 이렇게 보세요? 아무리 보셔도 마아상은 없어요. 저리 가셔서 애기 오모쨔[34]나 고르시죠."

한번 보고 말 생각이었는데 뚝 뻗질러 서서 하염없이 그 쪽을 바라보았던 것을 문오는 그제야 알았다. 아뭇소리도 못하고 상대방이 이끄는 대로 끌려 가는 수밖에 없었다. 여자는 문오를 진열장 앞에 세워 놓고 안 쪽으로 들어가더니 탱크, 군함, 소총, 군도, 비행기 할 것 없이 무더기로 꺼내 놓는다.

"애들이란 한번 가지고 놀던 오모쨘 염증을 낸답니다. 댁의 애기도 인젠 나팔

---

33 男(おとこ)の李さん: 미스터 리.

34 장난감을 뜻하는 일본어 オモチャ.

엔 실증났을 거예요. 더구나 지금은 전쟁 때라 땅꾸나 비행기, 군함, 또 이런 군도 같은 것을 애들이 즐겨 해요.”

손조화 눈조화를 부려가며 여자는 제가 알고 있는 지식을 문오 앞에 피력했다. 문오는 무더기로 내 논 것들을, 그것들에게 잘못이나 있는 것처럼 여자 편으로 와락 밀어 놓며

“떠들어 댈 것두 없어 나팔을 줘요. 남의 애들 걱정은 인제 그만하구 시집가서 아이랑 낳서 이 많은 장난감을 마구 쓸어다 주란 말이야.”

역증을 내었다.

“걱정 마세요. 구질구질한 남자들한테 누가 시집 가요?”

상대방의 얼굴이 금새 부어오르더니 앞 줄에 디룽디룽 달린 나팔을 쑥 잡아 빼어다가 문오 앞에 던지듯 내놓는다. 얼마냐고 물었다. 여자가 이십오전이지 얼마겠느냐고 못마땅한 대꾸를 했다. 이십오전을 내 주고 싸달라고 했다. 나팔을 들고 돌아서려는데 너 좀 골탕 먹어 봐라, 하는 듯이

“저어기 저 레꼬드판매부에 새로 온 여잘 아세요? 저 여자가 바루 댁의 애기 엄마 남자의 이종 사촌이라나요.”

기가 차게도 여자가 이렇게 나오는 것이었다. 골릴 작정으로 나온 짓인 줄 알면서도 문오는 상대방이 고갯짓으로 가리키는 쪽을 넌지시 넘겨다 보았다.

“저 여자 이종 오빠가 부장한테 돈을 멕이고 들여놨대요.”

레코드를 갈아 끼고 있는 여자의 옆 얼굴이 이 쪽에서 잘 보였다. 코가 꽤 오뚝했다. 어느 날 밤 널빤지 사이로 잠간 비치던 그림자의 코와 비슷하다고 여기면서 뾰족한 코들은 모계(母繼)의 유전인가보다는 생각을 문오는 해 본다.

문오는 ‘뒤로 돌아’ 자세로서 레코드 판매부 쪽과 등을 지고 돌아섰다. 마음이 담담(淡淡)해 오는 것을 깨닫는다. 이렇게 급속히 마음의 변화가 생기는 이유가 어디에 있는 것인지 문오 자신도 얼른 알아 내지 못했다. 긴가 민가, 반신 반의의 상태에 있다가 아주 가버렸다는 사실을 확인하고 나니 일종 허탈 상태에 가까운 심적 작용이 움직였던 것인지 모를 일이었다.

아뭏든 와르르 무너지던 층층계를 아무의 부축도 받지 않고 단정한 걸음걸이로 무사히 내리 밟을 수 있었고 헤엄치듯해 겨우 발걸음을 옮겨놓았던 큰 길에서도 거기 내왕하는 뭇 사람들이나 마찬가지로 걸음을 걸을 수 있었다.

이 궁리 저 궁리 하던 끝에 문오는 오경배를 찾자고 결단을 내렸다. 찾아야 할 뚜렷한 이유가 있는 것은 아니었다. 굳이 이유를 캐 낸다면 숙소에 돌아가기 싫다는 것일테지.

책상 앞에서 무엇인가 뒤적거리고 있던 오경배가 실내에 들어서는 문오를 목격하자 벌떡 일어나 마주 나오며

"자네 인제사 오나? 그동안 왜 그렇게 안왔어? 찾아 가자니 주솔 알아야지……."

나팔을 들고 있는 문오의 손을 잡아 이끌어 난로 앞에다 앉히고는 저도 앉았다. 다른 사람은 있지 않았다.

"날? 찾아야 할 일이 있었던가?"

문오는 혹시 채희에게 관한 소식이라도 일러주자는 것이 아닌가 하는, 요행을 바라는 마음에서 오경배의 입에다 눈을 박고 다급히 물었다.

"그럼. 자리가 하나 났어. 일 자리 말이야."

"뭐? 그것 때문이야?"

문오는 맥이 풀린 대꾸를 했다. 오경배가 문오의 속은 모르고

"문화기관이야. 문화인들한테 임전 태셀 갖추도록 서둘러 주는 기관이란 말이 옳겠군. 월급두 괜찮을 모양이던데……. 아버지 친구분이 거기 계셔. 조선인으로선 대접을 받구 있는 편이지……."

말하는 도중에 문오가

"그래 거기서 날더러 뭘 하라는 거야? 조선인으로서 받구 있는 자네 부친 친구의 영광스런 대접을 구경하란 말인가?"

잡혀 있던 손을 쑥 빼면서 소리를 내질렀다. 오경배는 문오 손에 들린 것이 저한테 내려지기라도 하는 줄 알았던지 움칠 상반신을 뒤로 젖히며

"누가 그런 걸 구경하랬나? 아버지 친구분이 거기 계시단 말이지. 누가 있던 자네 할 일만 하면 되는 거지 뭐."

당황해 했다.

"그래. 대일본 제국을 위해 싸우는 문화인이 돼야 한다구, 대일본 제국 병대가 용맹스럽게두 진주만을 폭격하구, 인제 곧 아메리카 대륙을 무찔러서 뉴욕시에 입성할 날도 앞에 박두했다구 역설해야 한단 말이지?"

"자네, 아니. 아무 데라두 좋다잖었는가? 관청이든 친일 기관이든 가리지 않겠다구 안 했어? 거기두 아버질 내 세워가지구 극력 서둘어 된 걸세."

"고맙네만 난 안 하겠어. 인제 취직을 안해두 괜찮아. 괜찮게 됐어."

문오가 자리에서 벌떡 일어나는 바람에 나팔이 또 한번 오경배의 상반신을 움출 뒤로 젖혀지게 했다.

"이건 대관절 뭔데 사람을 자주 놀라게 해주나? 앉게 앉어."

오경배가 나팔을 든 문오의 손을 나팔과 함께 끌어 당기며 벌쭉 웃었다. 끌어 당기는 오경배의 힘을 이겨 내지 못해서였던지, 벌쭉 웃는 그의 웃음을 막아낼 수 없어서였든지, 그렇게 기세를 돋구던 문오도 별 소리 없이 앉고 말았다. 오경배가 문오 쪽으로 아주 돌아 앉아 두 손을 다 문오 손 위에 갖다 얹고선 얼굴을 들여다 보며

"자네한테 큰 고민이 있는 것같아. 얼굴이 말이 아닌데. 아까 문턱 안에 들어설 때 그걸 알았지만 그 땐 생활고에서 온 걸 께라구, 직업만 가지면 해소될 문제라구 생각했더니 자네가 취직을 안해두 괜찮게 됐단 말을 듣구 나니 마음에 우려되는 바가 있어. 문오군, 자네 나한테 무슨 말이든 다 해주면 못쓰겠나? 자네 고민을 다 쏟아놓지 못하겠나? 못난 친구지만 힘이 되구 싶네."

문오 손 위에 얹힌 두 손으로 문오를 흔들어 가며 나즉히 말했다. 문오는 잠잠히 고개를 숙이고 있을 뿐이었다.

"나가자구."

오경배가 불쑥 일어나 못에 걸린 외투를 벗겨 입으며 옆방에다 나갔다 오겠

노라고 알렸다. 문오는 그 쪽으로 등을 돌리고 돌아 서 있었다. 문오는 옆방 사람들의 얼굴을 대하기가 싫었다.

그들은 예전의 남산밑 집으로 갔다. 여급에게 술을 따끈히 데우라는 당부만 시키곤 오경배는 문오와 마주 앉아 잠잠히 그를 보고 있었다. 문오도 오경배를 마주 보고 묵묵히 있었다. 술상이 들어 올 때까지 그러고 있었다. 술상엔 아예 큰 컵이 놓여 들어왔다. 오경배는 문오에게 연거푸 부어 주었다. 술이 들어가면 저절로 말을 토해 내리라는 기대를 걸고 하는 짓이였다. 문오는 주는 대로 덥석덥석 받아 마셨다. 술이라도 마셔야만 배겨 낼게 아니냐는 빛이 서리어 있었다.

주둥아리를 헤 벌리고 앉은 빈 ‘도꾸리’가 열아문 개나 났을 무렵부터 문오의 입이 열렸다. 속에 있는 말을 지껄이기 시작했던 것이다. 채희가 제게서 떠나 다른 남자에게로 갔다는 말을 제일 먼저 하고, 그 남자가 채희한테서 레코드를 이백장도 더 넘게 샀더라는, 그 남자는 이종사촌 누이동생을 채희 대신 장안백화점 레코드 판매부에 들여놓고 채희를 빼 내었다는, 그동안 채희만 꼬빡 기다리고 있다가 오늘에야 용기를 내어 장안백화점에 가 보았다는 말을 하고, 막 거기서 돌아오던 길에 오경배라도 만나야 하겠더라는, 지금의 문오는 오경배 이외엔 만날 사람이 없다는 말을 하고 나서

“그 망할 것이 레코오들…… 이백장두 넘게 사는 바람에…… 그 바람에…… 그 놈이, 그 코가 뽀족한 놈이 돈 푼이나 있는 줄 알구 따라갔어. 어린것을 두구…… 제 아이들을 무슨 물건짝 같이 생각하는 년이지?…… 민두 그렇게 버리구 가구…… 금아두…… 금아두……. 자네 이게 뭔지 아는가? 자넬, 자넬 때릴 몽둥인 줄 알구 있었지?……”

문오가 옆에 놓인 나팔을 부스럭부스럭 끌렀다. 오경배가 호기심에 찬 눈으로 넘어다 보았다.

“이게 장난감…… 나팔이야. 이거…… 왜 샀는지 자네 알겠나? 한번 알아맞춰 보란…… 말이야.”

문오가 나팔을 들어 흔들흔들 흔들어 보였다.

"나팔이야? 난 정말 날 때려주자구 들구 온 몽둥인 줄 알았지. 핫하하핫. 그 런데 애가 벌써 그런 장난깜을 불게 됐구나? 세월이 빠르긴 하군……."

"아니야. 틀렸어. 백화점에 갔다가 공연히…… 산 거야. 이건…… 금아가 불 던 나팔하구 같은 거거든. 금아가 썩…… 잘 불지. 뚜우 뚜우 뚜 뚜 뚜—"

"참 이것봐. 문오군 나 *그끄저께* 금아한테 다녀왔지."

오경배가 이런 말을 하자 정신 없이 입나팔을 불고 있던 문오가 뚝 그치더니 오경배 말에다 시선을 보내며 다음의 말을 독촉했다.

"금안 잘 있어. 울지두 않구. 생긴 노릇이더군. 저보다 두 살 위의 그집 앨 언 니 언니 하면서 무척 따른대."

문오는 취기가 싸악 걷치는 것을 깨달았다. 길게 숨이 내 그어지는 것도 알았 다.

"참 허윤이…… 많은 차도가 있대. 그 병원에 근무하는 간호부가 허윤을 매우 친절히 보살펴줘서 큰 위안을 받는 모양이더라구……. 김용석 군이 폐양 다녀 왔더군."

문오는 또 한번 숨을 길게 내쉬었다. 먼저 것과 똑같이 길게 내 쉰 숨이지만 먼젓 것이 가슴의 아픔을 참지 못하는 숨이라면 뒤의 것은 안도의 숨이라고 해 야 옳을 것이다.

"그러니 인젠 자네두 너무 고민하지 말구 과거지사는 잊어버리구 새 생활을 도모 할 도릴 하란 말이야……. 인제 열병을 그만 앓으란 말이야."

"열병?"

문오가 오경배의 말을 되받으며 그를 노리듯 보았다.

"왜 내 말이 틀렸는가? 자네만 열병을 앓은게 아니구…… 나두 앓았단 말이 야. 우리 다 같이 앓은 거야."

"너두? 채희하구? 열병을 앓았단…… 말이지? 채희하구…… 으응?"

"채희하구가 아니라 사상적인 열병 말이야. 그건 자네나 나나 똑같이 앓은 병 이거든……. 우리는 똑같이 열병적인 사회주읠 했단 말이야. 기분적이란 말두 맞겠군……. 그래 맞어. 우리는 주의와 사랑을 열병적으로 앓았단 말이야. 그렇게 정신 없을 때…… 채희란 여자가 나타났거든. 한 송이의 꽃처럼. 그래서 우리는 더 열병주의와 사랑을 했단 말이야. 우리들 울타리 안에 피어 있는 한송이 꽃을 바라보면서……. 그건 어느 하나만이 바라볼 수 있는 꽃이 아니구 자네두 보구, 나두 보구, 우영춘, 성철수, 하용빈 할 것 없이 다 볼 수 있는 꽃이었어. 그런데 허윤이…….”

“야아. 허윤이 소린 하지 말어……. 꽃이라는 말…… 그 말만 해. 그 소리…… 멋이 있다. 우리들 울타리…… 안에 핀 한송이 꽃? 멋이 있다……. 기분적 사회주의…… 그래 기분적이지…… 열병적 사회주의지…… 열병적 사회주의 그 말 두 좋다. 자네 시인같은…… 소릴…… 잘 하는구나. 시인이야. 오경배가…… 시인이야…… 헛허허헛.”

“문오군 어쨌든 인젠 열병을 그만 앓으란 말이야. 채희두 울타리 밖 생면부지의 뚱딴지같은 놈에게루 가구 했으니……. 차라리 잘된 일인지 몰라……. 잘 됐어. 잘 되구말구 씨원히 잘 갔어, 잘 갔어, 씨원히.”

“그래 그래. 씨원히 잘 날아 갔어 새처럼 포로로……. 잘 날아간 셈이지?……. 고건…… 말이야…… 언제 어느 가지에구 날아 갈 새거든…… 새야…… 어느 한 가지에 진득히 멈출 수 없는…… 없는 …… 새같은 여자야. 포로로 날러 갔어…….”

“어허. 자네두 시인인데? 강문오두 시인이야. 새처럼 포로로 날아 갔다구? 그 말 참 좋다. 좋아.”

“맞았어. 난 지금 아주…… 아주 시인이 된 것같아. ……난 이렇게 아주 시인이 된 것…… 같아.”

문오가 가슴에 손을 안고 허공을 응시하는 것이었다.

“그러니까 더 시인 같은데…… 채희가 자넬 시인을 만든 게지? 시인을…… 만들어 놓구 갔단 말이야 잘 됐어.”

“자네두 채희 때문에…… 채희 때문에 시인이 된 건가? 좋지. 채흰…… 우

릴…… 시인을 만들었어, 시인을 만든…… 여자란 말이지. ……아이들을 낳아
싸던지구 다니는 여자지만 남잘…… 시인을 만드는 여자거든…… 헛허헛허.”

문오가 웃고 싶은대로 웃었다.

“문오군. 우리…… 인제 시인이 됐으니 말이지……. 자네 거처두 알리라구.
관상할 꽃두 없잖은가, 날라가 버리지 않았는가?”

문오가 웃음을 뚝 그치고

“좋아. 가르쳐 주지…… 줘. 지금 거긴 민이 울구 있을 거야……. 무슨 물건짝
같이 주인집에 내동댕일 치구 왔으니까……. 그렇지만 난 거길…… 거길 가기
가 싫어. 싫어. 채희 옷들이 펄럭거리는 그 방으루…… 돌아 갈 생각은…… 없
어. 자아 술을 따러줘. 술을…….”

컵을 내밀었다. 문오가 내민 컵에 오경배가 술을 철철 따랐다. 문오는 단숨에
들이마셨다. 오경배가 또 따르려고 ‘도꾸리’를 들었다.

“야아. 넌 안 먹구……. 나만 주니? 너두 먹어라. 먹구…… 취해라.”

“나두 너하구 같이 마시잖니? 자 보라구. 시인이 됐는데 술을 안마셔?”

오경배도 꿀딱꿀딱 마셨다.

“넌 그런데 왜 취하지 않니? 속에…… 기름끼…… 껴서 안 취하는…… 안취
하는 모양이지? 내 뱃속엔 기름끼가…… 싹 말라 붙었어.”

“그 놈의 여자가 자네 뱃속의 기름을 말려 줬지? 여러가지 재주가 있구나. 남
자의 뱃속의 기름끼 말려 붙이는 재주두 있구, 시인을 만드는 재주두 있으니 말
이야. 그뿐인가? 우리들에게 실망인들 얼마나 줬나? 허윤과 결혼하게 된 걸 알
았을 때의 그 실망!”

“희망두 줬지……. 희망두…….”

“그렇지. 그 어려운 생활을 이겨낸 건 채희의 힘일지 몰라……. 핫하하핫.”

문오도 따라 웃었다. 그러나 오히려 제 웃음 소리의 공허함을 느끼곤 웃음을
뚝 그쳤다.

그날 밤 문오는 오경배와 같이 그의 집에 가 잤다. 이틀 밤과 낮을 잠으로 때

었다. 그가 살아온 생애에서 이처럼 잠을 자 본 경험이 있은 것같지 않다. 학생 때 시험을 치르고 나서도 하루 낮잠을 자는 정도로서 충분했던 것이다. 몸뚱이가 잠 속에서 소멸되어 버리기라도 하려는 듯 전체를 내 던지고 잤다. 사흘째 되던 점심 때에야 일어났다. 그것도 오경배가 두들겨 일으켰던 것이다. 오경배는 문오가 잠자고 있는 동안 하루에 한번이나 두번은 꼭꼭 들어와 보았다. 한번은 의사를 데리고 오기까지 했다.

"난 자네가 극약이라두 먹은 줄 알구 덜컥 겁이 난 거야."

점심상에 마주 앉아 볼이 미어지게 밥을 씹으면서 오경배가 한 말이었다.

"미안."

긴 말을 하기가 싫기도 했지만 입 속에 모래를 문듯 해서 입을 놀리기가 싫었다.

점심상을 물리고 난 오경배가 저는 바쁘다면서 문오더러 또 잠이나 실컷 자라고 이르곤 훌쩍 나가버리는 것이었다. 문오는 깔려 있는 자릿속으로 다시 들어갔다. 잠이 오지 않았다. 밤에도 잠이 오지 않았다. 평생 두고 자야 할 잠을 그동안 다 자버리기라도 한 모양 같았다.

눈이 꼿꼿하고 진 땀이 내 배고 귀가 앵앵거렸다. 눈을 감으면 똑 채희같은 여자가 해죽해죽 웃고 달려드는 것이었다. 여자를 붙잡으려고 팔을 내밀었다. 긴 팔이 막대기모양 어둠 속을 휘젓다가 허전히 돌아오는 것이었다. 오경배라도 옆에 있었으면 싶었다. 아내 곁에 자고 있을 오경배가 와락 미워졌다.

—저 자식이 여편네 궁둥짝에 붙어 자면서. 더럽게……

전신이 불덩어리가 되어 확확 달아 올랐다. 기지게가 쪽쪽 켜지고 발 끝에서 머리 끝까지 바르르 경련이 일곤 했다. 문오는 제 몸뚱이를 쓸어 안고 매대기를 치다가 '어이쿠우' 소리를 내질렀다. 무슨 짐승의 소리같은 것을.

문오가 신정(유곽)출입을 하게 된 것은 이 무렵의 일이었다. 오경배가 문오의 고통을 알아채고 어느날 밤 그 길을 티어 준 데서 발단이 된 것이다. 온통 세상이 밤으로만 꾸려졌더라면 하는 생각으로 그의 머리는 꽉 차 있었다. 밝는 날이면 어슬렁어슬렁 오경배의 집 그 방으로 기어들었다. 문오는 오경배의 아내를 위시한 온 집안 식구들의 지천꾸러기[35]가 되었다.

식모는 문오의 밥상을 동댕일 치듯 들여놓았다. 국물 있는 것이면 쏟아지기가 마련이었다. 오경배의 아내는 남편에게 알랑하기도 하다고, 저런 아편쟁이 같은 것이 당신 친구냐고 대어들었고, 오경배의 부친은 또 이런 전시에 손톱 하나 까딱 안 하고 먹어대는 그 놈이 사람이냐고, 사람 구실하기는 다 틀렸으니 쫓아버리라고 호령을 내렸다. 오경배는, 동경가서 제가 어려울 때 도움을 받은 은인이라고, 지금은 사업에 실패하고 그 지경이 되었지만 이제 곧 재기할 날이 있을 것이라고, 재기할 때까지 보살펴 주어야 은혜를 진 사람으로서의 할 도리가 아니겠느냐고 아버지를 설득하려 했다. 오경배는 아내에게도 이와같은 말로 일러주며 달래었다. 그러나 그들은 그때뿐이고 얼마 있으면 다시 들고 일어서는 것이었다.

그것도 그렇지만 그것보다 더 염려되는 것은 문오의 건강이었다. 오경배의 아내가 '아편장이'라고 하리만큼 문오는 뼈가 볼근볼근 삐어지게 말랐다. 그는 또 화류병까지 겸하고 있었다. 오경배는 문오를 병원에 데리고 간다, 문오의 아이를 맡긴 주인댁을 찾아 간다, 그의 일체의 일을 보살펴 주었다.

"난 채희가 놔 논 아이나 거들어 주란 팔잔게지."

어느 날 민을 맡아 보는 수표정 집에 다녀 온 오경배가 농담 비슷이 문오 앞에 토해놓았으나 그 얼굴에 떠도는 표정을 미루어 보아서 진담에 가까운 말이 아닌가 했다.

"그런데 그 애, 자네 아이 말이야, 그 애두 전혀 울지 않는데. 밤낮 벌쭉벌쭉 웃기만 한대. 날 보구두 그냥 벌쭉거리는 거 아냐 야."

문오는 가슴에 아주 단 쇳쪼각이 와 닿는 듯 아픔을 느꼈다. 제가 난 아이는 울지 않는다고 자긍하던 채희의 말이 생각났다.

---

35 '천덕꾸러기'의 방언.

"아뭏든 그 주인 마나님이 고마워. 아일 꼭 자기 손주나 자식같이 여기더라니까. 코가 흘러 내는 걸 손으로 씻어 내잖어? 놀랐어. 돈을 쥐어 드렸더니 난 애 때문에 밥맛이 돌았다면서 오히려 자기 편에서 사례금을 내야 하겠노라는 거야. 그래서 난 또 어디 가 있는지 모르는 문오군이 나타날 때까지 아주머니께서 보살펴 줬으면 맘을 놓겠노라구 했지."

문오가 절더러 뭐라고 하지 않더냐고 묻는 말에 오경배가 고개를 흔들어 보이며 주인댁이 오히려 문오에게 동정하더라는 것이었다.

집에 들어 앉아 속을 끓이다가 나가더니 안들어 온다고 하고선, 그게 속이 좀 썩을 일이냐고, 고약한 건 여자라고 하더라는 것이다. 어린 걸 들어던지고 두 달 넘어를 안들어 오는 법이 어디 있느냐고 하더라는 것이다. 여편네와 질그릇은 내 돌리기만 하면 말썽이 생기는 법이라는 말도 주인댁은 하면서 여편넨 집 안에 들앉아 살림살이나 살게 마련인 걸 사내를 처박아 들이앉히고 제가 꼬리를 휘젓고 다니더니 종내 일이 벌어지고 만게 아니겠느냐고 오경배를 들여다 보며 동의를 청하기도 하더라는 것이다.

2

일본병대가 싱가포르, 홍콩을 함락했다고 그 축하의 시가 행렬이 경성 장안을 뒤집어 엎던 날, 문오는 말이 있던 문화연맹에 나가 일을 보기로 결심했다. 그런 일은 못 하겠노라고 뻗대던 문오가 갑자기 뜻을 바꾼 동기가 결코 일본 병대의 승리를 목격한 데 있지는 않았다.

위선 식객에서 풀려나자는 생각이었다. 그 외의 소망이 있다면 금아와 민의 양육비를 부담 해보겠다는 것이었다.

취직을 알선 해주었다는 오경배 부친의 친구인 Y씨 옆자리에 Y씨의 것보다 아주 작은 책상 앞에 앉아 조선문 원고를 일본 문장으로 옮겨놓는 것이 문오의 하는 일인 것이다. 그 대부분의 내용이 거리에서 아우성 치는 승리의 '축하행

렬’ 같은 것이었다. 문화연맹에 들어간 뒤로 문오는 줄곧 일본말만 써 온다. 전화까지도 일본 말이다. 우리말을 쓰다가 몇번이나 Y씨에게 핀잔을 받았다. 일인이 보는 데선 더 큰소리로 닦아 세웠다.

“아니. 소학교 애들까지도 국어를 쓰고 있는데 낫살 먹은 사람이 그게 뭐요.”

벽마다 국어상용(國語常用)이라고 써 붙인 전단을 힐끔거리며 그는 말하는 것이었다.

문오가 첫 월급을 타던 날 — 이것이 세상에 나온 뒤로 첫번 타보는 월급이기도 했다. — 마음에 내키는 일을 해서 타는 월급이었더라면 하고 그는 포키트에 양 손을 쑤욱 찌른 채 발길을 옮기며 생각했다. 그는 오경배에게 반액을 주면서 금아를 찾아달라고 부탁했다.

“난 어디서나 자격상실자가 되구 마는구나. 금아의 양육비조차 못 대게 되니 말이다.”

오경배가 서글픈 비명을 지르면서도 얼굴에 희희낙락한 웃음을 띠웠다. 문오는 낮은 소리로 백화점에 들려 금아의 장난감과 함께 금아가 언니언니 하고 따른다는 금아보다 두 살 위란 김용석의 누이의 아이에게로 무엇이나 사다 주라고 오경배에게 이르곤 저는 벽에 걸어 두었던 나팔을 벗겨가지고 밖으로 나왔다.

참으로 오래간만에 걸어 보는 청개천변. 채희를 찾아 이 길을 빠져 나온 뒤 반년이 넘도록 이 길에 발을 들여놓지 않았다. 발은 커녕 눈도 그 쪽으로 돌리지 않았다. 등화관제로 해서 거리는 더 어두웠다. 덕택으로 청개천을 흘러내리는 물이 제법 아름다워 보였다. 거기에 드문드문 뜬 별들의 투영(投影)은 먼 마을의 등불같이 정다웠다.

수표정집 대문 앞, 그 대문 밖에서도 문오들이 살던 방 안의 동정을 살필 수가 있었다. 문오가 어디 다녀오는 때면 미처 들어가기도 전에 여기 서서 채희가 있고 없고를 점치곤 했던 것이다.

부용을 불렀다. 부용이 그냥 있던 없던 부용밖에 부를 사람이 없었다. 주인댁과 건넛방에 하숙하는 학생들이 있다면 그 학생들뿐이겠으니까. 단 한번 소리에 대꾸하며 나오는 부용의 발소리가 어느새 대문께 와 멎더니 분주히 빗장을 벗기는 것이었다. 대문이 채 열리기도 전에 부용이 아랫방 아저씨 아니냐고 소리를 친다. 그렇다고 대답하곤 부용이 잘 있었느냐고 했다.

민을 업어주고 민에게 죽이랑 쑤어 주었을 이 소녀에게 더 따뜻하고 부드러운 말을 찾아서 하고 싶었으나 문뜩 떠오른 말이 그것뿐이었다.

"아저씨 대문 잠그고 들어오세요."

부용은 급히 안으로 달려 들어가면서 '마님'을 부르고 문오가 온 것을 알렸다. 주인댁은 벌써 마루에 나와 서 있었다.

"아니 웬 일이시오? 해가 서쪽으로 돋을 일이군."

주인댁은 이런 말을 하고 나서

"민아. 아버지 오셨어. 아버지."

열린 샛문으로 안방을 들여다보며 민에게 알렸다. 문오의 전 신경이 방안으로 쏠렸다. 뛰어올라 가고 싶은 충동이 북바쳐 올랐으나 그냥 서 있었다. 여태까지 내버려 두다가 뭘 그러랴 싶었던 것이다. 민이 주인댁의 말을 알아 듣고 비척걸음으로 마루에 나왔다.

문오는 발꿈치에서 시작된 경련같은 것이 등골을 지나 뒷통수에 와 닿는 것을 느꼈다. 몰라보게 자란 민, 민은 마루 아래의 어둠 속을, 눈을 벌려뜨고 내려다 보는 것이었다.

"어서 올라오시오."

민과 같이 눈을 벌려뜨고 민을 마주 올려다 보는 문오에게 주인댁이 일러들였다.

방에 들어앉자 민이 문오를 이쪽에서 비끔히 들여다보다간 비척비척 자리를 옮겨가지곤 또 비끔히 들여다 보곤 하는 것이었다.

"저 녀석이 왜 저렇게 들여다 볼까? 민아 아버지야."

주인댁이 이런 말을 하고 나서 민이 제 아버지 나이 또래의 남자면 누구를 막

론하고 뺄쭉 웃어 주었다는 것이고, 제 어머니 비슷한 하이칼러 여성인 경우엔 '엄마'를 소리질러 부르며 따라 갔다는 것이었다. 언젠가는 청개천변에 데리고 나갔다가, 참 그 여자는 제 어머니 비슷하게 하이칼러로 차리기도 했던 까닭인지 돌맹이, 흙을 주무르며 씨적씨적 잘 놀던 민이 어느새 그것들을 팽개치고 '엄마' '엄마'를 연거푸 부르면서 한사코 그 여자의 뒤를 쫓으니까 그 여자도 가던 걸음을 멈추곤 난 너의 엄마가 아니라고 해서 돌려세워 놓면 또 돌아서서 '엄마'를 부르며 그 여자의 뒤를 어느 때까지 머엉하니 서서 보더라고 주인댁은 민의 이야기를 어느 때까지 들려주는 것이었다.

문오가 아무 말 못하고 앉아 있는데 주인댁은 또 무슨 말을 더 하자고 입을 덥석거렸다.

"인제 여기 있겠읍니다. 방을 다시 빌려 주십시요."

해서 주인댁의 입을 막았다.

"글쎄 애가 하두 부모를 못잊어 하니 내가 아쉽다고 방을 낼 수가 없더라니까. 한쪽 부모라도 와 계시오. 어린게 가엾어서 원. 내가 암만 잘 보살펴 준다고 해야 부모만 하겠오?"

"감사합니다. 아주머니 신셀 뭣으로……."

문오가 삐꿈히 들여다보는 민을 안아버리느라고 말이 중단 되었다.

"참 그 녀석 안 하던 짓을 하네."

주인댁이 문오의 팔 안에 안긴 민을 건너다 보며 말했다.

"민아. 어디서 본 사람 같아서 그러니?"

문오가 민을 다시 거둬 안아 흔들어댔다. 민이 '헤헤헤헤' 좋다고 몸을 마구 흔들어댔다. 한참 동안 그러고 나더니 민은 문오 팔 안에 그냥 있으면서 문오의 입 언저리의 수염과 눈이며 코랑을 어루만지기도 하고 꾹꾹 찔러보기도 하는 것이었다. 민의 따사롭고 짭자무레한 맛과 함께 오는 내음새, 문오는 전신으로 그것을 감득하며 그의 호흡을 깊이 들이마시며 민의 하는 양을 지긋이 두고 보았다.

그날 저녁 문오는 그들 방으로 민을 데리고 내려왔다. 처음부터 데리고 내려오리란 계획을 한 것은 아니었는데 민이 따라 내려왔다. 핏줄은 하는 수 없나보다라고 쓸쓸히 몇번씩 외우는 주인댁의 소리를 들은 문오는 무엇인가 부듯해오는 것을 깨닫는다.

벽에 아직 그대로 걸려 있는 채희의 옷들을 부용을 시켜 고리짝에 넣을 때 주인댁은 또 벌써 치웠을 것이나 행여 돌아오나 기다리느라고 치우지 못하고 두었노라고 했다.

문오는 전과같이 주인댁에서 해주는 밥을 먹었다. 낮이면 민은 주인댁으로 올라가고, 저녁 때면 민은 벌써 대문 앞에 나서서 아빠를 기다리고 있었다. 아빠를 발견하고 나면 '아빠'를 연신 부르며 비틀비틀 아빠에게로 다가오는 것이었다. 나팔을 '뚜우' '뚜우' 불어대며 펄쩍펄쩍 뛰기도 했다. 민의 나팔 소리를 들을 때면 문오는 금아가 떠올랐다. 민의 나팔 소리는 꼭 금아의 것과 같이 들렸다.

문오는 민에게 나팔을 자주 사 주었다. 민이 나팔에 실증을 내는 눈치면 모양새라도 다른, 흥미를 돋굴만한 것으로 갈아 주었다. 다른 장난감은 얼씬도 못하게 했다. 나팔에 대한 흥미를 잃지 않게 하자는 것이다.

그러니까 나팔은 아이를 위해서 사 들이는 것이 아니고 문오 자신을 위해 사 들이는 셈이 되는 것인지도 몰랐다. 또 그것을 사 들이는 때면 언제나 장안백화점으로 갔다. 완구부 그 여점원이 밤 낮 나팔만이니 웬일이냐고, 어린애들이란 한 가지 장난감만 가지고 놀기를 싫어하는 법인데 댁의 아이는 이상하다고, 아이가 나팔을 원하더라도 어른이 아이의 지능 발달을 생각해서 딴 것으로 갈아 줘야 할게 아니냐고, 권유라기보다 짜증과 핀잔에 가까운 어조로 문오를 다루곤 하는 것이었다. 그렇더라도 문오는 별 소리 없이, 지껄일대로 지껄여 봐라 하는 식으로 있었다. 번번이 이러한 싱갱이질을 하던 끝에 그 여자와는 익숙해져서 농담같은 것도 던지곤 하는 사이가 되어갔다. 시집은 안가고 어느 때까지 여기서 이런 소리나 지껄이고 있겠느냐고 하는 따위의 말을 할 것같으면, 여자는 그 알량한 남자님들한테 시집 갈 생각은 꿈에도 없노라고 곧잘 대꾸하는 것이다.

여자 편에서 문오에게 걸고 드는 일도 있었다. 레코드 판매부 쪽을 제가 먼저 넘겨다 보면서

"어떻세요? 저 여자하고 결혼 해버리는게. 마아상하고 바꿔친 여자니 숫제 그렇게 바꿔치는 것도 괜찮지 않을까요?"

문오는 이 여자와 이렇게 시시덕거리자고 나팔을 사 들이는게 아닌가 하는 생각도 간혹 해보는 일이 있었다.

주인댁과 부용이까지도 나팔이 달라질 때마다 또 나팔이냐고 입을 따악 벌리며 눈을 크게 떴다. 덕분에 민의 나팔 솜씨는 날마다 늘어 갔다.

문오는 어느 일요일 오후에 오경배를 시켜서 금아를 집에 데려왔다. 금아는 크면서 더 채희를 닮아가는 듯 보였다. 걸음걸이가 뒤뚱거리지도 않았으며 발음도 분명히 말을 제대로 했다. 얼마 동안은 남의 집에 온 어색함을 보이곤 하더니 민이 과자를 갖다 준다, 나팔을 갖다 앞에 놓아 준다 하니까 차츰 과자도 집어 먹으며 나팔도 만지작거려 보곤 했다. 금아가 그러는 것을 보고 있던 민이 신이 났던지 뒤뚱뒤뚱 웃목에 가서 여러개 중의 어느 하나의 나팔을 집어 들고 '뚜우' '뚜우' 불어 보였다.

민의 부는 양을 힐끔힐끔 보다가 금아도 씹던 과자를 넘기곤 나팔을 입에다 물었다. '뚜우우' '뚜우우' 민의 것보다 길게 높게 소리가 났다.

"금아야. 집에서두 나팔을 불었니?"

그것들의 하는 양을 보고만 있던 문오가 물었다.

"아니. 나팔이 없어. 큰 오빠가 깨뜨렸어."

"그래? 너희 집에 오빠두 있구나?"

"응."

"금안 뭐가 젤 좋지?"

"과자."

“나팔은 안 좋아?”

“나팔두 좋아.”

“금아 집에 갈 때 과자 많이 가지구 가야겠는데. 나팔두 가지구 가구.”

“나팔을 네개 줘. 큰오빠 것두 주구. 작은 오빠 것두 주구. 언니 것두 주구. 내 것두 주구. 해해해해.”

웃음 소리는 전이나 다름 없었다.

“그래. 그래. 주지. 또 나팔을 불라구. 민이하구 같이 불어. 응, 금아야.”

방 안을 왔다갔다 신이 나서 불고 있는 민의 뒤를 따르며 금아도 ‘뚜우’ ‘뚜우’ 불었다.

둘의 나팔 소리는 한데 합치기도 하고 제각기 가닥이 나기도 했다. 가닥이 나더라도 혼자의 것보다 요란했다.

—불어라 불어라. ‘뚜우’ ‘뚜우’ 높이 높이. 어느 하늘 아래 어디에 있을 너희들 엄마가 너희들 나팔 소리를 듣구 있을지 아니? 혹시 너희들 나팔 소리에 묻어 올지 아니?

문오는 이렇게 처량한 생각에 기대어 살자는 셈이었던지 일요일 마다 오경배를 시켜서 금아를 데려오곤 했다. 주인댁은 그 애가 누구냐고 캐어 물었다. 문오가 조카라고 대꾸해 줘도 조카가 문오의 색씨를 닮을 게 어디 있겠느냐고 믿지 않았다. 채희 쪽으로 조카라고 듣고서야 그러면 그렇지 하는 얼굴을 지었다.

3

민이 세살을 먹고 금아가 여섯살 먹던 가을에 채균이 출옥해 나왔다. 점심 때 건만 먹을 생각도 안 하고 앉아 있는데 C씨가 수화기를 갖다 줘어 주었다. 두 세번 소리를 쳐도 그렇게 못 알아 듣느냐고 C씨는 약간 짜증난 말투로 나왔다. 문오는 그 때 사무실 마당에 서 있는 오동나무에서 너풀너풀 떨어지는 커다란 잎들을 내다보고 있던 중이었다.

수화기를 들자 마채균이라며 '미쓰꼬시' 사층 식당에 앉아 있으니 속히 나오라고 들려오는 것이다. 마채균이라는 소리에 문오는 주춤 물러섰으나 자세를 다시 고치면서 맞을 매라면 일찍 때버리는 것도 났겠다는, 오래 두고 불안에 조바심을 치느니보다는 겪어버리는 것이 시원하겠다는 생각에서 하던 일도 거두지 않고 밖으로 뛰어 나갔고 그 높은 '미쓰꼬시' 사층에까지 한달음에 올라갔다.

식당 밖에서도 쉽게 보이게 채균은 어느 한 식탁 앞에 앉아 있었다. 하얗게 바랜 얼굴이 중절모에 눌리워서 더 작아 보이는 듯 했다. 모자를 벗지 않는 이유는 깎은 머리 때문이리라는 생각을 하면서 채균이 앉아 있는 식탁 앞에 가 딱 멈추었다. 인사 절차고 뭐고 없이

"때려주시오. 암말두 말구 때려주시오."

문오는 단 침을 꿀꺽 삼키며 대어들듯 말했다.

"앉게 앉아."

채균은 뜻밖에도 손을 내밀어 문오의 손을 잡아주며 낮은 소리로 대꾸를 대신 했다. 식당 안엔 사람이 얼마 없었다. 점심 시간인데 비어 있지 않는 식탁이라곤 너덧 군데뿐이었다. 넓은 식당이어서 한층 쓸쓸하게 눈에 띄었다. 전쟁이 심해가는 사이에 나날이 초라해지는 음식 탓이기도 하지만 특수 층을 제외한 일반에겐 그거나마 먹을 만한 돈이 없었다.

안내인이 그들 앞에 와서 뭣을 먹겠느냐고 일본말로 묻는다. 문오가 채균에게 '뭣을?' 하고 얼굴을 보았다. 좀 더 정확하게 묻지 못한 것은 조선말을 쓰기 때문이었다. 조선 말을 쓰자면 자연 구애를 받게 되는 것이었다. 둘이 다 '다마고 돔부리'[36]를 시켰다. 거기에도 보리가 반쯤 섞여 있었다.

"패망해 가는 일제의 꼴아질 여기서도 보게 되는군."

채균이 '돔부리'를 숟가락으로 헤저으며 비웃는 말에 문오는 저를 비웃는 소

---

36 계란덮밥(egg bowl)을 뜻하는 일본어 玉子丼.

리만 같아서 숟가락을 쥔 손이 굳어져 왔다.

"온갖 걸 공출시키다 못해 놋그릇, 피마자씨까지 거둬간다지? 암만 발악을 해야 놋그릇을 줏어모아다 만든 군함가지곤 승리를 못 거둘걸. 그 흔한 미국의 휘발유를 그래 아주까리 기름으로 당해 내자는 거야……. 어림도 없는 수작을……. 그래 자넨 그 무슨 '문화연맹'이라는 데서 뭘 하는 건가?"

―옳지. 인제 화살이 오는구나. 이것 저것 한데 겹쳐가지구 골탕을 먹이자는 게지…….

속으로 중얼거리고 나서 문오는

"뭐 별거 없어요. 기관지 편집을 돕구 있는 정도루."

한참 쭈뼛쭈뼛하다가 얼버무렸다.

"그건 왜 하고 있나?"

채균의 가느다란 눈꼬리가 댕강 들려 올라갔다. 채희와같이 큰 눈이 아니었다는 것을 문오는 비로소 발견하고 다시 유심히 채균의 눈을 건너다 보았다. 댕강 들려 올라간 눈꼬리가 바르르 떨리고 있는 것이었다.

"월급이 얼마나 되나?"

채균이 물었다.

문오는 여기서 월급이 얼마라는 것은 밝히지 않고 오경배 집 식객에서나마 풀려 나오자는, 그리고 허윤의 아이와 제 아이를 제가 보살펴 보자는 데에서 거기 발을 들여놓게 되었다고 말했다.

채균은 아직 눈꼬리의 변화를 거두지 않은 채 집에 내려 가면 될게 아니냐고 말했다. 문오는 다시 집에 내려 갈 수 없게 된 그동안의 경위를 밝힌 다음, 모친하곤 연을 끊다 싶이 하고 지낸지 오래노라는 말을 했다. 이 말에 채균은 댕강 올라갔던 눈꼬리를 살며시 풀면서

"채희 까닭이었구만. 모두 채희 까닭이야. 그렇더라도 문오군, 채힐 미워 말어 줘. 채힐 그 지경 만든 건 나야. 사상이니 주의니 한건 그애 생리에 맞지도 않는 걸. 그걸 그애한테 주입시키려고 한 데서 오늘 날 이런 결과를 초래하고 말

앉어. 마치 나무에 달린 열맬 제절로 익게 못하고 주물러 익힌 꼴이 된 거야. 익는 대로 내버려 뒀더면 이렇게 모두 억망을 만들어 놓지는 않았을꺼야. 내 동생의 변명같아서 거북하네만 채희 본성은 착하고 순결한 거야. 모친이나 부친의 피를 받았을 테니까. 채희도 양친 아래서 곱게 자랐더라면 쓸만한, 사랑스런 애가 됐을 줄 알아. 이 잘난 오래비가 이리저리 끌고 다녔으니……. 우리가 동경서 지나던 일을 생각해도 알게 아니겠는가? 다 큰 앨 방 하나 따루 마련해 못주고 온통 사내들 하고 한테 휩쓸려서 지냈으니……. 채희가, 채희가 좋은 환경에 태어났던들, 부모의 따뜻한 애정 속에서 정상적으로 성장했던들……. 난 채휠 미워하지 않네. 오늘 날의 이 시대, 이 현실을 미워해. 채휠 불쌍하게 만든 조선을.”

채균은 목이 메어 와서 아직 남은 긴 말을 더 못하는 것 같았다. 어느새 그의 가는 눈꼬리가 촉촉히 젖어 있는 것을 문오는 보았다.

문오도 코허리가 찌잉 저려드는 것을 깨달았다. 오랫동안 잊어버리고 있은, 채희를 생각 하게 되었다. 그러나 문오는 제 속을 그대로 나타내고 싶지는 않았다.

“채희만 불쌍한가요. 그렇게 생각하구 보면 다 불쌍하죠. 조선사람 다가…….”

채균은 고개를 끄떽끄떽 하고 나서 손가락으로 눈꼬리를 씻었다. 눈물을 씻는 것이 아니고 눈에 티나 눈곱을 씻어내는 시늉을 했다.

식탁에서 일어서려고 할 때 채균은 채희의 아이를 보아야 할 게 아니겠느냐고, 그보다 보여줄 수 없겠느냐고 문오의 의향을 묻는 것이었다. 문오가 그럼 저녁에 제 숙소에 오도록 하라고 말하니까 채균이 한참 머뭇거리다가 금아는 보았노라고 다 커서 찔찔 울 때는 지났더라고, 안도의 낯색을 지어 보이곤 했다.

저녁에 채균은 민을 주려고 고급 과자를 손에 들고 왔다. 이런 것을 용케 구했다고 문오가 치사를 했더니 채균은 과자상을 크게 하는 친구가 있어서 일부

러 찾아갔다 왔노라고 말하곤 과자상자를 받아 들고 팔딱팔딱 뛰는 민을 뚫어
지게 내려다 보며

"채희도 좀 닮은 듯 하지만 자넬 쏙 뺐군. 튼튼하게 잘 생겼어. 투사형인데."

채균이 작은 얼굴에 웃음을 확 늘어 놓았다.

"투사형?"

문오가 받아 되씹었다. 금아더러 '투사형'이라고 하던 허윤의 말이 생각났다.

"그래. 투사형이야."

채균은 영문도 모르고 다시 반복한다.

"채희가 낳 논 아이들은 다 투사형인 게죠."

"참 그래. 금아년도 상당히 실팍하게 생겼던데. 사내녀석 같아."

민이 과자상자를 제 손으로 끌려 먹기 시작했을 때 그들도 저녁상에 마주 앉
았다. 저녁상엔 미리 준비해 논 정종도 놓여 있었다. 잔에 술을 따르면서야 문오
는 비로소 채균에게 언제 감옥에서 나왔으며 조선에 나온지는 얼마나 되느냐고
물었다. 채균이 이 사람아 그걸 인제야 묻느냐고 핀잔 비슷이 내뱉으니까 문오
가

"난 지금 움직이는 송장인 걸요. 전신이 마비 상태에 있어요. 전 신경 세포가
완전히 죽어버렸어요."

하고 나왔다.

"그런 속에서도 금아를 거둬주고 있었으니……. 고마워. 사실 내가 동경선 단
단히 별렀지. 조선 나가기만 하면, 조선에 나가는 사명이 강문오를 해 치우자는
거였어. 그랬는데 나와서 허윤의 주소를 찾아 갔더니 김용석이란 청년이 있잖
아? 이 청년한테서 자네가 금아한테 극진하단 소릴 들었지. 고마워."

문오가 고마운 건 오경배라고 말하고, 오경배가 그동안 그들 주변에 베풀어
준 인정을 모조리 채균에게 이야기해 들려 주었다.

"사상은 무너졌어도 아름다운 정은 남아 있었군. 감옥에 오래 있으면서 깨달
은 건 이 정이야. 이것 이상으로 좋고 아름다운 게 없는 거라고 깨달았어. 사상

도, 주의도, 이 정을 토대로 한 위에 쌓아 올려야 한다고 알았어. 그렇게 고운 정을 가진 사람들이 그리 쉽게 무너져 버릴 리 없지.”

채균이 술잔을 입으로 가져가다 말고 문오를 보았다. 민은 과자에 싫증이 났던지 또는 저를 귀여워 하는 ‘아저씨’가 와서 성수가 났던지 나팔을 높이 치켜 물고 ‘뚜우’ ‘뚜우’ 불었다.

“뭐? 너도? 나팔을 부는구나?”

채균이 가는 눈을 크게 떠 민이 있는 쪽을 올려다 보았다.

문오는 채균의 말 어취로서 금아도 나팔을 불더라는 말이 포개어져 있음을 알았다.

“채희가 낳은 아이들은 나팔을 분다! 재미 있죠?”

“글쎄.”

채균은 문오의 말과 같이 재미 있어 하는 얼굴이 아니었다. 얼굴이 이그러져 있었다. 이그러진 얼굴을 처량히 들고 민을 바라보고 있었다.

“저희들 에밀 부르는 소리라 알구 술이나 먹읍시다.”

문오의 말에 채균은 이그러진 얼굴 한 편 볼에 경미한 경련을 일으키는 것을 문오는 보았다. 그는 잔을 내밀었다. 잔과 잔에 술이 부어졌다. 둘이 다 묵묵히 마시기만 했다. 민은 이 조용한 정적 속에서 나팔을 든 채 쓰러져 잠들었다.

채균이 어느새 민에게 가서 민을 바로 눕히곤 한참이나 측은스레 자는 민을 들여다보고 있는 것이었다.

“문오. 저걸 데리고 집에 내려 가라고, 모친도 손자 보고 싶은 맘이 왜 없으시겠는가?”

민을 바로 눕히고 마주 와 앉은 채균이 입을 열었다. 문오는 안가겠노라고 단 한마디에 잡아 떼었다. 채균이 문오에게 그럼, 이제 앞으로 어떤 계획이라도 세우고 있느냐고 물었다. 문오는 계획이 있을 리 있느냐고, 사는 날까지 이대로 사는 것뿐이라고 대답했다.

채균이 잠잠히 듣고 있다가 자네가 이 지경에까지 이르렀을 줄은 몰랐노라고 탄식했다. 동경서 지나던 때의 일을 생각하라고 동경선 자네가 누구보다도 열성분자가 아니었더냐? 인제라도 땅을 한번 힘껏 걷어 차고 훌쩍 솟아보라고 했다.

"자넨 줄당기기에 져선 안 된다고 늘 말했지? 힘이 모자라서 끌려 가는 한이 있더라도 다시 끌고 올 수 있는 투지를 잃지 말자고 하지 않았나? 줄을 놓아선 안 된다고 하지 않았나?"

문오는 내가 언제 열성분자였느냐? 난 지주의 아들이었다. 당신들이 날더러 소시민적 근성을 뿌리 뽑지 못한다고 비방하지 않았느냐? 당신들 말대로 나는 지주의 아들이요, 소시민이었다. 지주의 아들 강문오가 소시민의 굴레를 벗어 보려고 발버둥을 칠 때 당신들은 나를 열성분자라고 불렀다. 그렇게 해서 쌓아 올린 강문오는 이미, 허물어져 갔다. 허물어진 강문오를 마채균이 안타까워 할 하등의 이유가 없는 거다. 내버려 두시오. 내버려 두란 말이오. 이렇게 마구 지껄이고 난 문오는 울음을 터뜨리고야 말았다. 설음이 일시에 북받쳐 올랐던 것이다. 그리움을 거쳐서 내 뿜은 설음이었던 것이다. 동경서 지나던 일을 들추는 채균의 말은 문오를 견딜 수 없게 했던 것이다.

문오는 양 무릎 안에 얼굴을 파묻고 아이처럼 엉엉 울었다. 울음이 아니었더면 할 말이 더 있었을 것이다. 채균형이랑 함께 조선엘 나왔더라도 이렇게 되지는 않았으리라는 말도 하고 싶었다. 혼자 있더라도, 허윤이 앓지 않고 채희가 고생하는 꼴을 보지 않았더라도, 아니, 오경배가 예전대로 있고, 잘 자란 나무처럼 쭉쭉 뻗은 하용빈이 허윤들과 한편이 되어 있지 않았어도 이렇게 되지는 않았으리라는 말도 하고 싶었다. 온통 혼자 외로운 바람에 온갖 추태를 부렸노라는 말도 하고 싶었다. 그러는 사이에 자기는 완전히 추물이 되고 말았으며 완전히 추물이 되어버렸을 때 또 채희의 출분을 탁 당하고 말았으니 추물은 산 송장으로 변하고 말더라는 말도 하고 싶었다.

"문오군."

양 무릎 안에 얼굴을 파묻고 느끼는 문오를 채균이 나직히 불러서 집에 내려

가는 것만이 문오와 민을 살리는 길이라고 다시 타일렀다.

느끼는 소리로

"난 지금 먼 것을 생각할 기력이 없어요. 어쩔 수 없는 본능만 남아서 배고프면 먹구 여자 생각이 나면 여자를 끼구 자구 그저 그렇게 하구 있는 겁니다. 그저 그러구 있는 겁니다."

하고 문오는 또 울었다.

밖에선 가을 바람이 우수수 나무 잎들을 떨어뜨리고 지나가는 소리가 들렸다.

4

마채균은 과자상(菓子商)을 크게 한다는 친구의 알선으로 근교(近郊) 절간에 가 있게 되었다. 신변 보호책으로 좋으리라는 구실로서 금아를 데리고 갔다.

"예편네가 어린걸 두고 죽었다고 하지. 그래 세상이 귀찮아서 삭발을 하고 절깐에 기어 들었다면 거짓말도 제격에 들어 맞거든."

채균은 제가 한 소리에 만족감을 느끼듯 껄껄껄 웃기까지 했으나 그 저의(底意)에는 가엾은 어린 조카의 뒤치닥거리를 하고 싶었던 것인지 모른다. 혹은 단 하나뿐이던 누이동생이 어딘지도 모르게, 알지도 못하는 남자와 가 버린 뒤의 헛헛함을 조카로 해서 풀어보자는 심산이었든지도 모를 일이었다.

채균은 거리에 나오기를 꺼려했다. 정오의 '싸이렌'과 함께 큰 길에서나 골목에서나 눈을 감아 전몰장병에게 보내는 묵념같은 것을 하기가 싫어서라고 했다. 신사참배를 줄지어 다니는 남녀 학생과 애국반원의 행렬같은 것도 눈에 거슬린다고 했다. 더 눈꼴 사나운 것은 '대일본 제국'의 승리를 높이 웨치며 일본 제국주의의 끄나풀이 되어 있는 조선인들이라는 것이었다.

그러면서도 채균은 일주일에 이 삼차씩 거리에 나왔다. 민을 안아가기 위해서였다. 민을 안아다 금아랑 같이 놀게 하고 자기도 같이 놀았다. 문오가 금아를 데려다 민과 같이 놀게 하던 것처럼.

어느 날은 문오가 숙소에 들리지 않고 곧장 채균이 있는 절깐으로 갔다. 그 근방 언덕길을 올라가고 있으려니까 귀에 익은 웃음 소리들이 들려오는 것이었다. 두 말할 것 없이 민과 금아의 것이었다.

“민을 또 안아왔구나.”

문오는 속으로 뇌까리며 웃음 소리의 방향을 더듬으며 발을 그리로 옮겼다. 경내(境內)의 나무들이 이파리를 떨어뜨리고 있을 때여서 문오는 쉽게 그들을 찾아 낼 수 있었다. 그들은 숨바꼭질을 하고 있었다.

채균이 술래고 금아와 민이 숨는 편이었다. 채균이 큰 나무 뒤에 눈을 감은 시늉을 하고 서서

“꼭꼭 숨어라. 민아.”

“꼭꼭 숨어라. 금아야.”

이렇게 웨치다가 금아, 민이 숨는 것을 보고서 그들이 숨은 방향과는 엉뚱하게 딴 데를 기웃기웃 하는 것이었다. 그 때를 틈타서 금아가 쪼르르 채균이 눈을 감은 시늉을 하고 섰던 나무에 달려 오며

“야—도—”

를 웨치고 민이 또한 뒤뚱뒤뚱 저도 ‘야—도—’를 소리 치는 것이었다. 문오는 민의 그러한 모양새를 보자 채희가 난 아이들은 어느 한 시기를 뒤뚱뒤뚱 거리는 것이라고 생각했다. 허윤의 집을 처음 찾았을 때 마루에서 금아가 뒤뚱 뒤뚱 왔다갔다 했던 것이다. 금아는 인제 뒤뚱거리지 않을만큼 자랐다.

채균이 그제야 알아 낸체 몹시 재게 뛰는 양을 보이며 금아, 민한테로 달려간다. 채균은 그들 둘을 다 한팔 안에 거둬 안고 둘에게다 얼굴을 들이 부비는 것이었다. 둘은 간지럽다는 것인지 즐겁다는 것인지 얼굴을 하늘 쪽으로 제껴 들고 못견디게 웃어댔다.

세월은 갈대로 갔다. 우수수하던 가을이 가고 겨울도, 봄도 다 지나고 나서 다시 여름철에 들어섰다. 채균은 금아, 민의 장난감과 간식을 마련코자 거리에 나오는 일을 잊지 않았다. 탱크, 대포, 비행기, 총, 자동차를 사 들이고 소꿉놀

이도 사 들였다. 장안백화점 완구부 여점원이 문오에게 무수히 권하던 것들이었다. 문오가 한번도 사 들이지 못하던 것들이다. 번번이 나팔만 사곤 했다. 채균은 어린것들과 즐겨 소꿉놀이를 했으며 기차를 타고 대포를 쏘고 총을 '따다다 따다다' 쏘아가며 전쟁놀이를 했던 것이다.

"채균형두 인제 다 됐어요."

그 날도 어린것들과 소꿉놀이에 한창인 채균을 보고 있다가 문오가 볼 부은 소리를 한 것이다.

"강군이 하던 일을 빼앗아 하는게 싫은 모양이군. 앉기나 하세. 앉기나."

그제야 채균이 문오를 쳐다 보았다.

"그만하구 얘기나 하십시다."

문오는 그대로 서 있었다.

"애들하구 놀면선 얘길 못하나? 앉기나 해."

"어느 때까지 애들 하구만 놀 작정이시오? 채균형까지……."

문오는 말을 마치지 못하고 트집스런 아이처럼 털썩 앉아버렸다. 문오는 소리를 마구 지르고 싶었다. 채균의 말대로 자기가 하던 일을 빼앗긴 서글픔 같은 것이 없지도 않았을 것이다. 아이들이 자기에게서 멀어져 가고 채균과 가까워져 가고 있는 것이 쓸쓸하기도 했을지 모른다. 아이들이 놀이에 열중할 때면 문오를 거들떠 보지 않았던 것도 사실이다. 그것들이 나팔을 팽개치고 다른 장난감에 열중한 것도 사실이다.

아이들이 나팔을 팽개치고 다른 장난감에 열중하는 일 하나만 하더라도 문오에겐 쓸쓸한 일이 아닐 수 없었다. 문오는 금아나 민이 나팔을 '뚜우우' 불 때면 어느 하늘 아래 가 있을 채희가 나팔 소리를 들을 것만 같았고, 그 나팔소리에 휘감기어 채희가 다가올 것같은 허망된 생각에 잠겨 있기도했다. 문오는 금아나 민이 좀더 길게 '뚜우우' 불어주기를 바랐던 것도 사실이다.

그러나 지금 문오는 그러한 감정에 사로잡혀서만 있지 않았다. 마채균이까지 이렇게 주저앉아 있으면 어떻게 되느냐 하는 것을 생각하게 되었던 것이다.

갑자기 이런 생각이 나게 된 이유를 문오 자신도 알지는 못했다. 아까 낮에 Y씨가 문오에게 창씨(創氏)를 강요한 데서 온 감정인지 모르겠다. 혹은 가네무라(金村)라는 창씨로 갈아댄 C씨가 평양에서 단독으로 시국 강연회를 열게 되고 그 사회자로서 문오더러 따라 가라는 말을 들은 탓인지 모르겠다.

"채균형까지 이러구 있으면 어떻게 됩니까? 다들 가만 있으면 어떻게 되느냐 말이요?"

문오는 이미 한 말과 채 마치지 못했던 말을 해버렸다. 채균이 그제야 손을 털고 고개를 문오 쪽으로 돌리곤 문오를 찬찬히 보았다.

"고마워 문오군. 자네 지금사 깨어나나 부네. 죽었노라던 신경세포가 피어나나 부네. 땅을 힘껏 밟으며 우뚝 솟구쳐 보라고. 힘껏 말이야. 다시 주저 앉지 말고 말이야."

이 말을 하고 있는 채균의 눈꼬리가 댕강 들렸다.

"난 그대루 있어요. 아직두 깨어나지 못하구 있어요. ……그렇지만 채균형까지 이러구 있어선 안 되겠단 말이요. 채균형까지……."

문오는 한 말을 또 되풀이했다. 그 말밖엔 할 말이 더 없었다. 그러나 문오는 말을 이어야 하겠다고 마음을 먹었다.

"허윤이 앓구 있구, 하용빈이 갇혀 있구, 오경배가 저 지경 되구, 지사로 자처하던 자, 대학교수, 문화인이 창씨를 하구 야단법석들인데 채균형마저 이러구 있음 어떡하느냐 말입니다."

"문오군. 고마워. 자네 신경 세포가 죽어 있다 치더라도 고맙단 말이야. 아니 죽어 있는게 아니야. 죽어 있고서야 무얼 분별해 낼 수가 있나? 살아 있으니까 분별하고 판단 하는게지. 그만한 생각이라도 가지고 있어 달라고."

채균이 문오 무릎에 얹인 손을 끌어다 잡아 주었다. 문오가 얼굴을 푹 숙였다.

"아저씨 우네."

소꿉질에서 얼굴을 든 금아가 문오를 돌아다 보고 멍청해진다. 문오 눈에 이

슬같은 것이 맺혔든지 몰랐다.

"아빠."

뒤퉁뒤퉁 다가 온 민이 아빠를 들여다본다.

채균이 문오의 손을 놓고 두 어린것을 끌어다 양 무릎에 앉히며

"아빠가 배가 아파서 그런다."

고 들려 주었다.

"아빠가 배가 아파서 그얘."

민이 채균의 말을 서투른 발음으로 받는다.

"그럼. 아빠가 아주 배가 아파서 그래."

"아빠가 아주 배가 아파서 그얘?"

"인제 그만 아파야지. 인제 나아야지. 나아서 일을 해야지. 지사로 자처하던 자들, 대학교수들, 문화인, 그런 자들이 이름 성까지 갈아치우곤 왜놈이 돼 가라지……. 자넨 내가 애들하고 이러고 있으니까 다 잊어버리고 만 줄 아나 부지? 난 이것들 하고 즐거운 속에서 일을 구상하고 있어. 이것들이 발을 붙이고 살아 갈 땅을 바루 잡아놔야 하겠다는 생각을 하고 있어. 이때까지는 막연하게 국가 민족을 위해 일을 한다, 이런 리념(이념)을 가지고 있었으나 이것들을 접하고 나선 막연하던 리념이 구체화 됐어. 리념의 한계가 좁아졌다고 볼지 모르지만 나 자신은 그렇게 생각지 않아. 더 광대해진 것으로 생각돼. 굳건해진 것으로 생각돼."

문오는 얼굴을 들어 채균을 보았다. 채균의 얼굴에 훤히 빛이 떠돌았다. 문오는 오래간만에 가슴 밑바닥으로 훈훈한 기운이 흘러드는 것을 깨닫는다.

5

끝내 C씨의 단독 강연회의 사회자로서 문오를 결정 해버렸다. 상대방의 응락 여부도 묻지 않고 일방적으로 한 일이었다.

문오는 그런 꼴로 고향에 첫발을 들여놓기가 싫기도했지만 모친과의 대면이 거북상스러워서 굳이 못가겠노라고 우겼던것인데 평양이 고향이라는 이유로 C씨의 사회자겸 안내인이 되고말았다.

C씨와 동반해서 평양으로 내려가게 되었다는 문오 말에 채균은 또 얼굴에 훤한 빛을 띠우며

"강문오가 솟아 날 구멍이 뚫리는구나. C란 놈이 완전히 개가 돼버리는 마당에서 강문오가 다시 소생하게 된다면 나로선 이 이상 더 만족할 일이 없어. 그깐 놈이야 인제 다 틀린 걸 가지고 이러니 저러니 할께 있어? 이번 기회에 어린 걸 모친께 갖다 맡기고 어딜 가버리란 말이야. 중국 땅 어디로나……. 하다 못해 삭발을 하고 중이 되는 한이 있더라도 함정에서 헤어나란 말이야. 하잖은 기회가 길을 트여주는 수도 있거든. 이번 기회야말로 문오군이 한번 솟구칠 수 있는 기회란 말야. 놓지지 말게."

채균의 이 간곡한 권유가 문오에게 어떤 충격을 주었다. 문오는 서슴치 않고 C씨와 함께 평양으로 내려가겠노라고 말했다.

이튿날 밤에 있을 시국 강연회에 알맞는 시간에 대어 가느라고 아침 차로 출발하기로 했다. 역엔 M문화연맹회장을 위시한 간부급과 경기도 경찰국의 간부들이 전송을 나와 있었다. 보호관찰소 소장도 나왔었다. 전송인들은 거수경례를 정중히 붙여 C씨에게 경의를 표했다. 이 때까지 문화인, 대학교수 등이 지방 순회 강연에 나선 일이 수차 있었으나 이만큼한 환송은 처음이었다.

문오는 웅성거리는 사람들 속에 어린것의 손목을 잡고 서 있었다. 민은 겁을 먹은 눈을 크게 뜨고 아빠에게 매달리듯 붙어 있었다. 고작해서 주인댁과 청개천변에 나가는 일, 그리고 채균에게 안기어 절간에 가는 일 외엔 가 본 데라곤 없는 민이었다.

채균이라도 나와 주었더면 민은 덜 두려웠을지 모른다. 채균은 C씨의 꼬락서니도 구경할겸 민을 안아다 주겠노라고 하더니 그 꼬락서니를 어떻게 보아 내겠느냐고 하면서 그만두기로 했던 것이다. 채균은 민을 부둥켜 안고

우리 민을 정거장까지 안아다 주는 일을 단념해야 하겠어. 하고 나서 '민이 어서 커야지. 민이 커야 마음을 놓지. 할머니한테 가서 잘 있으라'고 재삼 당부하고 있는 채균은 금아와 민을 팔 안에 거둬안고 둘에게다 얼굴을 들이 부비던 때처럼 눈꼬리가 촉촉이 젖는 것이었다.

민은 기차를 타면서부터 휘둥그렇던 눈이 풀렸다. 채균이 정성스레 싸서 준 과자를 먹으며 장난감을 만지며 놀았다. 민은 제가 타고 있는 기차와, 장난감 기차가 같다는 것을 발견했던지 기차가 산모롱이로 돌아가던가, 터널 속으로 들어가는 때 기적을 빼악 지르면, 장난감 기차를 높이 쳐들고 저도 빼악 괴상한 소리를 지르곤 했다. 총을 멘 군인이 눈에 뜨이면 분주히 장난감 총을 꺼내어 '따다다 따다다'를 연발해 가며 쏘는 시늉을 했다.

C씨가 민의 하는 양을 주시하고 있다가 몇살인데 이렇게 영특하냐고 물었다. 민이 아빠보다 더 먼저 손가락 네개를 쫙 펴 네살이라고 대답했다.

"오오라. 네살이야? 우리 놈두 지금 네살인데. 난 만혼이라서 맏놈이 겨우 얘만 하지요."

C씨가 민과 문오를 엇갈아 보아가며 말했다. 궐자가 미국서 돌아와 가지고 결혼한 게라고 짐작하며 문오는 고개만 끄떽여 주었다.

"장난감을 가지고 노는 솜씨가 아주 그럴듯한데……. 허허."

C씨는 말꼬리에 웃음을 달아가며 민을 칭찬해 주었다.

문오는 채균이, 아이들에게 여러가지 장난감을 익히게 해 준 덕이라고 새삼 고마워 했다.

C씨는 민의 생일도 물어 보았다. 삼월 삼일이라고 한 즉

"제비가 오는 날 낳았군."

하고 나서 자기 아이는 구월 초닷샛날 낳았다면서 손가락을 꼽아 달 수를 헤어 보곤 여섯달이나 먼저 났으니 영특할밖에 없지 않겠느냐고 치켜 든 얼굴에 자위(自慰)의 빛을 띠우기도 했다.

C씨는 좀 있다가 문오에게 아이를 데리고 떠난 이유를 물었다. 아픈 데를

다쳤을 때처럼 문오는 우뚤 놀라다가 다시 안색을 바로 잡으며 모친이 평양에 살고 있어서 어린것을 뵈어 드리려는 참이라고 말했다. 그러자 C씨는 점잖이 치켜 든 얼굴에 웃음을 띠우면서 아 그러냐고, 그거 참 잘되었다고, 찬동하는 기색을 보이곤 몇해만에 고향을 찾느냐고도 물었다. 십 여년만이라는 문오 말에 C씨는 또, 그럼 결혼 전에 떠났을게 아니겠느냐고. 그렇다면 금의환향(錦衣還鄉)이군. 이왕이면 부인도 동반하실게 아니냐고 해서 문오를 궁지에 빠뜨렸다.

언제 자리를 떴던지 민이 마구 요동하는 차체와 함께 비틀거리며 다가 오더니 문오에게 뒷자리를 손가락질 해 보이곤 '누나' '누나'를 연거푸 외우는 것이었다.

문오는 C씨에게 보낼 대꾸에 궁궁하던 때라 아이가 손가락질 하는 뒷자리를 엉거주춤이 서서 넘어다 보았다. 금아 또래로 보이는 여자 아이가 젊은 여인의 무릎에서 잠들어 있는 것이었다. 민은 엉거주춤이 서서 넘어다 보는 문오의 손을 잡아 끌었다. 뒷자리로 가자는 것이다. 문오가 응하지 않고 도루 앉으니까 민이 바닥에 펄썩 주저 앉아 다리를 버둥거리며 울음을 터뜨렸다. C씨가 왜 그러느냐고 영문을 물었다. 문오는 또 한번 대꾸에 궁색함을 느끼지 않을 수 없었으나 허리를 펴면서 뒷자리에 있는 여자 아이와 그 어머니인 듯한 젊은 여인을 제 엄마와 누이로 알고 그러는 모양이라고, 일러 주었다. C씨는 아, 그러냐고, 감탄조로 나오더니 그렇다면 아이가 원하는 대로 데리고 가서 제 엄마와 제 누나가 아니라는 걸 확인 시키는게 옳지 않겠느냐고 했다.

문오가 움직일 기색도 보이지 않고 덤덤히 앉아 있으니까 C씨가 어린것을 달래어 일으켜 가지고 뒷자리로 갔다.

"이 애가 부인을 제 모친으로 오인하는 모양이고 또 댁의 따님을 제 누나로 알고서 우는군요."

C씨의 이런 소리가 뒷자리에서 넘어오고

"그래요? 저와 비슷한 엄마와 우리 길자같이 생긴 누나가 있나 보군요."

이런 젊은 여인의 소리도 넘어왔다.

"그런데 부인 비슷한 이 애의 어머니와 따님 비슷한 이 애의 누나는 집에 있고 이 애만이 아버지를 따라 평양 계신 조모님을 뵈러 가는 길이랍니다."

C씨는 그가 문오에게 들어서 알고 있는 지식을 털어 놓는다. 문오는 얼굴 전면을 찡그리고 앉아 넘어오는 소리를 듣고 있으려니까 이번엔 민에게

"인제 너의 엄마와 누나가 아닌걸 알았지? 가자. 저리로."

한다. 민이 다시 울음을 와앙 터뜨린다. 민의 울음 소리에 여자 아이가 깨었다. 젊은 여인이 여자 아이의 이름을 불러놓고

"인제 그만 자고 재 하고 놀아라."

한다. C씨가 점잖히 허허허 웃어 보이고 혼자 돌아왔다.

"그 애는 게서 놀 모양이더군. 제 누나가 아니라고 알면서도 존 모양이지."

씨의 말이 채 떨어지기도 전에 민이 비틀비틀 걸어와 장난감이 들어 있는 룩색크[37]를 들고 갔다. 문오는 채균이 룩색크와 장난감을 마련하기 위해서 하루 종일 거리를 싸다녔다고 하던 일이 생각났다. 채균은 본래 가지고 놀던 것들을 금아에게 주고 민에게 새 것을 장만해 주었던 것이다. 나팔만은 여러 개이어서 더 구하지 않아도 되었다.

민은 뒷자리에서 꽤 즐거운 모양이었다. 투박한 웃음 소리가 줄곧 들려왔다. 민은 장난감 전부를 드러내놓고 성수가 나 하는 모양같았다. '따다다' '따다다' 총 쏘는 시늉도 해 보이는 모양같았다. '뚜우우' '뚜우우' 나팔 소리를 길게 불기도 했다. 문오는 가슴 밑바닥을 긁어내는 아픔을 불시에 깨달았다. 콱 죽어버렸으면 싶은 충동도 떠올랐다.

문오는 주체할 수 없는 자신을 차창 밖으로 돌렸다. 검정 구름이 하늘 꼭대기로 솟아오르고 있었다. 그 검정 구름을 문오는 멍하니 쳐다 보고 있었다. 민의 울음 소리가 들리지 않았더라면 문오는 어느 때까지 그러고 있었을지 모르는

37　룩색(rucksack) : 등산용 배낭.

일이다. 민은 뒷자리에서 놀고 있던 여자 아이와 젊은 여인이 어느 역에서 내리
게 되자 또 발버둥을 치고 울었다.

"울긴 왜 울어?"

문오는 역증이 치밀어 올랐다. 발버둥질 치는 어린것의 팔을 아무렇게나 쌔
려 일으켜 가지고 자리에서 눌러 앉혔다.

"어어 — . 그거 안 돼요. 어린 아이를 그렇게 학대하는 법 아니오. 그러면 쓰
나요."

문오가 하는 양을 보고 있던 C씨가 배주그레한 눈초리에다 적의(敵意)까지 띠
우곤 문오를 힐책하는 것이었다.

"내 아일 내가……."

불쑥 나온 말이 용렬스러웠다. 문오는 말을 뚝 그치고 울고 있는 아이에게다
어서 자기나 하라고 머리박을 아무렇게나 무릎팍 속에 틀어 박아 넣었다. 그리
곤 다시 차창 밖에 몸을 돌렸다.

하늘 꼭대기로 솟아오르던 검정 구름이 점점 더 짙어가고 있었다.

6

기차는 해질 무렵에야 평양역에 도착했다. 빼악 지르는 기적 소리에 문오는
차창으로부터 몸을 돌이켜 민을 보았다. 민은 곤히 자고 있었다. 맞은 편의 C씨
는 고개를 빳빳이 들고 앉아서 배주그레한 눈초리로 문오를 잠깐씩 흘기는 눈
치였다. 문오가 차창 밖에다 몸을 돌리고 있을 때에도 그는 그렇게 하고 있었을
것이라고 문오는 속 짐작을 하고 있었다.

"어지간한 연착인걸. 군대 때문일테지."

C씨가 손목 시계를 쳐들어 보며 혼잣소리로 중얼거린다. 문오는 민에게서 시
선을 들지도 않고 '그런가부지…'라고 C씨의 말을 받았다. 그것도 분명치 못한
반 벙어리 소리로 얼버무렸다. 그리고 나니 울화가 치밀었다. 이왕 그 자와 맞

장구를 칠테면 그 자의 면상을 정면으로 주시해 가면서 '그렇다'든가, '그렇지 않다'든가, 명확한 어조로 나설 일이지. 반 병신같이 굴었으니, 그 자는 면상을 더 빳빳이 치켜 들밖에 없는 일이 아니겠는가.

"인제 일어나. 그만 자구 말이야."

문오는 C씨에게 못난 짓을 해 놓고선 어린것에게 분풀이를 했다. 무릎에 자고 있는 어린 것을 마구 다루어 깨웠다.

민이 눈을 휘둥그렇게 떴다. 기적이 또 한번 빼악 소리를 뽑으며 차체가 스르르 머물었다. 문오는 민의 룩색크와 과자 등을 아이와 함께 거둬 안고 분주히 내렸다. 민을 걸릴 수도 있었으나 바삐 서둘기 위해서 안았던 것이다.

홈 안은 사람의 물결로 출렁대었다. 과차하는 군대를 맞아주고자 나온 애국 부인회와 또 그와 유사한 여러 부류의 단체들이 완장이거나 소속을 밝힌 걸방 (다스끼)[38]을 어깨에 내려뜨리거나 하고선 일장기(日章旗)를 흔들어 댔다.

C씨의 마중을 나온 인사들도 적지 않게 섞여 있는 듯 했다. 문오는 분주히 빠져 나오면서도 C씨가 사람들 속에서 악수하고 있는 모양새를 놓지지 않았다. 미국에서 몸에 밴 버릇이라 악수만은 어쩔 수 없나 보았다.

역 광장에 나오자 빗발이 후둑후둑 뜨기 시작했다. 하늘 꼭대기로 올려솟던 검정 구름이 끝내 비를 뿌리게 하고야 마는 것이다. 문오는 민을 안은 채 집이 있는 방향으로 발을 옮겼다. 넓은 길 양편에 가게들이 쭈욱 들어앉아 있어서 다녀 본 데같지 않게 생소했다. ─피양도 넷날 갔디 않다.─던 모친의 편지 문구가 생각났다.

그는 민에게로 얼굴을 덮으며 걸었다. 어린것에게 비를 막아 주자는 것이기도 했으나 아는 사람이라도 만나면 어쩌랴 하는 염려에서 더 했다. 비는 점점 본격적으로 퍼 부었다. 더 쏟아져도 좋다는 생각이었다. 문오는 한껏 쫓기고 싶었다. 쫓기지 않고선 집에 들어 설 용기가 없었다.

---

38 어깨띠를 뜻하는 일본어 たすき.

“치거 치거.”

민이 차겁다고 눈쌀을 찌푸리며 가슴팍에 달라붙었다.

“가만 있어. 떨어져.”

문오는 아이를 퉁명스레 박아주곤 세차게 퍼붓는 비속을 달리듯 걸었다.

드디어 집 대문 앞에 이르렀다. 비가 퍼붓기를 잘했다는 생각이 한층 더하다. 아이를 안은 팔로 대문을 들이 밀었다. 쫓기지 않고서야 무슨 수로 대문을 들이 밀 수 있으랴.

대문이 삐이익 소리를 내며 쉽게 열렸다. 쉽게 열리는 대문 소리에 문오는 움츠러뜨린다. 낯선 아낙이 부엌에서 내다 보았다. 민이 비로소 고개를 쳐들고

“이거 한머니 집이야?”

고 물었다.

부엌에서 내다보던 아낙이 눈을 벌려 뜨며 발을 내딛더니

“아이고 오마니나. 학상이 오시네.”

소리를 웨치며 달려 나온다. 아낙은 앞치마 자락을 펼쳐 민을 받아 안았다. 룩색크와 과자상자도 마지[39] 받아 들려고 했다.

“오마닌 어디 가셨어요?”

문오의 심중 한 구석엔 모친이 집에 있지 말아주었으면 하는 심사가 들어 있었다. 모친의 노기 띤 얼굴은 언제나 두려웠다.

어릴 적부터 문오는 마음 놓고 트집을 부려보지 못했다. 모친이 소리를 크게 칠 것 같으면 울던 울음도 뚝 그치고 고개를 숙여버렸다.

“어서 들어가 보시오다. 오마닌 병석에 누으신디 오래 외다.”

위선 문오는 아낙의 뒤를 가볍게 따를 수 있었다. 앓아 누은 모친이 노기를 띠우면 얼마나 띠우랴 싶었던 것이다.

“오만 오만.”

---

39 ‘마저’의 오식으로 보임.

앞서 들어 간 아낙이 모친 앞에 민을 내려 놓으며 연거푸 불렀으나 모친은 입을 헤 벌리고 고르지 못한 숨결을 몰아 쉬고 있을 뿐이었다. 헤 벌린 입 속엔 이가 온통 빠져서 볼 모양이 없었다.

노기 띤 모친의 얼굴을 주저하던 문오의 마음이 달라졌다. '오마니'를 크게 부를 수 있었다. 처참히도 쇠(衰)한 이 얼굴에 이제 다시는 노기를 띠울 것같지 못했다.

'오마니'를 부르는 소리에 모친은 아직 응대가 없었다. 아낙이 민의 두 손을 한테 모아 모친 얼굴에다 문질러 대며

"오마니 떡판같은 손주가 왔외다. 오매불망하던 손주가 왔외다레. 오마니 눈을 떠 보시라요."

나지막한 소리로 그러나 알심있게 일러 드렸다.

모친은 힘 없는 눈을 스르르 떴다. 아낙이 모친 얼굴 가까이로 어린것 전체를 들이밀곤 같은 말을 또 했다. 문오도 모친의 하는 양을 응시하고 있었다. 아낙이 같은 말과 동작을 반복 했다.

힘 없는 눈을 스르르 뜬 모친이 눈 앞에 벌어진 상황을 상찰한다.

"오만. 왜 이리 되셨어요?"

문오가 다가들어 모친의 손을 잡았다. 모친이 다가 든 문오와 아낙이 들이미는 민을 엇가람으로 보아가다가 그제야 문오에게 잡힌 손을 빼어 아낙이 들이미는 민을 말없이 끌어다 안는다. 어디에 그런 힘이 숨어 있었던지 모를 일이다. 그리곤 눈을 다시 감았다. 감은 모친의 눈에선 눈물이 줄을 지어 흘러 내렸다.

문오는 잠잠히 지키고 있었다. 모친의 눈물이 어느 정도 흘러 내리는 가를 알려고나 하는 듯이. 그러자 어린것이 악을 써 울음을 터뜨렸다. 민은 철이 들어서 이다지 악을 써 울어 본 일이 없었다. 채희가 떠나버리던 날 저녁같이 울었다. 먹이던 젖을 쑥 빼고 동댕일 치웠으니 울 수밖에 없었지만 지금의 민은 무엇 때문에 악을 써 우는지 모를 일이었다.

민의 악 쓰는 울음 소리가 터지자

"기도하자."

눈물만 줄을 지어 흘리던 모친이 몸을 일으키려고 했다. 두루 부축해서 일어난 모친이 민을 다시 끌어다 안는다. 민에게 머리를 숙이라고 일러 준다. 민이 알아 듣지 못했다. 민은 '기도'라는 말을 들어 본 일조차 없었을 것이다. 또 기도하는 광경을 구경한 일도 없었을 것이다.

민을 내버려 둔 채 문오가 먼저 머리를 숙이고 눈을 감았다. 문오로서도 이처럼 간절한 마음으로 기도의 자세를 지어 보기가 처음이었다. 문오는 비로소 기도의 의의를 알아낸 것 같기도 했다.

— 하나님 아바지시여, 아바지께서 버리셨던 탕자가 이제 아바지 앞으로 돌아왔읍네다. — 이렇게 시작된 모친의 기도는 꼬리에 꼬리를 물고 이어갔다. '탕자' '탕자' 하고 뇌까리는 모친의 울부짖는 소리에 문오는 진정 '탕자'가 된 듯한 심경으로 '아멘'을 입 속으로 외우곤 했다. '아멘' 소리엔 간절한 염원이 서려 있는 것 같기도 했다.

기도가 끝나고 머리를 들었을 때 모친의 얼굴엔 광채가 돌았으며 힘이 솟아오른 듯했다. 상기가 된 탓으로 그렇게 보였는지 모르나 병인 같지가 않았다.

"오마니. 오매불망이던 손줄 만났으니 인제 미음물이라도 마시고 기운을 채리시고레."

아낙은 어느 틈에 미음 대접을 들고 들어와 모친에게 권했다. 민은 언제 울었더냐 싶게 명랑한 웃음까지 띠우며

"할머니 가자 먹어."

거기 놓인 과자상자에서 과자를 꺼내어 모친 손에 들려 준다. 모친은 민이 들려 준 과자와 함께 민의 손을 입에다 집어 넣는다.

"해해해해. 아저씨가 사 준거야. 한머니 주라구……."

민은 간지럽다고 해해해 웃어 가며 할 말을 했다.

"흐흐흣 흐 흐흐."

모친도 민의 웃음 소리에 참지 못하는 듯 웃음을 터뜨렸다. 마음 놓고 웃는 모친의 입은 완전히 호물대기가 되어 있었다. 기도 소리가 훌훌 새어나간 이유가 이빨을 다 잃은 데서 온 것이라고 알았다. 모친과 어린것은 서로 과자를 먹여 주고 받아 먹고 하는 것이었다.

"우리 민이. 인제 과잔 고만 먹고 밥을 먹어야디."

모친이 아낙을 불러 저녁상을 차리라고 일렀다. 그렇지 않아도 그렇게 하고 있노라는 아낙의 대꾸가 들려 왔다.

저녁상엔 장조림과 계란 붙임이 놓였다. 부자(父子)가 마주 앉아 먹고 있는 것을 보던 모친이 자기에게도 수저를 갖다 달라고 한다. 어린것이 맛 있게 먹고 있는 것을 보니 구미가 동한다는 것이다.

미음이 내려가지 않는 속에 된 밥이 될 말이냐고 아낙은 종시 주저하며 수저를 건네었다. 모친이 민의 밥그릇에서 적잖이 밥을 떴으며 장조림을 집었다. 계란이 더 맛이 있다면서 민이 모친 앞에다 계란 붙임을 놓아 주기도 했다.

모친은 어린것의 엉덩판을 몇번이나 철썩철썩 두들겨 주며 만면에 웃음을 늘어 놓았다. 모친은 끝까지 수저를 같이 들었다. 아낙은 그 사이에 몇번씩 들여다 보며 근심스런 빛을 보이곤 했다. 오매불망이던 손주랑 만났으니 오래 살아야 하지 않겠느냐고 된 진질랑 그만하고 미음을 마시라고 권하는 것이었다.

저녁상을 물린 뒤에도 모친은 눕지 않았다. 벽에 기대 앉아서 어린것의 머리며 어깨짬을 쓰다듬어 주고 엉덩판을 두들겨 주었다. 민을 보게 되니 쇳덩이 같은 것이 가로 놓였던 화가 뚫린다고 했다.

문오에겐 지나간 일이사 따질게 있느냐고, 앞으로 잘 살 방도를 꾸며야 하지 않겠느냐고 모친은 말했으며 논 밭이 대부분 나가고 인제 남은 것이라곤 계량[40]이 되나마나 하지만 문오만 속을 단단히 차린다면 그것만이라도 그다지 고생스러운 것은 없을 것으로 본다는 말도 모친은 일러 주었다. 모친은 여러 말을 많

---

40 한 해에 추수한 곡식으로 다음 해 추수할 때까지 양식을 이어 감.

이 하면서도 채희에게 관해선 언급을 하지 않았다. 채희가 언급될 만한 대목도 몇번 튀어 나왔으나 굳이 피하는 눈치였다.

벽 시계가 여섯시를 알렸다. 민이 시계 소리에 깨달은 듯 장난감이 들어 있는 룩색크를 뒤져냈다. 민은 그 중에서 나팔을 집어 들고 '뚜우우' '뚜우우' 불었다.

"에이구 잘두 불디. 나팔 부는 재주는 어디서 배왔을고."

모친이 호물거리는 입을 놀려 민의 하는 양을 보고 있었다.

"민아 나팔 불지 마라."

문오만은 나팔 소리에 짜증이 났다. 그는 나팔 소리 이전에 시계 소리에서 이미 오싹했던 것이다. 눈이 휘둥그래서 벽 시계를 쳐다 보곤 하던 참이었다. 그것은 그의 속에 자리잡고 있던 불안의 덩어리가 오똑 놀란 탓일 것이다. ××기념관에서 열릴 C씨의 단독 시국 강연회 시각을 잊지 못하는 탓일 것이다.

'뚜우우' '뚜우우'

"민아 너 그만두지 못해."

문오가 아이 앞에 이처럼 냉엄해 본 일이 없었다.

"아니 왜 아일 가디구 그래? 나팔을 불믄 어떨라고. 불비티 새는 건 말해두 고만소린 괜찮더라."

모친이 아들을 나무래 주었다. 아들은 더 다시 말을 못했다. 식은 땀만 전신을 적시고 있었다. 밖엔 비가 여전히 내리고 있었다. 점점 더 퍼붓는 것 같았다. 바람도 이는 양으로 창호지를 흔들어 댔다.

"오마니. 그렇게 아니구 여기 무슨 사명을 띠구 왔어요."

한참 만에 문오는 모친에게 알렸다. 문오의 소리는 떠 있었다.

"사명이라니?"

모친이 외마디 소리를 치며 아들을 보았다. 모친은 동지를 배반하던 아들의 공판정을 구경한 일이 있다. 또 그런 회동을 아들이 하고 있는 것이 아닌가고 모친은 겁내고 있는 얼굴이었다.

"대단한 건 못돼요. 안 해두 괜찮을 사명이라요."

"안 해도 괜찮을 사명이 어디 있을가? 맡은 사명이라면 목숨을 내 놓구서라도 단행해야 되디."

탁 풀렸던 모친의 얼굴이 굳어졌다. 노기를 띤 것이다. 문오가 가장 두려워하는 모친의 얼굴이다.

문오는 자세를 고쳐 앉으며 모친에겐 박절한 일이나 사명은 표면뿐의 것이고 실상은 피신하려는 의사가 있어서 내려 왔노라는 실토를 모친 앞에 털어 놓았다.

모친은 더 말이 없고 벽에 기대인 채 눈을 감고 묵묵히 있더니 한참만에
"나를 좀 뉘여다고."
했다.

모친은 누워서도 아무 말이 없었다. 나팔을 불고 놀던 민이 모친이 누운 곁에 와서 누었다. 모친이 아낙을 불러 어린것의 잠자리를 보라고 지시했다. 아낙이 건넛방으로부터 아이의 이부자리와 베개를 꺼내어 베어주고 덮어주며 모친이 어린것의 이부자리를 정성껏 손질해 놓고 기다렸다는 말을 입 위에 올렸다.

"되선 땅에서야 어디 숨을 데가 있겠느냐?"

잠자리 준비가 끝나고 자리 속에 들어간 민이 잠이 든 기색을 살핀 모친이 독백같이 한 소리다. 문오를 쳐다보지 않고 눈을 감은 채로였다.

"아무리 감시의 눈이 심하다 하더라두 숨을랴면 숨을 데야 없겠어요? 병석에 누운 오마니 때문에 걱정돼서 마음이 내키지 않아서……."

그렇다면 뜰 안에다 굴을 파고 숨어 보겠느냐고, 에미도 점점 이 꼴이 돼 가니 네가 곁에 있어 주었으면 더 이를 데가 없겠노라고 모친이 말했다.

모친은 감았던 눈을 떠 문오의 기색을 찬찬히 살폈다.

문오는 찬찬히 살피는 모친의 눈길을 피해 고개를 숙이며 이제 또 모친을 떠나게 되는 불효를 용서하시라고 말하고 나서 아무 데고 깊은 산중으로 들어가야 할 테니 그동안 어린것을 맡아 달라는 말을 하고야 말았다.

모친은 아들에게 산중이라니? 하고 되물었다. 문오는 이왕 내킨 김이라 서슴

치 않고 절에 들어가 있겠노라고 대꾸했다.

"절이라니? 중이 된단 말이냐?"

모친이 소리를 높였다.

"절에 들어간다구 다 중이 되겠어요? 은신처를 거기다 정한단 말이지요."

"그렇지만 기독교인의 자손이 절에야 갈 수 있갔니? 그건 안 된다."

모친 얼굴에 노기같은 것이 서리워 오는 것을 알았다.

"건너가 자라. 밝은 날 얘기하자."

문오는 밝은 날을 기다릴 수가 없게 초조하고 불안했으나 모친에게 무어라고 말할 용기가 나지 않았다.

민은 어느새 잠이 들어 있었다. 밖에선 바람이 일었다. 문오는 잠자코 건넛방으로 건너 갔다. 건넌방에도 새 이부자리가 깔려 있고 한자 길이도 넘는 베개가 가로 놓여 있었다.

문오는 둘이 베야 할 베개를 혼자 베고 잠을 청해 본다. 피곤했던 탓인지 어슴프레 잠이 들었다. 어슴프레한 잠 속에서 문오는 횃불을 밝혀 들고 저를 찾아 떠난 무리들에게 쫓기었다. 맨 앞줄에 상판을 바싹 제껴 든 C씨가 보였다. 그 좌우에 문화연맹 간부급과 보호관찰소 소장 등이 보였다. 눈을 부릅뜬 그 무리들이 강문오를 잡으라고 소리를 높이 웨쳤다. 하늘을 찌르는 수목이 촘촘히 서 있는 산중이었다. 아무 데도 길은 나 있지 않았다. 풀과 덩굴이 우거져서 발을 옮겨 놓을 때마다 엉키고 감기곤 했다. 횃불은 자꾸 다가 오고 있었다. 문오는 한껏 소리를 질러 '오마니'를 불렀다.

아낙이 '오마니' 소리에 자릿기를 들고 들어 왔다.

"잠꼬댈 하셨구만."

문오는 꿈에서 겨우 헤어났다. 벌떡 일어나 앉으며 아무것도 아니니 아낙더러 가서 자라고 일렀다. 목이 말라서 그러나 보다고 오마니가 물을 떠다 드리라고 해서 물을 들고 왔노라고 아낙은 설명을 늘어 놓았다.

아낙이 나간 뒤 문오는 검정 문장이 무겁게 내려 드리운 문과 창, 하나 하나를 어루만져가며 그것들이 단단히 걸려 있는가를 살펴 보았다. 어루만지는 손이 마구 떨렸다.

자리에 도루 누었다. 어슴프레한 잠이나마 올상 싶지 않았다. 문오는 모친 방 쪽으로 발을 옮겨 갔다.

“문오냐?”

“네.”

“목이라도 말라서 그랬더냐?”

“오마닌 왜 안 주무시요? 속이 편찮아서 그러세요?”

“속은 괜찮다. ……나야 밤낮 누어 있으니 자다 말다 하지만 넌 고단할 텐데…….”

“저두 괜찮어요.”

“그렇거들랑 건너 오너라.”

모친 방엔 불이 켜져 있지 않았다. 등화관제에 속달이 된 터이어서 어느 쪽에서나 불편을 느끼지 않았다. 그들 모자(母子)가 어둠 속에서도 피차의 심중을 헤아릴 수 있었다.

“오만, 나 밝기 전에 떠나야 하겠어요.”

“어디 맘 정한 데라도 있느냐?”

“깊은 산 속에 들어 가 찾으면 절이라두 있겠지요.”

“너 정녕 중이 되는 건 아니갔디?”

“피신두 할겸 조용한 데 가서 허잘 것 없이 허물어져 가는 자신을 다시 끌어 올리구 싶어요. 일두 좀 하구요.”

“전에 하던 일 말이냐?”

“그것보다는 자신을 충실하게 기르는 일을 해 보겠어요. 둥둥 뜬 기분으로 진정 누구를 위하는 것인지두 모르구 하는 일이 아니라 어머니를 위하고, 나와, 친구를, 이웃과, 조국을 위해서 일할 수 있는 자신을 쌓아 올리구 싶어요.”

아들의 열띤 말에 귀를 기울이고 있던 모친이 아들의 이름을 불렀다. 아들이 나직히 대답했다.

"소원이 그렇다면 가거라."

아들의 나직한 대답 소리가 끝나자 모친은 힘을 넣어 아들에게 들려 주었다. 비는 개인 모양이고 바람만 이따금 창문을 흔드는데 멀지 않은 데서 닭 우는 소리가 들려 왔다.

"벌써 닭이 우는구나. 건너 가서 자고 좀 밝거든 떠나거라."

모친은 이 말 뒤에 아낙의 아들이 가 있는 절에 아낙과 같이 떠나도록 할 테라는 말을 했다. 문오가 아낙은 웬 사람이냐고 물은즉 소작인의 안 여자인데 남편이 세상을 뜨고 단 하나인 아들이 징용을 피해 절에 가 있게 되자 모친의 병 시중을 와서 들게 되었다고 했다. 절의 주지가 바로 아낙의 외삼촌이라는 것도 모친은 밝혀 주었다.

문오는 날 듯한 기분으로 자리에 누었다. 아낙의 소리에 깨었을 땐 동이 트려는 아침이었다. 아낙이 조반 상을 차려 왔으나 문오는 뜨는둥 마는둥 하고 모친 방으로 건너 갔다. 불이 켜져 있고 모친은 벽에 기대어 앉아 있었다. 조반을 먹었느냐고 물었다. 문오가 너무 일러서 밥맛이 나지 않는다고 했더니 모친은 아낙에게 밥을 싸라고 일렀다. 문오가 병석에 누어 계신 오마니를 돌보지 않고 떠나는 자기를 용서하라고 모친 앞에 말하곤 방을 나오려다가 민의 자는 얼굴을 들여다보았다. 민은 아무것도 모르고 자고 있었다. 채희가 낳은 아들은 잠도 잘 잔다는 생각을 해 본다. 제가 난 아이들은 울지 않는다던 채희의 말이 생각키웠던 것이다.

제4부

1

산길에 들어서면서 태양이 지평선 쪽을 붉게 물들이고 있었다. 하늘을 찌를 듯한 수목들과 발에 엉킬만큼 무성한 잡초들이 발을 제대로 옮겨 놓게 못했다. 문오는 꿈 속에서 보던 산길 같기만 해서 몇번이나 뒤를 돌아보았다. 아낙은 앞을 서서 쓱쓱 거침 없이 걷고 있었다.

바람이 일 때면 촘촘히 서 있는 수목들 가지에서 물방울이 후둑후둑 떨어졌다. 새들이 푸드득 자리 뜨는 소리도 났다. 새들이 자리 뜨는 소리에 문오는 채희가 하던 소리를 생각해 낸다. ─ 더 좋은 가지라면 새처럼 포르르 날아 간다던 말을. 이런 생각을 하느라고 걸음이 더디었던 모양으로 앞을 서서 가던 아낙이 보이지 않았다. 한참만에야 아낙을 발견했다. 아낙은 냇물에 발을 담그고 앉아서 기다렸다.

아직도 사십리 길이 남았으니 밥을 먹고 가자는 것이다. 문오가 먹고싶지 않노라고 한즉 아낙은 절깐은 군대나 마찬가지로 때를 차리는 데라 여기서 밥을 먹지 않으면 배고픈 고생을 하게 될 게라고 부득부득 밥 보자기를 풀었다. 아낙이 하는 대로 좇는 수밖에 없었다. 문오는 구두와 양말을 벗고 냇물에 발을 담갔다. 이가 저려 드는 물이었다.

한낮이 썩 지나 시장끼가 들 때에야 청암사(靑岩寺)에 이르렀다. 펑퍼즘하던 길이 갑작스레 경사를 이룬 언덕을 올라가고 있으려니까 상좌(上佐)가 타박타박 내려오고 있었다. 계집애같은 웃음을 발쭉 웃으며 아낙에게 합장하고 먼 길에 오시느라고 얼마나 고생했느냐고 분명한 인사말을 치른 다음 몸을 돌려 문오에게도 합장을 해 보였다. 그리곤 바삐 내려 오던 길을 되돌아 올라 갔다.

문오들이 산문 앞에 이르렀을 땐 상좌의 모습은 경내로 사라지고 젊은이가 터벅터벅 나타났다. 설명이 없더라도 아낙의 아들임을 쉽게 알 수 있었다. 아낙과 마찬가지로 몸에 비해서 어깨가 매우 넓은 것이 특징이라 할 것이다. 그렇더라도 완전한 모계계승자(母系繼承者)는 못 되었다. 어머니처럼 벌쭉벌쭉 웃는 것이 아니고 웃음 속에 교활한 티가 섞여 있는 것이 드러났다. 청년이 중의 행색을 하고 있었으나 합장을 하지 아니하고 어머니더러 무슨 일로 왔느냐고 물으면서 문오 쪽에다 힐끔거리는 눈길을 보내었다. 네 녀석도 피신 온 게로구나 짐작하는 눈길이었다. 성큼성큼 올라갔다.

"강장로님 댁 학상이다. 절에 숨으시라 오셨다. 주지스님이 계시더냐?"

아들은 그제서야 문오 쪽에다 합장을 해 보이며 허리를 굽혔다. 그는 주지 스님이 계시다고 말하곤 앞장을 섰다.

경내에 들어서니 머리를 깎고 있는 노승이 눈에 띠었다. 그의 뒤엔 대단히 높은 마루가 덩그러니 드러났으며 덩그런 마루 위엔 무량실(無量室)이라는 현판이 붙어 있는 작은 방이 있었다.

"부지런히 왔구나. 새벽에 떠났던게지?"

머리를 깎던 노승이 쳐다 보지도 않고 아낙에게 말을 건네었다.

"새벽에 떠났디오. 외삼촌, 선기가 말이나 안 일킵네까?"

아낙의 말에 주지는 대꾸가 없고 머리를 털고 우물가로 내려가는 것이었다. 아낙이 따라가서 머리를 씻는 그의 시중을 들어주며 무엇이라고 시종 일러 드리는 눈치였다. 우물 가 그 쪽 일대엔 허연 꽃들이 무던히 피어 있고 나무 아래 바위와 나무 가지엔 잿빛 빨래들이 널려 있었다. 햇빛은 제 멋대로 내려 쪼이고 있었다.

다 씻고 난 주지가 문오 앞에 와서 합장과 아울러 허리를 굽힌다.

조카딸한테 자세한 걸 들었노라고, 몸이나 씻고 시원히 들어 오라면서 노승은 무량실로 들어갔다. 아낙이 그의 뒤를 따라 들어갔다.

문오가 몸을 씻고 방에 들어가니 노승은 앉은 채로 손을 마주 잡아 보인다. 문오는 절을 너부죽히 해서 답례를 표시했다.

그 날로 문오는 머리를 깎고 법복을 입었다. 은신하려면 절차를 밟을 것 없이 서둘러야 한다고 노승은 주장했다. 근자에 와선 사찰에까지 감시의 눈이 번득이고 있으니 그렇게 하는 편이 좋으리라는 설명을 했다.

"그렇다고 중이 되는 건 아니야. 들으니 독실한 기독교인의 자제라고? 모친의 반대도 있을게고 하니……."

노승은 해맑은 얼굴에 웃음기를 띠우며 이런 말도 덧붙였다.

"중이 돼두 좋습니다. 중이 되겠습니다."

모친 앞에서 허무러져 가는 자기를 끌어 올리겠노라고 한 것과 같은 말이었다. 어떤 테두리 속에다 자기를 틀어 넣고 실컷 학대해 보고 싶은 간절한 생각인 것이다. 모친과 함께 엎드려 기도 하던 때와 같은 마음이라 해도 좋을 것이다.

"좋아."

주지도 문오 낯빛에서 무엇을 읽었던지 분명한 어조로 나왔다.

문오가 삭발을 하고 법복으로 갈아입고 다시 무량실에 불리워 들어갔을 땐 경내에 어둠이 깔리기 시작했다. 등불도 밝히지 아니하고 노승은 문오에게 석가세존이 태자로서 궁중(宮中)을 빠져 나와 설산수도를 한 데서부터 열반하기까지의 과정을 해득하기 쉽게 해설해 주곤 궤짝 위에 놓인 책 중에서 한 권을 집어 주며 읽으라고 했다.

'초발심 자경문'이라고 쓰여 있었다.

문오가 책을 들고 무량실을 나오려는데 법당 쪽에서 종소리가 들려 왔다. 승려들이 조용한 걸음으로 법당 쪽에 발을 옮기고 있었다.

"저두 법당으로 가야 하지 않겠읍니까?"

고개를 돌려 노승에게 문오가 물었다.

"가고 싶거든 가고 맘대로 하지."

노승은 법당 쪽을 돌이켜 본 다음 문오더러 거기 앉으라고 말했다. 문오가 마루에 앉았다.

"부처님은 먼데 계신게 아니고 제 맘 속에 계신 거야."

이 말 한마디로서 문오는 법당에 가고 싶거든 가고 마음 내키는 대로 하라는 노승의 말을 알아들었다. 또 노승은 저녁 예불 시간은 이렇게 날짐승들이 제 둥이를 찾아드는 무렵에 올린다는 것과, 절 안에 살고 있는 식구들의 수효를 일러 주었다. 지전스님, 법사스님, 고양주, 둘 상좌, 조카딸의 아들놈(노승은 아낙의 아들을 말할 때마다 조카딸의 아들놈이라고 했다.) 자기를 합치면 여섯[41] 식구였는데 문오까지 인제 여덟명 식구라고 알려 주고 자기의 불명(佛名)이 지암당(智岩堂)이라는 것도 말해 주었다. 법사 스님이나 지전 스님이 적복(積福)한 중들이어서 배울 점이 많으리라는 말도 지암당은 들려 주었다.

이튿날 아침 문오는 지암당에게 아침 문안을 드리려 들어갔다가 보광(普光)이라는 불명을 받았다.

2

문오의 방은 우물 가 꽃나무들이 서 있는 근처에 헛간을 위주로 한 토막 안에 있었다. 다리도 제대로 펼 수 없는 방인데다가 그것도 아낙의 아들과 같이 거처하게 되어 있었다.

아낙은 문오가 일어나기 전에 떠나고 없었다. 아무리 옆집 노파에게 부탁하고 오긴 했어도 앓아 누은 노인네가 마음에 걸려서 새벽 일찌감치 떠나겠노라고, 그런 줄 알고 푹 쉬라면서 문오더러 미리 일러 둔 일이지만 문오로선 떠나는 아낙을 보지 못한 것이 새삼 미안했고, 또 병중인 모친을 전혀 살필 겨를도 없이 허둥지둥 했던 자기를 뉘우치기도 했다. 문오가 자리에서 일어나 앉자 법당 쪽에서 종이 울려 왔다. 그것은 산중의 새벽 공기를 허트려뜨리며 퍼져가고 있었다.

---

[41] 일곱을 여섯으로 잘못 표기한 것으로 보임.

 최정희 소설 전집 **5**

모르는 사이에 법당 쪽으로 문오는 발을 돌렸다. 삼라만상이 윤곽을 채 드러내지 않았으나 촛불 아래에 예불 올리는 승려들의 모습은 촛불 아래 희미하게나마 드러났다. 법당 안으로 들어갔다.

승려들과 같이 그들이 하는 대로 너부죽너부죽 절을 했다. 절하는 일이 성가시거나 힘들지 않았다.

새벽 예불이 끝나고 동이 훤히 텄을 때 문오는 전신에 밴 땀을 씻을 생각으로 우물께로 내려갔다. 우물에선 물이 돌돌돌 아래로 흘러 내려가고 있었다. 물을 따라 내려갔다.

흐르던 물은 한참만에야 그리 크지 않은, 꽤 물살이 세게 흐르는 개울로 들어갔다.

문오의 발걸음은 물이 합치는 지점에서 멈췄다.

개울 속엔 크고 넓은 돌들이 깔려 있었고 물살은 그것으로 해서 허옇게 부서졌다.

옷을 훨훨 벗어 던지고 개울 속으로 들었다.

보기보다 깊었다.

알맞게 펑퍼짐한 돌 위에 번듯이 누었다.

몸을 씻는다기보다 휴식한다는 기분이었다.

눈을 감고 온갖 것이 씻겨 가라고 내 맡겼다.

아침 해가 산 봉우리를 넘어섰을 때 문오는 감았던 눈을 떴다.

눈이 부시어 오고 짜릿한 기운을 전신으로 깨달았던 때문이다.

햇볕은 아침부터 뜨겁게 내려 쪼였었던 것이다. 찬 물에 실컷 잠긴 몸이어서 더 했다.

문오는 번듯이 누었던 몸을 뒤쳐 보았다.

볕을 맞받던 쪽과 볕을 맞받지 않았던 쪽하고 엇바꾼 것이다.

햇볕을 맞받지 않던 등허리 쪽이 햇볕을 받게 되고 햇볕을 받던 쪽이 물에 잠긴 것이다.

햇볕을 맞받던 쪽 등허리보다 예민했다. 이 때까지와는 다르게 물살은 아래로 흐르는 것이 아니고 몸뚱이 안으로 살살살 기어드는 것이었다. 간지러운 감촉이었다.

이 간지러운 감촉은 거기에서 끝나지 않았다.

문오를 못 견디게 굴었다. 문오는 양 팔을 쫙 벌려 돌 모서리를 부둥켜 안았다.

신음같은 것이 저절로 튀어 나왔다.

고통스런 시간이 꽤 오래 되고 난 뒤에 문오가 겨우 몸을 일으켰다. 해가 봉우리 이쪽에까지 쫙 퍼져버렸다. 몸은 종시 개운치 못했다. 머리가 쑤시고 전신이 나른해 왔다.

방에 들어서자 아낙의 아들이 어디 갔다 지금사 오는 거냐고, 그래 가지곤 절에 있어 내지 못한다고 투덜 대면서 부목(負木)을 가지고 서두는 것이었다.

아낙의 아들은 문오가 법복을 입은 뒤부터 제가 먼저 절에 왔다는 텃세같은 것을 하려고 들었다. 그러나 그는 지주의 아들 문오를 만만히 다루지는 못했다. 여기에 그의 고통이 있는 듯 했다.

“부목이라니?”

문오가 부목을 알 턱이 없었다.

“나무를 간다는 말이외다.”

“산에 가서?”

“산에 안 가고 나무를 어억케 합네까?”

아낙의 아들은 곰곰치 않았다.

어처구니가 없었다.

“여기 오믄 으레 부목을 하는 거랍네다. 안 하믄 쬐께나구 마는 걸.”

어처구니 없어 하는 문오를 살핀 아낙의 아들은 이 말에 이어서 자기도 나무하는 일이 죽기보다 싫지만 절에서 쫓겨날가 싶어 그 싫은 일을 꾸벅꾸벅 하고 있노라고 했으며 쫓겨나면 북해도 탄광이나 구주지방에 징용으로 끌려 나가게 되겠으니 하는 수 없이 한다고 한탄을 했다.

아낙의 아들은 주지(住持)의 손자벌 되는 자기가 나무를 하는 처지인데 아무 인연 없이 들어온 문오가 나무를 못 한다고 해서야 말이 되느냐는 말도 덧붙였다.

또 그는 사람이 세상에 태어 난 목적이 힘든 일을 하기 위한 것이며 그 힘든 일을 함으로써 밥 먹을 자격을 가지게 된다는 것도 역설했다. 절에 들어와서 얻어 들은 말을 그대로 토해 놓는 것이라고 문오는 짐작했다.

문오는 벌룸거리는 코구멍과 헤 벌린 그의 입 언저리를 힐끔 보아 주고는 새벽에 일어난 자리에 다시 누어버렸다. 나무를 간다는 일은 엄두도 낼 수가 없었다.

"아하. 참. 누으면 안 되요. 잠을 자라는 밤에두 함부루 눕디 못하는데 항차 낮에 누어요? 중은 죽을 때도 앉아 죽는 대니께니. 함부루 눕디 않아요."

아낙의 아들은 이 외에도 여러 마디를 지껄였다.

"가자구."

여러 마디의 말을 지껄이는 장선기가 귀찮다기보다 골치가 쑤시고 지뿌듯한 몸둥이를 문오는 오히려 혹사해 보고 싶기도 했다.

마당엔 이미 두 개의 지게가 놓여 있었다. 두 개 중의 하나를 문오가 메려고 했을 때 장선기가

"그건 내 거얘요."

하며 빼앗는다.

문오가 지게를 털어 던지듯 벗어 놓고 다른 하나를 어깨에 걸었다. 생전 처음 짊어져 보는 지게다. 지게가 등허리에 붙지 않고 멜방이 어깨에 배기곤 했으나 앞서서 덜렁덜렁 가고 있는 아낙의 아들을 소리 없이 따랐다.

나무도 그 기세로 했다. 낮에 알맞는 것보다 네 다섯 번을 찍어야 넘어 갈 나무를 택해서 찍었다. 돌아 올 때의 지게는 무겁기도 하려니와 이리 삐뚝 저리 비뚝 그저 쓰러질 것만 같았다. 쓰러져선 안 된다고 문오는 발톱을 박았다. ―

쓰러져선 안 되구 말구. 영영 추세울 수 없지……. 자신을 다짐하면서 문오는 험한 산길을 타고 내려왔다. 땀을 흠뻑 흘린 탓인지 몸이 개운해졌다.

문오는 내쳐 그렇게 나무를 했다. 나무하는 일이 몸에 배었다고 생각되었다. 그것은 곧 문오 자신을 추세워 주는 일과 통한다고 알고 행했다.

나무를 하는 외의 시간을 지암당의 설법을 듣거나 혼자 책을 읽거나 했다. 좀 어쩌면 눕고 싶기만 하던 버릇도 아주 가버렸다. 나무를 해 오고도 피곤을 느끼지 않을 정도로 문오의 몸은 건강해졌다. 또 마음의 안정도 얻은 셈이었다. 가을이 되면서 문오는 높은 산으로 나무를 다녔다. 아낙의 아들과는 되도록 떨어져 다니려고 했다. 문오 쪽에서도 그러기를 꾀했지만 아낙의 아들도 굳이 같이 다니려고 하지 않았다.

멀고 높은 산에선 먼 마을이 내려다 보였다. 오곡이 누렇게 익은 것도 보였다. 새 쫓는 소리가 아스름히 들려왔다. 문오는 이 아스름히 들리는 소리에서 금아, 민을 상기하는 일이 있었다. 새 쫓는 아스름한 소리는 그들이 불던 나팔의 여운과도 같게 문오의 마음을 흔들어놓았다. 그렇게 되면 문오의 마음은 채희에게까지 미치게 되곤 했다. 마음의 안정도 이래서 허물어져 가는 것을 문오는 어쩌는 수가 없었다.

겨울철에 들면서 문오는 나무하는 일에서 손을 떼었다. 지암당의 지시에 따른 것이다.

문오가 나무를 하지 않게 되자 장선기의 불평은 더 말할 수 없이 터져 나왔다.

그날 문오가 무량실에서 돌아와 본즉 아낙의 아들이 푹 엎드려서 어깨를 들먹이고 있었다. 울고 있는 것이었다. 웬 일이냐고, 몸이라도 불편하냐고 허리에 손을 얹으며 문오가 물었더니 아낙의 아들은 등허리로 문오의 손을 뿌리치고는 이 놈의 산을 뛰쳐 나가자니 나가면 북해도나 구주지방 탄광으로 끌려 가게 될 테고 콱 죽어버리자니 죽어 지지도 않고 이렇게 지껄이며 느껴 울고 있었다.

마음을 푹 놓고 지껄이지는 못했다. 그래서 어깨에 심한 파동이 일을듯 했다.

그가 지암당을 원망하고 지암당에게 가는 불평이 대단하면서도 지암당을 또 몹시 두려워 하는 것도 사실이었다. 울음 소리를 죽이는 이유도 여기에 있었다. 이러지도 못하고 저러지도 못하는 장선기에게 문오는 동정이 갔다. 뿌리치건 말건 그의 등허리에 다시 손을 얹어 주었다. 뜻뜻한 것이 손바닥을 통해 퍼져 왔다. 그에게서 비로소 조선 사람을 느끼게 되었다. 상좌가 어느새 눈치보려 왔다 갔다 하더니

“두지 스님이 부르십니다.”

하고 그들 앞에 합장했다.

장선기가 후다닥 일어나 눈물을 비씻었다. 문오도 옷자락을 바로 잡으며 차림새를 갖추었다.

지암당은 그들이 실내에 들어서서 한참만에야

“왜들 통곡했지?”

물었다.

장선기는 고개를 푹 숙이고 죽은 듯 잠잠했다.

“보광 말해 보지.”

지암당이 문오를 찬찬히 보았다.

“울지는 않았읍니다.”

“울지는 않고 통곡만 했던가?”

지암당의 말 소리는 낮았으나 노기를 띠고 있었다.

“선기 왜 울었니? 말해 봐.”

장선기는 고개를 더 깊이 숙일 뿐 대꾸를 못했다.

“선기군은 너무 오래 부목을 하구 있는 것 같습니다.”

문오도 이 소리밖에 못했다. 좀 더 할 소리가 있음에도 불구하고 이 소리밖에 못하는 자신에게 문오는 부화가 났다.

“선기군에게 부목을 인제 그만 시켜 주십시요.”

문오가 좀 대단하게 나오느라고 나왔다.

“선기는 부목을 더 해라.”

문오의 말이 끝나기도 전에 지암당이 딱 잘라 말했다. 설명이나 이유를 붙이지 않았다.

이런 일이 있은 뒤로 문오가 장선기에게 가지는 마음이 달랐다. 부목도 같이 가 주고 부엌에 들면 그를 위해서 먹을 것을 알뜰히 마련해 주기도 했다. 누룽지를 싸서 지게에다 달아 주기도 했다.

장선기도 문오에게 대해서 전과 달랐다. 유일한 의뢰자라 알고 이런 일 저런 일을 문오에게 호소하려 했다. 그는 남 달리 불평과 불만이 많은 편이었다.

문오가 다른 방으로 옮아 간 데 대해서도 불평이 컸다. 토굴에다 혼자 꾸려박아 둔다는 둥, 혼자 토굴 속에서 콱 뒈지라고 그래 둔다는 둥. 이런 불평 뒤엔 그 놈의 걸뱅이같은 영감장일 콱 죽여 없애버릴가 보다고 울러메었다.

이런 말도 문오 방에 와서만 했다.

문오는 통곡 사건 뒤에 이어 법사승 옆 방으로 옮겨 오게 되었던 것이다. 장선기의 말을 빌면 지암당이 자기에게 더 골탕을 먹이자는 심보에서 한 짓이라고 했다. 생불이 다 된 체 하는 지암당이 그런 심보고서야 생불은 커녕 극락에 들기도 어려울 게라고 장선기는 지암당에게 저주를 보내었다.

장선기는 전쟁이 끝나는 날이면 네 활개를 훨훨치며 이 생지옥 같은 델 빠져 나가겠노라고 입버릇처럼 말했다. 일본이 이기든 지든 징용을 안가게 되는 날이 왔으면 춤을 추겠노라고 덧붙였으며 그리고 두고 보라고 별르기도 했다.

3

그날은 상좌까지 큰 절, 산중기도에 가고 문오 혼자만 남았다. 장선기도 준비한 음식을 짊어지고 승려들과 같이 갔다. 그는 그것이 부목을 가기보다 훨씬 편하고 좋아했다. 그는 또 큰 절에 기도가 있는 때마다 가서 잘 얻어 먹었다는 소리를 늘어 놓았고 해마다 한번씩 있는 이 행사엔 문오가 들어오기 전부터 다녔다는 자랑 비슷한 말도 했다. 그날 만은 지암당을 원망도 저주도 하지 않았다.

지암당이 문오더러도 같이 가자고 했으나 작년에 참례 했을 때 번거롭던 일이 생각나서 지암당의 말을 문오는 좇지 않았다.

승려들을 산문 앞까지 전송하고 돌아온 문오는 들어오자마자 우물에서 몸을 씻었다. 개울 쪽이 더 시원할 것을 알면서도 그리로 가지 않았다. '냇물의 유혹'(문오는 개울에서 목욕하던 때의 사건을 이렇게 불렀다.)을 두려워 한 탓이다.

문오가 몸을 씻고 가볍게 법당으로 발을 옮기고 있는데 소복을 한 여인이 앞을 서서 법당으로 올라가고 있는 것이 보였다. 문오는 소리 없이 뒤를 따랐다. 신발 소리에 알아 차렸던지 여인이 뒤를 돌아다 본다. 습관적으로 문오는 손을 마주 잡으며 허리를 굽혔다.

여인은 양 손에 보퉁이를 들고 있어서 허리만 굽혀 문오에게 답례를 했다.

"아무리 찾아도 스님들을 뵐 수가 없길래 법당으로 올라가던 참이에요."

문오가 허리를 펴자 여인이 말했다.

"네. 오늘 큰 절에 산중기도가 있어서 주지스님 이하 모두 그리로 가셨습니다."

문오가 아무도 없는데 대한 설명을 여인에게 들려 주었다.

"스님. 사십구일 재를 올리려 왔어요. 병정으로 나갔다 죽은 바깥 양반의……."

재를 올린다는 여인의 말에 문오는 섬쩍했다. 재를 올리는 구경은 했어도 손수 재를 올려 본 경험이 문오에겐 없었다.

"소승은 재를 못 올립니다. 재 올리는 스님은 큰 절로 가셨습니다."

문오는 또 합장을 해 보였다.

"어느 스님이든 정성껏 빌어 주시기만 하면 되잖겠어요?"

여인이 애잔한 소리로 말하며 문오를 쳐다 보았다.

문오가 다시 손을 마주 잡으며 허리를 굽혔다 펴고는

"올립시다."

했다.

여인의 말이 아니더라도 원수의 나라를 걸머지고 싸우다 죽은 조선 사람이라면 명복을 못 빌어줄 것도 없으리라는 생각이었다.

향을 피우고 여인이 장만해 들고 온 음식들을 불전에 차려 놓았다.

문오와 여인이 나란히 그 앞에 섰다.

여인이 두 손을 모아 높이 쳐들며 나비처럼 나풀나풀 절을 하고 또 하고 했다. 문오는

— 원앙생 원앙생 원생극락 견미타 획몽마정 수기별 — 을 펼쳐 들고 읽었다. 목탁을 두들기며 요령을 절렁절렁 흔들었다.

기도는 세 시간 가까이 계속되었다. 기도가 끝났을 때 문오가 일어설 수가 없게 된 것을 알았다. 세시간 가까운 사이에 다리의 피가 통치 못한 때문이었다. 문오는 그러한 증세를 전연 모르고 재 올리는 데만 열중했었다.

문오는 일어서려고 허우적거리다가 앉은 채로 넘어갔다.

"스님 웬 일이세요?"

여인이 당황히 다가와서 문오를 일으키려 들었다.

"스님. 절 붙잡으세요."

여인을 살필 수 있는 위치에 있게 된 문오가 비로소 여인을 맞바로 보았다.

법당 앞 길에서 여인과 마주 서긴 했으나 문오가 곧 손을 마주 잡고 허리를 굽혔던 탓으로 여인의 얼굴을 보지 못했다. 보아야 할 필요를 느끼지 않은 데 원인이 있기도 했을 것이다.

또 법당 안에선 문오와 여인이 나란히 서 있었고 앉아 있었다. 피차에 또 재 올리기에만 열중했던 것이다.

"절 단단히 붙잡으세요. 스님."

문오가 여인의 얼굴뿐 아니라 목소리에도 귀를 기울였다. 어디서 본 얼굴이요, 들은 목소리였다.

— 언제 어디서 보았으며 들었을가?

여인이 저를 단단히 붙잡으라고 일러주는 것이나 문오는 여인을 붙잡을 생각을 하지 않고 여인의 얼굴을 살피며 상찰했다.

상찰하고 있는 시야 속으로 여인의 전의 모습이 환등처럼 떠올랐다.

"관세음 보살."

문오는 눈을 스르르 감고는 그 무렵의 일을 상기했다. ─오년 전 장안백화점 완구부에서 처음 알아 온 여자다. 문오는 이 여자에게서 나팔을 샀다.

나팔을 사려고 해서 산 것이 아니다. 채희를 만나고자 장안백화점까지 갔는데 그냥 곧장 가기가 거북하고 쑥스러워서 거기 손쉽게 들릴 수 있는 어느 한 곳에 들리느라고 들린 데가 완구부다. 맨 앞줄 길다랗게 매달린 나팔이 눈에 띄였다. 다른 것이 눈에 띄였더라면 그 다른 것을 싸 달라고 했을 것이다. 또 다른 옷감이거나 양말 하다 못해 고무신 판매점에 들렸더라면 거기서 무엇이나 한 가지를 싸 달라고 했을 것이다.

처음엔 이렇게 아무 뜻도 까닭도 없이 훌쩍 사게 된 나팔이었으나 이차 삼차 수차를 거듭하게 되는 사이에 까닭이 생기고 뜻이 붙게 되었다.

문오가 나팔을 살 때마다 여점원은 한사코 말리려 들었다. ─아이들이란 한 가지 장난감을 오래 가지고 놀려고도 하지 않으려니와 나팔 한 가지를 몇번씩 주게 될 것 같으면 아이들의 지능을 저해하는 것이라고, 나팔 이외의 장난감을 택하라고, 여점원은 수차 문오에게 권유한 일이 있다.

상대방의 심중은 모르고 제 소리만 늘어 놓는 여점원에게 문오는 신경질을 부리기도 했다.

그러는 사이에 그 여점원과 가까운 사이는 아니면서 피차 농담 비슷한 말을 주고 받기에 이르렀고 여점원은 곧잘 해죽거리며 이 다음에 내 아이들 한텐 절대로 한 가지 장난감만 주지 않겠다느니, 하고 말한 일이 있다.

그렇담 하루 바삐 결혼해서 아이랑 날 일이 아니겠느냐고 문오가 이죽거려 주면은 여점원은 보아야 모두 구질구질한 남자들뿐이라 결혼할 생각이 나지 않는다고, 선생님 같은 남자가 나타난다면 쉬이 결혼하게 되는지도 모르겠노라는 말을 하고선 호호호 웃기까지 한 일이 있다.

채희의 출분이 있은 뒤에 문오가 채희를 찾아 장안백화점에 갔을 때 그 여점원은 아래층에서 이층으로 올라가고 있었다. 몸을 가누지 못할 만큼 된 문오를 목격하자 술에 취한 거로 알고 곧 문오 겨드랑이 밑에 들어서며

"절 단단히 붙잡으세요."

해서 이층까지 부축해 준 일이 있다.

"관세음 보살."

문오가 '관세음 보살'을 부르며 눈을 화안이 떠 여인을 새삼스레 살폈다. 여인은 문오를 아직 모르고 있었다. '관세음 보살'을 뇌까리는 까닭이 어디 있다는 것도 여인은 모르고 있었다. '관세음 보살'은 승려들이 입버릇처럼 뇌까리는 소리거니만 알고 있는 눈치었다.

저를 붙잡으라고 연신 들여대는 여인의 몸뚱이를 문오는 양 팔을 펴서 잡았다. 여인이 필사적으로 힘을 돋구었다. 문오가 여인의 힘으로 일어섰다. 여인이 비척거리는 문오 겨드랑 밑에 바싹 들어섰다.

그들은 그렇게 해서 법당 밖에 나섰다.

약간의 경사를 이루고 있는 길을 그들은 부축을 하고 받으며 걷고 있었다.

잔양(殘陽)이 노을을 한층 물들여 주어서 봉우리 쪽 일대가 찬란하다.

"결혼을 했구려."

문오가 찬란한 봉우리 쪽에다 시선을 보낸 채 혼잣소리 하듯 중얼거렸다.

"이태가 됐어요, 스님. 결혼한지 한달 만에 그이가 전쟁터에 나갔어요. 전사했단 통질 받은지가 오늘이 꼭 사십구일 돼요."

여인이 문오를 아직 모르고 있고 문오의 말을 알아 듣지 못했다.

"아이는 있오?"

"사내아이 하나야요."

"많은 장난감을 사다 줬겠구려. 나팔 한 가지만 절대루 안줬을 테겠지."

"네에?"

여인이 발을 딱 멈추었다. 이제야 문오를 알고 문오의 말을 알아 들은 것이다. 몸에 경미한 경련을 일으키며 문오를 쳐다 보았다.

문오도 쳐다 보는 여인을 내려다 보았다.

"어쩜. 선생님이었군요?"

여인은 문오의 성이나 이름을 모르고 있었다. 전대로 '선생님'이라고 붙였다.

"집은 어디요?"

아직 문오는 여인을 내려다 보고 있었다.

"여기서 십리밖에 안 되는 마을이에요. 바루 저 산 너먼 걸요."

문오가 높은 산에 부목을 갔을 때 아스름히 보이던 마을인지 모른다는 생각을 하면서 문오는 여인을 새삼 살폈다.

"전에두 온 일이 있었던가?"

"저는 처음이에요. 몇해 전까지 시어머니가 해마다 한번씩 다니시던 절이래요. 근자엔 근력이 쇠해가지고 문 앞 출입도 못하시니 제가 왔죠."

"나하구 같은 남자가 있었던 게지?"

"그건 무슨 말씀이세요?"

여인은 전에 문오에게 한 말을 잊어버리고 있었다.

"나하구 같은 남자라면 결혼한다구 하더니 말이야."

"어쩜. 제가 그런 소릴 다 했던가요? 호호호. 그런데 선생님과는 딴 판이었어요."

그들은 멈췄던 발걸음을 떼어 놓았다. 문오의 다리에도 완전히 피가 돈 모양으로 걷기에 불편하지 않았다. 그래도 그들은 서로 떨어져 걷지 않았다. 그들은 인제 '스님'과 '신도'의 사이가 아니고 옛날부터 알아 온 남자와 여자인 사이로 돌아갔다.

"선생님은 제가 한 소릴 안 잊어버리셨어요."

발걸음을 떼어 놓던 여인이 말했다.

"좋은 소릴 생전 안 잊어버리지."

"고마워요. 선생님."

여인이 문오를 부축한 팔에다 힘을 기울였다. 문오도 여인에게 잡힌 팔에다 힘을 불끈 주어 오히려 여인을 부축하는 자세로 돌아갔다.

"그런데 선생님 마상(馬氏)은 어디다 떼버리고 혼자 이러세요?"

"그런 건 왜 안 잊어버리구 지껄여?"

"선생님이 제가 한 소릴 기억하고 계신데 제가 왜 선생님 옥상(부인)을 잊어요? 옳아……. 참 옥상이 그때 도망쳤죠?"

"……."

"나팔만 사다 주던 애긴?"

"중이 무슨 여편네며 아이야? 쓸데 없는 소릴 지껄이지 말아 줘."

그들은 개울가에까지 내려갔다. 그리로 가느라고 간 것도 아닌데 가고 말았다.

뻐꾸기가 어느 산에서 울었다. 뻐꾸기는 벌써부터 울고 있었는데 그때야 알아 들었던지 모르겠다.

"선생님 뻐꾸기 울어요."

여인이 문오 팔에 머리를 갸우뚱 기대었다.

"……."

"선생님은 저런 소릴 들으셔도 속상하잖어요?"

여인이 갸우뚱 기댄 채 낮은 소리로 속삭였다.

문오는 묵묵히 여인의 소리를 듣고 있었다.

개울가에 핀 이름 모를 꽃이 바람도 없는데 강렬한 몸짓으로 흩날리고 있었다.

"꽃이 지는군요. 산중이라 저런 기가 막힌 꽃이 피어 있었나보죠?"

"……."

"선생님은 저런 예쁜 꽃을 보셔도 아무 감정이 없으세요? 중은 정말 부처님 외에 다른 건 생각지 않나요?"

여인이 갸우뚱 엎었던 머리를 들어 문오를 보았다. 여인의 얼굴 위에 잔양과 노을이 서리워서 발그스름하다.

문오는 여인의 얼굴 위에서 눈을 돌려 개울을 내려다 보았다. 깔린 돌 위로 물살이 세차게 부서져 흘렀다. 문오는 여인을 다짜고짜로 쌔려다 안았다. '냇물의 유혹'이 그를 엄습하는 것이었다.

"선생님 마상은 어디다 떼 버리고 이러세요?"

여인이 숨을 할딱거렸다.

"그런 소릴 또 할 테야?"

문오가 쌔려 안았던 여인을 쌔려 던졌다.

쌔려 던지운 여인이 나가 떨어졌다. 쌔려 던지워서도 여인은 해죽해죽 웃었다.

"어쩜 중이 화를 내는 법도 있나요?"

"나는 중이 아니야. 중이 아니야."

욕정과 함께 이름 모를 분노가 왈칵 솟아 올랐다.

문오는 이 감정을 누를 길이 없었다. 여인에게로 날으는 듯 다가 갔다. 여인이 해죽거리며 문오를 받아 안았다.

어느 산에서 우는 뻐꾸기 소리가 끊겼다 이었다 하는 것이었다. 세차게 흐르는 개울물 소리가 끊겼다 이었다 하는 것이었다. 지는 꽃이파리들이 그들 위에 떨어지기도 하고 휘날려 가기도 하는 것이었다.

4

해가 봉우리로 넘어가고 여인은 떠나갔다. 문오는 여인의 전송을 하지 않고 법당을 올라갔다.

불전엔 촛불이 켜 논 채로 있었고 목탁과 요령이 흩어진 채로 있었다. 문오는 그것들을 조심스레 집어 들고 흔들며 두들기며 '관세음 보살'을 불렀다. 그것

외에 더 달리 구원의 길이 없다는 절박한 심정이었다. 켜져 있던 촛불이 다 탔다. 문오는 촛불을 다시 켤 생각도 하지 않았다. '관세음 보살'만 부르던 문오는 벌떡 일어나 태징이 놓인 쪽에 가서 그것을 집어 들었다. '정정정정' 태징을 두들겼다. 두들긴다는 의식도 없었다. 크게 높이 두들겼다. 가만 서서 두들기지 않고 빙빙빙 돌면서 두들겼다. 법당이 빙빙빙 돌았다. 천정이 빙빙빙 돌았다. 벽이 빙빙 돌았다. 석가세존이, 신선불이, 나한이 빙빙빙 돌았다.

빙빙빙 돌고 있는 석가세존의 입 귀가 늘어져 있다. 신선불도 나한도 모두 그러하다. 늘어져 있는 입 귀퉁이에선 침이 겔겔 흘러 내린다.

"저게 아미타불이야? 아니 머저리같은 저것들이 아미 타불이란 말이야?"

문오가 징을 정정정정정정 두들기던 채로 불상들 앞으로 뛰어 갔다. 문오가 뛰어 가자 불상들은 모두 목을 움추려버리고 공포에 덜덜 떨었다.

"석가세존이 다 뭐야? 아미타불? 흥 존엄은 커녕 얻어 먹는 거렁뱅이로구나. 이 걸뱅이들아, 너희가 누굴 구원한다구? 누굴? 날?"

문오는 태징을 불전에다 쌔려 던졌다.

눈을 부릅뜨고 한 발 내 딛곤 한 쪽 어깨를 쓰윽 치켜 올리며 불상과 마주 섰다. 그들과 대전할 자세를 취하는 것이다.

"불전에 촛불도 밝히지 않으시고……."

법사승이 촛불을 밝힌다. 불전이 밝아졌다. 법사의 빡빡 민 머리빼기가 드러난다. 법복 자락이 너울거린다. 틀림없이 문어로 보였다. 바다에 헤엄치는 산 문어다.

문어가 문오에게로 다가 온다. 이제 곧 그 넘넘즈레한 다리로 문오를 휘감으려는 것이다.

문오가 불상들과 대전하려던 자세를 번개같이 돌려서 법사와 마주 선다. 숨결이 몹시 높았다.

"아니. 보광스님이……. 웬 일이세요?"

법사승이 겁에 질린 얼굴로 손을 마주 잡으며 허리를 굽혔다.

법사승이 이어 허리를 펴고 문오에게로 공포에 떠는 눈을 보냈다.

"이 문어대가리. 문어대가리."

드디어 문오는 법사승을 메어 꼰지고야 말았다. 법사승이 허공 나가 떨어진다. 그런데 문오는 법사승을 떠밀었다고 생각지 않는다. 헤엄쳐 다가드는 문어를 처치한다고 알았을 뿐이다.

지전승이 들어오고 고양주, 상좌, 지암당, 이러한 순서로 그들이 법당 안에 들어섰다. 들어서는 대로 문오는 '문어대가리'를 웨치며 메다꼰졌다.

이 괴이한 사태가 벌어질 것을 예상치도 못하고 들어 온 승려들은 법사승과 마찬가지로 허공 나가 떨어졌다. 문오는 여전히 승려들을 메다꼰졌다고 생각지 않았다. 헤엄쳐 다가오는 문어를 처치했다고 알았을 뿐이다.

"보광 왜 이래? 이게 무슨 짓인가?"

지암당이 몸을 일으키며 소리를 크게 쳤다. 문오는 옴쭉 못하고 그 자리에 쓰러졌다.

부릅떳던 눈이 스르르 감기고 숨결이 차차 낮아져 갔다. 문오는 쓰러졌다고 생각지 않았다. 여러 마리의 문어에게 찬찬히 휘감기었다고 알고 있는 것이다.

이리하여 문오는 혼미 상태에 빠지게 된 것이다. 밥을 떠 넣으면 받기는 하나 물고 있고 씹지도 넘기지도 않았다. 그래서 씹지 않는 미음을 먹이기로 했다.

문오의 시중은 지암당이 맡아 했다. 다른 승려가 시중을 들게 되는 경우엔 미음이거나 밥이거나 입을 벌리지 않았다.

지암당이면 주전자 소리만 들어도 입을 쩌억 벌리고 기다렸다.

말을 하지 않았다. 천정에다 곧은 시선을 꽂고 있었다. 보름이 넘도록 이러한 혼미 상태에 빠져 있는데 장선기의 모친이 절에 뛰어 올라 왔었다.

아낙은 산문 밖에서부터 '독립'이 되었다고 소리를 질렀다.

아낙의 옷은 땀에 젖어 찰싹 달라 붙어 있었다. 아낙은 '독립'이 되었다는 마을 사람들의 소동을 목격하자 산으로 올라 온 것이다.

"학상 이럴 때가 아니라오. 우리 되션이 독닙이 됐시요. 세상에 나가 보시라

오. 거리마다 사람들이 쏟아져 나와 난리가 난 것 갔오다레. 학상 응 어서 일어
나시라요. 내려가시자요. 오마니가 눈이 빠디게 기다리는데 응 학상. 어서 일어
나시라요. 독닙이 됐시오.”

아낙이 문오를 연신 흔들어 대며 안타까워 했다. 아낙의 몸에선 더운 김이 훅
훅 끼쳤다.

‘독립’이 되었다는 이 굉장한 소식임에도 불구하고 승려들은 문오를 둘러 싸
고 그의 기색만 살피고 있었다. 독립이 되었다는 소식이어서 승려들은 한층 더
문오의 신병을 걱정하는 것이었다. 일제의 압박을 피해 절에 들어와 숨어 있던
문오가 독립이 된 오늘에 그 지경이 돼서야 될 말이냐고 승려들은 우수에 젖어
있는 것이다.

“독립이.”

문오가 천정에 꽂고 있던 곧은 시선을 아낙과 거기 둘러 앉아 자기를 들여다
보고 있는, 우수에 잠긴 승려들에게 돌리며 입 속으로 웨쳤다. 문오는 난류(暖
流)같은 것이 가슴 속으로 밀물 처럼 흘러드는 것을 의식했으며 또 그것과 동시
에 팔과 팔을, 몸과 몸을 꽉 틀어 깍지를 낀, 그래서 뜻뜻한 피가 서로 서로 흘러
들던 조선사람들의 행렬이 저를 밟고 가는 것을 의식했다. 모두 한덩어리가 되
어 있는 기가 막히는 조선사람들의 말발굽처럼 요란한 발 소리를 문오는 듣고
있었다. 그러나 문오의 이와같은 필사의 웨침을 아무도 알아 듣지 못했고 그 내
부에 발생한 동요[42] 더구나 알 턱이 없었다.

그저 입을 움직거린 거라고 그들은 알았다. 그동안 이런 정도의 움직임은 늘
있었으므로 그들은 그리 대단하게 여기지도 않았다. 혼미 상태 속에서 하는 짓
이거니만 알았을 뿐이다.

“오마니. 암만 그래야 소용 없어요. 데것 보라요. 죽은 사람이나 마찬가던 걸
뭐. 어서 내려 가자구요.”

42　‘동요는’의 오식으로 보임.

아낙의 아들 선기가 문오를 흔들어대며 서두르는 모친을 재촉했다. 장선기는 그동안 부목에서 풀리기만 하면 문오 방에 와 있었고 문오의 병을 누구보다도 걱정해 오는 터이더니 그랬던 것같지 않게 문오야 죽건 말건 그런 걸 상관 할게 어디 있느냐는 태도로 나왔다.

"옴마니 반메움. 옴마니 반메움."

지암당은 '옴마니 반메움'을 계속 읽었으며 아낙은 '학상'을 무수히 소리치다 가 안타까히 아들만 데리고 내려갔다.

아낙이 아들을 데리고 떠나 간 사실을 문오는 알고 있었다. 먹장같던 혼미 상 태에서 의식 상태로 회복되어 가고 있었다. 천정에 곧은 시선을 벽으로, 승려들 에게로 옮기기도 했다. 밥을 떠넣으면 씹어 넘기고 미음 주전자를 보고는 미리 부터 쩌억 벌리는 짓도 하지 않았다. 그는 피동적(被動的) 상태에서 자동적(自動 的) 상태로 이동해 가고 있음이 분명했다.

문어대가리로 보이던 승려들과 웃고 이야기를 했다. 승려들과의 사이에 불미 한 사태가 벌어졌다는 사실을 그는 전혀 알지 못하고 있었다.

문오는 쉬이 지팡이에 몸을 의지하고 경내를 돌아다니게 되었다. 개울가에도 내려 갔다. '냇물의 유혹'을 치르던 일도 기억되었고 여인과의 사건도 생생하게 살아 왔으나 괴롭다거나 두렵다거나 하지 않았다. 그런 일도 있었구나 하는 정 도에서 그쳤다.

문오의 머리 속엔 하루바삐 '독립'이 된 조선 땅 안에, '독립'이 되어 얼싸안은 조선사람들을 목격하고 싶었고 저도 그들과 얼싸안고 싶다는, 이 생각만이 터 질 듯 차 있었다.

지암당이 숨겨 두었다는 태극기의 깃발이 휘날리는 산문 앞에 서서 문오는 수 없이 합장을 하며 허리를 굽히곤 했다. 깃발이 휘날리는 그 일대의 하늘은 무한하게 푸르렀다. 지암당이 마음을 잔줄구라고 주는 법서도 문오는 읽지 않 았다. 산을 떠나기 위해서 몸을 추세우는 일에만 열중했다. 밥을 잘 먹고 잠을 잘 자려고 했고 아침 저녁으로 적당한 산책을 꾀했다.

드디어 문오는 지암당에게 산을 떠나 갈 뜻을 고했다. 지암당은 이미 준비하고 있었노라면서 구석에 놓인 궤짝 속에 들어 있던 양복 한벌을 문오에게 내어 주었다. 문오가 법복으로 갈아입을 때 벗어 논 것이었다.

"거기서 갈아입어라."

지암당이 문오더러 '해라'를 붙여 보기는 이 때가 처음이었다. 가슴에 뭉클 솟는 것을 깨달으며 문오는 지암당의 지시대로 법복을 벗어 놓고 양복으로 갈아입었다.

제5부

1

한낮이 기울 무렵에 문오는 절을 나섰다. 지암당을 위시한 여러 승려들이 산문 앞까지 전송을 나와 주었다.

그들은 연신 손을 마주 잡고 허리를 굽혔다. 지암당은 손을 높이 들어 흔들었다. 그들 뒤에선 태극기가 높이 휘날리고 있었다.

갈림 길에 들어서면서부터 문오는 달리기 시작했으나 다리가 제대로 움직여 주지 않았다. 꿈 속에서 달리는 것 같았다.

밤이 이슥했을 때 문오는 평양에 이르렀다. 어디나 전깃불이 환히 밝았다. 문마다, 창마다, 검은 문장을 내려치던 암흑시대를 생각해 본다.

집으로 곧장 달렸다. 입산한 뒤에 꼭 한 번 다녀 간 일이 있었다. 모친은 법복을 입고 나타난 아들을 목격하자 기독교인의 자손이 이게 무슨 꼴이냐고 한탄을 하고 나서 문오더러 남이 부끄러우니 곧 산으로 돌아가라고 일러 주었다. 민은 힐끔힐끔 아버지를 피했다. 문오는 그 밤으로 집을 떠나 산에 돌아 간 일이 있다.

이제 문오가 법복을 벗었겠다, 조국은 독립이 되었겠다, 모친이나 문오나 두려울 것도, 부끄러울 것도 없이 피차 만날 수 있다고 생각하니 한결 문오의 가슴은 부풀어 올랐다.

“오마니이.”

대문 밖에서 큰 소리로 문오가 모친을 불렀다. 방마다 전등이 환하게 켜져 있는데 집 안은 잠잠하다.

“오마니. 제가 왔어요.”

쿵쿵쿵 발소리가 나고 대문이 열리더니 장선기의 모친인 아낙이 우뚝 나타났다. 문오를 확인한 아낙은 눈이 이마 위로 후딱 올라가게 놀란다. 앓아 누었던 문오가 왔다는 사실이 기뻐서 하는 태도가 아닌 것을 문오는 직각적으로 느꼈다.

"오마닌 어디 계시오?"

문오가 다급히 물었다.

"들어가십세다."

아낙이 앞을 서서 들어갔다. 문오가 뒤를 따르다가 오히려 아낙을 제쳐 놓고 모친 방으로 뛰어 들어갔다. 모친 방은 비어 있었다. 모친 방에 놓여 있던 것들과는 다른, 낯선 가장즙기[43]들이 그득 놓여 있었고 민도 보이지 않았다.

"어떻게 된 일이요?"

문오가 번개같이 아낙에게로 몸을 돌렸다. 대문 밖에서부터 비어 있다는 기색을 문오는 어슴프레 채이긴 했던 것이다.

"기가 차는 일입네다. 오마닌 돌아가셋시요."

"오마니가?"

문오는 외마디 소리를 지르곤 문설주를 붙잡았으나 결국 쓰러지고 말았다.

창문이 훤히 밝아 올 때에야 문오는 눈을 떴다. 아낙이 옆에 앉아 있었다. 아낙은 문오가 눈을 뜨자

"학상 용서하시라요. 오마니가 세상 떠난 걸 알리디도 못하고 또 이르케 데 집같이 들어 있는 것도……."

하면서 눈물을 좍좍 흘렸다.

문오가 울고 있는 아낙에게 자세한 것을 알려 달라고 요청했다. 아낙이 눈물을 계속 흘리면서

"그날 선기놈을 데리구 집에 돌아오니껜 새벽 두시였시요."

이렇게 서두를 떼었다. 모친은 그 때까지 꼬박 앉아서 아들을 기다리고 있었

43　집에 놓고 쓰는 온갖 살림 도구를 뜻하는 '가장집물'을 가리키는 말로 보임.

다고 했다. 아들이 감기 몸살로 앓고 있더라는 아낙의 말이 떨어지자 모친은 이 좋은 세상이 왔는데 그까짓 감기 몸살 쯤으로 앓아 누웠을게 뭐냐고, 노기가 등 등해 일어서려다가 쓰러진 채로 세상을 뜨고 말았다는 것이다.

모친은 운명할 때까지 '내가 가야디. 내가 가야 문오를 데리고 오디.'라는 똑 같은 헛소리를 무수히 쳤다고 했다.

"닐어 나시라요. 힘든대루 닐어 나셔서 데 방에 가 보시자요."

아낙이 문오를 데리고 뒷방으로 갔다. 모친 방에 놓여 있던 것들이 발을 들여 놓을 틈도 없이 처박혀 있는 그 한쪽 선반 위에 모친의 사진이 얹혀 있었다.

손을 무릎 위에 얌전히 놓고 약간 웃음을 띠운 모친이 '문오야. 지금사 왔구 나. 내가 조금만 더 살았더면 너를 볼 걸 그랬다'고 말씀하는 것 같았다.

문오는 살아 있는 모친을 껴안 듯이 '오마니'를 부르며 선반 위에 얹힌 사진을 내려다 가슴에 안았다. 가슴 언저리가 단 쇳덩이를 댄 것같이 아파 왔다.

문오는 다음으로 아낙에게서 온갖 것을 알게 되었다. 모친의 방을 장선기가 사용하고 있다는 것과 민을 누이동생이 데려갔다는 사실은 문오를 더욱 놀라게 했다.

문오는 누이동생 집을 찾기 위해서 아침도 먹지 않고 어디를 가느냐고 걱정 하는 아낙에게 대꾸도 없이 밖으로 나왔다.

흐린 하늘이 꾸물거렸다. 날씨 탓인지 예상한 것같이 거리에 사람이 많지 않 았다. 총을 거꾸로 멘 쏘련군들이 자꾸 눈에 띄었다. 그들은 장화를 신었으며 키가 작고 크고 고르지 못해서 초라한 군대라는 인상을 주었다.

서슴치 않고 아무데서나 빵(흘레발)[44]을 먹는 것도 좋은 인상은 아니었다. 장 화목에 끼었던 나이프로 썩썩 썰어 먹고 있었다.

누이동생 집이 있는 길목 어구에 들어 선 문오는 전에 보지 못하던 대문이 서 있는 것을 목격했다. 그것은 아취형으로 높고 컸다. 아취형으로 높고 큰 대문

44　흘렙: 보리로 만든 크고 둥근 러시아 빵.

안엔 동네가 있었고 그 동네는 꾸물거리는 하늘을 떠 이고 잠잠할 뿐이었다.

누이동생 집은 대문이 잠겨 있었다. 몇번 두드리고 흔들어도 열어주지 않다가 문희의 이름을 부르니까 문희가 신발을 끌며 대문을 빠끔이 열어 주고는 말이 없었다. 그다지 놀라는 기색도, 반가워 하는 빛도 보이지 않았다.

거진 무감각한 상태에 있었다. 민은 문희의 아들과 놀고 있다가 문오를 찬찬히 보았다.

"감옥에서 나온 사람인갑다."

문희의 아들이 민에게 말해 주었다. 문희의 아들은 머리를 깎은 병약한 문오를 그렇게 보는 모양이었다.

"아니야. 우리 아바딜 꺼야."

민은 아버지를 분명히 말 할만한 자신이 없었다. 문오가 산에 들어 갈 때의 민은 어렸고 또 문오가 산에서 한번 내려왔을 땐 모친이 서두는 바람에 민을 안아 볼 틈도 없이 훌훌히 떠나고 말았으니 분명하게 대꾸할 수가 없었던 것이다.

"옴마 데 사람 민이 아바지야?"

문희의 아이가 문희에게 물었다.

문희가 턱을 끄덕해 보이고선

"오라반 우린 지금 남반부로 넘어 갈라구 해요."

다짜고짜로 이런 말부터 했다.

모친의 죽음을 입에 담지 않았으며 또 문오의 안부조차도 묻지 않는다.

"남반부에? 남반부라니?"

"삼팔선 데 쪽 남반부 말이외다."

"삼팔선이라니?"

"오라반도. 산중에 계셨으니 깜깜 소식이기도 하시겠디만……. 독닙이 됐다고 도와들 날뛰더니 더 험한 꼴을 보디 안쏘. 삼팔선이란 금이 딱 그어데 가지고 되선 땅을 동강 두 토막으로 잘라놨답네. 고르고선 삼팔 이북, 북한엔 로

스께[45]들이 들어오게 되고 남한엔 양키[46]가 들어오게 됐디 않았오.”

문오는 모르던 사실을 알게 되었다.

“그런데 그 남반부엔 왜 간다는 거야?”

“아이들 아바지가 신변이 위태롭게 돼 가지고 피신해 있으니 어억하겠오? 거기라도 가야 살디 안캇시오?”

문희는 문오에게 이렇게 대꾸하곤 남편이 독립이 되기 일주일 앞서 왜놈 헌병대에 예비 검속이 됐다가 독립이 되던 날 풀려 나와선 ‘건국준비위원회’ 멤버로 활약했는데 조선 공산당의 극렬분자인 옛날 동지요, ‘건국준비위원회’에서도 같이 손을 잡았던 친구가 남편을 친일파, 반동 분자로 몰아 넣었다고 말했다.

“왜정 때 누티당[47]에랑 들락거린 사람 보고 친일파 반동분자라니 이 놈의 세상 어디 살갔시오. 오라반 들어오시다 높은 대문을 해 논 걸 보셨디오?”

문희는 쏘련군이 부녀자들을 겁탈하고 물품을 강탈하기 때문에 동네 어구에 높은 문을 세워서 막는다는 말도 하고 집집마다 꽹과리나, 대야, 양푼, 할 것 없이 하다 못해 쓰레받기더라도 손 가까운 데 두고 있다가 밤이면 들어 닥치는 쏘련군을 이것들을 두들겨서 동네에 알린다는 것도 문오에게 알려 주었다.

문오는 그제야 들어오다 목격한 동네 어구의 아취같이 선 문의 유래를 알게 되었다.

“우린 데 쓰레뺃길 두들기디오. 왜놈들에게 유기를 다 바치고 나니 남은 게 있어야디오.”

문희가 벽에 걸린 쓰레받기를 턱으로 가리키며 얼굴을 일그러뜨렸다.

“오라반, 집이 어억케 된 걸 아시우? 당선기란 놈이 빼앗았시요. 그 놈이 적

45　로스케 : 러시아 사람을 낮잡아 부르는 말.

46　미국 사람을 낮잡아 부르는 말.

47　‘유치장’의 방언.

위댄가 뭔가 돼가지고 로스께들 앞잽이질 하면서 온갖 못된 짓을 다 한답네다. 오마니두 그 놈이 어떡했는디 누가 알우? 그 놈이 산에서 내려 오던 때가 한 밤 둥이고 민은 자고 있었구……. 민이 깼을 땐 할마니가 넢에 없더라구 않우? 민 이 할마니를 부르며 우니께 글쎄 너의 할마닌 죽었다고 그 놈이 그러더라디 않 우? 우리한테 에미넌이 알리려 와서 달례가니 벌써 홋니불을 씨워 놨읍데다레. 눈을 뜨시고 계세서 쓰다듬어 감겨 드렸지요.”

문희는 이런 기가 막히는 말을 장황히 늘어 놓고도 눈물을 보이지 않았다.

“나 좀 누어야겠어.”

문오는 또 현기증이 이는 것을 깨달았다.

문희가 베개를 가져오는 눈치를 어느새 채었던지 민이 홋이불을 들고 와서 덮어 주곤 힐끔 문오를 보았다.

민이 눈치 빠르게 움직이는 것도 문오는 싫었지만 힐끔하는 그 눈길이 더욱 마음에 들지 않았다.

— 저것두 나약한 놈이 되구 말려나. 그래선 못쓰지. 누가 뭐라하든 제 주장 을 세우는 놈이 돼야지. 이제부터라두 단단히 훈련을 시키자. 산에 데리구 가서 가슴팍에 있는 소리를 터지게 치도록 해야 하겠다. 날씨가 추워지면 강에두 데 리구 가서 찬물 마찰도 시켜주자. 육체와 정신을 강철 같이 길러 내야 하겠 다…….

이러한 생각을 하고 있는 중에 문오는 잠이 들어버렸다.

전등이 켜질 때까지 문오는 자고 있었다. 눈을 뜨자 후다닥 일어났다. 집에 돌아가야 한다는, 그래서 장선기를 만나야 한다는 생각이 퍼뜩 들었던 것이다. 그때 비로소 든 것이 아니고 문오의 머리는 그것으로 꽉 차 있었던지 몰랐다.

저녁을 뜨는둥 마는둥 하곤 집에 가 보아야 하겠다고 하니까 어두워졌는데 어떻게 가느냐고 문희가 막 잡았다.

“장선기를 만나야 할 게 아니야?”

“그깐 놈은 만나서 뭘 하실라구? 오라반도 남반부로 떠나시자구요. 공연히 그 자허구 맞섰다간 큰 코 다칩네다.”

“그렇지는 않을거다. 산에서 형제같이 지냈는데……. 내가 앓아 누운 걸 알구 있었으니 집을 맡아 가지구 있는 걸테지.”

문오는 절에 있을 때 울고 있는 장선기의 등허리에서 따뜻한 조선사람을 감촉했던 일을 잊지 않았으며 그런 뒤로 혈육같이 가까워졌던 일을 기억하고 있었다.

“아니 그런 자들한테 형데가 어디 있구 부모가 다 뭡네까?”

극력 말리는 누이동생을 뿌리치고 문오는 밖에 나섰다.

“아바지 빨리 뛰어 가. 큰 문을 닫음 못 가.”

민이 목을 빼어 내밀고 문오에게 일러 준 말이다.

“참 문 닫을 때두 됐구나. 오라반 괜티않갔소?…… 로스께들이 붙잡고 물품을 요구하거든 얼렁 줏버리시라요.”

대문 앞에까지 나와서 누이동생은 당부 해주었다.

꾸물거리던 하늘엔 별 하나 뜨지 않고 있었다. 민이 일러 주던 큰 대문을 나서며 문오는 민이 하던 말을 되살린다.

— 강철같은 의지의 인간을 만들어야지…….

아까 잠들기 전과같은 생각을 되풀이하게 되었다. 문오는 그러한 생각을 되풀이하게 되는 자신에 역증이 나기도 해서 발을 크게 떼어놓고 있으려니까 삼사명의 쏘련군대가 문오를 포위하는 것이었다. 그 중의 한명은 문오 가슴에 총을 들이대었다. 문오는 겁결에 양 손을 들었으나 이어 문희가 일러 주던 대로 몸을 내 맡겼다. 그리곤 이런 일이 자기 위에 또 이처럼 빠르게 닥쳐 왔다는 사실에 문오는 허탈증같은 것을 느끼며 서 있었다.

한 병사가 문오의 쳐들은 손을, 시계가 끼어 있는 한 팔을 끌어내려 시계를 풀어 내고 남은 병사가 포켙을 뒤졌다. 포켙엔 산으로 피신하던 때 모친이 쥐여 주던 돈이 남아 있었다.

단 한번 모친을 찾았을 때 고기와 사탕을 사느라고 쓰고는 그냥 남아 있던 돈이다.

적지 않은 돈이 나오자 둘러 선 병사들이 히죽히죽 좋아하는 눈치가 어둠 속에서도 알려졌다. 무엇을 우물우물 먹고 있던 병사는 무엇이라고 지껄이다가 씹던 것이 튀어 나왔다. 그것이 얼굴에까지 튀어 와서 문오는 알았다.

가질 것을 다 가진 병사들은 문오를 돌려 세웠다. 돌아가라는 시늉을 해 보였지만 문오는 발을 떼어놓지 않았다. 들여댔던 총은 그냥 대고 있었다.

문오가 움직이려 하지 않는 눈치를 챈 그들은 문오의 등을 밀며 앞을 가리켰다. 문오는 그제야 걸어야 한다고 마음을 먹었다. 발을 떼어놓아야 한다고 마음을 먹었다. 허탈증에서 벗어나야 한다고 마음을 먹었다.

높은 담장이 양 쪽에 서 있는 길이었다. 문오는 어느 쪽 담장 밑에건 한 쪽으로 붙어 서서 걸어야 한다고 생각했다.

바른 쪽으로 바싹 들어 서서 걷기 시작했다.

눈알 한번 굴리지 못하고 얼어 붙은 듯 걷고 있었다.

뒤에선 떠들석 했으나 문오는 그렇게 떠들석 하면서 총을 쏘려는 것이라고 느끼며 걷고 있었다.

차차 떠들석 하던 소리가 멀어지고 문오는 제 발소리가 들려오는 것을 알았다. 앞은 이제 아주 깜깜해질 밤이 그 장막을 드리우려는데 문오는 그 속을 걷고 있었다.

장선기는 집에 있었다. 늦게 들어 온 모양으로 저녁을 먹고 있었다. 문턱을 넘어 선 문오를 목격하자 그는 떠 넣던 숟가락을 도로 내려 놓고는

"잘 왔시다레."

라고 하는데, 말은 이렇게 하면서도 지릅 뜬, 문오가 이미 보아 온 최악의 그의 표정을 노출하는 것이었다. 문오더러 부목을 가자고 서둘던 때에도 이런 지릅 뜬 눈초리를 보였으며 지암당을 원망하고 저주하는 경우에도 이 지릅 뜬 눈초리를 버리지 못했다.

문오는 못박힌 듯 멈췄다. 장선기는 다시 숟가락을 들었다.

“올라오시라요. 학상.”

아낙이 문오를 보고, 아들 보고, 두루 당황해 하다가 문오에게 얼굴을 돌렸다. 아낙의 시선이 똑바로 문오에게 와 닿지는 못했다.

“오만 그 학상 소리 그만두라요. 무슨 놈의 썩어딜 학상이오.”

문오는 음식물이 질쩍질쩍한 그의 입 속을 보았다. 욕지기가 생겼다.

“어서 올라 오시라요.”

아낙이 이번엔 ‘학상’을 붙이지 않았다. 문오가 그 소리에 이끌리어 올라가 장선기 앞에 앉았다. 민을 강철같이 굳건한 의지의 인간을 만들어야 한다고 다짐하던 그런 마음을 먹으면서 장선기의 지릅 뜬 얼굴을 문오는 들여다 보고는

“선기군이 이럴 줄은 몰랐는데. 만 삼년을 그 산 속에서 지내던 정분을 보더라두……”

했을 뿐 말을 다하지 못했다.

“산 속에서 디대던 정분? 흥, 말은 돗수다. 지암당같은 반동 중 놈들허구 짜구선 날 몰아 세우더니 여기 와서두 그러랴구 기르는 거요? 기린 수작을 해선 이젠 안 돼요. 음디가 양디가 되고 양디가 음디가 된 세상인데 어따 대구 기린 수작을 하자는 거요?”

장선기가 한숨에 퍼부었다.

“음지가 양지가 된 세상에선 남의 걸 막 빼앗아두 돼요? 이 집은 내 모친이 사시던 집인데 선기군이 살아야 할 아무런 권리가 없지 않소?”

“허허. 별 소릴 다 들어보갔군. 내가 지금 음디가 양디가 되고 양디가 음디가 됐다고 하디 않았소? 당신넨 디주였고, 우린 소작인이었으니껜 당신네들이 잘 살 때 우린 못 살았으니 이제부터는 우리가 잘 살아 봐야 할게 아니갔소? 법덕으로 다 기리케 돼 있는 거요. 이 집은 내가 빼앗은게 아니라 디주의 집을 푸로레타리아가 접수한 게요.”

장선기는 중들이 하는 소리를 그대로 되뇌이더니 그동안에 얻어 들은 소리를 서슴치 않고 잘도 지껄였다. 문오는 정신이 후둘후둘 떨렸다.

— 저 놈이 땅두 빼앗을 생각이구나. 그 땅이 어떤 땅이라구…….

모친이 땅을 팔지 않으려고 아등바등해 오면서도 끝내는 거진 팔아버리고 겨우 계량이나 하게 남겨 놓은 것이다. 문오가 산에 들어가기 전, 이제 곧 피신해야 할 아들임을 모친은 전혀 모르고 너만 알뜰히 잘 하면 계량이야 못하겠느냐고 하던 땅이다.

"안 돼. 모친이 남겨 논 건 내가 받아 가져야 해. 그래야 모친이…….”

문오는 또 말을 이어 갈 수가 없게 몸이 부르르 떨렸다. 뒷방 선반 위에 얹혀 있는 모친의 사진, 두 손을 얌전히 무릎 위에 마주 모아 놓고 약간 웃어 보이는 모친의 모습이 눈 앞으로 다가왔다.

"선기군. 독립된 조선에서 살아 못 보구 돌아 간 내 모친을 생각해서라두 집을 내놔 줘요. 모친이 너무 불쌍하지 않으냐 말이야. 응 선기군. 내 모친은 나 때문에 너무 고생을 많이 했어. 제발 내 청을 들어 줘요.”

문오의 소리는 애원으로 번져갔다.

"이 집은 내 꺼요. 땅도 내 꺼구. 기리케 다 돼있어. 법덕으로 돼 있는데 이데 기런 말 다 쇠용 없어.”

산에서 문오가 짊어지려는 지게를 그건 "내 꺼”라면서 벗겨 내리던 장선기의 얼굴이, 이런 말을 하고 있는 장선기의 얼굴에 와 겹쳐 놓이는 것을 보고 있는 사이에 피곤인지 현깃증인지, 어쩌면 졸음인지 모를 것이 엄습해 오는 것을 깨달으며 그 자리에 스르르 쓰러져버렸다. 문오는 그대로 잠이 들었다.

이튿날 아침, 문오가 일어났을 땐 장선기가 나가고 없었다. 아낙을 불러 앉히고 문오는 모친이 돌아가던 때의 광경을 한번 더 얘기해보라고 강요했다. 아낙이 어제 저녁 문오에게 들려준 바와 같은 말을 되풀이 했다.

"오마닐 어떡헌 건 아니오? 선기군이 오마닐…….”

문오가 아낙을 똑바로 들여다보며 아낙의 낯색을 살폈다.

"용서 하시라요. 기리티는 않아요. 오마닐 어억할 수야 있갔오? 그 땐 선기놈

두 지금과 같던 않았시오. 딩용 안 가게 된 것만 도아 했디오. 오마닌 학상 데리
레 간다구 닐어서시다 돌아가신 거 틀림이 없시요. 용서하시라요. 하누님의 뜻
을 거역해서야 되갔오? 기런데…… 모두 하누님 아바지의 뜻을 거역하고 있읍
네다레.”

아낙의 소리는 맥이 없었다. 독립이 됐다고 산에 뛰어 올라왔을 때의 아낙의
소리는 뇌성벽력 같았었다. 혼미 상태에 빠져 있는 문오를 이 뇌성벽력같은 소
리가 정상 상태로 이끌었던 것이다. 그 소리가 아니었더면 문오는 영영 혼미 상
태에 빠져 있었을는지 모르는 일이다.

또 아낙은 선기놈이 그러거나 말거나 집에 들어와 계시라고, 그래야 자기 것을
잃지 않을 게 아니겠느냐고 문오에게 일러 주었으나 문오는 밖으로 나와버렸다.

어디로 가자는 방향도 없이 걸었다. 어제와는 다르게 하늘은 푸르렀고, 늦가
을 햇빛이 따스하게 내려 쪼였다. 우울하던 속이 저절로 풀렸다.

독립이 된 조선 땅을, 흙을 밟는 희열을 느끼게 되었다. 발 밑에 닿는 감촉이
따사로운 것을 알았다. 이 따사로운 조선 땅 위에 발을 꽉 붙이고 서서 조선 사
람을 위한 일을 한다는 신념을, 의욕을, 새삼 굳혀 보는 것이다.

휘파람을 휘휘휘 불며 문오는 어깨를 들먹거렸다.

“이 자식아. 서라.”

한 무리의 청년들이 문오를 둘러쌌다. 그들 어깨 위로 쑥 쑥 올려 뻗은 총 끝
의 쇠붙이가 반사 작용을 일으키고 있었다. 그들은 문오를 찾아 떠나가던 길인
지도 모른다는 생각이 들었다.

휘휘휘 불던 휘파람도 뚝 그쳤다. 문오의 양 손목엔 족쇄가 채어졌으며 그 무
리들은 문오를 둘러 싼 채로 우르르 걸었다.

문오가 그 무리 속에 장선기가 끼어 있을 것 같아서 두리번거리니까,

“이 새끼야. 뭘 보는 거야. 어서 걷디 못하구…….”

어떤 자의 주먹이 문오의 면상으로 날아 온다고 의식하는 찰라에 또 발길이
그의 엉덩이와 허리아래 다리께를 찼다. 문오는 몇번 꼬꾸라졌다.

그가 들어 간 곳이 '적위대'의 사설 감방임을 그 속에서 들어가서야 문오는 알게 되었다. 아무렇게나 쳐 넣은 유치인들 속에서 문오는 경성 유학 시절에 사년을 한 방에서 딩굴던 '느린보'를 발견할 수 있었다. 문오는 이 '느린보'의 이름을 생각 해내려고 애를 썼으나 종시 떠오르지 않았다. '느린보'라는 별명으로 항상 통했던 탓으로 그의 이름을 사용할 틈이 그들 사이엔 없었다.

'느린보'는 문오를 곧 알아 보고, 오히려 상대 편에서 문오를 먼저 알아 보았을지 모르겠는데 벌쭉 웃으며 빽빽한 틈을, 거진 사람을 위로 날으듯 해 와서 문오의 손을 잡았다. 하숙집딸 옥주를 전매특허품처럼 여기는 K군을 두들겨 패던 때의 날쌘 동작과도 같았다.

"억케 돼서?"

겅거부정한 체격과 또 짙은 사투리를 그는 아직도 보존하고 있었다.

"아니. 느린보는 어떡해서……."

문오가 그의 잡은 손을 흔들자

"이 사람아 아직두 느린보야? 그건 옥주네 집에서나 부르는 이름이 아닌가?"

'느린보'가 옛날을 잊지 않고 있다는 일, 더우기 옥주의 이름을 기억하고 있다는 사실에 문오는 한층 가까움을 느꼈다.

둘이는 손을 잡아 흔들며 열중하다가 간수가 눈을 부라리며 욕지거리를 하는 바람에 아무 데나 비비고 끼어들었다.

"해방을 어디서 맞았어? 감옥에서 맞았구나? 꼬라지를 봐 하니."

앉자 마자 문오의 모양새를 살피며 느린보가 물었다.

"해방이라니?"

문오는 해방이란 말을 처음 들었던 까닭에 되물었다.

"독닙 말이야?"

"아 그래?"

문오는 긴 말을 피하고 싶었다. 이리저리 떠돌아 다녔노라고만 덧붙였다.

그와는 다르게 '느린보'는 한 없는 긴 이야기를 털어 놓았다.

감옥에서 해방을 맞던 이야기에서, 일본천황 유인(裕仁)이 방송했다는 사실조차도, 조국이 해방됐다는 사실도 전혀 모르고 있었는데 가장 못되게 굴던 조선인 간수의 태도가 팔월십오일 낮부터 돌변하더라는 것, 또 그 자는 그 자의 아이와 '느린보'의 딸이 같은 학교에 다닌다는 하찮은 것을 새삼스레 '느린보'에게 들려주며 친절을 다 하더라는 것이고, 일인 간수 중의 어느 하나가 고향 땅에 돌아가게 되면 책방을 열겠노라는 말을 알아 듣고 그로부터 그 자들의 거동을 유심히 살폈더니 아니나 다를까 이 끔찍하고 기가 막히는 독립이 됐더라고 말했다.

그런데 최악의 사태를 방지하기 위함에서였던지 형무소에선 출옥자들을 한 번에 놓아주지 않았으며 경제범, 강도, 절도 이런 잡범을 먼저, 그것도 눈치껏 띄엄띄엄 내 놓고는 마지막으로, 사상범을 출옥시키는 등 용이주도[48]하게 머리를 짜 내더라는 것과 '느린보'들은 십육일 저녁에야 나왔다는 것을 말해주었다.

감옥 정문 밖엔 가족, 친지들이 몰려 와 있었고 채 어둡지 않아서 태극기의 깃발이 바람에 휘날리는 것이 뚜렷하게 보였다고 '느린보'는 말했다. 어두워 오는 황혼이었던 까닭에 더 황홀하고 신비했으며 경건했었다고 그는 말하고 나서

"난 이때처럼 살아 있기를 잘했다고, 보람을 느껴 본 일도 없었어."

'느린보'는 현재의 환경은 아예 잊어버린 얼굴이었다. 그저 그 때의 감격으로 풀풀 뛰었다.

문오는 '느린보'의 손을 잡아 주고 싶은 충동을 금치 못했다.

"몇핼 살았어? 감옥에서."

"해방되던 때까지 늑년가량 살았을가……. 마지막에 오년 받아 갰구 팔개월 산 것까디 합친대믄……."

"그럼 그동안 감옥살이만 했게?"

"말하자믄 그런 폭이디."

---

48 '용의주도'의 오식.

‘느린보’는 이런 말 뒤에 출옥해 나오는 도중에서 O씨의 감격적인 라디오 방송을 들었다는 이야기도 했다.

“조 선생님, 오선생님, 이 두분을 내 친 부모나 다름 없이 모셔 오던 내가 감옥에서 풀려 나오는 길에서 그 목소릴 들었을 때…… . 독닙된 조국 앞에 서서 들었을 때의 그 감격을 상상해 보라구. 친애하는 동포 여러분…… . 오선생님이 이리케 첫마디를 떼 놓는게 아니야. 아 — 우리가 언제 이리케 동포를 맘대루 불러 본 일이 있었더냐 말이야. 난 그 때의 감격을 잊을 수 없어.”

‘느린보’는 평안남도 도 사무행정을 일인으로부터 인계받고 나오던 때의 광경도 말해 주었다.

“글쎄. 왜놈들한테 모주리 되 빼앗아 낸 승리감에서 걸음발두 경쾌히 걸어 나오는데 우리가 나오는 정문 앞에 쏘련병사가 보초를 서 있는게 아니겠는가. 왜놈이 물러가고 쏘련놈이 대신 들어선 거라는 이런 생각이 왈칵 티밀디 않겠어.”

‘느린보’의 얼굴에서 감격이 차차 사라져 갔다.

“그런데 여긴 왜 들어오게 됐어? 감옥살일 했다는 자네가 또 이런…… .”

감격이 사라져 가는 ‘느린보’의 얼굴을 들여다보며 문오가 물었다. 제 일, 남의 일을 한데 겹친 분노(憤怒)가 문오의 소리를 떨리게 했다.

“조죽딜 하는 쏘련 군대를 못 보는 테하디 않았다는 거 죄목이갔디.”

분노도 흥분도 섞이지 않은 담담한, 저력 있는 ‘느린보’의 소리다.

문오는 어제 저녁 거리에서 쏘련군에게 가졌던 것들을 털리던 일을 상기했다.

“도적질두 할거야. 그쯤 된 자들이 그걸 안 할 수 없지.”

“글쎄. 조죽질 한 쌀을 싣고 달아나는 걸 쫓아가디 않았겠나. 기른데 이놈들이 숨어버리구 없디 뭐야. 눈에 불을 켜 가지고 찾을 수밖에…… .

그래 찾고 있는 거기서 놀고 있던 두 아이가 데 밑으로 들어갔서요. 하고 가마니뛰기 밑을 닐너주디 않겠어. 기래서 뒤집어 쓴 가마니뛰길 들려고 하는 찰나에 뜨르륵, 따발총 소리가 들리는거 아니겠나. 닐너 준 아를 그 즉석에서 없애버리는 거야. 두 어린것은 그 자리에 피를 쏟으며 쓰러졌어. 두 어린이는 남매었다누만."

'느린보'의 말은 한참 끊기었다. 묵묵히 그는 어린 두 남매의 명복이라도 빌고 있는 듯한 얼굴이었다.

"놈들은 지금 자꾸 조죽질 해서 쏘련 본국으로 가져 가는 거야. 땜을 뜨고 공당의 기계꺼지 뜯어 가져 가는 거야. 공산당 놈들은 찍소리 한번 못하고 오히려 쏘련 조국에 바친다는 흡족한 맘으로 방관하고 있는 거야. 오히려 기리케 하라고, 잘 하는 일이라고, 방조하는 거야."

'느린보'의 소리는 더욱 높아갔다.

그러한 상태로서 '느린보'는 많은 이야기를 이어 갔다. 그러던 중 허윤의 이름도 들먹였다.

문오의 가슴이 철렁 내려 앉았다. 문오는 '느린보'의 손을 잡았다.

"개성 있던, 동경에두 있은 허윤이 말이야? 신병으로 폐양 도립병원에 입원하구 있던……."

"고롬. 바루 그 자야. 지금 그 자가 공산당 극렬분자 둥의 극렬분자야. 병도 낫고, 도립병원 간호부 하고 결혼해서 살고 있디. 이 너자 때문에 그 자는 살아난 거야. 극진한 간호 때문에 다시 햇빛을 본 놈인데, 죽을 놈이 죽디 않고 살아나서 더 발광이거던. 아주 환장해버렸어. 순전히 쏘련놈의 앞잡이에 불과한 줏만 해 쳐먹구 있단 말이야."

"관세음 보살."

집에 돌아와서 모친이 돌아갔다는 사실을 알았을 때에도 부르지 않았던 소리를 문오는 뇌까려야 했다. 아낙의 아들 장선기에게 온갖 것을 다 빼앗겼다고 알았을 때에도, 쏘련군에게 몸에 지닌 것을 다 털렸을 때에도 문오는 이런 소리를 뇌까리지 않았다.

그 소리는 '느린보'에게 들릴 정도로 높았다.

"문오군, 자네 중이 됐드랬나? 기래서 머리빡이 그 모양이구나."

문오의 대꾸가 없었다. 대꾸가 있을 리 없었다. 문오는 '관세음 보살'을 뇌까리고 있으면서 '느린보'의 팔에다 고개를 기대고야 말았다. 빽빽한 속이어서 몸은 그대로 지탱할 수 있었고, 지탱할 수밖에 없이 되어 있었지만 고개는 '느린보'에게 기대여야 했다.

느린보의 체온이 풋솜같이 따스하게 스며 들었다.

"오길 잘했어. 갈 데가 없었는데 여기 오길 잘했어."

문오는 고개를 기대인 채 혼자 소리처럼 중얼거렸다.

2

'느린보'는 달포 쯤 해서 끌려 나갔다. 시베리아 유형이거나 탄광이 아니면 총살일 거라고 남아 있는 유치인들은 입을 모아 공론을 벌렸으나 확실한 것을 그들 중에선 아무도 몰랐다.

그 무렵의 다른 유치인들과 마찬가지로 '느린보'도 밤중에 끌려 나갔다. 그가 나간 뒤의 감방 안은 한참 동안 죽음과 같은 정적(靜寂)이 흐르고 있었다. '느린보'의 발자취가 멀어지기까지 그 소리를 쫓다가 그것이 어둠 속에 잦아들기라도 한 것처럼 그치고 나선 그들은 이제 곧 들릴 것으로 예측하고 있는 총성을 알아들으려고 귀를 세웠다. 그리고 그 밤 안으로 자기들에게도 그와 동일한 운명이 닥쳐 올 것을 기다리며 떨고 있었다.

"―불상한 옥주를 건져주라구. 문오군 부디 그래 달라구."

느린보는 문오의 손을 잡곤 마지막 말을 남겨 놓았다.

문오와 '느린보'는 달포 동안 같이 지나는 사이에 여러가지 이야기를 했다. 제일 많기는 옥주 집에 그들이 하숙하고 있던 때의 것이었다.

피차에 알고 있는 화제라 걸핏하면 튀어 나오기가 일쑤였다.

문오가 옥주를 범하게 되던 동기 하며 그 과정을 말했을 때 '느린보'는 문오가 예상했던 바대로 느릿느릿한 언동으로 ― 자네가 그럴 줄은 몰랐노라면서 길쭉한 얼굴을 이그려뜨리는 것이었다.

다른 이야기도 숫하게 했었다. 채희와의 관계도 낱낱이 들려 주고 산사에서 여인을 범하던 일들도 숨김 없이 말 해주었지마는 어느 이야기도 '느린보'는 그 와같은 얼굴을 지어 보이지 않았다.

'느린보'가 문오에게 석방되는 대로 남반부에 넘어가라고 누누히 권하게 된 이유의 반 이상이 옥주를 살펴서 한 소리임에 틀림없다고 문오는 알고 있었다.

문오는 '느린보'의 본명(本名)을 알아 두지 못한 것도 안타깝게 여겼다.

많은 이야기를 하느라고 그것을 물을 틈도 없이 달포가 흘러 가버리고 말았을 뿐이다.

'느린보'가 죽음을 두려워하지 않아 하던 일을 문오는 그가 나가고 나서 더욱 훌륭하게 여기게 되었다. 아무도 '느린보'처럼 태연하게 나가지는 못했다.

끌려 나가는 마당에서까지 옥주의 이야기로서 마물굴[49] 수 있었다는 사실은 그가 죽음을 맞바루 응시하는 위치에 항상 서 있었다고 볼밖에 없었다.

간수의 발자취 소리가 들리기만 하면 유치인들의 거의가 소스라치곤 하는 속에서 '느린보'는 늘 태연하게 앉아 있었던 것이다.

'느린보'가 나간 뒤, 사오일 경과했을 것이다. 함박눈이 무겁게 내리고 있었다. 문오는 그날 재판을 받게 되었다.

칠평 쯤 됨직한 마루방에다 테이불 두개를 놓고 장선기와 허윤이 거기 앉아 있고 방청객은 한사람도 없었다.

죄수도 문오 혼자였다.

"설마" 하고 눈을 의심하다가 분명히 그들이라고 확인했을 때 문오는 웃음이 마구 터져 나왔다.

"어허허허, 헛허허허흐 흐흐, 허윤하구 장선기가 동등한 자리를 차지하구 앉았구나. 동등한 자리를 차지하고 앉아서 지주의 아들 강문오를 재판하려 드는

---

49 일의 뒤끝을 맺는 의미의 '마무르다'를 '마물구다'로 표기한 것으로 보임.

구나. 어허허허. 헛허ㅎㅎㅎ. 재판할거 뭐 있어? 쏴 죽이지. 자아 쏘란 말이야. 쏘라구. 자아, 자아.”

문오는 테이불 앞에 자리 잡은 허윤에게로 달려들었다. 장선기는 달려들만한 대상이 안 된다고 알았던 탓인지 몰랐다.

문오는 막다른 골목에 쫓겨 간 개가 되돌아 서는 때와도 같이 한껏 난폭해졌다.

허윤이 테이불 앞에서 일어나 뒤로 주춤 물러 서더니 우뚝 자세를 고치며 달려드는 문오를 향해

“지주의 아들 반동분자, 이놈 너 어딘 줄 알구 발광이냐? 응 이놈.”

벽력같은 소리를 지르는 것이었다.

그러자 문오를 호위해 온 간수가 달려들고 장선기가 뛰어들었다. 허윤도 가만 있지는 않았다.

통증조차 느낄 수 없을 만큼 문오는 무수히 난타를 당해서 몸둥이는 상처 투성이었다.

형무소에 들어가서야 문오는 반동 지주의 아들로서 반동 승려들과 결탁 해가지고 농민의 아들 장선기를 괴롭혔다는 죄목임을 알게 되었다.

그 날로 형무소에 이송되었으나 문오는 타고 간 차량이 추럭이었는지 스리쿼 타였는지 그것도 몰랐다. 철문이 괴음(怪音)을 발하며 열리고 닫히는 소리에서 의식을 되찾았다. 지난 날 감옥 생활에 익숙했던 문오 귀엔 그 소리들이 그저 지나치지 않았던 것이고 의식을 되찾는데 뒷받침이 될만큼 강렬하게 다가왔던 것이다.

철문 여닫는 소리에 의식을 회복한 문오는 눈송이가 흩날리는 사이로 붉은 벽돌담장이 우뚝 마주 서는 것을 보았다. 눈송이가 흩날리는 속이어서 그것은 아득히 높았다.

감방은 여기서도 빽빽했다.

빽빽한 틈에서 문오의 상처는 더쳐 갈 뿐이었다. 사 오일 간을 입을 벌릴 수

없어 밥을 먹지 못했다. 문오 옆에 자리 잡은 텁수룩한 중년 남자가 문오의 것마저 받아 먹곤 했는데 이 자는 제것을 한 손에 들고도 문오의 것부터 빼앗다 싶이 해다간 널름널름 삼켜버렸다. 그 대신 이 자는 문오의 상처가 심하게 부대끼지 않게 하려는 노력을 아끼지 않았다.

이 자의 그러한 노력에도 불구하고 상처는 끝내 곪기 시작했다.

빽빽한 속이어서 짜 내지 않아도 고름은 저절로 터져 나올 수밖에 없었다. 손마디 하나들이 밀 틈 없는 자리라 하더라도 고름이 질질 흘러 내리는 문오와 몸뚱이를 맞대기를 모두가 싫어했다.

문오는 변기통 쪽으로 밀려 가게 되었다. 여기엔 얼마 만큼의 공간이 있어서 심한 통증은 덜 느낄 수 있었으나 밥을 빼앗아 먹던 중년 남자까지도 어른거리지 않았다.

중년 남자가 계속 문오의 밥을 받아 먹을 수 있었더라면 사정이 달라졌을지도 모르겠는데 문오가 입 언저리의 상처가 나은 뒤로는 꼬박꼬박 밥을 먹게 되었으니 그가 받아 먹을 것이 있을 리 없다.

문오가 밥을 먹을 때면 모두들 힐끔힐끔 문오 쪽에다 눈을 보내었다. 그들은 그 지경 되어가지고도 밥을 먹는 문오를 구경하는 것이 아니고 그 지경 되어 있는 문오의 밥이더라도 먹을 수만 있다면 먹겠다는 눈초리들이었다.

중년 남자의 눈초리는 더욱 더했다. 옆의 많은 눈이 아니라면 빼앗기라도 할 만큼 눈알을 험하게 굴리며 손에 들린 밥을 쏘아 보았다. 밥 티 한알이더라도 떨어지기를 기다리는 눈초리였다.

감방 속에 갇힌 자로서 허기가 안 지는 사람이 있을 리 없지만 아무도 이 자만큼 먹는 것에 눈을 밝히지는 않았다. 중년 남자는 수시로 감방 안이 진동하도록 소리를 질렀다.

간수에게 호된 매도 수차 맞았건만 그 버릇을 못 고쳤다.

"시장끼가 드는 거야 할 수 있어야디오."

그는 이렇게 서두를 떼어 놓고는 시장끼 중에도 음식물을 요구하는 시장끼와 여자가 요구되는 시장끼가 있는데 여자 시장끼 이상으로 견디기 어려운 것은 없다고 혀를 내 두르며 말했다.

"배 곯은 건 그래도 좀 낫디오. 여자 시장끼야 어디 그렸읍데까. 몸이 마구 비비 꼬여 가지군 똑 죽을 것만 같은 걸. 이 거야 어디 살겠읍데까. 그냥 꽉 죽고 말아두 시원치 않은 걸."

한바탕 감방 안을 떠들석 둘쳐 놓고서 중년 남자는 자기 아내가 곁에 있기라도 한 것처럼 —

"쌍년같으니라구 우리 조선 사람을 못 살게 굴던 왜놈의 계집년을 좀 해먹었음 어땠단 말이야?"

'네 잉년아'를 소리소리 쳤다.

그의 이야기는 자기 집에 든, 일을 거들어 주려고 온 일녀(日女)를 범했다는 것이다. 그 날 외출에서 돌아 온 그가 대문 안에 들어 선즉 일녀가 마당에서 분탄[50]을 주물러 빚고 있더라는 것이다. 그는 두말 없이 일녀의 덜미를 잡아 끌고 광 속으로 들어갔다. 한창 고비에 이르렀을 때 그 기미를 눈치 채인 아내가 광 문을 열었다. 그는 옷을 바루 입을 새도 없이 아내에게 끌려 적위대까지 갔다는 것이다.

"그 땐 일녀라면 얼마든지 해 먹을 수 있었디오. 온갖 걸 죄다 뺏기고 고국엔 아직 돌아 갈 형편이 못되디, 허디에 떠돌아 다니게 되자니께 배는 고프디오. 한 그릇 밥에두 이랏샤이, 이랏샤이(오십시오. 오십시오)할 판인데 그걸 못해 먹다니 말이 됩네까."

중년 남자는 이 이야기를 하고 또 하고 했다. 이야기로서 시장끼를 채우려 드는지 몰랐다.

문오는 이 무렵에 청암사에 화재가 났다는 것과 지암당이 암살 당했다는 소문을 들었다.

---

50 잘게 부스러져 가루가 된 숯이나 석탄.

  최정희 소설 전집 **5**

문오가 한달 이상을 변기통 쪽에서 병든 짐승같이 지내 오다가 상처가 꾸덕 꾸덕해질 무렵에야 중심부로 옮아오게 되었다. 누구의 지시가 있은 것도 아니고 또 문오가 강요한 것도 아니었으나 어느새 그렇게 되었다. 문오의 존재가 감방 안에서 뚜렷해졌다는 것이 이유가 되겠다.

오물(汚物)같이 꺼려하던 문오를 어느새 감방 사람들은 '선생님'이라고 호칭했고 누구 할 것 없이 문오의 말이면 귀를 기울여 주었다.

중년 남자의 시장끼 이야기도 이러면서부터 함부로 튀어 나오지 못했다. 그러나 중년 남자는 시장끼 이야기를 아주 단념하려고는 하지 않았다.

"중두 너자를 업으면 울타릴 훌훌 넘는대는데 너자 싫은 사람이 어데 있갔읍네까."

문오의 낯색을 슬쩍슬쩍 살펴 가며 중년 남자는 이런 말로 휘갑을 쳐[51] 가며 이야기를 꺼내곤 했다.

벽에 걸린 달력이 삼월칠일이라고 알려주는 날 밤 문오는 간수에게 불려 나 갔다.

여기서도 적위대에서와 마찬가지로 나가는 자의 행방에 대해 구구한 공론을 벌리게 되었다. 시베리아 유형이거나 아니면 탄광이요.[52] 총살이라는 것이었다.

그 중에서도 그들은 최악의 것을 더 많이 주장하려고 들었다. 그리고 그 최악의 운명은 이제 곧 자기에게도 닥쳐 올 것으로 기다리며 떨고 있었다.

끌려 나가는 인간 중엔 '조선독립만세'를 부르든가 '애국가'를 소리 높여 불러 허세를 피우는 자도 있었다. 끌려 가지 않으려고 발악을 하는 자가 있는가 하면

---

51 휘갑치다: 너더분한 일을 잘 마무리하여 끝을 맺다 또는 어려운 일을 임시변통으로 꾸며 피하다.

52 '탄광이요,'의 오식으로 보임.

간수 앞에 손을 싹싹 부비는 비굴한 수작을 부리는 자도 있었다.

문오는 적위대 사설감방에서 본 '느린보'를 상기했다. 그의 여유 있던 모습을 눈 앞에 떠올리려고 노력했으나 몸이 덜덜 떨려 올 뿐이었다.

이제 곧 눈이라도 쏟아지려는지 하늘엔 별 하나 뜨지 않았다. 천지(天地)는 어둠으로 일색을 이루고 있었다. 그 어둠 속에 추럭 두 대가 놓여 있는 것이 약간 드러났다. 끌려 나온 자, 또 끌려 나오고 있는 자들을 거기다 실을 모양이었다.

— 대관절 이 절벽같은 밤에 어디로 가는 것일가?

문오의 눈 앞으로 숱한 사람들의 얼굴이 떠올랐다가 휙휙 지나가곤 한다.

약간 웃으며 양 손을 무릎 위에 놓은 모친의 사진이 여러번 떠올랐다. 민의 얼굴, 누이동생의 얼굴.

오경배, 하용빈, 성철수, 우영춘, 마채균 등, 동경시대에 한테 뭉쳤던 그들의 얼굴은 고무풍선처럼 둥둥둥 다가 왔다. 허윤과 채희는 떠오르지 않았다.

금아는 떠올랐다 사라졌다.

끌려 나온 인간들은 묵묵히 간수의 안내(?)를 받았다. 다행히 '조선독립만세'도 애국가도 부르지 않았으며 최후의 발악이나 비굴한 수작을 부리는 자도 있지 않았다.

그래 보았댓자 소용이 없더라는 것을 구경 해 오기도 했겠지만 너무 절벽같은 어둠 속이어서, 이제 곧 눈이라도 쏟아질 듯한 어둠이어서 그럴 만한 경황이 없었던 것이다. 꽁꽁 얼어 붙은 영하의 밤 속에 덜덜 떨고 있을 뿐이었다. 땀방울을 거두지 못하고 있을 뿐이었다.

십여명씩 혹은 그 이상의 수효가 밧줄에 묶였다. 두 대의 추럭이 묶이운 그들을 실었다. 그들을 물건짝 모양으로 실리우는 것이었다.

실리우기를 다 하자 두 대의 추럭은 앞 서고 뒤 서고 하면서 절벽같은 어둠을 뚫고 달렸다.

문오는 감방의 여러 사람들과 마찬가지로 최악의 경우인 총살을 생각하고 있었다.

─ 구덩이를 판다. 열을 주르르 지어 세운다. 뜨르르륵 따발총이 난사(亂射)
된다. 주르르 열을 지어 섰던 인간들이 구덩이 속으로 픽픽 쓰러져 들어간다.
억울하다. 제가 파 논 구덩이 속에 파묻히려고 허덕허덕 살아오지는 않았던 것
이다.

발을 벋디디고 한번 치솟아 보라던 마채균의 말이 들려왔다. 일제(日帝)에 눌
리지 말라고 해준 소리지만 이 경우에도 들어맞는 말이다. '오라반도 남반부에
넘어 가시자요.' 하던 누이동생의 소리가 귓전에 울렸다. 마지막으로 남겨 놓고
간 '느린보'의 말도 생각났다.

옥주를 건져주려면 남반부에 넘어가지 않고서야 되는 일인가. 새삼스레 옥주
를 건져줘야 하겠다는 의무감 같은 것도 치솟았다.

길은 평탄치 못했다. 추럭이 험하게 흔들렸다. 추럭에 실린 인간들이 폭풍에
가만 있지 못하는 수목(樹木)들 모양으로 마구 흔들렸다.

문오는 그 틈을 타서 묶인 줄을 추럭 가장자리에다 들이문질렀다. 밧줄은 오
래지 않은 시간에 비교적 쉽게 끊겨져 가고 있었다.

한테 묶인 좌 우 측의 인사 만은 이 사실을 눈치 채고 있었으나 아는 체를 못
하고 폭풍우 속의 수목처럼 흔들리우며 서 있었다. 바른 편은 여위고, 왼 편은
비대했다. 비대한 쪽보다 여윈 쪽에 문오는 친밀감이 갔다.

"나 뛰어 내리구 말겠어요."

문오가 바른 편에 목을 돌리고 낮은 소리로 재빠르게 들려주었다.

"그러다 잘 못……."

바른 편의 목소리는 계속되지 못했다.

"이왕 죽는 바엔."

바른 편은 다시 말이 없었다.

추럭이 언덕 길을 올라가고 있었다. 언덕 길에선 추럭이 속력을 내지 못했다.
문오는 이 언덕길에서 뛰어 내려야 한다고 마음 먹었다.

최악의 경우가 닥치는 한이 있더라도 제가 파 놓은 구덩이 속으로 굴러 떨어

지기보다는 낫다고 생각했다

눈이 펄펄 내리기 시작했다. 펄펄 내리는 눈은 문오로 하여금 날짐승같이 가볍게 뛰어 내릴 자신을 갖게 했다.

휙 몸을 뒤치면서 발을 콱 밟고 솟구쳤다. 넓이뛰기나 높이뛰기 경기에서 하던 몸놀림이었다.

문오는 중학시절에 이 경기의 선수이기도 해서 그다지 서툴지 않았으나 생각하던 바대로 날짐승같이 가볍게 뛰어 내리지는 못했다. 구을러 떨어졌다. 한 그루의 소나무가 아니었더면 문오는 깊은 골짜기에까지 구을러 내려갔을 것이다. 그 한 그루의 소나무엔 나달나달 떨어진 문오의 옷이 걸릴 만한 가지가 돋쳐 있었다. 이 가지에 문오의 나달나달 떨어진 옷이 걸렸던 것이다. 그러자 문오는 팔을 벌려 한 그루의 소나무를 부둥켜 잡았다.

언덕 쪽에서 총성이 들려왔다. 문오를 향해 발사한 것인지 좌우 편의 인사를 처치한 것인지 알 수 없었다. 좌 우의 인사는 문오의 행동을 알고 있었음에도 불구하고 잠잠히 있었다는 책임 추궁을 받을 것이라는 생각을 문오는 비로소 하게 되었다.

얼마 계속치 않고서 총성도 그치고 숨 가쁜 추럭의 바퀴 소리만이 눈내리는 밤의 정적을 헤치며 멀어져 가고 있었다.

4

문오는 나무와 나무들 사이를 더듬어 잡으며 골짜기에까지 다달았다. 골짜기 안엔 두 채의 초옥(草屋)이 죽은 듯이 업드려 있었다. 바른 쪽 집으로 발을 옮겼다. 바른 쪽 하고 인연이 깊은 것같은 추럭에서의 일을 상기하곤 일종 미신(迷信)적인 심리작용을 일으켰던 것이다.

문오의 미신적인 심리작용이 적중하느라고 그랬든지 초옥에 사는 노부부 내외는 눈길에 흘려서 길을 잃고 헤매였노라는 문오의 말을 곧이 들어주지 않았다.

이튿날 떠나려는 문오에게 영감의 흰 솜바지 저고리를 입혀 주고 망태기엔 움에 묻었던 감자와 무우를 담아서 짊어지워 주었다.

"당에 가는 길이라구 하시라요, 우리 두째두 이르캐 채리구선 남반부로 넘어 갔댑네다."

노부부의 둘째는 무슨 까닭으로 남반부에 넘어가야 했느냐고 문오는 묻지 않았다. 그에겐 한시 바삐 넘어가야 한다는 조바심밖에 없었다.

노부부는 문오에게 안내인(案內人)을 잘 만나야 한다고 몇번이나 일러주었다. 안내인을 잘못 만나서 짐을 모조리 털고선 출발 지점에 도로 데려다 놓는 악질 안내인이 있다는 사실을 알려주었다. 그리곤 말 끝마다 조심하라고 했다. 건느는 배에다 총질을 해서 배가 엎어지는 일이 있다는 이야기는 문오의 간담을 서늘케 했다. 그렇더라도 해주에서 청단으로 넘어 가는 편이 나으리라고 노부부는 자상하게 가르쳐 주었다.

해주(海州)엔 저녁 무렵에 이르렀다. 밤이 이슥하기를 기다려서 문오는 '파락개'로 나갔다. 여관에서 알선해 준 안내인은 문오 이외에도 칠팔명의 월남자를 인솔하고 떠났다. 어린것을 업은 여인도 끼어 있었다.

"어린아이에겐 쇠주를 멕여놨읍네다. 울어선 안 되갔으니께 반 죽음을 시켜 놨시요."

어린것을 업은 여인을 꺼려하는 듯한 일행의 눈치를 살펴가며 안내인이 설명해주었다.

불평을 터뜨리자고 벼르던 동행인들이 입을 열지 못한 채 눈을 부릅뜨고 쳐다 보곤 묵묵히 여인을 앞 세우는 것이었다.

문오는 여인의 등허리에 죽은 듯 업혀 있는 어린것에게 힐끔 눈을 보내며 걷기 시작했다. 밤중에야 '파락개'에 다달았다. '파락개' 근역(近域)은 봄을 기다리는 날씨같지 않게 황냉(荒冷)했다. 발 밑에 어름이 미끄러웠다.

해수(海水)가 밀려 왔다 간 바닥 만은 얼지 않고 질퍽한데 이 질퍽한 길을 오리(五里)가량 걸어야 한다고 했다. 그래야만 저편에서 기다리고 있는 배를 탈 수 있다고 했다. 배가 기다리고 있는 '파락개'는 썰물의 영향은 받지 않고 밀물의 영향 만을 받는다고 했다.

누구도 소리 없이 기다리고 있는 배를 향해 안내인의 뒤를 따라야 하는 것이다. 땅을 밟는 소리만이 질척질척 들릴 뿐이다. 길도 없는 질척질척한 바닥을 그들은 내쳐 걸어야 했다.

길이 있을 리 없었다. 밟고 간 발자욱을 밀물이 밀려 와서 밀어 가는 것이었다.

북쪽에 살지 못하고 남쪽을 찾아 넘어가는 월남자들이 있었다는 것을 숨겨주려는 듯이 밀물은 그들의 발자욱을 어김 없이 밀어 가곤 하는 것이었다.

"쇠를 봐야 하갔는데."

한시간 가까이 걸었을 때 안내인이 중얼거린 말이다.

아무도 쇠를 본다는 이 소리를 알아 듣지 못했다. 소리가 너무 낮은 탓이었다. 캄캄한 밤을 타고 무사히 남쪽 땅으로 넘어 가야 한다는 일념에 사로잡힌 그들에게 안내인은 말 소리를 크게 내서 알리기가 두려웠던 것이다.

"눈이 와 놔서……."

안내인은 발을 멈췄다. 그는 산야(山野)를 두리번두리번 살피는 것이었다. 따르던 일행도 그와 마찬가지로 발을 멈췄다.

그들도 시야를 두리번두리번 살폈다. 그들은 어둠 속에서도 안내인의 거동을 놓지지 않아서 그대로 좇을수 있었다.

눈 덮인 산야가 환등처럼 시야 안으로 우뚝 솟아올랐다.

"쇠를 봐야 하겠는데 눈이 와 놔서 방향을 모르갔시요."

안내인의 소리가 좀 높았다. 모두들 알아 들었다.

"쇠라니? 무슨 소리요?"

어느 한사람의 추궁이었다.

"나침판 말입네다."

안내인의 대구다.

"이제 와서 나침판을 찾음 어뜩캐? 이 허허벌판에 와 갖고서."

다른 자의 공박이다.

"쇠를 가지긴 했디만서두 볼 수가 없어 놔서……. 물이 곧 올레밀텐데 큰일입네다."

안내인의 걱정에 찬 얼굴이 어둠 속에서도 알려졌다.

"물이 곧 올리 민다구? 밀물이?"

어느 하나의 다급한 소리였다.

"올레 밀 때가 돼 온 것 같쇠다."

"그것두 말이라구 질기리우? 물이 올레 밀문 물 속에 매장되구 말게? 기르탐 앉아개디구 콱 죽어 버리디…."

흥분과 공포와 추위에 소리는 떨렸다.

"아니 우리가 '파락개' 강물에 생매장 되자구 예기메까지 온 줄 알아?"

이 소리와 함께 찰싹 소리가 났다. 그 중의 한 사람이 안내인을 때린 것이다.

"이러지들 마시구 어떻게 해서라두 넘어 가야 할 방도를 생각해 보십시다. 우리 성냥을 켜 가지구 나침판을 봅시다."

문오가 그들 사이에 들어섰다.

"불 빛이 뵈문 총알이 날라 올텐데 기리캐 해서 돼우?"

얻어 맞았건만 안내인은 그런 것같지 않은 얼굴로 둘러선 사람들에게 말했다.

그의 이 한마디의 말은 그들을 더 떨게 했다.

"이러디두 저러디두 못하구 어디커라 말이야? 이 자식아."

또 하나가 안내인에게 달려들었다.

"노형 참으시구 이래캐 합시다. 모두들 우와길 벗으시요. 그걸 둘르구 성냉을 케 봅세다레."

어느 한 친구의 의견이 안내인에게 달려들던 젊은이의 흥분을 꺾어놓았다.

“기래. 기거 도캇쇠다.”

“참 기리캐 해 보자구요.”

떨고 있던 그들 가슴 속으로 한 줄기의 난류(暖流)가 흘러 들었다.

그들은 일제히 옷저고리를 벗었다. 문오는 촌가의 노인네들이 입혀 준 흰 솜 저고리를 벗었다.

저고리와 저고리를 두른 속에서 성냥불이 환히 켜졌다. 안내인이 나침판을 환한 불빛 속으로 들이대었다.

“되시요. 인자 알가시요. 너머 좌측으로 향했군요. 눈이 와 놔서……”

환한 성냥불이 꺼지자 천지는 다시 암흑 속으로 돌아갔다.

그들은 좌측에서 우측으로 발을 돌렸다.

문오는 우측에의 운명을 다시 생각하게 되었다. 우측으로 기울어졌더라면 무사했으리라는 생각을 정식으로 하게 된 것이다.

얼마 안가서 강이 흰하게 보였다. 캄캄한 밤이더라도 강물은 제대로의 형태를 드러내고 있었다. 눈 덮인 산야가 강물 속에 반사되어 있는 탓인지 몰랐다.

“왜들 인자사 오시요? 물이 곧 올리 밀텐데……”

뱃사공이 일행 앞으로 다가 오면서 다급히 속삭였다.

아무도 대꾸는 하지 않았다. 안내인도 묵묵히 있었다.

일행이 배에 오르자 안내인은

“무사히 넘어들 가시라요.”

낮은 소리를 보냈다.

“어서 돌아 가시라요. 물이 올레밀기 전에.”

“고맙쇠다. 어서……”

“당신두 넘겨 줄 사람을 다 넹겨주고 남반부에 오라요.”

다시 소리는 없고 노 젓는 소리 만이 강물 위에 철석거렸다. 반시간 넘어를 그렇게 갔을 것이다.

“인제 됐습네다. 남반부에 왔습네다. 와기에 니르믄 그자덜두 쏘딘 못해요.

또 붙잡아 개디두 못해요."

강 한 복판까지 배를 저어 온 뱃사공이 안도의 숨을 내 쉬며 일러주었다. 배 위의 일행은 일제히

"와아 ─"

함성을 터뜨리며 소란을 부렸다.

양 팔을 높이 쳐들어 '만세'를 부르는 자가 있었다. 발을 구르는 자도 있었다. 동이 훤히 터오는 아침이었다. 문오는 그쪽 하늘을 쳐다 보았다.

"가만들 있으시라우요. 배가 뒤집힙네다."

뱃사공의 주의가 있었으나 그들은 좀체 갈아 앉지 않았다. 이제 곧 죽어도 좋으리라는 거동을 이었다.

문오는 동이 트는 쪽에서 고개를 돌려 여인의 등에 업힌 어린것을 보아주었다. 그렇게 떠들건만 쩍 소리 없이 아직 늘어져 있었다.

"아가 인전 깨라구. 깨두 괜틴않다."

문오가 어린것을 보아주는 기미를 알아챈 뚱뚜므레한 중년 신사가 어린것에게로 눈을 돌렸다.

"어린아이에게다 쇠주를 멕여놨으니."

"기리니께네 반 죽엄이 될 수밖에 없디 않소."

"잘 됐다. 삼팔선 덕분에 어린녀석이 술을 다 먹구."

"참 선시네[53]입네까? 딸입네까?"

서로 주고 받다가 뚱뚜므레한 중년 신사는 여인을 건너다 보고 물었다.

"딸입네다. 아직 돌두 안 디내시요."

"에구 데런 돌 전의 색씨가 술을 다 먹었으니."

"이것의 짝은 집에 두구 왔답네다. 저 아바지레 넘어 오라는 재촉은 빗발 같구……. 하나두 에레운 형펜에 쌍둥이를 다 대리구 떠날 수가 있어야디요."

---

53 '사내아이'를 뜻하는 말인 듯하나 확실하지 않음.

여인이 입을 비죽거리며 목이 메여 했다.

뚱뚜므레한 신사가 두 아이 중에 이 아이를 택한 이유를 물었다.

"동전을 떨어띠렛디오. 처음부터 높이 던진 동전이 떨어디는 쪽을 업구 떠나 갔다구 결심하구선 한 일입네다."

여인은 이렇게 설명 해주고 나서 한 아이는 다 늙은 노모에게 맡겼다는 말을 덧붙였다.

5

활짝 밝은 아침에 문오들의 일행은 삼팔선 이쪽 땅 청단에 내렸다. 지평선 저쪽에서 태양이 올라 솟고 있었다. 둥둥둥 북소리라도 날 만큼 크고 붉었다. 그들 일행은 미군 경비원에게 잠깐 동안 검문을 받았을 뿐, 수용소에도 들리지 않고 각기 자기들이 찾아야 할 방향을 향해 발을 옮겼다.

"이제부턴 쇠가 없어두 방향이 환합네다레."

"오구 싶던 남반부에 왔으니 한 맘 한 뜻으루 뭉테 보십세다."

"날강도 같은 공산당 놈덜을 안보게 된 것만 해두 목덕은 달한 것 아니갔소."

"안녕히들 가시라요."

서로 갈라질 때마다 그들은 이러한, 이 비슷한 인사를 치뤘다.

하루 밤이지만 같은 운명 속에 지내 온 그들은 피차에 백년지기를 느끼는 것이었다.

마지막까지 남은 단 한사람의 일행과 헤어지고 나서 문오는 서울까지 줄곧 걸었다. 걷지 않을 수가 없었다. 무엇을 탈 만한 돈이 그에겐 없었다. 쏘련군에게 뺏기고 나선 돈을 만저 본 일조차 없었다.

촌가의 노부부가 짊어지워 주던 무우와 감자가 든 망태기도 삼팔 이북 땅 여관에다 버려 두고 왔다. 그렇더라도 문오는 피곤이나 절망을 느끼지 않았다.

촌가의 노인네들이 들려 준 이야기나 여관에서 얻어 들은 풍문으로는 삼팔선

230최정희 소설 전집 5

처럼 넘기 어려운 데가 없다고 했는데 남반부 서울에, 그가 지난 날 익숙히 밟아 본 길을 이렇게 빠르게 또 쉽게 걸을 수 있다는 사실에 문오는 그득 차게 기뻤다.

'피락개' 강물 한 복판에서 웨치듯 하던 안내인의 소리가 생각났다. 북반부 땅이 바루 코 앞에 놓여 있는 데서도 그자들이 총을 쏘지도, 붙잡지도 못한다고 했으니 멀리 떨어진 서울에서야 염려할게 무엇이랴 싶었다.

문오는 가슴을 쓰윽 펴고 네 활개를 쳤다. 모두 양복을 입은 속에 혼자 초라한 흰 바지 저고리가 부끄럽지도 게면적지도 않았다.

채균이부터 찾을 생각이었다. '느린보'의 마지막 말대로 옥주여사를 찾을 생각도 해보았으나 당장 그리로 갈 마음은 생기지 않았다. 해가 져서야 절에 이르렀다. 채균은 없었다. 금아만 있었다.

문오도 알고 있는 주지가 문오를 채균이들 방 앞에 안내 해주었을 때, 뛰어나온 금아는 몰라 보게 컸다. 금아가 허윤을 닮아가며 자랐구나 하는 생각이 훌쩍 들었다. 문오가 금아를 떠날 때까지는 허윤과 채희를 반반씩 닮았다. 어쩌면 채희 쪽을 더 많이 닮았는지도 몰랐다.

허윤을 닮아가며 자란 금아를 문오는 오히려 더 목메인 소리로 부르며 부둥켜 안은즉 금아는 문오 팔 안에서 빠져 나가려고 했다. 금아는 문오를 잊어버리고 있었다.

"금아야. 나 아저씨야. 나팔을 사 주던 아저씨야."

"……."

금아는 흰 바지 저고리의 촌뚜기로 보이는 문오를 유심히 훑어 보았을 뿐이다.

"너 민이 알지? 민하구 나팔이랑 불며 놀던 생각 나지? 숨바꼭질두 하구……."

금아 얼굴에 비로소 벌름거리는 웃음이 떠돌았다.

"아저씨 방에 들어 가."

방에 들어가자 금아는 민을 어디다 두고 혼자 왔느냐고 문오에게 물었다. 남

반부에 넘어 와 있을지 모른다는 문오 말에 금아는 또

"여기 말이야? 이남 말이지요?"

하고 되물었다.

문오가 그렇다고 말해 준즉 금아가 검고 큰 눈을 들어 먼 데를 살폈다. 그리움이 서려 있었다. 채희와 흡사하다고 문오는 느꼈다.

"아저씨 아빠두 넘어 왔어. 아저씨 알어?"

금아가 들었던 눈을 문오에게 돌리며 이런 말을 했다.

"어엉?"

문오는 소스라치며 외마디 소리를 질렀다. 그것은 비명도, 절규도, 아니었다. 더 어쩔 수 없는 절박한 상태에 봉착했을 때 저절로 터져 나오는 진동이라 하겠다.

'느린보'에게서 허윤의 이야기를 들었을 때는 '관세음보살'을 불렀다. '관세음'이니, '보살'이니 하고 여러마디의 소리를 지껄일 수 있었으니 그만한 여유를 보였다고 할까.

"새엄마두 왔어. 아저씨 이북에 있을 때 아빠랑 새엄마 만났지?"

금아가 문오의 외마디 소리를 알아 들을 턱이 없었다.

"……만났지. 만났어."

재판정에 장선기와 나란히 앉았던 허윤의 얼굴을 떠올리며 문오는 마른 침을 삼켰다.

"아저씬 왜 넘어 오셨어? 아저씨두 반동이라구 그래? 아빤 새엄마 때문에 쫓겨 났대나요. 새엄마가 반동의 딸이라구……."

"으응 반동이라구?"

금아가 줏어 섬기는 말에 문오는 또 소스라쳤다.

"얘. 금아야, 그게 정말이냐? 너의 아버지가 도대체 언제 넘어 왔니?"

금아는 정말이라고 긍정해 보이곤 허윤이 넘어 온지가 한달 가량 된다고 말해 주었다.

"그 뒤 얼마 되지두 않아서……. 묘하구나. 묘해……. 이런 묘한 일두 있구나."

저도 모르게 문오는 이렇게 중얼거렸다. 반동을 재판하던 재판장이 바로 또 반동으로 몰렸다는 사실에 묘하다는 말밖에 할 소리가 없었다.

찬찬히 문오를 보고 있던 금아가 뭐가 묘하냐고 문오에게 물었다.

"으응? 온통 묘하단 말이다. 묘한 세상을 아저씬 많이 살아 왔어. 아저씨가 묘한 세상을 살아 오는 동안에 금아만 컸구나……. 참 금아 너 몇살이지?"

"열 살."

"열 살? 열살인데 그렇게 크구나."

"아저씨두 용빈아저씨하구 똑같은 말을 하네."

"용빈아저씨? 어디 있어? 서울에 있냐?"

"그럼. 아빠, 채균 아저씨랑 동맹에서 일을 하구 있는 걸."

"아 그래? 그렇겠구나."

천길 낭떠러지에 뚝 떨어진 듯한 절망이 가슴 속으로 밀려들었다. 저만 외톨이가 되었다는 외로움이 거기엔 섞여 있음이 분명했다.

"아저씨두 인제 같이 하심 되잖아?"

금아가 문오의 달라지는 낯색을 살펴가며 말했다.

"그럼. 아저씨두 같이 하면 되지."

금아가 한 말을 되씹는 외에 문오가 할 말은 없었다.

"채균형은 늦어야 들어오겠군."

한참 만에 문오가 금아에게 물었다. 채균이 며칠 만에 한번씩 들린다는 것과 허윤의 집에 대부분 유숙하고 있다는 사실을 금아는 문오에게 차근 차근 일러 주고 나서.

"채균 아저씬 나 때문에 여기 들리는거죠."
라고도 했다.

"너두 거기 가 있음 될텐데 왜 여기 있어?"

"난 새엄마 하구 있는게 싫어. 여기가 좋아. 아저씨두 여기 있어. 나하구 같이 있어. 나팔이랑 불면서 응. 나팔이 저기 있어."

금아가 문오에게로 다가 오며 구석 쪽을 가리켰다. 목을 돌려 문오는 그 쪽을 살폈다. 석유 궤짝이 놓여 있었다.

"저 속에 나팔두 들어 있구, 장난감 소꿉질두, 대포, 총, 탱크, 다 있어. 민이 왔음 좋겠어. 같이 놀게, 민이 보구 싶어."

문오는 다가 온 금아 어깨에 손을 얹어 줄 뿐, 말은 없었다.

"아저씨 나하구 같이 살아 응, 아저씬 새엄마랑 있는 집에 가지 말구……."

문오의 손을 얹은 채 말없이 있던 금아가 애절하게 말했다.

"아저씬 가야 해."

문오는 얹고 있던 손을 금아 어깨에서 내려 놓으며 벌떡 일어섰다. 갈 데가 있는 것이 아니었으나 또 그냥 머물고 있을 수도 없었다.

금아의 간절한 만류도 듣지 않고 문오는 밖으로 나왔다.

차거운 밤 공기가 싸늘하게 기어들었다. 오싹 떨렸다. 어디란 방향도 없이 문오는 또 걸었다. 그렇게 걷고 있는데 앞을 막는 우뚝한 것이 있었다. 고개를 쳐 들어 보았다. 낯 익은 건물이었다.

오경배 집에 묵고 있을 때 이 근처에서 술과 여자를 실컷 경험하던 일이 생각나고 둥글둥글한 오경배의 얼굴이 생각났다.

문오는 오경배 집으로 발길을 돌렸다. 뒤바뀐 정세 속에 그의 생활 환경이 달라졌을지 모른다는 걱정을 하는 사이에 그 집 대문 앞에 이르렀다.

대문을 열어주던, 문오를 전부터 알고 있는 식모가 문오를 이내 알아보고 뜻밖에도 반색을 하곤 문오더러 그동안 감옥에 살았느냐고 문오의 행색을 훑어 보는 등 수선을 피웠다.

식모는 문오가 물어보기도 전에 오경배가 집에 있다고 말하며 안으로 이끌어 들였다. 문오가 오경배 집에 처박혀 있을 무렵에 오경배의 부친이나 오경배의 아내 이상으로 구박 해오던 식모가 문오가 초라한 행색임에도 불구하고 친절을 보이는 일이 의아스러웠으나 그런대로 식모의 뒤를 따랐다.

"서방님 반가운 친구가 오셨어요."

식모가 뜰아래서부터 소리를 치자 오경배는 자리옷 바람으로 뛰어 나와 문오를 얼싸 안았으며 오경배의 아내도 뒤를 따라 나오는 것이었다.

"살아 있긴 했구나. 살아 있었으니 다행일세."

문오를 얼싸 안았던 오경배가 팔을 풀며 건넛방으로 들어가자고 한 즉 오경배의 아내는 자기가 건넛방으로 자리를 옮길테니 뜻뜻한 안방에서 오랫동안 그리던 회포를 풀라고 문오와 남편을 엇갈라 보아가며 환대다.

"그런데 어디 갔다 지금사 나타나는 거야? 그동안 어떻게 지냈어? 형무소에 갇혀 있었댔나?"

밝은 전등불 아래 앉은 문오를 이리저리 살피며 오경배가 다구처 묻는다.

이야긴 차차 하고 우선 쉬게 해달라고 문오는 그에게 간청했다. 어제 저녁 해주 여관에서 저녁을 먹은 뒤로 한모금의 물도 마시지 않고 있었건만 시장끼조차 느끼지 못할 만큼 피곤했다.

문오는 깔아 준 자리에 누어서 꺼진 듯 잠을 잤다. 이튿날 저녁 무렵에야 잠에서 깨었다.

"문오군, 얼마나 잤는지 알어. 하루 밤과 하루 낮을 꼬박 잤어. 난 아주 가버린게 아닌가 해서 걱정하다가 왜 언젠가 집에 와서 단숨에 이틀 넘어를 잔 일이 있잖어? 그걸 생각하구 이번엔 의사는 부르지 않았지."

문오가 눈을 뜨자 오경배가 이런 말을 늘어 놓는다.

"허탈증에 걸리면 그렇게 잠만 자게 되나 부지……. 그런데 그동안 아무 일 없이 무사했던가? 부친께서두……."

걱정되던 일부터 문오는 물었다.

"아직은 별 일 없이 지나지만 정부가 서게 되면 일제에 협력을 한 사람들이 편안치 못하리라는 공론이 들리기도 해. 하긴 지금두 백안시되구 있는 형편이지만."

그래서 오경배는 외출을 통이 하지 않고 집에만 들앉아 있다고 말하고 난 다음

"더럽게스리, 남의 개를 훔쳐다 잡아 먹고 형무소에 갇혔던 놈이 다 출옥해가지군 애국자라고 떠든단 말이야. 온통 애국자지. 사기 협잡군두, 파렴치한두, 팔일오 때 출옥했다구 해서 애국자연 하는 거야. 눈꼴이 시어서 볼수 있어?"

오경배는 상당히 흥분한 모양으로 침이 막 튀었다. 본래 오경배는 여럿 중에서도 쉽게 흥분하는 편이긴 했으나 꽤 심했다.

"혼란 시대엔 어디서나 그런 눈꼴 사나운 꼴을 보게 되는 거야."

저도 그런 꼴을 당했다는 소리를 문오는 하지 않았다.

"그런데 자넨 어디서 어떻게 있다가 지금사 불쑥 나타난 거야? 그동안 감옥에 갇혀 있었댔나?"

오경배가 궁금해 물었으나 문오는 삼팔선을 넘어 오는 길이라는 것만 말해주고 다른 건 차차 알게 될게 아니냐고 대꾸해 줄 뿐이었다.

"아니 글쎄, 강연회 사회하려 간다구 간 사람이 행방불명 됐으니……."

오경배는 새삼스레 입을 쩍쩍 다시며 문오를 들여다보았다.

"자네한텐 — 그땐 그렇게 하는 도리밖에 없었어."

"다행히, 자네가 거물급이 아니어서 그만하구 말았지만 한동안 오야지[54]가 곤경에 빠졌드랬지."

"미안해. 얘긴 나중 하구 밥을 달라구."

"참, 그렇구나. 자네가 깨기를 기다리누라구 나두 아직 조반 전이야."

가져오라기 전에 식모가 밥상을 들고 들어와서 이때까지 조반 전이니 얼마나 시장하겠느냐고 수선을 피웠다.

밥상엔 고기에, 계란에, 즐비하게 놓여 있었다.

"이런 얻기 어려운 걸."

밥상 앞에 앉은 문오가 눈을 크게 떴다. 십년 가까운 동안에 구경 못하던 고

---

54 아버지를 뜻하는 일본어 親父.

기와 계란이 문오를 놀라게 했던 것이다.

"얻기 어려운 게 어딨어? 돈만 있으면 뭐나 다 구하는 거야. 고기요, 떡이요, 술이요, 해방이 되니까 지천으로 쏟아져 나오는 거야. 참 우리 술을 좀 할까?"

"술을?"

문오는 술을 마셔 본 지도 오래다. 해방 전에 채균과 마셔 보고선 구경한 일조차 없었다.

"좀 마셔 보자구."

문오가 돋는 침을 삼키겨 말했다.

몹시 훑치운[55] 속에 술이 몇 잔 들어가지 않아서 문오는 폭 취했다.

"경배군, 자네 허윤일 만났던가?"

술에 취해 있기 때문에 문오가 이런 소리를 할 수 있었는지 몰랐다. 그러나 술김에 아무렇게나 쉽게 한 소리는 아니었다. 술에 취하면서 점점 더 다가드는 허윤의 환상을 어찌할 도리가 없었던 것이다. 그 환상에 쫓기어서 한 소리일지도 몰랐다.

"만났지. 만났구 말구. 내가 필요한 때면 만나주는 거야. 만나자구 요구해 오는 거야."

"하용빈, 채균들과…… 무슨 동맹에선가 일을…… 한다지?"

문오의 혀가 어지간히 꼬부라 들었다.

"그런 소식은 어디서 들었나? 삼팔선을 넘어 오는 길이라면서……."

"절에 가서 알았지……. 채균이 있던 그 절에……."

"그랬음, 금아를 만났겠구나?"

"금아를 만났지. 채균두, 하용빈두…… 허윤두 다 없구…… 금아 혼자 달롱 남아 있었어. 날더러…… 날더러 가지 말자구 저 하구…… 같이 있자는 거야.

---

55 붙은 것을 깨끗이 다 씻어 내다를 뜻하는 '훑다'에서 파생된 말로 보임. 오랜 시간 속이 비어 있었음을 뜻함.

나팔이랑 불면서…… 채희가 난 아이들을…… 강민두…… 허금아두…… 모두 나팔을 잘 불었지. 그 애들은 울지두 않구……. 채희가 난 아이들은…… 울지도 않는단 말이야.”

혀가 꼬부라진 소리긴 했으나 문오의 눈이 파랗게 살아 왔다.

금아의 이야기가 나오자 오경배는 문오가 없는 동안에 금아를 데리고 있는 채균에게 생활비를 주어 왔노라는 것과, 또 하용빈이 서대문 형무소로 이감되면서부터는 하용빈에게도 한달에 얼마씩 차입을 해 왔다고 문오에게 들려주었다.

“고맙네. 자네만은…… 옛날의…… 동지를 잊지 않았어. 자네는 배신이란 걸 모르구…… 사는 사람이야. 배신이라는 걸 말이야.”

취중이지만 오경배의 정이 가슴을 뭉클케 하는 것을 문오는 느끼는 것이었다.

“문오군두 그렇겠지만. 난 동경시대의 동지들을 평생 잊을 수 없어. 거기서 배고파두, 추위에 떨면서두 그저 모두 한덩어리가 되어 있던 일을 잊을 수가 없어. 그것은 나의 영원한 향수야. 내가 일본군대의 군수품 공장을 하고 있는 부친 밑에서 일을 해왔을망정 옛날의 동지는 극력 받들며 보호해 왔어. 어떤 세상이 오더라두 나는 늘 마찬가지야. 그런데 그 동지들은 그렇지 않데.”

오경배는 이 말의 뒤를 이어 채균, 하용빈, 허윤 등이 모스크바 삼상회의를 지지하는 단체에 앞장을 서서 맹렬히 활동하고 있다는 사실을 문오에게 말해 주었다.

“그자들은 처음엔 반탁의 깃발 아래로, 하구 나서더니 며칠 뒤엔 찬탁지지자들로서 변모를 하더군.”

일군(日軍)에 학병으로 출전했던 학생들까지 찬탁 반탁 두 파로 갈라져서 서로 싸우고 있다는 것과, 어느 날 밤은 반탁 학생들이 『인민보』라는 좌익 기관지를 인쇄하는 인쇄소를 습격한다, 서울시 인민위원회를 쳐 부순다, 할 때 삼청동에 집거하고 있던 찬탁파 학병동지회 학생들이 습격하는 반탁파 학생들과 맞붙게 되자니까 끝내는 경찰까지 풀어 벌어진 사태를 진압시켰다는 것, 그러는 중에 아깝게도 몇명의 젊은 학생의 생명이 죽어갔다는 것 등을 오경배는 말해주고 나서

"말 마라. 지난 삼일절 기념식두 한 파는 남산공원, 반탁자들은 경성그라운드로, 이렇게 두 파로 갈라가지구 기념식을 거행했다네."
하고 둥글둥글한 얼굴을 들어 문오를 새삼 보는 것이었다. 문오는 모르고 있던 놀라운 사실들을 말해주는 오경배를 보고만 있었다.

"덕수궁에선 미ㆍ쏘 공동위원회가 열리구 있어. 미국, 영국, 중국, 쏘련이 우리나라 문제를 토의하고 있는 거라네. 우리나라 문제를 남의 나라 사람들이 토의하고 있구……. 총독부 자리엔 미군이 들앉아 우리나라를 다스리구 있다네."

"야, 오경배야 거둬 치우라구, 총독부…… 뭐? 듣기 싫구나. 얘길 그만하란 말이야, 넌, 그래 왜놈의 사슬에서 풀려 난 걸 못마땅해 하는 거냐? 지금은 그렇지만 앞으로는 우리 조선사람끼리…… 우리끼리 우리나라를 다스리게 되구, 삼팔선두 툭 트이구…… 그래가지구 우리 조선 사람끼리 모두 한데 뭉쳐 살게 될게 아니겠어. 야 이 오경배야, '후까가와'[56] 등지에서 만난 그 후줄구레한 조선사람들, 며칠씩 굶은 듯한 누렇게 뜬 상판대기의 조선사람들, '게다'에다 치마 저고리를 받쳐 입은 우스꽝스런 그 조선여자, 그 조선사람들이 사슬에서 풀려났는데 뭐가 불평이란 말이야. 야 이 오경배 놈아, 친일파야. 뭐가……."

문오가 소리소리 질렀다. 그러나 문오는 오경배를 치거나 차거나 하지 않았다. 그에게로 다가가서 그를 얼싸안았다. 취해 있는 사지가 힘을 잃었으나 오경배를 얼싸안은 팔은 단단히 조여 들었다. 마치 '후까가와' 등지에서 보아 온 그 후줄구레한 조선남자들, '게다'에 치마 저고리를 받쳐 입은 우스꽝스럽던 조선여자들, 끔찍히도 부끄럽고 그러나 끔찍히도 반갑던 조선사람들을 껴안기라도 한 것처럼 문오의 팔은 오경배를 풀어주지 않았다.

56　일본 홋카이도에 위치한 도시 深川.

그렇게 하고 있으면서 문오는 언제 소리질렀더냐는 듯이 노래를 흥얼흥얼 불렀다. 문오가 어릴 때 모친이 곧잘 부르던 노래다. 〈이 풍진 세상을 만났으니 나의 희망이 무엇일가.〉

이 노래로서 문오를 재워 준 일도 있다고 하던 모친의 말이 갑자기 생각 났다. 모친이 이 말을 들려 준 이후로 처음 있는 일이었다. 노래를 흥얼흥얼 부르면서 얼싸 안은 오경배를 흔들었다. 마치 요람을 흔들어 주는 어머니와도 같이.

6

문오는 누이동생네를 쉽게 찾았다. 그들이 넘어 왔으리라고 짐작은 하고 있으면서도 찾을 길이 없어 걱정하고 있는 문오에게 오경배가 걱정할 게 없다고, 신문 광고를 내 보자고 주장했다.

"신문 광고?"

"그래. 평양서 넘어 온…… 강 뭣이야. ××정 ×××번지에 오빠가 넘어 왔으니 찾아다오. 이렇게 쓰구 꼬리에다 강문오라구 달아 놓면 영락없이 찾게 돼, 모두들 이렇게 해서 서루를 찾구 있거든."

"그건 안 돼. 허윤에게 내가 넘어 왔다는 걸 알리는게 되니까."

문오는 한참 망서리던 말을 했다.

"알리면 어떤가? 저두 넘어 온 처지에 어쩔라구. 넘어 온 걸 알려서 되려 찔끔하게 만들어 놓지. 금아두 알구 있는데 그가 모르구 있을 리 있어?"

"그래두, 내 이름은 빼구 누이동생 내외 이름만 적자구. 그러구 꼬리엔 오빠라구 달면 되잖아?"

그래서 끝내는 문오의 이름은 빼기로 했었다.

문오가 누이동생을 따라 그들의 거처를 찾아 갔을 때 그들은 동숭동 막바지 산 기슭에다가 움막에 가까운 판자집을 짓고 살았다.

민이 문오를 알아 보고 마구 달려와 붙잡았다. 평양에서와 같이 힐끔거리거나 서먹서먹한 눈치를 보이지 않았다.

문오가 민의 손을 잡아주었다. 민의 까칠까칠하게 터진 손이 어름같이 차다.

"언제 넘어 왔는데…… 이러구 살아?"

문오가 민의 터진 손을 그 사이라도 녹으라고 양 손 안에 싸 주며 말했다.

"오라반이 대네 가신 뒤에 곧 넘어 왔디요."

"그럼 겨울을 여기서 났게?"

"안나면 어억합네까. 방법이 있나요. 맨 손으로 넘어 온 걸요. 땅이나 집이 팔레야디오. 몇 푼 안 되는 걸 개디고 와서 살아가느라니……. 이것도 내 손끝으로 된 겁네다. 오라반 이 손 좀 보시라요. 손톱이 아직 나오디 않는군요."

누이동생이 양 손을 내밀어 문오에게 보였다. 아픔을 느낄 정도로 손톱이 달아 있었다.

"집이랑은 누구에게 맽겼나?"

"먼 촌 일가네를 와서 살라고 하구 왔시오. 토지개혁이 됐다구 하던데 인젠 넴겨다 볼 것도 없이 됐디요 뭐."

매형[57]이 무얼 하고 지내느냐고 문오가 묻자 여기 와서도 마찬가지로 정치를 한다고 문희는 서슴치 않고 말했으며 우리 대통령이 나고 정부가 서게 될 것 같으면 이렇게야 살게 되겠느냐고 누이동생은 낙관하는 것이었다. 또 한달이면 이틀이나 사흘밖에 집에 들지 않는다는 남편을 누이동생은 오히려 장하게 여기는 눈치이기도 했다.

문오는 누이동생 집에 거처할 수밖에 없었다. 누이동생은 자유시장에 나가 '양키 물건'을 사고 팔고 하는 장사를 하느라고 아침 일찌기 나갔다간 늦어 돌아왔다. 정 늦는 때면 문희의 아이와 민이 저녁밥을 지었다. 그것들은 꽤 익숙한 솜씨로 척척 해냈다.

오경배는 문오더러 자기 집에 가 있자고 권유했으나 문오는 굳이 마다고 했다.

---

57 문희가 문오의 누이동생이므로 '매형'이 아닌 '매제'가 맞음.

신학기를 기다려서 민과 문희의 아이를 학교에 입학시켰다. 홍기는 이학년, 민은 일학년.

아이들이 학교에 가고 문희가 시장에 나가고 나면 문오는 필연적으로 집을 지키게 되고 말았다.

오경배가 오는 외엔 찾아주는 사람도 없었다. 오경배는 그때마다 술병을 들고 왔다. 또 문오가 찾을 사람도 있지 않았다. 두더쥐 생활을 하고 있었다.

금아를 찾고 싶은 마음은 가슴 한 귀퉁이에 서려 있었으나 문오는 그 쪽으로 발을 옮겨 놓기가 주저되었다. 그의 머리 속엔 항상 허윤의 환상이 자리잡고 있는 탓이었다.

오경배를 시켜 금아를 데려다 민과도 놀게 할까 하는 생각도 해보다가 초라한 몰골을 금아에게 보이기도 싫어서 그만두었다.

이러지도 저러지도 못하는 문오의 심중을 엿보고 있는 오경배가 문오에게 조용한 뒷방을 제공할 테니 아이까지 데리고 와 있으면서 금아랑 자주 오게 해 놀게하는 것이 좋지 않겠느냐고, 문오를 찾을 때마다 조르다싶이 했으나

"아이까지 데리구? 그런 꼴을 자네 가족들한테 보이란 말인가."

하고 문오는 일축해버렸다.

"그런 꼴을 보여두 괜찮아. 그전같지 않단 말이야. 자네가 그동안 감옥에 갇혀 있은 줄로 집안 식구들은 알구 있거던. 행방불명이 된 뒤로 쭈욱 모르다가 그 모양새로 나타났으니 안 그러겠나. 또 자네가 일제 때 불우한 생활을 했다는 것두 알구들 있으니까, 뒤바뀐 지금에 와서 전과 같을 리야 있겠나."

오경배는 문오가 그 집에 쳐박혀 있었을 무렵에, 그의 부친을 위시해서 식모에 이르기까지 문오를 걸레만도 못 여기던 일을 미안히 여기는 눈치였다.

문오는 오경배의 이런 소리에서 문오가 그의 집을 찾던 저녁의 광경을 떠올리게 되었다.

"옳아. 오군 부인이랑 식모가 그날 저녁 환대한 까닭을 인제 알겠구나. 세상은 묘해. 묘한 세상이야. 묘한 세상에서 아이들만은 잘 커 가거든."

술이 들어가면 말이 잘 나오는 문오가 허윤을 닮아가며 자란 금아의 모습을 떠올리며 이런 말을 했다.

여름철에 들어서면서 산 기슭에도 이십여채의 움막 판자집들이 들어앉아 제법 그대로의 동네를 이루어가고 있었다. 대부분의 어른들은 밖에 나가고 아이들이나 병자가 아니면 노인들이 남아 있게 된다. 노인들은 봉투를 붙이는 일을 했다.

문오는 때때로 남아 있는 아이들을 데리고 산 위에서 놀았다. 문오가 그들을 데리고 놀았다기보다 그들이 문오의 머리를 식혀준다는 편이 옳을 것이다. 문오는 그들이 놀고 있는 것을 보고 있으면 되었다. 문오가 같이 놀아주면 그들은 울지도 싸우지도 않았다. 비가 내리지 않는 한엔 그들의 놀이터는 그 이상 좋을 수도 없었다. 끝없이 이어 간 하늘이 그들 머리 위에 펼쳐져 있고, 바람이 불면 아무렇게나 자란 그들의 머리털은 오히려 멋지게 흩날렸던 것이다.

민의 여름 방학이 다 갈 무렵에 오경배가 끝내 금아를 데리고 나타났다.

그 때 문오는 산 위 나무 그늘에서 책을 읽고 있고 민과 홍기는 방학 숙제를 하고 있었다.

"아니 글쎄 절에 갔더니 금아가 또 민한테루 데려다 달래면서 부득부득 따라 나서잖어. 이번만은 하는 수 없었어."

난처해 하는 문오의 낯색을 살펴가며 오경배가 변명을 늘어 놓았다. 금아는 민을 보고 주춤 서 있었고 민은 금아를 힐끔힐끔 곁눈질 해 볼 뿐이었다.

"얘 금아야. 저게 민이다. 너 민이 보구 싶다더니 왜 이러구 섰어?"

오경배가 금아의 등허리를 밀어 민과의 거리를 단축시키려고 꾀했다.

금아가 주척주척 미는 대로 그 방향으로 다가 간다. 민이 다가가는 금아를 지릅뜨고 보아준다. 하늘이 한껏 푸르렀다.

다가 가고, 보아 주는 금아와 민의 얼굴은 너무 많이 닮고 있다. 허윤을 닮으며 자란 줄로 알았더니 금아는 채희를 더 닮은 게라고 문오는 속으로 생각했다.

"야 민아, 누나야. 누날 잊어버렸구나."

민이 문오 말에서 히쭉 웃었다. 민이 웃자 금아도 벌쭉 웃었다. 그들의 웃음은 멀어졌던 거리를 단숨에 단축시켰다.

"민아."

금아가 민을 부르며 민에게로 다가 갔다.

민과 금아는 어느새 친근해졌고 민은 금아를 집 안에까지 데려 들여다 놓았다.

그 뒤로 금아는 자주 놀러 왔다. 언제나 늦어서 돌아갔다. 문희는 어린애가 혼자 절에 있으니 오죽 심심하겠느냐고 금아에게 극진히 굴었다. 문희는 금아와 문이 서로 닮았다고, 한 누이 동생이라고 해도 곧이 듣겠다는 말을 했다. 문오는 문희에게 친구의 아이로 부모가 다 서울에 있지 않다고만 말해주었다. 속이자는 것은 아니나 또 굳이 똑바로 이야기 할 필요도 느끼지 않아서 그 쯤 해두었을 뿐이다.

허윤이 금아를 투사형이라고 한 일이 있으나 금아는 결코 투사형이 못되어 보였다. 금아는 노래를 썩 잘 불렀다. 금아의 노래는 구슬프게 들렸다. 금아가 몇번 부른 노래면 민이 대개 따라 불렀다. 그들은 채희의 노래솜씨를 닮았음에 틀림없었다.

— 언제나 꾸는 꿈은 쓸쓸하여라. 달 밝은 산 위에 오직 혼자서…….

금아가 이 노래를 더욱 처량하게 불렀다.

금아는 노래의 가사와 같이 달 밝은 산 위에서 민과같이 수 없이 부르곤 했다.

눈보라가 휘몰아 치던 날이었다. 문희가 여름 내내 '불단지' 같다고 뇌까리던 판자집 안은 손을 내밀지 못하게 찬바람이 씽씽 들이쳤다.

이 날 저녁 늦어서 금아가 왔다. 전혀 찾지 않던 채균이가 사람을 시켜 금아를 데리려 보냈더라는 것이고 그 사람을 골목 어구에 세워 두고 저만 잠깐 들렀다면서 금아는 어른처럼 그때 벌써 잠이 들어 있는 민의 곁에 가서 민을 들여다 보며 그의 손을 잡아주는 등 석별을 못참는 낯색을 지었다.

문오가 어디로 오라더냐는 말을 한참 만에야 알아 들을 수 있을 만큼 금아는 민에게 열중했었다.

"어디라구 알려주지 않았어. 아무것두 가지지 말구 빈 몸으로 따라 오라구만 해, 그 사람이 추울테니 빨리 가야겠어. 아저씨 안녕."

금아가 이런 말을 남겨 놓고 밖으로 나갔다. 언덕길을 달려 내려가는 금아가 눈보라 속에 잦아들 때까지 문오는 보고만 있었다. 골목 어구에 세워 뒀다고 금아가 말하던 사람이 궁금하면서도 문오는 골목 어구 쪽으로 한발도 내 디디지 못했다.

금아가 그렇게 가고 난 뒤에 문오는 오경배로부터 채균과 하용빈이 월북했다는 사실을 알게 되었다. 10·1(十·一) 폭동사건(대구 등지에서 조선 공산당 지령에 의해 폭도들이 일으킨 폭동)과 조선정판사 위폐사건이 있은 뒤로 그들의 행방을 전연 알아내지 못하던 허윤이 어느 날 밤 늦게 오경배에게 나타나 하용빈과 마채균이 월북하지 않으면 안될 위기에 처해 있다는 것을 밝히고 그들의 월북을 돕는 의미에서 여비를 조달해 내라고 말했다. 물론 오경배는 허윤의 요구대로 들어주었다. 오경배가 허윤들에게 그동안 수차 이러한 요구를 받으며 또 그 요구대로 들어 왔다.

"이 비밀이 누설되면 자네두 방조자로 걸리는 거야."

문턱을 넘으려던 허윤이 이말 한마디를 남겨놓고 어둠 속으로 사라졌다.

"금아를 데리구 간 거야. 채균이 금아를 떼 놀 수가 없었던게지."

오경배가 허윤들의 이야기를 문오에게 들려준 다음, 혼자 소리처럼 중얼거렸다.

"허윤이 저는 안 넘어 간댔어?"

"안 넘어 간다구 하던데. 반동으루 쫓겨 넘어 왔으니 다시 넘어 갈 수가 있느냐구 그러던데."

"이 사람아, 왜 좀 더 빨리 알려주지 그랬어? 허윤의 위협이 두려웠던게지."

"그런 것두 아니구……. 자네한테 숨기자는 생각은 더구나 없었어. 그저 허윤에게 휘둘리우며 사는, 과거에두, 현재두, 또 미래두 그렇게 휘둘리우며 살아갈 나 자신에게 염증을 느끼게 된데 기인한 거야. 입을 떼기가 싫었을 뿐이야."

"알겠어. 말하지 않아두 알겠어."

문오는 손을 내저으며 오경배의 앞을 막았다. 문오 자신이 느끼고 있는 바 그대로를 오경배가 말해 준 때문이다.

제6부

1

강남갔던 제비가

돌아오면은

이 땅에도 ―

봄이 온다고, 줄넘기를 하는 산 동네 아이들의 노래 소리가 들려내려 오도록 봄은 오고야 말았다.

온 겨울 동안 판자나 천막 속에 오그라 붙었던 그들의 소리가 예사로 들리지 않는다. 다시야 겨울이 올가보냐고, 찾아드는 봄을 한껏 받아 들이자는 웨침으로 여기는 수밖에 없었다. 아지랑이가 피어오르는 탓인지 오쭐오쭐 뛰어오르는 그들 근반의 하늘이 먼 바다 파도처럼 일렁이는 것이었다.

어른들은 허리를 쭈욱쭉 폈고 병들어 누어 있던 인간들까지도 양지바른 데를 찾아 나왔다.

모두 생기가 돌았다. 그 중에서도 문희네가 더욱 더 했다. 문희의 남편 양진수가 국회의원 출마를 하게 된 때문이다. 문희네는 두 겨울을 여기서 났다.

문희는 등록을 마치기 전부터 남편이 국회의원이 다 된 양으로 날뛰었다. 비록 산동네에 살고 있지만 (실상은 산 아래 비탈이지만 산 위와 동일한 취급을 받으니까) 우리는 다르다고 그 얼굴에 그러한 표시를 드러내고 있었다. 홍기놈 마저도 으시대려고 들었다. 제 또래의 아이 놈들에게 곧잘 제 책가방을 들려가지고 오고 가기가 일쑤였고 전에 안 하던 꽥꽥 소리를 지르는 버릇도 피웠다. 그 버릇을 집 안에까지 들고 들어서 민을 못견디게 구는 일도 많았다.

문오가 보다 못해서 홍기놈을 나무랄 것 같으면 아이는 물론, 문희까지 전에 볼 수 없던 투덜거리는 기색을 보였다.

어쩌다 집에 들리곤 하던 문희의 남편은 부지런히 들락날락하며 선거운동에 머리를 썼다.

위선 그는 이 때까지 없었던 문패를 달아 놓았다. 초라한 움막에다 웬만한 간판에나 쓰일 글씨로서 '양진수(楊眞洙)'라고 썼으며 그러한 문패를 달고 엎드린 초라한 움막은 갓난이에게 중절모를 씌운 꼴밖에 되지 않았다.

아까시아 잎이 한창일 무렵부터는 양진수는 아까시아 나무마다 '양진수'를 크게 쓰고 그 옆에다간 이 위대한 인물을 국회에 보내자고 썼다. 양진수가 국회에 가는 날엔 모세가 이스라엘 백성을 거느리고 가나안 복지로 향했듯이 이북의 김일성 도당을 쳐 부수고 그리운 고향길을 밟겠노라는 장담도 해 놓았다.

아까시아 나무들은 그동안 땔 나무로 베어지기도 했지만 아직 꽤 남아 있었다. 그것들이 저마다 '楊眞洙'를 떠 업고 섰는 모양새는 간판 만한 문패를 달고 엎드린 움막에 질배 없이 웃음을 자아내기에 족한 광경을 보여 주었다.

그것은 움막 앞에 서 있는 두 그루의 아까시아에서부터 시작되어 산 위에까지 이르렀다. 큰 언덕밖에 되지 못하는 이 산엔 다른 나무는 별로 볼 수 없고 아까시아뿐이었던 것이다.

큰 언덕밖에 못되는 산이어서 판자집과 천막집이 줄줄이 자꾸 늘어가는지 몰랐다. 문희네가 왔을 때만 해도 한집뿐이었고 문오가 와서 얼마까지만 하더라도 이십채 가량 되던 것이 이태 동안에 백호를 넘는 동네를 이루고 말았다.

백호가 넘는 이 동네 사람들의 대부분은 양진수를 만만히 보았다. "판자집에 사는 주제에" 하고, 판자집에 살면서 판자집에 사는 자를 멸시했다. 중에는 개천에서 용이 난다는 신앙(?)같은 것을 가지고 양진수의 '국회행'을 열광적으로 지지하는 우매파(愚昧派)가 있는가 하면 그저 제발 이 고생살이를 면하고 하루 속히 내 고장으로 돌아가는 날이 있게 해달라고 양진수 앞에 두 손을 모아 절하는 애원파(哀願派)도 있었다.

양진수는 번번이 이 우매파와 애원파 앞에서 뽐내어 보는 것이었다. 아까시아 나무에 써 붙인 것과 같은 말을 양진수는 몇번이나 되풀이해 가면서……

바로 뒷천막에 사는 동순에게 만은 이와같은 말을 하지 않아도 되었뜻. 동순의 희망이 사랑하는 쇼리·송과 결혼하려는 데 있음을 양진수는 문희를 통해서 잘 알고 있으므로 동순에겐 국회의원이 되는 날이면 무엇보다도 제일 먼저 동순의 결혼식 주례부터 서 주겠노라고 해서 동순으로 하여금 태양을 향한 해바라기처럼 활짝 피게 했던 것이다. 동순의 처지로서는 이 말 이상으로 가슴 뛰는 일이 없었다. 동순의 미친 어머니 때문에 동순과 쇼리·송의 연애 관계가 산 동네는 물론이려니와 산 아래 큰 마을에까지 널리 퍼졌으니 말이다. 동순의 미친 어머니는 꼭 밤이 이슥해서 하늘과 땅이 완전히 죽은 듯 잠잠할 때면 산 꼭대기에 올라 서선

"어디 사내놈이 없어서 노랑내 나는 놈들의 고쯔까이[58](심부름꾼)하고 사랑인가 안방인가를 하느냐. 잉년 어디 두고 봐라, 삶아서 산신령님 제사상에 놓는 한이 있더라도 쇼리·송놈 하곤 결혼을 안 시킨다."
고 소리소리 치다보니 산 위나 산 아래마저 온통 다 알게 될 수밖에 없었다.

조무래기들은 동순의 미친 어머니가 하듯이 그 소리 그대로를 흉내 내는가 하면 때때로 '바람아 불어라 쇼오리·송. 광풍아 멎어라 한 동순'을 들먹여 가며 노래 삼아 부르기도 했다.

또 산에 잘 오르는 아랫마을 젊은이들까지 '바람아 불어라 쇼오리·송. 광풍아 멎어라 한 동순'을 소리쳐서 조무래기들의 본을 따는 일도 있었다.

동순의 미친 어머니는 이렇게 하는 조무래기들과 젊은이들을 붙잡아 보려고 기를 썼다. 그러나 아까시아들 때문에 그들을 번번이 놓쳐버리고 마는 것이다. 어쩌다 붙잡을 것 같으면 거꾸로 돌려 들곤 휘휘 공중에 내젓는데 곡마단 곡예사와 같은 익숙한 솜씨로 잘해 내는 것이었다. 놓아 줄 때면 아무렇지도 않았다는 듯, 쇼오리·송놈보다는 가벼운 몸뚱이구나 하고 내동댕이 치는 것이었다.

---

58 관청이나 회사, 가게 따위에서 잔심부름을 시키기 위해 고용한 소사(小使)를 뜻하는 일본어 こづかい.

이런 소리를 미루어 봐서 쇼리·송도 거꾸로 휘휘 둘리운 일이 있었다고 볼 수 있었다.

동순의 어머니는 본래 무당이라고 한다. 신을 지나치게 업어서 미쳤다는 이 야기들이었다. 날씬한 몸매도 그러려니와 까만 눈섭 아래 반짝이는 두 눈은 영롱했으며 전신에 고운 티가 자르르 흘러내리는 여인이었다. 자신의 입으로서도 물찬 제비라고 스스로 찬사를 아끼지 않았다. 자기를 버리고 떠나 간 동순의 아버지를 나무랄 때마다 이 소리를 사용하곤 했다.

— 물찬 제비같은 나를 헌신짝 버리듯 버리고 간 놈.

하고 호령호령 치는 일이 많아서 그 사실 역시 산 위서나 산 아래서 다 알고 있는 터이었다.

동순의 아버지는 굿하는 데서 새님[59]을 부는 사람으로서 동순의 어머니와는 그런 장소에서 알았다고 하는데 동순이를 낳기 전에 그는 바람과같이 어디론가 사라져버렸다고 동순이 어머니는 그런 사실까지 온통 알려주는 것이었다. 그리고 동순의 어머니는 이 산이 좋아서 들어 있던 집을 팔아버리고 이리로 왔다는 것도 말해 주었었다. 동순은 꼭 어머니를 닮았다. 여학교 일학년 때, 어머니의 병으로 인하여 중퇴한 동순은 본래 타고 난 미모와 고운 티에다 학교 교육을 받은 탓으로 어머니 몇배의 미(美)를 갖추고 있었다. 산 위나 산 아래 젊은이들이 동순과 쇼리·송의 사건에 눈을 밝히는 이유도 여기에 있다고 할 것이다. 그들은 동순에게 들려주기 위해서 휘파람을 휙 — 휙 — 불었으며 소리를 꽥꽥 질렀다. 또 노래를 부르기도 했다.

산 꼭대기에 높이 올라서서 하는 짓들이라 먼 데까지 들렸다. 이러다 보니 동순의 소문은 나쁘게 퍼질밖에 없었다. 그래서 동순은 양진수가 국회의원이 되는 날을 손 꼽아 기다리고 있었던 것이다. 국회의원같이 높은 양반이 주례를 서 주는 앞에서 버젓이 식을 올린다면 저희들 (쇼리·송과 자기)을 입 위에 올리던

---

59 죽은 사람의 넋을 극락으로 인도하는 굿.

시끄러운 자들도 꼼짝을 못하고 잠잠하리라는 생각이었던 것이다.

미친 어머니마저도 아무 소리 없이 저희들의 결혼을 순순히 응낙해 줄 것이라는 믿음을 동순은 가지게 되었던 것이다.

문오는 매부 양진수가 국회의원이 못될 것을 알고 있고 동순의 결혼식에 주례를 못 서줄 것도 번연히 알고 있으면서도 동순의 꿈을 깨뜨리기가 아까워서 묵묵히 있을 뿐이었다.

문오는 도대체 동순의 상대방인 쇼리 · 송이 비위에 들지 않았다. 휴일이면 미 군모를 비뚜름히 머리에 얹은 쇼리 · 송이 동순을 찾아 오는데 오는 때마다 껌을 쩍쩍 씹는 꼴을 보았다.

물론 동순에게도 갖다 주었을 테지만 동순은 문오가 보는 앞에서 씹는 것을 구경한 일이 없다. 동순은 쇼리 · 송을 데리고 문오에게 잘 왔다. 지식을 많이 가진 양반하고 쇼리 · 송을 놀게 하고 싶다는 것이 동순의 소망이었으나 쇼리 · 송은 동순을 꾹꾹 찔러가며 그 자리를 뜨자는 신호를 보내는 것이었다.

쇼리 · 송을 보내고 온 어느 날, 동순은 쇼리 · 송이 절더러 육체적인 요구를 하더라고 문오에게 들려 준 다음, 그렇지만 자기는 꿋꿋이 쇼리 · 송한테 지지 않았노라고 말하면서 해죽이 웃었다.

"전 엄마처럼 될까싶어 무서웠어요. 엄마가 절 안고 혼자된 것처럼, 그렇게 됨 전 죽는게 낫다고 생각해요."

문오가 아무 말도 묻지 않는데 동순은 이런 말까지 하고 돌아갔다.

2

5(五)월달에 들어서면서 양진수는 본격적인 선거전을 전개했다. 문희와 동순을 추럭에 태워 가지고 다니며 "우리의 위대한 지도자 양진수 선생을 국회로 보냅시다."라고 마분지로 된 커다란 마이크로서 호소하게 했다.

어느 하루는 쇼리 · 송까지 동승을 시켰다. 동순의 어머니가 노랑둥이의 '고쯔까이'라고 나무람 하는 쇼리·송이었으나 미 군모에 미 군복을 말쑥히 차려 입은 쇼리·송의 존재는 효과가 컸다.

쇼리·송은 멋진 포즈로서 양진수를 치켜세운 선전 비라를 뿌렸다. 오월의 햇빛이 눈부시는 포도 위로 그것들은 적당한 바람을 타고 하늘하늘 내려 앉았다. 쇼리·송의 멋진 포즈도 그러했으려니와 그 이상의 구경거리는 동순의 아름다운 자태였다. 동순은 쇼리·송이 뿌린 비라의 선전문을 마분지로 된 커다란 마이크로 높이 웨쳤다.

추럭과 비라는 모두 오경배의 힘으로 된 것이었다. 오경배는 이것 외에도 ×× 을구 어느 조그마한 예배당에 종(鐘)을 사주는 일에도 협력했다. 예배당에서 종 수여식이 있던 날, 오경배의 권유에 못이겨 문오도 함께 참석 했었다.

'이 종 소리가 이북 땅까지 울려 퍼지는 날엔 종교의 자유조차 빼앗긴 불쌍한 동포들의 마음을 오월의 훈풍같이 훈훈하게 해 줄 것이라'고 양진수는 신이 나서 떠들었다. 양진수의 말이 끝난 뒤에 목사가 양진수를 입에 침이 마르도록 칭송하는 인사의 말이 있은 다음에 양진수는 손수 종을 쳤다. 양진수가 말한 바대로 종 소리는 우렁차지 못했다. 이북 땅까지는 고사하고 근방 일대에도 퍼지지 못하는, 마치 깡통 두드리는 소리에 불과했던 것이다.

양진수가 종 소리를 감별하지 못한 것은 아니었으나 그는 그만한 소리더라도 여기에 목사 이하, 교인 전체가 흡족해 할 것을 알고 있고 또 그러므로 해서 목사 이하 교인 전체가 자기를 지지해 줄 것이라는 계산을 양진수는 하고 있었다.

양진수는 때와 장소를 헤아려 가며 선거인들의 환심을 사려고 급급했다. 때로는 그것이 역효과를 내는 수가 있었다.

어느 날은, 어떤 장소에서 친일파를 숙청하고 그들의 재산을 몰수해야 한다고 강조해서 오경배를 경악하게 했다. 오경배는 그 장소에 서서 양진수의 선거 연설을 듣고 있었던 것이다. 오경배는 파랗게 질려가지고 문오에게로 달려 왔었다.

"문오군, 자네 매부는 일구이언(一口二言)을 하는 거야, 내 앞에선 친일파의 생명 재산을 보호하기 위해 투쟁한다구 철석같이 말하지 않았는가? 자네두 들었지? 친일파루 몰리는 사람들을 오히려 동정한다구, 그들이 어쩔 수 없어서 왜놈의 앞잡이 노릇을 한거지 진정으로 하구 싶어 했을 리가 있겠느냐구, 그렇게 억울하게 몰리는 사람들을 위해서 투쟁하지 않을 수 없지 않겠느냐구 하던 자네 매부가……."

오경배는 말을 채 못하고 입을 반쯤 벌리고 문오를 보았다.

그는 덜덜 떨었다. 땀이 무척 흘러내렸다. 문오는 오경배의 마음을 눌러 앉힐 만한 말이 얼른 떠오르지 않아서 껌벅껌벅 그를 마주 쳐다보고 있다가 한참만에야

"일구 이언이 아니라 일구 십언인들 못할까. 원. 국회의원이 되기 위해선 어떠한 소리라두, 나중에 목이 달아날 소리라두 지껄이게 된단 말이야. 그런 소릴 곧이 듣구 빈사 상태에 빠진 자네가 오히려 우둔한 거야."
하고 일러주었다.

양진수는 ××을구 일곱명의 입후보자 중에서 제일 적은 점수로 낙선되고 말았다. 양진수는 개표 결과가 드러난 뒤로는 다시 집에 들지 않았다. 으시대던 홍기놈이 풀이 죽기 시작하자 그 등쌀에 눌려 지내던 민이 생기를 회복하게 되었다.

"언니가 쌍통 깨졌지?"

민이 어느 날 문오를 보고 한 소리였다.

홍기의 책가방 심부름을 하던 아이놈들은 볼 수 없었으며 뻔질나게 드나들던 '우매파', '애원파'들의 발길도 뚝 그치고 말았다.

동순이 만은 여전했다.

"강선생님이 저희들 주례를 서 주셔도 돼요."

동순은 어느 날 문오에게 이런 말을 했다. 국회의원 주례는 단념하는 수밖에 없다는 낯색을 나타내었다.

몸져 누운 문희가 동순이의 이 소리를 듣더니 몸을 흔들며 돌아 누었다. 무엇

이라고 입 속으로 투덜거리기도 했다. 문희는 동순이 어머니 때문에 동순이 마저 꺼려했던 것이다. 동순의 어머니는 요즘 와서 양진수의 낙선을 줄곧 들먹였다. 그것은 딸에게 퍼붓는 욕설과 함께 뒤섞여 나오곤 했다.

"─분을 횟됫박 쓰듯 쓰고 건달녀석 같은 양진수의 선거 운동을 했겠다. 그 건달 녀석이 당선될 줄 알고 한 일이라면 동순이 년도 에미나 마찬가지로 미친 년이로구나."

하고 지껄이다간 또 그 욕설은 문희에게까지 미치는 수가 많았다.

문희더러는

"너구리같은 년이 우쭐거리더니 자알 됐다, 자알 됐어. 제년이 노랑둥이의 노랑내 나는 물건이나 팔고 다닐 일이지 국회의원의 여편네가 될 말이냐, 흥. 세상이 혼란 상태에 빠져 있다군 하지만 양진수같은 건달패를 국회의원으로 뽑지는 않을 걸. 국회의원 주례로 결혼식을 잘 올리려던 동순이 년의 꼬락서니도 가관이로구나. 에 튀퉤. 더럽다."

침을 수차 뱉아내는 것이었다.

어느 날은 아까시아 나무에 아직 붙은 채로 있는, 반쯤 떨어져 너덜너덜 하는 양진수의 선전 비라를 쳐다보아 가며 넋두리를 시작했다.

"찢어진 깃발처럼 처량한 건달패 양진수군을 국회로."

아닌게 아니라 아까시아 나무에게서 다 떨어도 안지고 펄럭이는 비라의 꼬락서니는 한껏 처량했었다.

"너어들 놀디만 말구 나무에 부테 논 거나 뜯으려므나. 밥만 테먹는 밥벌레들같이 빈둥거리디만 말구……."

문희가 누어서 이렇게 짜증을 부리면(문오는 자기더러 들으라고 하는 소리로 알았으나) 홍기놈은 키가 모자라는 걸 어떻게, 하고 대어들던가 창피해서 누가 그걸 해, 하고 문희에게 대어들었다.

3

국회가 생기고 대통령이 나고 나라가 서서 얼마 안 되어 반민자 처단법(反民
者處斷法)이 공포되었다.

오경배네 일가족을 오랫동안 공포 속에 몰아넣던 친일파 숙청을 위한 법인
것이다.

그러나 예상한 것과는 다르게 오경배나 그의 부친은 체포되었다가 달포도 못
되어 풀려 나왔다. 양진수의 선거운동에 쓰인 비용만도 못한 금액으로 그들은
용케 그들의 뜻을 이루었다.

"금전으로서 안 되는 일은 없지. 현재 형무소 안엔 돈 없고 약한 자들만 남아
있지. 거물은 다 빠져 나왔지."

오경배 부친 오상철씨는 새삼 금전의 위력을 맛본다는 얼굴이었다.

그런 뒤에 일년도 채 못되어 오상철씨는 금전의 위력을 쳐들 수 있는 사실에
또 한번 직면하게 되었다. 그가 정부의 요직을 맡게 된 일인 것이다. 따라서 오
경배도 부친만은 못하나 꽤 중요한 자리를 차지하게 되고, 문오 또한 그들의 알
선으로 직장을 가지게 되었다.

양진수는 오경배와 그 부친에게 등을 대고 이력저력 하는 사이에 보람이 있
어서 산 동네를 면하고 일인이 살던 적산 가옥 한채를 마련하는 분주한 나날을
보내었다.

차차 그는 오경배나 오상철씨의 힘을 입지 않고도 돈을 벌 수 있는 가지가지
의 일을 알게 되었다. 적산 가옥도 몇채 더 점령했고 일인들이 못 가져간 값진
물품들을 사고 파는 일을 익숙히 해냈다.

돈만 있으면 차기(次期) 출마엔 문제가 없다고 생각했고 또 입 밖에 내어서까
지 그는 그러한 말을 곧잘 했다.

첫무렵엔 돈이 벌리는 대로 오경배 부자(父子)에게 더러 바쳤지만 차차는 그
럴 필요가 어디 있느냐고 생각했던지 자기가 통털어 차지했다.

문희는 그 미친년의 넋두릴 안 들으니 살 것 같다고 산동네를 면한 일을 하늘
에 오른 듯 좋아했다. 그러면서도 살던 산 동네 근방에 그럴 듯한 적산 가옥이
있었으면 거기 가서 한번 버젓이 살아 보겠노라는 욕망도 노골적으로 표시하는
것이었다.

양진수도 여기에 찬동했다. 양진수는 차기 출마를 꼭 ××을구에서 할 생각
이라는 것이었다.

제7부

1

이러한 공론이 그들 부부 입에서 입으로 오고 가고 하던 바로 이때 6·25(六·二五) 사변이 터지고 말았다.

삼팔(三八)선 저 쪽, 공산주의의 괴뢰정권이 삼팔선 이 쪽의 대한민국 강토를 침략해 들어 온 것이다.

그 날은 일요일이어서 문오는 홍기와 민을 데리고 서울 운동장에 야구 시합 구경을 갔다. 마침 웬 사람이 운동장 둘레를 막은 담장에다 괴뢰군이 삼팔선 근역, 곳곳에서 준동하고 있다는 벽보를 붙이고 있었다. 가끔 잘 하는 그들의 짓이려니 알고 야구 시합이 끝날 때까지 무심하게 있었으나 돌아 오는 길에선 심상치 않은 사태가 벌어졌음을 목격했다. 단 지프차와 스리쿼터가 휴일을 이용해 외출한 국군을 불러들이기에 바빴으며 또 한편으로는 철모에다 나무가지들을 얼키설키 얹은 국군들이 추럭에 실려서 적진으로 달리고 있었다.

군인들은 추럭 위에서 군가(軍歌)를 소리 높이 불렀다.

"야아 신난다."

홍기가 외쳤다.

"나두 얼른 커서 군인이 돼야지."

부동자세의 민이 눈으로 추럭을 쫓으며 말했다.

서녘 하늘엔 노을이 붉게 타고 있는 중이었다.

밤이 이슥했을 땐 군대가 달리던 그 쪽 멀리서 장거리포 쏘는 소리가 쾅 쾅 들려 왔다. 그 소리는 차츰 가까와져 오고 있는 것으로 짐작되었다. 불안했으나 라디오가 용감무쌍한 우리 국군이 적을 쳐 부수고 있으니 국민은 동요함이 없이 종전대로 각기 생업에 종사하라고 들려주고 있으므로 서울 시민들은 어느 날과 다름 없이 각기 제 할 일을 하고 있었다. 대통령의 음성으로 알려주는 소리니 믿지 않을 수가 없었다.

그 소리는, 대통령과 정부가 서울을 빠져 나가고 전투가 벌어진 그 쪽에서 피난민들이 밀물같이 밀려드는 한창 때에도 들려왔다. 적의 탕크가 그 육중한 체구를 서울 거리에다 굴리기에 이르러서야 서울 시민들은 속았다는 불같은 분노가 치밀어 올랐으나 이미 늦은 때여서 치밀어 오르는 분노의 감정을 피워 볼 사이도 없이 도피의 길을 찾기에 전전긍긍할 뿐이었다.

그러나 한강 철교도 끊긴 뒤여서 빠져 나갈 데가 쉽게 있지 않았다.

문오와 오경배는 적의 발자취 소리가 서울 거리에 들리기 전에 한강을 넘었다. 그들이 넘어서자 천지가 진동하는 소리가 나고 불꽃이 충전했다. 철교가 끊긴 것이다.

문오들의 추럭이 문뜩 멈추었다. 그 소리에 얻어 맞기라도 한 듯이 — .

문오와 오경배는 어둠 속에서 얼굴을 마주쳤다. 그랬을 뿐이고 이야기는 없었다. 이야기가 있을만한 겨를이 없었다. 끊긴 다리 위를 헤들라이트를 굴리며 줄을 지어 달리던 차량들이 강 속으로 내려박힌 모양으로 번쩍거리던 불빛도 다시는 나타나지 않았다.

문오들은 정부가 피신해 간 수원을 향해 달렸다. 캄캄한 밤 속으로 비가 내려 퍼붓기 시작했다. 줄을 이어 걷고 있는 피난민들도 비를 맞으며 헤들라이트가 밝혀주는 길을 달리는 것이다.

정부는 수원에 얼마 머물러 있지 못하고 대전으로 떠나야 했다. 한강 철교를 끊고 왔건만 적들은 뒤쫓아 내리 밀었다.

정부 인사들의 가족들이 서울에서 몰살을 당하고 있다는 소문이 대전에 옮기면서 떠돌았다. 감옥에 갇혀 있던 좌익분자와 지하에 숨었던 적색 계열들의 소행이라고 했다. 거의 전부가 가족을 서울에 남겨 두고 부랴부랴 떠난 사람들이라 하겠다.

문오나 오경배도 그러한 편에 속했다. 직장에 줄곧 매어달려 있느라고 연 사흘을 집에 발을 돌릴 새도 없이 지나다가 그대로 떠났던 것이다.

두고 온 처자들이 몰살 당한다는 소문에 엉엉 우는 자가 있는가 하면 이빨을 부드득 갈며 복수심에 눈을 휘번득거리는 친구도 있었다.

— 적색 분자들을 박멸하자 — .

는 누구로부터 시작된 주장인지 모르나 그것은 하나의 구호와 같이 즉시로 행동에 옮기기에 이르렀다.

예비 검속으로 갇힌 자들과 본래 갇혀 있던 사상범은 물론 끌어내고 숨어 있는 적색분자들까지 색출해 내었다. 이 일에 반기를 드는 사람은 없었다. 문오나 오경배도 이 일에 혈안이 되어 있었다.

"놈들을 내 손으로서 하루에 열놈씩 처치 못하구선 잠을 이룰 수 없어."

오경배는 이런 말을 입버릇처럼 뇌었다.

어느 날 문오와 오경배는 적색분자들을 처치하고 있는 현장을 목격했다. 문오나 오경배는 척척 죽어가는 그들을 웃으며 보아 갈 수 있으리라고 그 쯤 짐작했었다. 산 중턱으로 돌아가며 깊고 또 긴 구덩이가 파져 있었다. 그 구덩이가 누구들의 힘으로 파진 것인지는 몰랐다. 구덩이 앞에 둘씩 묶여 앉힌 그들의 힘으로 파진 것인지도 몰랐다. 그들은 이제 곧 그 구덩이 속으로 들어가려는 참이었다. 뒤로 묶인 팔 때문인지 자세를 바로 가질 수도 없이 쭈구리고 앉아 있는 것이다.

쭈구리고 앉아서 멀뚱멀뚱 눈을 굴리고 있는 것이다. 엠 · 원[60]이 그러고 있는 그들을 이제 곧 겨누려는 것이다. '나아리'를 부르며 억울하노라고 호소하는 소리, '대한민국 만세'를 높이 부르는 소리, 눈을 부릅뜨고 총을 겨누려는 자들에게 욕설을 퍼붓는 소리, 소리와 소리는 합치고 또 소리와 소리는 서로 엇갈리는 것이었다.

어느 새에 엠 · 원이 그 소리와 소리 속을 탕탕 쏘았다. 그들은 소리를 채 못

---

60 M1 개런드. 반자동 소총.

지르고 픽픽 쓰러졌다. 그들은 깊고 또 긴 구덩이 속으로 마치 흙덩이나 돌덩이 모양으로 떨어져 들어갔다. 떨어져 들어간 그들위에 곧 흙이 덮였다. 그리곤 남아 있는 자들을 또 그렇게 하는 것이었다. 남아 있는 자들은 얼마든지 있었다. 추럭이 자꾸 실어다 주니 있을밖에 없는 것이다.

길고 깊은 구덩이어서 자꾸 실어 오는 그 많은 자들을 몇 겹으로 쳐 넣고서도 더 넣을 자리가 충분했다.

마지막으로 덮은 맨 위의 흙은 밟아야 했다. 되 살아날 것을 우려함이었다. 문오와 오경배도 들어섰다. 사람의 몸뚱이가 발 밑에 물끄덩물끄덩 밟히는 것이 감각되어 왔다. 끼륵끼륵 소리가 들려왔다. 채 죽지 않았다는 소리임에 틀림없었다. 치다가 다 못 친 소리임에 틀림없었다.

문오는 발을 문뜩 멈추었다. 눈을 부릅뜨고 밟고 섰는 오경배를 건너다 보았다. 문오의 하는 양에 눈치를 챈 오경배가 발을 우뚝 멈추고 문오를 보았다. 둘의 시선이 움직이지 않았다. 피차에 응시하고만 있었다.

“동경시대 땐 살뜰하기만 하던 조선 사람이었어, 그렇던 조선 사람을 왜 이렇게 죽여야…… 하나 말이다.”

오경배는 슬픈 듯이 말했다.

“자네두 그런 걸 생각하구 있었구나……. 자네두. 아무 말두 말자구. 아무 말두.”

발 밑에선 물끄덩거리는 사람의 몸뚱이가 밟히고 있고 끼륵끼륵 하는 소리가 아직 멈추지 않았다. 바람기 한 점 없고, 작렬하는 태양만이 내려 쪼이는 한낮이어서 그것들은 더욱 분명했던 것인지 몰랐다.

정부는 다시 대전에서 대구로, 대구에서 또 부산으로 옮아가야 했다. 이승만 도당이 하늘을 날거나 현해탄 바다 속에 뛰어들지 못하는 한엔 올데갈데가 어디겠느냐는 조소를 던지는 형편에 이르도록 전황(戰況)은 나날이 불리해 갔다.

문오들은 임시 수도가 된 부산의 한 여염집에 유숙하게 되었다. 경상남도 도청이 오상철씨에게 알선해 준 이 집은 부유한 편에 속하는 듯 보였으며 자녀들도 여럿이 있었다. 군대에 가야만 되게 된 아들이 둘이나 있었다.

주인 김창욱씨는 자기의 거실을 오상철씨에게 내어 주기에 서슴치 않았으며 오경배와 문오도 조용한 뒷방을 내어 주었다. 서랍이 여러개 달린 양복장이 놓여 있는 채로이고 경대도 그냥 있어서 오경배는 주인 집 큰 딸이 쓰던 방이라고 주장하는 것이었다.

경대 서랍 속엔 분홍빛 로숀 병이 들어 있었다. 오경배는 이것도 주인 집 딸이 자기에게 사용시키려는 계획으로 남겨 둔 것이라고 우기며 아침 저녁 세안(洗顔) 뒤에 꼭꼭 발랐다.

로숀을 바르고 난 손등으로 오경배는 문오 코밑에다 갖다대어 주었다간 이어 또 제 코에 갖다대고 씩씩 숨을 들이 마시며

"이거 바루 미야의 냄새거든……. 이름두 좋지 미야, 이 냄새와 같은 이름이야."

눈을 지긋이 감기도 했다.

"이 사람, 미야 하고 부르지만 미야는 부를 때만 쓰는 이름이구, 정작 이름은 순미라는 걸 알란 말이야. 경상도선 순자라는 이름의 순 잘 떼 버리구 자야아 하구 부른단 말이야. 이 집 아가씨두 순 잘 떼 버리구 미짜만 따가지구 부르는 거야. 알겠어?"

문오가 일러주자

"자넨 그거 어떻게 알았어? 미야 아가씨가 순미라는 걸 말이다?"

오경배는 그 커다란 눈을 떠 문오를 들여다보는 것이었다.

문오도 오경배를 마주 보았다. 커다란 눈은 예전대로이나 핏기가 서리우고 광채가 없었다. 이마도 그러려니와 뺨에까지 주름이 잡혀 있었다. 그동안 늘 보아서 알고 있을 터이지만 그가 이만큼 변했다는 사실을 문오는 이제야 새삼 깨닫는 것이다. 그러나 문오는 다 아는 방법이 있다고, 순미 아가씨가 자네 몰래 내게 가르쳐 줬다면 속이 탈테지 하고만 말았다.

오경배는 여전히 정색을 하고선

“그럴 리 없지. 미야양이 내게 알려주구 싶은데 직접 말하기가 거북해서 간접적으로 자네한테 들려줬을 거야.”

어디까지나 낙관을 했다.

그런데 며칠 뒤에 오경배의 이런 꿈은 박살이 되고 말았다. 순미가 로숀을 가지러 온 때문이었다. 오경배의 예측과는 달리 순미는 로숀이 거기 들어 있는 것을 모르고 무척 찾았다는 것이었다.

여자만 보면 입이 얼굴 밖에까지 나가도록 웃던 오경배였지만 그 때만은 웃음기를 전혀 보이지 못하고 벙벙히 있었던 일을 문오는 잊을 수 없다.

그들은 성철수를 이 무렵에 만났다. 문오와 오경배가 아침상을 받았을 때 주인 ‘김창욱씨’를 길게 부르는 소리가 들렸던 것이다.

문오와 오경배의 시선이 번개같이 마주쳤다. 마침 오경배는 볼이 삐어지게 밥이 차 있었고 문오는 밥을 떠 넣으려고 입을 벌리던 참이었다.

볼이 삐어지게 밥이 차 있는 입이면서도 오경배는 ‘어어’ 소리를 발했다. 아주 익숙히 듣던 소리였기 때문일 것이다.

“아 저 거시기다. 그 그 동경서……”

볼이 삐어지게 차 있던 밥을 대강 넘기며 오경배는 문오의 기억력을 일으켜 세우려 들었다.

“그래 동경서……”

문오도 동경 시대에 같이 한 방에 딩굴던 동지였다는 것은 환히 떠오르는데 이름만은 입 속에 뱅뱅 돌면서 튀어 나오지 않았다.

“왜 있잖어? 구즈하라이(쓰레기 주이) 말이다.”

“글쎄 그것까지두 생각나는데……”

문오가 입 속에 뱅뱅 도는 소리의 주인을 더듬느라고 기를 쓸 때

“아 성철수다. 성철수다.”

라고 오경배가 소리를 질렀다. 오경배는 큰 횡재수라도 생긴 듯 숫가락을 동댕이 치고 벌떡 일어섰다.

문오도 그대로 따랐다. 오경배의 본을 따느라고 해서 한 노릇이 아니다. 소리의 주인을 바삐 확인하고 싶었던 것이다. 그렇게 하기 위해선 자기들 방 맞은편에 있는 마루방으로 가야 했다. 거기 마당이 내다 보이는 유리창이 나 있었던 것이다.

그들이 단정한 바대로 소리의 주인은 성철수였다. 전과는 다르게 몸이 비대했으며 목덜미 근방에 군살까지 디룩디룩 쪄 있었다. 그러면서도 옛날 모습이 남아 있었다.

성철수와 주인 김창욱씨는 포도 덩굴 아래서 이마를 맞 대다싶이 하고 무엇인가 소근거리고 있는데 덩굴이 한창 때여서 얼굴엔 얼룩얼룩 얼룩이 져 있었다.

오상철씨가 출근 차로 마당에 내려서자 김창욱씨와 성철수는 이야기를 뚝 그치고 거기서 허리를 꾸부리며 오상철씨 앞으로 바삐 오고 있었다. 김창욱씨가 성철수를 소개하고 여러마디의 말을 하는 사이에 성철수는 오상철씨에게 아주 공손하게 허리를 몇번이나 굽실거렸고 오상철씨의 차가 미끄러진 뒤에도 완전히 허리를 펴지 못하는 것이었다.

성철수가 허리를 채 펴기 전에 오경배가 그의 이름을 부르며 유리문을 열었다. 성철수는 자기 이름이 불리워진 방향으로 고개를 돌렸다. 허리를 완전히 펴지 못한 때여서 움직임이 활발치 못했다.

오경배 뒤를 이어 문오가 또 그를 불렀다. 성철수는 그제야 그들한테로 다가오며,

"아이구 이거 얼마만인가?"

를 소리치며 양 손으로 한 손씩을 잡았으나 와락 반가운 기색이 아니었다.

"아까부터 자네를 발견하구선 대기하던 중이야."

문오가 말하자,

"아까부터?"

를 되 묻는데 그 얼굴에 갑자기 무안스러운 빛을 띠우는 것을 볼 수 있었다.

옆에서 그들의 언동을 낱낱이 살피고 있던 김창욱씨가

"오차관님의 자제분이십니다."

라고 불쑥 내뱉으며 오경배 앞에 자기가 먼저 머리를 숙였다.

"아, 그렇읍니까? 오차관님의 자제분이시군요? 그러시군요?"

성철수는 턱 턱 놓던 말을 거두고 굽실거리며 존어를 사용하기 시작했다.

"이 사람아 그렇습니까? 그러시군요가 뭐야? 우리 사이에 언제 그런 말을 쓰구 지냈던가?"

오경배가 성철수 말에 타박을 가했다.

"옛날같이야 할 수 있나요? 상대방의 인격과 체면을 지켜드려야 할께 아니겠어요? 김창욱씨 안 그래요?"

옆에 서서 헤헤 웃고만 있는 김창욱씨를 성철수는 돌아다 본다.

"아문요, 안그럴 수 있읍니껴."

김창욱씨는 오경배를 더 많이 보아가며 애매한 말을 조심스레 뇌인다.

"우리 사이에 인격이구 체면을 쳐들고 함께 어디 있어? 이렇게 만났으니 방으로 들어나 가세."

오경배가 앞장을 섰다.

그들 방에 들어 온 성철수는 실내를 두루 살피기에 여념이 없는 듯 보였다.

"형두 이 방에 동숙하나요?"

성철수는 벽에 걸린 그들의 복장에서 그 기미를 챈 모양이었다. 그는 종시 문오의 성명은 떠올리지 못하고 있는 듯 '형'이라고만 했다. 오경배는 오상철씨의 자제라는 데서 '오형'으로 불리웠지만.

"우리 집에 가십시다. 이 방은 덥겠는데. 우리 집은 이층이구 또 바닷가라 시원해요. 아버님두 가 계시도록 합시다. 이런 기회에 옛날 동지의 부모님을 모셔 보고 싶습니다."

이 말 외에 성철수는 해방이 되어 돌아오던 때 일본 여자인 아내를 데리고 와서 주위 사람들의 눈총을 맞았노라는 소리를 하는데 그가 이런 소리를 하는 이유가 어디 있는지는 모르나 이 소리에서 지나 온 한가지의 사건이 문오의 머리를 스쳐가게 되었다.

"바로 그 여잔가? 자네한테 선심 쓰던 대가집 딸 말이야?"

성철수야 어쩌건 간에 문오는 전과같이 그를 대하려고 마음을 쓰면서 말했다.

"그래. 바루 그 여자지. 그 뒤 쭈욱 그 여자 덕으로 살았지. 우영춘군이 원수의 족속과 결혼해선 안 된다구 끝끝내 말려서 결혼은 못하고 우군의 눈을 피해가며 살아오다가 해방을 맞이하구 나서……."

"우영춘, 참 우군은 어떻게 됐나? 어디 있어?"

성철수의 말이 계속되는 도중에 문오가 물었다.

"우군은 죽었어. 나하구 같이 '후까가와' 조선인 학원에서 교편을 잡구 있다가 병사를 했어, 잘 먹지 못하면서 악착같이 일만 했으니 쓰러질 수밖에."

이번엔 누가 그의 말을 막지 않았다. 말이 끝난 뒤에도 묵묵할 뿐이었다.

"우리들이 굶어서 늘어져 있던 날, 늘 굶어서 그런 경우가 많았지만, 그날은 더욱 심했어. 몸을 까딱두 못하구 쭉 늘어져 있을 때 어느 부유한 집 딸이 자네한테 신문지 속에다 값 나가는 물건을 넣어 줘서 그것이 쌀이 돼가지고 왔을 때, 자네가 쌀자루를 메구 들어왔을 때, 쭉 늘어졌던 우영춘이 제일 먼저 일어나서 자네를 얼싸 안군 환성을 지르던 일이 생각나네."

한참만에 오경배가 비극의 대사나 외우는 듯한 어조로 장황이 말을 이어갔다.

문오도 그 때의 기억이 살아났다. 성철수가 메고 들어 온 쌀로 밥을 무척 많이 지었다. 그 많은 밥을 온통 다 먹고는 다시 늘어졌다. 우영춘은 황소같은 몸집을 탁 내던지며 다다미 위에 쓰러졌다. 그리곤 손가락 마디 하나 까딱 못하겠노라는 말을 한 두어번 할 뿐 다시 늘어져들 있었다. 신음 소리를 연발하는 축도 있었다. 밥을 짖던[61] 채희의 모습도 문오 머리를 스쳐갔다.

어디 가서 어떻게 살까? 살아 있기나 했으면 다행이겠다는 생각을 해 봤다. 문오는 채희에게 이만큼 후(厚)해 보기가 처음이다. 입 밖에 내지는 않았지만 가슴 한 구석엔 채희를 저주하는 마음이 늘 숨어 있지 않았던가 한다.

성철수는 저녁에 만나자는 약속을 남겨 놓은 뒤에 돌아갔다.

문오들이 퇴근할 즈음 해서 그는 그들 직장 정문 앞에 지프를 대기해 놓고 있었다. 지프는 바다가 보이는 서늘한 이층집이노라고 자랑하던 그의 집으로 달렸다.

지프가 그의 집 대문 앞에 이르자 성철수가 말한 바 있는 일본인 아내가 조용히 나타났다.

"말씀 많이 들었읍니다."

이 한마디를 나즉히 뇌이면서 허리를 굽혔다 펴는 여인의 첫인상은 우아하다는 말로 표현할밖에 없었다.

풍성하게 차린 저녁엔 갈비찜과 닭볶음을 비롯해서 문오와 오경배가 피난지에 와서 맛을 붙인 짓갈[62]까지 손색 없이 놓여 있었다.

"본격적인 한국식 요린데 이거 자네 부인의 솜씬가?"

오경배가 맥주 컵을 비우고 철수에게 건네 주며 물었다.

"그럼. 난 일녀라는 냄새를 어느 구석에서나 못 풍기게 합니다. 옷에서나, 음식에서나, 말에서나, 우리 대한민국 여성들 이상으로 고유한 우리 냄새를 드러내게 하려구 애를 썼지요."

성철수는 오경배에게만은 아직도 존어를 사용했다. 오상철씨의 자제라는 데서 그가 그러는 거라고 문오는 짐작하고 있었다.

혼자 맥주를 따뤄서 연거푸 마셨다. 성철수는 문오가 혼자 따뤄 마시는 것도

61　'짓던'의 오식.

62　'젓갈'의 오식.

모르고 그냥 지나쳤다. 오경배와 그가 목적하고 있는 일을 추진시키기에 열중하고 있는 중이었다. 그러기 위해서 오경배에게 연거푸 맥주를 권해야 했던 것이다.

"성철수, 내가 누군지 알어? 내 이름이 말이야. 오경밴 오상철씨 아들이라고 했으니 '오형'일밖에 없지만 난 무슨 '형'이냐말이야? 김형이라던가 이형이라던가 성이 있을게 아니겠어? 성을 붙이는 사람만 존댓말을 쓰구 성을 안 붙이는 사람하고 아무렇게나…… 그래두 된단말이지?"

문오는 아침부터 속에서 부글부글 끓어오르던 것을 토해 놓았다.

"아니 이 사람 자네 벌써 취했는가? 성군이 자네 성명을 모를 리 있겠는가?"

오경배가 문오를 달래려고 나섰다.

"성명을 알지 못하는 건 좋아. 세월이 가는 사이에…… 이십여년이라는 긴 세월이 흘러 가구 말았으니 성명을 잊을 수도 있을 테지. 우리두 오늘 아침에 성철수의 이름을 기억에서 떠올리느라구 한참 앨 썼으니까……. 요는 우정이란 말이야. 우정이 남아 있느냐 없느냐가 중요한 거야. 세월이 흘러 갔다구 그 두텁던 우정마저 흘러 갔어야 될 말이야? 좋은 것들마저 온통 흘려버려야 되느냐 말이야? 오경배를 옛날의 친구라고 알겠거던 옛날하구 똑같이 대하란 말이야? 오상철씨 자제라는 너울 속에다 집어넣지 말란 말이야."

문오는 다시 제가 따른 맥주 컵을 들어 벌떡벌떡 마시는 것이었다.

성철수는 그제야 당황히 서둘면서

"사실 성함을 잊어버렸었죠. 헤헤 그런데 새삼스럽게 누구시더라? 하고 성함을 물을 수도 없고 해서 난처하던 중이었죠. 솔직히 말씀드려서 죄송합니다."

머리까지 숙였다.

"죄송합니다, 할꺼 없어. 솔직하게 네가 누구더라? 한다든가, 네 이름이 뭣이더라 하구, 어깨라두 툭 쳐가며 물어주면 될거 아니야? 왜 그렇게 우물쭈물하는 거야? 성철수란 인간이 그렇게 비겁하지는 않았던 것 같은데……."

들었던 맥주 컵을 놓지도 않고 문오는 반격을 가했다.

"이 사람 강— 문— 오— 군, 그만 그만."

오경배가 강문오의 성명 석자를 길게 뽑으며 나섰다. 성철수에게 문오의 이름을 알리려는 것임을 알겠다. 그때 마침 성철수의 아내가 요리 접시를 들고 들어와서 문오는 할 말을 더 하지 못하고 중단했다.

"오오이, 자네두 거기 앉게, 싸아비스를 잘 해보란 말이야. 이 어른들은 옛날 친구들이라. 동경 있을 때 같이 사회운동을 하던 동지들이란 걸 말해 줬지?"

성철수도 자기 아내 때문에 문오가 할 말을 중단하는 걸 눈치 챈 모양으로 턱을 치켜 들고 허세를 부렸다.

성철수의 아내는 시종 조용히 움직이며 그들의 시중을 들었다. 술이 취해가는 사나이들의 지껄이는 소리에 일일이 귀를 기울이고, 그것이 자신에게 관련이 있는 말인 경우엔 그렇다든가, 아니라든가, 하는 짧막한 대꾸로서 받아들일 뿐이었다. 제 자리를 잡지 못하고 공중에 떠 있던 좌석이 이 우아한 여인으로해서 차차 부드러운 분위기가 돌기 시작했다.

누가 먼저 시작했던지 모르나 그들은 소리를 뽑아 노래를 불렀다. 그들이 함께 지내던 때의 노래도 불렀고 그들이 서로 떠나서 배운 노래도 불렀다.

열린 창으로 바다 바람이 들이쳤다. 바다에 뜬 기선이 기적을 뽑는 소리도 '뚜우' 들렸다.

"야 이거 좋구나. 동경서 우리 모두 같이 부르던 노래가 아니냐 말이다. 쏘프라노가 없어서 멋이 없다. 그 쏘프라노를 부르던 여성이 누구더라? 아, 아 마채희다. 마채희 그 여성은 어떻게 됐지? 참 허윤이 하고 결혼했지 우리들의 마돈나였는데……."

성철수가 이리저리 재던 자(ℝ)도 동댕이 친 듯 불쑥 나온 눈을 내굴리며 소리를 쳤다. 그것은 절규임에 틀림이 없었다. 그는 오경배와 강문오의 비중을 가리려고도 하지 않았다. 그저 옛날로 돌아 간 것이었다. 목덜미에 디룩디룩 군살을 찌우며 살아온 그의 이력은 문질러버리는 과정에 들어선 것이다.

그날 저녁 늦게야 문오들은 성철수의 지프로 숙소에 돌아오게 되었다. 성철수는 그 뒤에도 오경배의 부친을 자기 집에 모시자는 제의를 굽히지 않았으나 오상철씨는 이왕 들어 있었고 또 주인네들의 극진한 호의를 저버리기 어렵다는 이유로 성철수의 요구대로 응하지 않았다.

김창욱씨들이 오경배 부친에게 '극진한 호의'를 베푸는 일은 당연하다고 보아야 할 것이다. 그의 두 아들이 군대에 가지 않고 견딜 수 있다는 사실이 오상철씨의 힘으로 된 일이라면 그 이상의 '극진한 호의'를 베풀만도 하지 않을까.

무역을 하노라고 내세우는 김창욱씨는 물건을 실어 오고 내고 하는 일을 밤중에 했다. 추럭이나 스리쿼터인 경우가 많은 듯 했으며 지프도 한 몫 끼는 듯 했다. 지프일 때는 성철수의 것인 듯 짐작이 갔다.

사람과의 면접시에도 김창욱씨는 한번 크게 웃는다거나 소리를 높이는 일 없이 은밀하게 소근대는 것으로서 그쳤다. 자주 드나드는 성철수와도 그랬고 오상철씨를 안내한 경상남도 도청 직원인 K씨와는 더욱 심한 편이었다. 또 K씨의 내방(來訪)은 언제나 이슥한 밤이었으며 K씨는 김창욱씨만 만나는 것이 아니고 아무리 늦은 밤이라도 오상철씨를 만나는 일을 잊지 않았다.

오상철씨를 데려가지 못한 성철수는 오경배라도 집에 와 있어달라고 간곡히 청을 해 왔다. 오경배는 성철수의 청이 아니더라도 김창욱씨 집을 떴으면 하는 생각이 움직이고 있던 중이었다. 그는 위선 부친하고 동숙하는 일이 싫었고 또 한가지는 순미와 '로숀 사건'이 있은 뒤로는 종시 이 집에 마음을 붙일 수가 없다는 것이 이유였다.

'로숀 사건'이 있은 뒤로는 마당의 동정을 전혀 살피려고 하지 않았고, 마당의 동정을 살피기 위해서 잘 가던 마루의 유리문께로도 가지 않았다. 개살구 먹은 뒷맛이라는 말을 오경배는 사용하면서 웃어 넘기려 했으나 이 사건으로 해서 그의 가슴 어디에 잔금이라도 간 모양임에 틀림이 없었다.

오경배는 술이 취하면 곧잘 순미의 이야기를 꺼내자고 했다.

—바다에 빠지던가, 하늘을 날기 전엔 올데갈데라군 없는, 방향이 콱 막힌 우리들에게 순미 아가씨는 길을 제시해 주는 모세의 불기둥같은 것이 아니었던

가? 하고는 문오의 동의를 촉구하는 것이었다. '모세의 불기둥'은 양진수의 선거 비라에서, 선거 연설을 통해서 얻어 들은 소리였을 것이고 '바다에 빠지거나 하늘을 날으지 않으면'이라는 소리는 승리를 거듭하던 적들 입에서 튀어 나온 것을 흉내 낸 것임을 알았다. 오경배가 이렇게 지껄이고 나면 문오는 으례히 '쇠' 같은 여자로구나. '나침판' 같은 여자로구나. 하고 '파락개'를 넘을 때 안내인이 하던 소리로서 응수해 주는 것이다

장난같이 또는 조롱같이 지껄여 대는 말이긴 하나 문오는 이 소리를 하고 나선 후우 한숨을 내 뿜었다.

'파락개'를 넘게하던 '쇠'(나침판)와 같은 것이 나타나야 할게 아니겠느냐는 울부짖음이 속에서 치밀어 올랐던 탓인지 몰랐다.

드디어 국군과 유엔군의 맹렬한 반격은 수도 서울을 탈환하기에 이르렀다. 문오와 오경배가 성철수 집에 옮겨 와서 한달 가량 되던 때의 일이다.

라디오가 이 소식을 알려주었을 때 문오들은 환성을 높이 질렀다. 그러나 곧 그쳐버리고 말았다. 적색분자들에게 몰살을 당했을 가족들이 새삼 생각났기 때문이었다. 살자고 '북반부'를 피해 나온 문희네 가족도 그러려니와 민은 너무나 애처로웠다.

채희가 훌쩍 떠나버린 뒤의 민은 줄곧 울기만 했었다. 문오는 울기만 하는 아이 앞에서 짜증만 피웠다. 이럴 때 주인집 아주머니가 부용을 시켜서 민을 안아 갔으니 망정이지 그렇지 않았으면 문오는 민을 어떻게 해버렸을는지 모른다.

민이 가장 호사했던 시기라면 조모한테 있었을 무렵이었을 것이다. 절에서 내려 온 문오가 누이동생 집을 찾아 갔을 때 '우리 아버질거다.'라고 홍기에게 말해주며 문오를 힐끔거리는 눈으로 보아주던 민, 일일이 예거하지 않아도 가슴 아픈 일이 너무나 많다. 그렇더라도 서울에 가야 한다고 문오는 마음을 먹었다.

문오는 성철수가 끝내 오경배와는 다르게 대하는 일에도 견딜 수 없는 데다가 성철수가 무엇을 하고 있다는 사실(어렴풋이는 이미 알고 있었지만)을 완전히 알

게 되면서부터는 그와 얼굴을 마주치는 일조차 고통이었다.

성철수는 밀수(密輸)를 하고 있었다. 어느 날 성철수의 우아한 아내가 남편을 타이르는 말에서 그런 사실을 문오는 얻어 들었다.

성철수의 아내는 남편더러 김창욱씨같은 밀수업자하고 손을 끊고 옛날 동지 저 분들(성철수의 아내는 분명히 윗층 문오들의 거처하는 쪽을 처다보거나 가리키면서 말했을 것이다.)과 같이 다 드러내 놓은 밝은 생활을 해달라고 간청했다. 저 분들을 모셔 온다는데 찬동한 것도 당신이 옛날의 동지 앞에서 자신을 뉘우칠 수 있지 않을까 하는 바램을 가지고 한 노릇이라고 말했다. 성철수의 아내는 돈이 필요하지 않다고, 오직 청청 푸르게 벋어나가는 덩굴 풀과도 같이 늠름할 수 있는 당신이 필요하다고 말했다. 누구 앞에서나 떳떳할 수 있는 당신의 생활이 필요하다고 말했다.

'옛날 동지 저 분들'을 다시 들먹였을 때 성철수는 아내의 뺨을 후려갈기나 보았다. 찰싹 소리와 함께 아내의 말 소리가 끊기었다. 아내의 소리는 다시 없고 성철수가 투박한 소리로 아내를 몰아세울 뿐 아니라 손찌검을 하고 있음을 알 수 있었다. 문오는 그러한 예(例)를 지내 보아서 이어 짐작이 갔다.

아내의 나직한 소리가 들리고 나면 으례히 남편의 투박한 소리가 들려오고 그렇게 되면 아내는 죽은 듯이 잠잠했다.

잠잠한 데까지는 좋으나 이 우아한 여인의 눈가에 퍼런 멍이 든다던가 얼굴 어디에 혹이 돋기가 마련이니 탈이었다.

여인은 이러한 것을 감추기 위해서 장작을 패는 일을 곧잘 했다. 눈가의 멍이나 얼굴 어디에 돋은 혹이 장작을 패다가 난 상채기로 인증을 받으려는 데서 생긴 일이다.

문오는 성철수에게 가는 염증을 이 여인으로 해서 어느 정도 누를 수 있었던 것이 사실이다. 문오는 이 여인에게 동정과 이해를 가지고 따뜻하게 대했다. 이 여인도 문오의 마음을 짐작하는 듯 꾸준한 호의를 보였다. 성철수가 오경배와는 다르게 소홀히 대하는 데서 호의의 농도가 가산되어가는 것 같기도 했다.

여인은 그의 마음을 조용한 눈길로서만 나타내어 줄 뿐이었다.

2

문오들은 정부보다 앞서 서울에 들어왔다.

그들은 군복을 입고 있었다. 그 무렵엔 군복이란 군인만의 복장은 아니었다. 문오들은 몰살 당했을 가족들의 참상을 확인하고자 바삐 들어왔던 것이다. 어쩌면 몰살 당했을 가족들이 살아있기를 바라는 마음에서 바삐 서둘었던지 몰랐다.

서울 거리에 사람들이 웅성거리는 것을 목격했을 때 문오는 몰살 당했을 가족들이 살아 있기를 바라는 마음이 한층 더해갔다.

집 근처 길목에 들어서니 아이들 두 서넛이 놀고 있는 것이 눈에 띄었다. 문오는 그들한테로 달려갔다. 민과같은 또래라 민의 소식을 알고 있지 않을까 하는 마음에서였다. 집에 이르기 전에 좀 더 먼저 소식을 알고싶었던 것이다.

“너희들 민을 알어? 홍기랑 말이다.”

눈이 휘둥그래진 아이들은 대답은 커녕 줄달음질을 쳐 달아나버리는 것이었다.

문오는 지저분한 뜨거운 길을 달려서 집 앞에 닿았다.

안으로 달려 들어가고 싶은 충동을 느끼면서도 발이 땅에 붙은 듯 들어가지지를 않았다. 집 안이 너무 잠잠해서 한층 더했다.

“너희들 있느냐?”

문오는 무서운 것을 향해 가는 때의 걸음걸이처럼 약간 약간, 오히려 뒤로 물러서는 듯한 걸음걸이로 주춤거리며 안을 향해 소리를 쳤다.

잠잠하던 집 안에서 쨍 — 울리는 여인의 비명과 같은 소리가 나더니 곧이어 현관문이 드르륵 열리며 여인의 얼굴이 드러났다. 문희였으나 문희같아 보이지 않았다. 안에서 친 비명은 문희의 것이었을 텐데도 문희의 것 같지가 않았던 것이다. 머리털에 파묻힌 얼굴은 뼈만 남아 앙상했었다.

문희가 눈물을 왈칵 쏟으며,

"오라반, 오라반 어디 갔다 인제사 오십네까? 홍기 저 아바진 없어 졌쇠다. 총살을 당했쇠다."

마당 아래로 겨우 내려섰다. 문오가 달려들어 쓰러질 듯한 누이동생을 부둥켜 안았다.

"공산당 놈들이 죽였구나. 아이들두 죽였어? 아이들두?"

문오는 아이들도 으레 그랬을 것이라고 단정하면서 소리를 질렀다.

"아버지. 우린 안죽었어."

문오가 소리나는 쪽에 얼굴을 돌렸다. 홍기와 민이 서 있는 것이었다. 홍기는 눈물을 질질 흘리고 있었고 민은 추잡하긴 했으나 희색이 만면하다.

"살아 있었구나. 너히들은 아무렇지두 않았구나."

문희를 안은 채 문오는 어린것들에게서 눈을 떼지 않았다.

"홍기 아바지도 잘 있다가 그만 그르캐 됐시요. 오라반 원통해서 어억합네까? 공산당한테 맞아 죽었음 차라리 덜 분하갔시요. 대한민국 치안대라나 한 것들한테 죽었으니 더 억울하단 말입네다. 아이고 아이고오. 공산당을 피해 남반부에 넘어 온 우리들더러 공산당으로 모니 오라반, 이르케 억울할 데가 어디 있갔시요? 오라반은 어디 가셨다 지금사 오십네까? 오라반이 군보다 일찌감티 들어왔음 홍기 아바진 죽디 않아요. 이르캐 군복이랑 입은 오라반이 있었음 홍기 아바진…… 아이고 아이고오……."

문희의 애끓는 소리와 눈물은 한이 없었다.

"인제 알았어. 들어가자구."

문오가 문희를 부축해 들어다 자리에 눕히려고 했으나 문희는 어디 그러한 기운이 숨어 있었던지 벌떡 일어나 앉아서는

"오라반, 홍기 아바질 어디서 총살한 줄 압네까? 바루 저 언덕에서 했답네다.

이 눈으로 똑똑히 보았답네다. 치안대 놈들이 그리루 끌구 올라가길래 내래 뒤쫓아 안갔읍네까? 내래 올라가 숨도 돌리기 전에 탕탕 쏘아 죽입네다레.”

를 늘어지게 소리치고 나서 해방이 됐다고 좋아들 했더니 좋을게 하나도 없지 않느냐. 공산당을 피해서 이남에 넘어 와 멋지게 살아보자고 한 노릇인데 목숨마저 지탱 못하고 되려 공산당으로 몰려 죽다니 말이 되느냐고 문희는 눈을 퍼렇게 휘번득거렸다.

“이제 그렇게 된 걸 어떡하겠어. 산 사람이나 살 도리를 해야지.”

문오가 달래는 말에 문희는 한층 더 눈을 퍼렇게 굴리면서

“오라반은 우리 홍기 아바지레 총살 당할만한 일을 했다고 봅네까? 대한민국 정부가 이승만대통령의 목소리로 국군이 이긴다고 방송을 해대는 바람에 우리는 그 소릴 철석같이 믿고 있다가 공산당이 서울 안에 들이미니 옴싹달싹 못하고 독 안에 든 쥐가 돼 있었디오. 독 안에 든 쥐가 어억합네까? 죽는 목숨이나 다름 있갔시요. 공산당 놈들이 하라는 대로 할밖엔. 처음엔 홍기아바지더러 동네 반장을 보랍데다레, 그 다음엔. 동 인민위원회에 나와서 서기를 하라고 합데다레. 저희 놈들을 피해 넘어 온 죄도 있고 하니 하라는 대로 할밖에 없다 않았갔시오. 홍기 아바지가 앉아 사무를 본 책상이 인민재판에서 총살을 당한 대한민국 동회 서기가 앉았던 바로 그 자리라는군. 그렇다고 홍기 아바지가 그 서기를 총살한 것도 아닌데 홍기 아바지가 총살 당했으니 분하고 원통해서 어억합네까? 오라반은 어디 갔다 지금사 옵네까? 오라반만 살짝 피했다 오면 됩네까? 백성들을 헌신짝같이 내 동댕이 티고 자기네만 공산당 놈들에게 맞아 죽디 않겠다고 도망티면 됩네까? 그럴라면 미리 피하게나 하던가. 용감무쌍한 국군이 적을 쳐 부순다고 거짓말만 해 놓고선 저희들끼리만 도망쳤으니 백성은 어딜 믿으란 말입네까?”

문희의 비통은 분노로 변해갔다. 몸 전체가 독이 오른 배암처럼 꼿꼿해 갔다.

문오들이 들어와서도 한참만에야 정부가 서울에 들어왔다. 그들은 도강파(渡江派), 비도강파(非渡江派)의 구별을 짓는 일에 손을 먼저 썼다. 한강을 넘은 자

는 애국자요. 서울에 남은 자들은 적에게 부역한 자로 몰았다. 단체나 직장에선 A, B, C로 등급을 매겨가지곤 수사기관에 지난 날의 동료들을 고발하는 등 서글픈 광경이 수 없이 벌어졌다.

문희는 동회장과 통장 반장의 연서에 의해 고발되었다. 오경배의 힘으로 이어 놓여 나왔으나 가죽채로 매를 맞은 문희의 몸뚱이는 볼 모양이 없었다.

— 참, 오경배의 가족들이 무사했다는 소식을 전해야 하겠다. 공장은 폭격에 자취만 남아 있을 뿐이고 — .

문희가 더 호되게 맞아댄 이유는 헌신짝같이 버려 둘 땐 언제고 이제 와서 잘잘못을 가리느냐고 악을 쓴 데 있었다고 문희 자신이 말했다.

"이데 와서 눈치볼게 뭐 있갔시요. 분하고 원통하니께 그런 소리가 나갈밖에 있시요? 개놈의 새끼들 내 몸에다 매질할 때마다 죽이라고 악을 악을 썼디오."

어느 날 문오는 산 동네서 알던 사람을 만났다. 양진수가 출마했을 때 줄곧 드나들어서 문오도 안면이 익숙하던 자다.

"선생님 저를 알아 보시겠어요? 저 손광모 올시다."

손광모는 이북 사투리를 섞어가며 문오에게 꾸벅 인사를 하고나서 산 동네 사람들이 대부분 수사본부가 아니면 경찰서에 들어가 있던가 사설 기관에 잡혀 있다는 것을 말해 주었다.

"동순이도 들어갔읍니다. 그 아이는 합동 수사본부라고 합데다. 선생님, 산 동네 사시던 정의를 봐서 좀 어떻게 구해 주십시요."

손광모 자신은 다행히 이천에 있는 친구 집에 가 숨어 있어서 난을 면했노라는 말을 한 다음

"소위 도강파란 말씀이지요."하고 씩 웃었다.

"동순이 어디 갇혔다구요?"

문오는 잊어버렸던 동순이를 떠올리며 바삐 물었다.

"합동수사본부라구 하던데요."

문오는 그 길로 오경배를 찾아갔다. 오경배도 동순을 알고 있는 터이라 싫은

빛을 보이지 않았다. 오히려 '가엾게두'라는 말을 몇번이나 되뇌이곤 했다.

그들은 쉽게 동순을 찾아내지 못했다. 동순은 합동 수사본부에 갇혔다가 놓여 난 것으로 되어 있었다. 문오와 오경배는 동순의 행방을 알고자 동순의 어머니를 찾아 갔고 길에서 만난 손광모도 두번 찾아 가서 자세한 경위를 들었으나 알 길이 없었다.

누어 있던 동순의 어머니는 문오들을 멀뚱멀뚱 보고 있다가

"나 마저 잡아갈테냐."

는 소리를 빽 질렀다.

"아주머니, 강문오 선생을 몰라 보시오. 이 산 동네 사시던 강선생님이 동순일 내놔 주시려고 오셨는데. 동순이 잡혀 간 뒤에 누가 다시 오지 않았는가 해서 아주머닐 찾아 오신 고마우신 분인데."

손광모가 친절히 말했지만 동순의 어머니는 벌떡 일어나 앉으며

"군복쟁인 보기도 싫어. 말짱 군복쟁이뿐인 걸. 군복만 입음 다 되는 줄 알어? 군복쟁이들 우쭐거리는 꼬락서니가 미워서 미칠 지경이야. 썩 나가지 못해."

후줄근하던 얼굴에 살기를 등등 띠우는 것이었다.

그들은 지체 없이 쫓기듯 거기를 나왔다.

"딸이 잡혀간 뒤엔 밤낮으로 산 꼭대기에 올라서 더 기세를 올리더니 오늘은 집 안에 들어 있군요."

문오들은 동순의 집에 안내할 때부터 손광모가 줄곧 산 꼭대기를 쳐다보던 이유를 그들은 그제사 알아내었다.

동순이가 벌어서 살던 살림이 동순이가 없어진 뒤엔 말이 아니라는 말도 손광모는 들려주었다.

"미친 사람이 굶다 보니 병세는 더해 갈밖에. 동란 중엔 동순이가 동네 반장을 보아가며 양식을 조금씩 변통해 온 모양이던데. 요새야 누가 디려다 보기나 봅니까."

오경배가 그날 저녁 때 쌀 한말 가량을 동순의 어머니에게 가져다 주었다. 동순의 어머니는 낮에나 마찬가지로 군복장이들이 우쭐거리는 꼬락서니가 보기 싫어서 미칠 지경이라고 오경배와 문오를 시퍼런 눈으로 쏘아 보았다.

문오들은 낮에와 같이 얼른 나와버리지는 않았다. 쌀이 떨어지기 전에 동순일 찾을 테니 안심하고 기다리라는 말을 동순 어머니에게 해주었다.

넘어가는 석양을 받은 화초들이, 그 중에서도 백일홍이 더욱 선명하게 드러났다. 난리 중에서도 꽃은 피어 있었던 것이다. 본래 동순이나 동순의 어머니가 꽃 가꾸는 일에 열심이던 것을 상기하면서 문오와 오경배는 발에 익고 눈에 익은 길을 걸어 내려왔다.

<h1 style="text-align:center">제8부</h1>

1

시월 중순 어느 날 조간(朝刊)에 '거물급 국제스파이'라는 타이틀 아래 그들의 기소 이유를 밝힌 내용과 아울러 주모자 허윤 등 사 오명에 사형이 구형되었다는 기사가 게재되어 있었다.

문오가 신문을 보아서 알고 있는데 오경배는 이 사실을 알리고자 아침 일찌기 문오를 찾아 왔다. 우선 면회부터 해야 하지 않겠느냐고 문오의 의향을 물었을 때 문오는 말을 못하고 있었다.

"자네 나하구 같이 안 갈라나? 허윤은 틀림없이 구형대로 사형일 거야. 요새 같은 판국에 국제스파이에다 두목이니……. 죽음을 바라보구 있을 사람 앞에 과거의 감정같은 걸 가지구 으르릉댈 건 없잖어? 뭐니뭐니 해두 허윤은 어디까지나 우리들의 지도자였구 동지였어. 아무것두 생각 말구, 다 흘려버리구 동경시절로 돌아가자구. 동경시절의 일만 생각하잔 말이야."

말을 못하고 앉아 있는 문오의 안색을 살펴가며 오경배가 또 '동경시절'을 들추어 냈다. 그가 '동경시절'을 들추는 때면 그 자신이 애상적이 되고 말았으며 문오 또한 그 비슷한 감정에 사로잡혀 왔지만 이번만은 그러한 마음일 수가 없었다. 그저 뿔뿔이 흩어져 여기서도 저기서도 만판 잘 죽어간다는 생각을 하고 있었을 뿐이었다. 허윤의 기사를 읽을 때부터 꾸물꾸물 치밀던 생각도 바로 이것이었다. 어쩌면 대전 근방에서 시체를 밟고 그 때부터 생긴 생각인지도 몰랐다. 거기다가 매부 양진수의 죽음이 그 농도를 더 짙게 해주었던 것도 같다.

때때로 문오는 이북, 적위대 사설 감방에서, 형무소 감방에서 밤중이면 끌려나가던 인간들의 울부짖는 소리를 듣게 되었다. 그 울부짖는 소리는 시체들이 못 치고 만 소리와 동일하기도 하고 아주 판이하게 들리기도 했다.

"뒈져 갈 자들 면회 해서 뭘해. 난 안가. 갈 생각이 없어."

"자넨 아직두 허윤을 미워하구 있군 그래. 난 모든 걸 다 흘려버리구 그저 껴안구 울구 싶네. 마구 껴안구…."

오경배가 제 말에 스스로 비분감개해진 듯 말 끝을 떨었다.

"그러지 말구 어서 면회나 하구 오라구."

문오는 오경배에게서 눈을 돌렸다. 저도 비분감개해질 가능성을 내포하고 있었던 것이다.

끝내 오경배만 그 날로 허윤을 서대문 형무소에 가서 면회를 하고 돌아왔다. 오경배는 돌아오던 길에 또 문오에게 들렸다.

"허윤형이 자네 안부를 묻데. 난리통에 목숨이 살아있게 된 걸 다행으로 안다는 말두 하데."

오경배는 허윤이 뜻하지 않은 일을 저지른 걸 뉘우치더라고 문오에게 들려주었으며 다시 햇빛을 보게 되는 날엔 자유 대한의 품 속으로 돌아올테니 부디 좀 보아달라더라고 하고나서 오경배는 어떤 방법으로든 허윤형을 살리도록 구명운동을 전개해야 하겠다고 그 굳은 결의를 얼굴 전면에 드러내는 것이었다.

허윤의 언도공판엔 문오도 참관했다. 오경배는 문오가 함께 가주는 일을 다행히 여겼다. 오경배는 전부터 문오를 허윤의 공판정에 나가게 하려고 무진 노력을 했다. 허윤을 면회하고 와선 허윤이 문오의 안부부터 묻더라는 말을 몇번이나 되풀이해 일러주었고 허윤의 새아내가 공포에 떨며 형무소 정문 앞에 서 있는데 어린것까지 업혀 있어서 모양새가 초라하고 애처럽더라고도 말했다.

"문오군 정말 고마우네. 인젠 꽁꽁 얼어 붙었던 마음이 탁 풀렸나? 죽음 앞에 놓인 사람에게 원한을 품구 있을 순 없는 거야. 솔직히 말하자면 원한은 저쪽에서 품을 일이 아니겠는가?…"

자기의 노력이 헛되지 않아서 문오가 공판정에 나가게 된 것으로 오경배는 알고 있는 눈치였다.

문오는 오경배가 짐작하는 그러한 이유에서만 공판정에 나간다고는 생각지 않았다. 그 이유를 밝힌다면 이래저래 여기서도 또 저기서도 죽어가는 조선사람의 모습을 구경하자는 마음이었다고나 할까. 시체를 밟던 때 느끼던 더 어쩔 수 없는 감정을 또 한번 맛보자는 마음이었다고나 할까. 오직 하나뿐이던 적을 향해 화살을 꽂던 조선사람의 뭉치가 이리 찢기고 저리 찢겨서, 네가 나의 적이 되고 내가 너의 적이 되어가는 꼬락서니를 보아주자는 마음이었다고나할까.

법원 구내에 들어서자 허윤의 아내가 달려 왔다. 오경배가 문오와 인사를 시킨즉 허윤의 아내는 몇번이고 머리를 숙여 와 준 일을 고마워했다. 문오가 북쪽에서 넘어와 금아를 절에서 만났을 때 금아가 '새엄마' '새엄마' 하던 소리가 떠올랐다. 문오는 그때 '새엄마'라는 말에서 아주 신선한 여인을 연상하고 있었던 것인데 눈 앞에 목도하고 있는 허윤의 새아내는 오경배의 말대로 아이를 업었기 때문에 더 초라하고 애처로웠다고 하겠다.

그들은 곧 법정에 들어갔다. 사슬에 매어 입정하는 허윤을 볼 수 있었다. 허윤은 다른 피의자들과 마찬가지로 방청석 쪽부터 눈을 보내왔었다. 그는 그의 새아내와 오경배와 문오를 단번에 발견한 모양으로 족쇠가 채어진 양 손을 얼마쯤 쳐들어 흔들고 문오에겐 한번 더 고개를 끄떡해 보였다. 문오도 끄떡해 그에게 답했다. 무의식 중에 이루어진 반사 작용에 지나지 않았으나 전혀 그렇다고만 할 수도 없었다. 문오는 아직도 여기 오던 때의 그 마음 그대로인 것이다. 허윤을 보고 있으되 허윤 한 사람을 보고 있는 것이 아니었다. 오직 하나뿐이던 적을 향해 화살을 꽂던 조선사람의 뭉치가 이리 찢기고 저리 찢겨서 네가 나의 적이 되고 내가 너의 적이 되어가는 꼬락서니를 보고 있는 것이었다.

얼마 안 되는 시간에 공판이 끝나고 허윤에게 구형대로 사형이 언도되었다. 허윤은 자유대한의 품 속을 찾아 온 자기를 살펴달라고 애원했으나 공범자인 그의 동지(?)들의 증언은 그를 조금도 뒷받침해주지 않았다.

그들은 허윤을 매우 불리한 구렁텅이에 몰아 넣기에 알맞는 증언을 했다. 끝내 허윤은 외톨로 몰리게 되다가 사형을 선고 받았던 것이다.

최정희 소설 전집 **5**

허윤의 새아내는 허윤에게 사형선고가 내려지는 그 순간에 나무 걸상에서 바닥으로 떨어져내렸다. 잠이라도 자고 있은 것처럼 소리 한마디 없이 스르르 미끄러져 내렸다. 허윤의 새아내는 결코 잠을 자고 있는 것은 아니었다. 두 눈을 똑바로 뜨고 주먹을 똑바로 쥐고 온 신경을 다 일으켜 세우고 남편의 공판을 주시하고 있었다. 문오는 허윤의 새아내가 경련을 일으키고 있었다는 것을 몸으로 느꼈다. 허윤의 새아내가 가운데 앉고 문오와 오경배가 양편에 앉아 있어서 그것을 쉽게 알아 챌 수 있었다.

바닥으로 떨어져내린 허윤의 새아내는 옆으로 쓰러졌다. 업힌 아이도 옆으로 쓰러졌다. 시멘트 바닥에라도 몹시 부딪쳤던지 아이가 바르르 떨며 울음을 내질렀다. 허윤이 번개같이 고개를 뒤로 돌리며 아이의 울음 소리가 과연 자기의 아이의 것인가를 확인하려는 얼굴을 지었다.

형무관들이 달려들어 허윤과 그 공범자들을 족쇄와 오랏줄에 묶었다. 그들은 묶인 채로 끌려 나갔다.

허윤은 버둥질이라도 치는 듯한 몸짓으로 울음을 내지르는 아이와 문오들 쪽에다 눈을 박으며 끌려 나갔다.

허윤의 새아내는 남편이 그렇게 하면서 끌려 나간 줄도 모르고 있었다. 업힌 아이의 내지르는 울음 소리도 모르고 있었다. 의식불명이 되어 있었다.

2

파죽지세로 북진(北進)을 알리던 국군과 유엔군이 중공군의 개입으로 작전상(作戰上) 후퇴를 하게 되었고 대한민국 정부는 다시 또 피난의 길을 떠나지 않을 수 없게 되었다.

문오는 허윤을 살리려고 백방으로 힘을 기울이는 오경배를 따라 진력했으나 힘이 미치지 못했다. 허윤은 끝내 죽고 말았다.

오경배가 그 부친에게 허윤의 살 길을 호소했지만 그런 빨갱이 놈들 때문에 또 다시 피난의 보따리를 싸게 된 게 아니냐고, 그들과 맞서는 목적이 그들 빨갱이를 없애자는 데 있거늘, 빨갱이를 살리다니 말이나 되느냐고 잡아떼고는 아무리 옛동지라 하지만 원수가 되어 있는 이 마당에선 그들을 죽이지 않으면 내가 죽는데 그런 감상적인 사상을 버리라고 오상철씨는 준엄히 아들을 꾸짖었다.

허윤을 구출하지 못한 오경배나 문오는 허윤의 새아내를 피난시키는 일을 잊지 않았다. 6·25 때 들어던지고 떠났던 정부에선 그 때의 잘못을 뉘우치기라도 한 듯 이번엔 시민들을 먼저 피난시키는 방향으로 나갔고 또 석달 동안의 공산 치하에서 겪어 본 시민들은 뼛속까지 스며들던 수난을 다시야 겪을가보냐고 너도 나도 앞을 다투어 피난 길에 나섰다.

정부나 군·경에선 그 가족들을 세단으로, 찝차로, 추럭으로 피난지에 운반시켰지만 거기와의 관련이 없고, 돈도 권세도 없는 사람들은 피난 보따리를 이던가 짊어지던가 하고 피난의 먼 길을 내쳐 걸어야 했다.

허윤의 새아내도 응당 걸어야 했을 것이지만 오경배의 가족과 함께 추럭으로 떠날 수 있었다. 오경배네의 많은 짐을 실어서 추럭은 묏봉우리같이 되어 있는 위에 그들 가족이 가장 편한 자리를 차지하고 또 거기다 문오네 가족과 짐을 실었으니 발 붙일 데조차 없는 거기에 허윤의 새아내가 아이를 업은채 고리짝 한 개의 짐을 들고 올라탔다.

허윤의 새아내는 전보다도 더 초라한 모습을 드러내었으며 한층 초조로워하는 기색을 보였다.

피난지에 이르면 오경배네 가족은 김창욱씨 집으로 가게 되어 있었고 문오들 가족은 성철수 집에 들기로 되어 있었다. 허윤의 새아내는 문오 가족들과 함께 성철수 집에 있을 작정이었다.

추럭이 움직이기 시작한즉 허윤의 새아내는 눈 덮인 먼산 쪽에다 눈을 보내고 있으면서 눈물을 흘렸다.

그 사오일 뒤에 문오는 오경배의 찝차로 또 다시 임시수도가 된 부산으로 내려왔다. 정부도 이 무렵에 이동해 왔었다. 문오와 오경배는 끝내 동순의 미친 어머니를 다시 찾지 못하고 떠나는 일을 마음 무겁게 생각하고 있었다. 성한 사람도 마구 죽어가는 판인데 하고 마음을 고쳐먹어 보기도 했으나 좀체 가벼워지지 않았다.

임시 수도가 된 부산은 사람의 사태가 터진 듯 했다. 거리는 자동차가 꼬리를 물고 늘어 서 있어서 보행을 늦추어주었고 물가는 나날이 뛰어 올랐다.

예정한 바대로 오경배네 가족들은 김창욱씨 집에 들어 있었으며 문오들 가족과 허윤의 새아내는 성철수 집에 들어 있어서 오경배와 문오는 각각 가족들이 들어 있는 집을 찾아 들어갔다.

오상철씨를 다시 맞은 김창욱씨네 가족들은 일치 단결 한 듯 한결같이 오경배네 가족에게 극진한 호의를 보이며 만사를 일일이 보살펴 주었다. 김창욱씨의 아내는 오경배의 어린 아이들까지 보아주었다.

쌀, 장작, 김치, 장, 간장을 완전히 제공하기도 했다. 오상철씨에겐 전과 같이 김창욱씨 방을 비워주었고 그 가족들에게 오경배와 문오가 들어 있던 방과 거기 달린 마루방을 사용하게 했다.

김창욱씨네는 오상철씨가 자기네들에게 얼마만큼 유익한 존재였다는 것을 과거 석달 동안의 체험으로 완전히 알고 있기 때문에 이제 또 그들은 톡톡한 혜택을 입자는 심산인 것이다.

성철수는 그러한 김창욱씨를 질시하며 또 부러워 했다. "이번 기회엔 춘부장을 꼭 모시고자 했더니……."

성철수는 이런 말을 던지며 오경배의 의향을 살피는 것이었다.

그렇자니 문오들 가족을 들여놓은 일에 불평 불만일밖에 없었다. 홍기나 민의 발걸음이 층계에 조금만 거칠어도 "애 애 조용조용 다녀라 응. 층계가 무너지는 것 같구나."하던가, 허윤의 아이가 울기라도 하는 때면 "이거 원 시끄러워 살 수 있나." 하던가 해서 짜증을 부리는데 이층에까지 들리도록 성철수의 소리는 높았다.

그의 우아한 아내가 그러지 말라고, 그렇잖아도 기를 못 펴고 죽은 듯이 사는 사람들한테 너무나 가혹하지 않느냐고 나직히 말해 들려주면 성철수는 더 높은 소리로 "네 년은 도대체 어떻게 된 거냐? 집이 막 돼지 울같이 돼가도 좋단 말이냐."고 아내를 쥐어 박는다, 꾸짖는다, 법석을 떨었다.

"이래가디고서야 어디 살간, 허디에 나 앉는 펜이 되려 났디."

문희는 성철수의 짜증이 들릴 적마다 금시라도 떠날 기세를 보이곤 했으나 사람으로 지천을 이룬 판국이니 방을 얻는 일이 쉬울 수가 없었다. 그렇다고 문희 말대로 꽁꽁 얼어 붙은 엄동에 허지에 나 앉을 수도 없는 노릇이었다.

이렇게 지나던 중에 오상철씨가 직에서 물러나게 되었다. 그렇게 되자 김창욱씨와 성철수가 법망에 걸렸다. 김창욱씨 가족들은 오경배에게 매달렸으나 오경배마저 얼마 안 가서 직장을 뜨게 되었고 오상철씨가 체포되어 갔다. 또 얼마 안 되어서 김창욱씨의 두 아들이 기피자로서 수사기관에 들락거리다가 끝내는 입대하게 되었다.

김창욱씨 아내는 충혈된 시뻘건 눈을 멀뚱거리며 침식을 잊고 있었다. 그러나 곧 그 증세에서 깨어나면선 오경배네 가족을 미워하기 시작했다. 늘 보아주던 어린것이 곁에 오더라도 거들떠 보려고 하지 않았다. 거기서 그치는 것이 아니고

"저리 가라마. 와 이리 달려들어 쌌노?"
해가며 어린것에게까지 몰인정하게 굴었다.

성철수가 문오네 가족에게 가혹했던 이상으로 김창욱씨 아내와 그 가족들은 오경배네 가족들에게 심하게 굴었다. 오경배의 아내는 서울에 가게 되는 날엔 경상도 쪽을 향해 오줌도 누지 않겠다면서 진저리를 떨었다.

문오는 오상철씨나 오경배의 영향을 받지 않았다. 오히려 승진하게 되었다.

"나두 관둬야겠어. 자네까지 없는 델 무슨 재미루 꺼죽꺼죽 나가느냐 말이다."

　문오가 이런 말로 나오면 오경배는 언젠 재미가 있어서 했던 게냐. 살아가려니 그저 그런 일이라도 했던게 아니겠느냐. 지금도, 앞으로도, 살아야 할 테니 불쌍한 허윤의 새아내를 도와준다는 생각에서라도 그냥 눌려 있으라고 문오에게 일러주었다.

　문오는 아무 대꾸 없이 묵묵하니 있었다. 묵묵하니 있는 머리 속으로 C경찰서 유치감에서 듣던 하용빈의 소리가 문득 떠올랐다. 그때 검거되어 들어 온 채희를 조선 여자이기 때문에 사랑한다고 하던 하용빈의 말을 되새겨보았다. 그 말이 옳다고 문오는 이제 새삼스레 긍정하게 되었다.

　문오는 오경배의 말이 아니더라도 허윤의 새아내를 돕겠다는 생각을 가지고 있었다. 허윤의 새아내와 아이를 보살펴 주겠다는 생각을 가지고 있었다. 거기엔 자신의 모든 과오를 씻어보자는 마음이 섞여 있었을는지 모르기도 하지만 그것보다 문오는 허윤의 새아내에게서 조선사람이라는 걸 더 많이 느끼곤 했다. 일본 후까가와나 오사까 등지에서 보아 온 게다에다 치마 저고리를 걸친 조선 여자를 느끼곤 했다. 허윤의 새아내가 초라한 때문인지 몰랐다.

3

　어느 날 저녁 문오는 옥주 집에 하숙을 하던 때 같이 있던 문수군을 만나게 되었다. 참으로 의외의 해후에 기뻐한 나머지 두 사람은 주점을 찾아들었다.

　술을 마시는 사이에 문수군이 후퇴하는 국군의 도움으로 월남했다는 사실을 알게 되고 그가 군 수사기관에 종사하고 있다는 것도 알게 되었다.

　"자넨 웅변가가 된다더니?"

　문오 말에

　"웅변보다 시급한 건 빨갱이들을 댕기지 않구 잡아 쥑이는 일이야. 그놈의 새끼들이람 이가 부득부득 갈린다니까."

　문수군은 끈끈한 사투리를 써가며 이를 가는 시늉을 해 보였다.

인간사285

　문오는 평양 적위대 사설감방에서 만난 ‘느린보’의 이야기를 남김 없이 들려주고 최후까지 훌륭했던 그의 거동을 찬양해 주었다.

　“아 느린보? 그래 느린보가 죽었단 말이지? 하기사 느린보만 죽었과디……. 수많은 애국지사들이 그늠우 새끼들 마수에 얼매나 죽어갔는지 자네는 모를 걸세.”

　문수군은 머리를 절레절레 저어 흔들었다.

　“그건 그렇구 자네 느린보의 이름이 뭐던가 생각나?”

　문오는 가슴에서 내려가지 않던 ‘느린보’의 이름을 물었다.

　“느린보의 이름이? 느린보지 뭐야.”

　문수군도 ‘느린보’의 이름을 몰랐다.

　“이 사람아 느린보는 별명이 아닌가. 느릿느릿하다구 해서 지은 별명이지. 그걸 아마 자네가 지었던 것같아.”

　“모르겠구만. 다 잊어먹었어. 자네 이름은 안 잊었지 내 이름 비슷하니까. 그렇다고 옥주가 형제 같으다고 늘 말했어……. 옥주는 어떻게 됐을까? 이 날리통에 죽지 않았을까?”

　문수군 입에 옥주가 들먹이게 되자 문오는 우뚤 놀랐다. 그동안 너무 오래 잊어버리고 있은 일이 죄스럽기도 했지만 문수군 말과 마찬가지로 이 난리통에 죽지는 않았을까 하는 염려도 들었다. 그러나 문오는 곧 그런 생각을 지워버릴 수 있는 뒷받침이 있었다. ─이래 저래 여기서 저기서 다들 잘 죽어가는 판인데, 하는 마음인 것이다.

　“참 생각나는 게 하나 있구나. 하마터면 잊어버릴 뻔했는데……. 자네 마채균이란 사람을 잘 아는가? 그보다두 허금아란 계집아이를 아는가? 마채균의 조카 딸인…….”

　옥주를 들먹여 놓고는 한참 덤덤히 술만 마시던 문수군이 술잔을 들이키다 말고 문오를 건너다 보았다.

　문오 귀엔 청천에 벽력같은 소리가 아닐 수 없었다.

　“마채균? 허금아? 알지 알구 말구. 자네 그 사람들을 어떻게 알구 있나? 어디서 만났어?”

“으응 자네가 바루 그 강문오였구나? 잘 됐어.”

“어디서 만났어? 왜 지금 말하는가? 그 사람들 지금 어디 있어? 살아 있기나 하냐 말이야?”

“이 사람아, 왜 이리 흥분하는가? 서서히 내 이야기르 들어보란 말이야.”

이렇게만 말하고 쭉 째진 입을 꾹 다물었다가 다시 입을 떼어, 채균은 잡히자 곧 처형되고 조카딸 허금아만 살아 있다고 그는 말했다.

“빨갱이래두 그만 하면 고개르 숙이게 되데. 좋던 궂던 제가 한 일은 제가 책임진다는 거야. 낙관적인 방향으로 심문을 끌어가자구 애르 썼지만 끝까지 제가 한 일엔 제가 책임을 진다는 말로만 일관하는 거야. 그 작자의 말인즉 조카딸에겐 아무 죄도 없으니 강문오나 또 누구더라? 한 사람 더 있었는데……. 그 사람들을 찾아 맡겨달라는 거야. 그 사람들한테 맡기면 조카 딸 부친의 향방두 알 수 있을 거라는 거야. 그런데 강문오가 내가 알고 있는 강문온지 딴 강문온지 알 수 있어야 찾지 않느냐 말이야. 혹시 내가 알고 있는 강문오라 하더라도 하망중에 어디 가 찾는단 말인가.”

여기까지 말을 이어갔을 때 문오는 손을 내저으며

“알았어, 알았어.”

를 크게 웨쳤다.

문오는 문수군 말에서 채균의 뜻을 알았다. 마채균은 살고싶지 않았을 것이다. 죽어 없어져야 하겠다고 생각을 했을 것이다. 남북에서 온갖 것을 보아오고 온갖 고초를 겪어보는 사이에 그는 그렇게 삶에 대한 권태증 같은 것을 느꼈을 것이라고 문오는 간파해버렸다.

“이 사람 왜 이리 흥분하는가? 진정하고 내 말을 자세히 들어보라니까 그러네. 남은 문제는 허금아를 자네가 맡는 일이야. 자넬 오늘 저녁 우연히 만난 것은 하느님의 도움이야. 난 예수는 안믿지만 그렇게 생각되네. 아무리 빨갱이지마는 마채균의 태도가 훌륭했기 때문에 최후의 부탁을 들어주고 싶었던 거야.

그런데 지금두 말한 바와 같이 자네가 그 강문온 줄은 몰랐거든. 그러니 그 사건은 자연 내 머리에서 사라져 갔단 말이야. 아까 자네를 만났을 때만 해도 그 사건은 전혀 잊어버리고 있었던 거야.”

긴 설명을 마치고 난 문수군은 임시로 모씨가 맡아 두고 있는 금아를 인수하는데 대한 구체적 사무 절차를 문오에게 말해주었다.

이튿날 곧 문오는 오경배와 둘이서 금아를 맞아오는 절차를 밟았다.

금아는 문오와 오경배를 보자 울음을 터뜨렸으며 두 사람 앞에 얼굴을 파묻어버리더니 들 줄을 몰랐다. 금아는 키만 자라고 몸이 비쩍 말라서 볼 모양이 없었다.

금아는 문오들 가족과 같이 있게 되었다. 허윤의 새아내는 금아 머리칼이 빳빳하도록 슬은 서캐랑 훑어주며 살틀스레 굴었다. 금아도 새엄마를 따랐다. 새엄마가 싫어서 아버지 집에 안 간다고 절에 있을 때 지껄이던 말 같은 건 언제 했더냐 싶게 금아는 동생이랑 극진히 사랑했다.

끝내 오경배네 가족들은 김창욱씨 집에서 나와야 했다. 문오네가 딴 데로 옮기고 오경배네가 성철수 집으로 이사를 해 왔다. 성철수의 아내는 오경배 가족들이 옮겨 오더라도 문오들 가족과 함께 살기를 권했으나 문희의 장사관계도 있고 해서 국제시장 가까운 데로 방을 얻어 나왔다. 허윤의 새아내도 문희를 따라 시장에 나가 장사를 하게 되었다. 장사할만한 주변이 있는 것은 아니었지만 문희의 심부름을 들기엔 적합하다고 문희는 줄곧 말했다. 물건을 가져오라면 가져오고 또 가져가라면 가져가는 일을 충실히 했고 문희가 자리를 뜨는 경우에 일러주는 가격대로 파는 일에도 어김 없다고 했다.

살림은 금아가 하는 수밖에 없었다. 줄곧 어린것을 업고 밥을 지었으며 빨래를 하곤 하는데 문오가 금아의 중노동을 보다 못해 걱정할 것 같으면 금아는

“그래두 지금이 편한 셈인 걸.”

하고 나왔다.

이 한마디로서 금아가 그동안의 고난이 어떠했으리라고 문오는 짐작했다. 금아가 그만한 중노동 속에서 살이 붙어가는 것을 보더라도 알만한 일이었다.

"금아 너 산 속에 오래 있었니? 얼마 쯤 있었어?"

어느 일요일 집 안이 조용한 틈을 타서 문오는 궁금하던 말을 금아에게 물었다.

모두 한데 복작거리다 보니 물을만한 새가 없기도 했으려니와 문오 자신이 입을 떼기가 두려웠던 것이다.

마채균의 죽음은 허윤의 죽음을 떠올리게 하고 허윤의 죽음은 또 흙구덩이 속에 파묻힌 많은 죽음들을 떠올리게 할 것이라고 미리 예상했던 것이다.

문오는 밤이면 잠 속에서 많은 죽음들에게 몰리는 때가 있다. 그 죽음들은 총칼을 휘두르며 문오를 빠져 나갈 데 하나 없이 에워싸는 것이었다. 문오가 더 어쩔 도리가 없어 소리를 지르게 되는 경우에 그 소리는 흙구덩이 속으로 흙덩이 모양, 돌덩이 모양으로 떨어져 들어가며 지르던 그것들의 것이기도 하고 이북 감옥에서 밤중이면 끌려 나가며 소리소리 지르던 그것들의 소리로 들리기도 했다.

잠 속에서만이 아니었다. 아이들 양말이거나 이와 비슷한 등속의 것이 발 밑에 밟히는 때, 길바닥에서 구두 밑에 무엇이 밟히는 경우면 번번이 소스라치곤 하는 것이었다. 그러는 때 저도 모르게 소리를 지르게 되는데 그 소리 또한 그것들의 것과 흡사하게 들리곤 했다.

"오래는 안 돼요."

한참만에 금이가 간단히 던진 말이다.

"외삼촌이 널더러두 빨치산이 되자구 하던?"

여기선 금아가 고개만 살레살레 흔들 뿐이고 대꾸는 하지 않았다.

"애 속 시원히 말해버려라. 무엇이든 다 말해버리란 말이야."

문오가 좀 소리를 높여 역증 비슷이 나왔다. 금아에게라기보다는 자기 자신에게 낸 역증이라고 보는 것이 타당할 것이다.

— 외삼촌과 함께 산으로 들어가던 날은 음산하게 흐려 있기는 했지만 춥지

는 않았어요. 외삼촌이 빨치산으로 가는 것 때문에 소리를 지르며 싸우시던 용빈 아저씨도 그날 떠날 때는 외삼촌 손을 잡고 오래오래 흔들었어요. 용빈 아저씨는 저를 맡기고 떠나라고 하셨지만 외삼촌은 데리고 떠나야 하겠다고 말씀하셨어요. 저도 외삼촌을 따라서 떠나고 싶었어요. 외삼촌은 언제나 나를 데리고 다니셨으니까요. 산을 오를 때는 저를 리꾸사꾸[63] 위에다 올려 놓고 외삼촌은 걸으셨어요. 나는 외삼촌이 넘어져 다치기라도 하면 어쩌나 염려하면서 두 손으로 외삼촌의 이마를 꼭 잡고 있었어요. 걸을 수록 산은 점점 더 멀어지는 것 같은 아득한 기분이었어요.

"춥지?"

외삼촌은 몇번이나 리꾸사꾸 위의 나에게 물어보셨어요.

"아아니. 아저씨는?"

"나두 안 춥다."

나는 외삼촌이 무거워하는 것 같아서 내리고 싶었지만 끝내 내리겠다는 말은 못하고 말았어요.

외삼촌은 이런 말씀도 하셨어요.

"너이 엄마를 너만할 때부터 늘 데리구 다녔는데 이젠 또 너를 데리고 다니는구나."

그 목소리는 참 따스하게 또 슬프게 들렸어요. 나는 외삼촌 머리에 내 빰을 대고 외삼촌과 함께라면 어디나 가겠다고, 그리고 나는 아무것도 두려워할 것이 없다고 생각했어요. 외삼촌이 동지들과 마을로 식량 구하러 나갈 때면 나는 커다란 바위가 있는 데까지 배웅해 드렸어요. 외삼촌은 그동안에 아주 말라서 어깨의 뼈가 앙상했어요. 나는 외삼촌이 돌아오실 때까지 마을에서 붙잡히시지나 않았을까 하고 불안해 했어요.

"너랑 둘이 편안하게 살 곳은 없는 것일까? 어디구 다 마찬가지니."

---

63 リュック : 륙색.

그런 말씀을 하실 땐 외삼촌의 얼굴은 참 쓸쓸해 보였어요.

일어서서 어린것을 추세워가며 또닥또닥 달래는 금아는 꼭 채희였다. 문오가 채희의 그러한 모습을 보아 온 일은 없었지만 만일 채희가 어린것을 업은 일이 있었더라면 금아와 흡사했으리라는 짐작이 갔다. 채희는 한번도 어린것을 업지 않았다. 채희의 말대로 채희가 난 아이들이 잘 울지 않는 까닭도 있었겠지만 채희는 모성(母性)의 모습을 갖추지 못한 여자였다. 모성의 모습보다는 애인(愛人)의 모습을 지니고 있는 여자였다.

금아는 민에게도 지극히 정성이었다. 허윤의 아이와는 부계(父系)의 피가 엉켜 있는 셈이 되고 민과는 모계(母系)의 피가 엉켜 있는 셈이 되는데 부계나 모계나 금아에겐 모두 뜨겁게 다가드는 듯 보였다.

금아는 민과 같은 어머니 뱃속에서 나왔다는 사실을 알고 있었다. 금아가 알게 되던 즉시로 금아는 민에게도 이 사실을 알려 준 모양이었다.

민과 금아가 같은 모계라는 사실을 오경배의 아내가 문희랑 한테 어울려 장사를 하게 되면서 문희에게 말했음이 분명했고 오경배의 아내는 남편에게서 들은 지식을 그대로 털어놓았음이 분명했다. 오경배는 어떤 이야기건 아내에게 잘 들려주는 성미임을 문오는 알고 있었다. 금아는 허윤의 죽음도 알고 있었다. 문오는 금아에게 이 사실을 알리려고 하지 않았다. 금아가 아빠는? 하고 물었을 때 행방불명이라고만 말해 주었다. 물론 그것도 오경배의 아내를 통해서 나왔을 것이다. 금아는 허윤의 죽음을 그다지 놀라지도, 슬퍼하지도 않았다.

"민아 너 엄마 얼굴 생각 나?"

"몰라. 생각 안 나? 누나는?"

"난 생각 난다. 엄마가 예뻤다."

"누나만큼 에뻐?"

"뭐 내가 예쁘냐?"

"누나 참 에뻐. 엄마두 그 만큼 에뻤음 좋겠어."

"엄마 보구싶지? 민아."

“응. 엄마 사진이 없나? 누나.”

“엄마 사진이 없어. 사진이라도 봤음 좋겠지?”

“응.”

어느 일요일 아침 늦게 자리에 누운 채로 문오는 샛문 사이로 들려오는 금아와 민의 대화를 듣지 않으려고 하면서 귀를 기울였다. 문오는 채희의 사진이라도 어디 없었던가 하고 곰곰히 생각해보다가 말아버렸다. 머리 속으로 잊어버렸던 온갖 일들이 밀려드는 것을 문오는 막을 길이 없었던 것이다.

문희는 문오에게 결혼할 것을 강력히 권해 왔다.

“오라반 넌세두 짙어가고 하시는데 뒷 바라딜 해 줄 사람이 있어야 하디 않갔시요?”

이렇게 나오는가 하면 결혼 대상자의 사진을 갖다 보여준다, 실물을 연신 데려다 보여준다 법석을 부렸다.

문오는 누이동생이 갖다 주는 사진을 일일이 보았으며 데려다 주는 대로 실물들을 만나기도 했다. 결혼을 하겠다는 생각을 하고 한 짓이라고 박아 말할 수도 없었지만 결혼을 하지 않겠다는 생각을 가지고 있은 것은 더구나 아니었다. 문희가 갖다 주는 사진이며 또 그 실물들을 문오는 일일이 보았을 뿐이다.

이 무렵에 채희와 함께 도망해버린 사나이의 이종사촌 누이동생을 만났고 이 여인으로부터 채희의 근황(近況)을 듣게 되었다.

문오는 이 여인을 목도하자 장안백화점 레코드 판매부에서 본 여자였음을 쉽게 알아내었다. 채희의 출분으로 인하여 정신을 차릴 수 없었던 시기였지만 여자의 코가 채희와 같이 도망해버린 사나이의 코와 똑같이 뾰족하던 기억이 문득 떠오르는 것이었다.

그때 문오는 완구부 여점원에게서 여자가 채희와 같이 도망해버린 사나이의 이종사촌 동생이라는 것을 알았을 뿐이고 여자와 가까이 대면한 일도, 말 한마디 건네어 본 일도 없었다.

“참 오래간만입니다.”

문오의 이러한 인삿말에 여인은 어리벙벙해 있었다. 여인 측에선 문오를 알 턱이 없는 것이다. 문오가 완구부 여점원의 수다스런 이야기에 귀를 기울이며 멀찌감치에서 레코드 판매부에 서 있는 여자를 본 데 불과했으니 그럴밖에 없는 일이었다.

"저를 어디서 보신 일이 있으세요? 전 선생님이 누구신 걸 몰라 뵙겠는데요."

"모르실 겁니다. 먼 발치에서 바라다 본 일밖에 없었으니까."

어리벙벙해 있던 여인이 생기를 드러내 보이며

"네 그러세요? 언제 어디서던가요?"

하고 나왔다.

문오는 서슴치 않고 장안백화점 레코드 판매부에서라고 대꾸를 해주었다. 문오는 이 여인과의 이야기는 대강 마쳐버리고 채희의 소식을 들어보자는 생각이었다.

"어쩜 그때 저를 보셨어요? 제가 아주 철이 없던 때였군요. 사람은 고생을 해야 철이 드나 봐요. 육이오때 주인을 납치시키고 나서 일년밖에 안 되는 그 사이의 고생이란, 말로 형언할 수 없었지요."

이렇게 서두를 떼어 논 여인의 이야기는 6·25 때 피난을 못했기 때문에 인쇄를 경영하던 남편을 납치시키고 9·28에 국군과 유엔군이 들어오고 나서도 굶어서 늘어져 있었다는 이야기와 해산한지 얼마 되지 않는 때여서 남보다 더욱 심한 고초를 겪었노라고 말한 다음 1·4 후퇴시엔 어린것을 데리고 이종사촌 오빠의 집을 찾아 갔으나 거기도 있을만 하지 못했다는 말을 털어놓았다.

문오는 이종사촌 오빠라는 말에 무릎을 칠번 하다가 마음을 누르며

"이종사촌 오빠들은 어디서 살게?"

하고 점잖이 물었다.

여인은 경상북도 S읍 D촌이라고 간단히 말해주고는

"선생님 전 이렇게 재혼하게 되는 마당에서도 주인을 잊을 수가 없군요. 더 생각하게 돼요. 이북 하늘엔 비행기가 날지 말아달라고 빌고 싶어요. 그 사람이

있는 이북 땅은 폭격을 하지 말아달라고 빌고 싶어요."

여인은 이 말 뒤에 눈물을 떨어뜨렸다. 코가 빨개졌다. 빨개진 코는 더욱 뾰족해 보였다.

"이종사촌들은 지금 뭘하구 살아요?"

문오는 S읍 D촌을 입 속에 단단히 뇌이며 여인에게 물었다.

"뭘 하긴. 아무것도 안해요. 오빤 알콜중독자로 아주 폐인이 된 걸요. 그래서 아이들은 낳는 대로 병신이었어요. 병신이 바른 데가 없다고 그 애들이 우리 애들을 못 견디게 굴어서 하루에도 수십 번씩 울리는게 아니겠어요?"

"애들은 몇이나 되게?"

문오가 묻는 말에 여인은 애들이 셋인데 다 병신이라고 말하고 열살도 넘어먹은 큰 놈은 척추염으로 고름을 이날 이 때까지 받아 낸다는 것, 둘째는 양 손이 오그라 붙어서 제 손으로 밥도 못 먹어낸다는 것, 세째도 대갈통이 온통 헐어 있더라고 강조하고 나서 이종사촌은 알콜중독으로 읍내 병원에 누어 있다는 말도 덧붙였다.

"우리 오빠는 그 여자 때문에 망한 걸요. 완전히 망했어요. 백화점 여점원으로 있는 여자한테 반해가지고 그 때부터 돈을 쓰기 시작하더니 둘이 글쎄 저 신경땅으로 도망해버리는게 아니겠어요. 돈을 물 쓰듯 쓰다가 해방 되던 가을에사 돌아왔지 뭐에요. 돌아와선 큰 마누라와 그 몸에서 난 자식들까지 내 쫓고 그 집에 채희란 년을 들여 앉혔대요."

"채희? 채희는 지금 뭘하구 있어요? 아무 탈두 없는가요? 채희의 몸은 성한 채로 있는가요?"

문오는 격한 음성으로 물었다.

"선생님은 그 여자도 아시는군요? 레꼬도 판매부에 있던 여자마다 알고 계시군. 그 여잔 인제 다 늙어서 볼 모양 없어요. 어쩜 그동안에 그렇게도 늙어 꼬부라져요?"

여인이 문오를 할끔할끔 건너다 보았다. 여인 얼굴에 장난기가 서려 있었다.

"레코드를 이백두 넘게 사러 다녔으니 알밖에. 그 이종사촌이란 사람두 레코드를 수태 사더니 그게 그냥 있읍니까?"

"아이고 선생님도 레꼬도가 다 뭐에요? 거지가 다 된 판에……. 그저 지옥이라고 생각하면 돼요. 남편은 알콜중독자, 애새끼들은 모조리 돌아가며 병신이니 지옥인들 더 하겠어요? 전에사 우리 오빠네가 그 마을에서 제일 가는 지주였죠. 서상춘이라면 쩌렁쩌렁 울렸으니까. 채희란 여자 때문에 오늘 날 그 지경되고 말았지요."

문오는 더 입을 떼지 않고 일어섰다. 채희를 찾아 가야 하겠다는 생각이 불같이 일어났던 것이다. 어디 그만큼한 과단성이 숨어 있었던가를 스스로 의심하게 되었다. 제가 저를 지배하는 힘을 문오는 잃은지 오래되던 때였다.

결혼하겠다는 의사가 있는 것도 아니면서 누이동생이 하는 대로 여인네들의 사진을 본다, 실물을 면접한다 하는 것으로서도 증명할만한 일이었다.

여인이 일어선 문오를 얼굴을 제껴들고 쳐다보았다. 말은 없었으나 '결과'를 알려달라는 말 대신에 보내는 몸짓임을 알았다.

"가 계십시요. 나 어디 급히 다녀 올 데가 있어서……."

여인이 문오의 이 말에 기대를 가지며 옴쭉 일어서선 문오에게 무엇이라고 말을 하려다 문오가 문께를 가리키며 나가달라는 시늉을 하자 소리 없이 그 쪽으로 나갔다.

여인은 동상이몽(同床異夢)격인 대화에서 문오가 여인의 온갖 내력이라도 알려고 질문한 것으로 믿고 있는 눈치였다.

문오는 여인이 멀찌감치 갔으리라고 짐작이 되었을 때 밖으로 발을 내디뎠다.

"아저씨 어디 가?"

금아의 소리에 목을 돌리니 민을 데리고 금아는 초라한 마당에 오직 한 그루밖에 없는 오동나무 아래 앉아 있었다. 그들은 이 때까지 무슨 이야기를 하고 있은 것같아 보였다.

"나 출장 간다."

문오가 웃어주었다.

"일요일에 무슨 출장을?"

금아가 눈을 크게 굴리며 물었다.

"다녀 올 땐 금아 민이 젤 좋아할 선물을 갖다 안겨주지."

그들에게 그들이 보고싶어 하는 그들 엄마를 데려다 준다고 암시하는 말이었다.

"아저씨 잘 다녀 오세요."

"아버지 안녕."

문오는 손을 흔들며 그들을 돌아다 보았다. 그들도 손을 흔들었다. 그만한 거리여서 그런지 민과 금아는 너무 닮았다고 새삼 느꼈다.

둘이는 나란히 서 있었다. 흔들지 않는 손은 서로 잡고 있었다.

4

그쪽 방면의 철도는 망가지지 않아서 문오는 S읍 D촌까지 기차와 추럭으로 쉽게 갈 수 있었다. 문오는 옛 고향을 찾는 듯한 느낌으로 마을 어구에 들어섰다. 해가 서쪽으로 다 기울어지지는 않고 있었다. 집집에서 저녁 연기가 나고 있었다. 서상춘의 집은 묻는 대로 사람들이 알려주었다.

"예 서상춘이요? 좀 더 들어가 보시소."

"서상춘이 지금 집에 없읍니더. 그 사람, 읍내 병원에 가 있는 기라요."

"식이 저 집 말입니껴? 요새 이사 간 집 말입니껴?"

또 조무래기는 이렇게 말하며 문오더러 따라오라는 것이었다. 쪼르르 앞을 서 주는 조무래기의 뒤를 쫓아 문오는 열심히 걸었다. 발을 옮겨 놓을 때마다 채희의 모습이 크게 발 앞에 와 가로 놓였다. 여인이 일러주던, 볼 모양 없이 된 채희가 아니고 눈을 딱 감았다 뜨는 채희, 비성을 발하는 채희였다. 원망스럽고

밉던 채희는 어디로 사라져 가고 아름다운 채희, 사랑스러운 채희의 모습만이
남아 있는 것이다.

　─채희를 대하면 무슨 말부터 먼저 할까? 보고싶었노라는 말 한마디만 할
까? 아무 말 없이 와락 안아만 줄까?

　"여깁니더. 이 집이 요새 이사 온 식이 저 집입니다."

　앞을 조르르 걷던 조무래기가 어느 초라한 사립문 앞에 우뚝 발을 멈추고 문
오를 돌아다 보았다.

　문오가 사립문 안을 들여다보았다. 타올을 쓴 여인이 도리깨질을 하고 있었
다. 도리깨질을 하고 있는 탓으로 그렇게 보였는지 여인의 허리가 몹시 굽어져
보였다. 입고 있는 치마 저고리는 때에 저려져 있었다.

　"말씀 좀 물으십시다."

　문오는 도리깨질을 하고 있는 여인에게로 가까이 갔다. 여인이 도리깨질에
열중하고 있어서 문오의 소리를 알아 듣지 못했다.

　"식이 저 어무이 손님이 왔구마."

　거기 서 있던 조무래기가 큰 소리로 여인을 일깨웠다. 조무래기 소리에 여인
이 도리깨질을 멈추고 얼굴을 돌렸다.

　"아니. 당신이."

　얼굴을 돌린 여인이 낮은 소리로 부르짖으며 도리깨를 콩깍대 위에다 놓아버
렸다. 머리에 썼던 타올을 벗었다. 도리깨를 던지고 타올을 벗은 여인은 채희였
다. 이마와 얼굴 전체에 주름살 투성인 채희였다. 주름이 잡힌 사이사이에 때가
줄줄이 껴 있어서 주름살이 더욱 깊어 보이는 것 같았다. 도리깨를 던졌건만 허
리를 아주 펴지를 못했다. ─여지 없이 늙었구나…….

　문오는 어이 없이 서 있었다. 그의 입은 얼마쯤 벌려져 있었다. 보고싶었노라
는 말이 나오지 않았다. 아무 말 없이 와락 안아주자던 생각도 날아가버리고 없
었다. 그저 채희를 완전히 소멸(消滅)시키고 난 채희의 잔해(殘骸)와 맞서 있는
것이었다.

"살아 계셨군요? 이 난리 틈에서도……. 민은 어떻게 됐어요? 살아 있어요?"

채희는 멍청히 서서 눈만 멀뚱멀뚱 굴리는 문오의 얼마쯤 벌려진 입을 주시하고 있었다. 살아있느냐고 물었으나 그 반대되는 대꾸가 나올 것을 채희는 겁내고 있는 듯 했다.

"살아 있지. 살아 있구말구. 금아두 살아 있오."

"금아도? 정말 금아도?"

주름살이 투성인 채희의 얼굴이 환히 밝아지며 고부장하던 허리마저 펴려 들었다.

"윤하고 같이 있어요? 윤이 재혼을 했겠죠?"

문오는 이 말에 대꾸를 하지 않았다.

"윤은 끝내 병을 못 고치고 죽었구려?"

밝아졌던 채희 얼굴에 그늘이 지어지는 것이 알렸다.

"들어가자요."

"너이들은 저리 가 놀아라. 왜들 몰려들어가지고 그러니?"

채희가 어느새 몰려와 섰는 동네 조무래기들을 쫓고나서 안을 향해 발을 떼놓았다.

"너무 누추해요."

뒤를 따르는 문오를 돌아다 보지도 않고 채희가 말했다.

"나한테 누추하구 말구가 문제요?"

방 안은 누추한 걸 지나서 참혹한 지경에까지 이르렀다고 해야 할 정도였다.

도배도 하지 않은 흙벽에 검정치마가 아무렇게나 걸려 있고 한 구석에 나무 궤짝이 놓여있는 외엔 다른 것이라곤 보이지 않았다 — 허윤하고의 때보다도 더 하구나…….

치마는 채희의 것인 모양이었다. 바람이 들이불어도 왈칵 부풀어오르지 않았다. 펄럭펄럭 두어번 흔들어 대다가 말아버렸다. 때가 낀 목면인 탓일 거라고 문오는 짐작했다. 채희의 옷이 벽에서 바람을 잔뜩 안고 생명 있는 물체처럼 불룩 부풀던 일을 상기하며 채희가 이렇게 살아선 안 되겠다고 문오가 채희에게 말한즉 채희는 제가 잘못한 벌이 이제 와서 한테 뭉치운 것이라고 담담히 내뱉는 것이었다.

“뭉치우는 그 벌을 피해버려야지.”

“피하긴 어떻게 피해요?”

“금아, 민 있는 델 가야 할께 아니겠오.”

“못 가요. 그럭함 여기 아이들은 어떡하고요.”

“여기 아이들은 생각지 않아두 돼? 그 애들이 어머니를 얼마나 그리워하는지 채희는 모를거요.”

“왜 안 생각해요? 그것들을 생각지 않을 리 있어요? 그것들 때문에 모든 걸 잊어버린 여자가 된지 오랜 걸요. 달을 봐도 그것들이 떠오르고 숲을 봐도 그것들이 떠올랐어요. 음악을 듣는 때도 그것들 생각뿐이었어요. 존걸 보거나 듣는 때면 으레 남자를 사랑하고 싶어하던 내가……. 그것들이 내게서 그런 생각을 영영 몰아내고 말았어요. 그것들이…….”

채희는 슬픈 대사의 한 토막이라도 외우듯 얼굴에 비애와 애통의 빛을 드러내며 말을 이어갔다. 비성을 발하거나 해롱거리지를 않았다.

“그러니까 못 잊는 아이들한테 가진 말이오. 여기 아이들두 다 데리구……. 그 애들 병두 고쳐줘야 할꺼 아니겠오?”

“당신은 내 사정을 알고 오셨군요?…… 부끄러워요.”

채희가 고개를 숙였다.

“나한테 부끄럽구 어쩌구 할게 어디 있오? 금아, 민은 내가 여기 올 때 둘이 나무 밑에 쓸쓸히 앉아 있었어.”

“그 애들한테 나 만나러 오신다고 말씀하시고 오셨어요?”

“그런 말은 하지 않았지만. 존 선물을 안겨 준다구만 말했지……. 난 채희가 단 한번만이라두 그 애들을 만나 줄 걸루 알았어.”

“그 애들은 서로 만나는군요? 저희들 끼리라도 만난다니 맘이 놓여요.”

"만나는 정도가 아니구 그 애들은 나랑 함께 살구 있는 걸."

"함께요?"

채희가 숨을 들이쉬며 묻고 나서

"윤은 잘 못된 모양이군요? 끝내 병사한 모양이군요?"

아까와 같은 말을 다시 물었다.

문오는 이번에도 허윤의 죽음은 말하지 않았다. 허윤의 재혼만 알려주었다.

"윤들 내원 지금 어디 있어요? 재혼한 여자가 안 좋아서 금아가 당신하고 함께 사나 부지요?"

문오는 그렇지 않다고 간단히 말해주었다. 채희는 채균이 결혼했느냐? 어디서 살고 있느냐? 살기가 고생스럽지 않으냐고 물었다. 문오는 그것 역시 적당히 말해주었다. 채희는 여러가지를 묻고 나선 문오더러 결혼을 했느냐고 물었다. 문오가 머리만 저어 대꾸를 대신 했더니 채희는 코멘 소리로 했다.

"그것들도 인제 퍽 컸겠구만. 금안 열여섯 됐을 테고⋯⋯. 민은 열세살 됐을 테고⋯⋯. 길에서 만나면 에민 줄도 모르고 지나쳐버릴 거라고 생각하면⋯⋯."
하고 채희는 끝내 고였던 눈물을 주루루 떨어뜨렸다.

"그러니까 그 애들이랑 같이 살면 되잖소?"

"그건 안 돼요. 그 애들은 나 아니고도 그만큼 컸고 또 앞으로도 나 아니더라도 커갈 거예요. 그렇지만 여기 아이들은 한시라도 내가 아니면 살아 갈 수가 없는 애들이에요."

"그 애들까지 데리구 가면 되잖어? 모두 한테 다 모아 놓구 시시로 어루만져 주구 보살펴 주면 보구싶은 고생은 없을 거 아니오?"

"당신은 아직도 세상 물정 모르고 사시는구려. 그렇게 간단하게 당신 말대로 됐으면 오죽이나 좋겠어요. 내게 이제 남은 소원이라면 그것들을 곁에다 두고 사는 일일 거예요. 여기 아이들의 병이 낫고 교육도 시키고 이 애들이 남과같이 살아 갈 수 있도록 됐으면 하는 걸 거예요. 그리고⋯⋯ 이 애들 아빠의 병이 회복되는 날일 거예요."

문오는 마지막 아이들 아빠라는 한마디 말에서 코가 뾰족하던 사나이가 떠오르는 것을 막을 길이 없었다. 그 순간 채희에게 가는 고움과 미움의 정(情)이 서로 엇갈려가며 솟구쳐오르는 것도 또한 막을 길이 없었다.

문오는 채희를 두 팔에 힘을 넣어 와락 끌어안았다. 비성을 발하던 채희, 눈을 딱 감았다 뜨던 채희, 좋은 가지면 언제든지 새처럼 포로로 날아가겠노라면서 해롱거리던 채희, 그러다가 끝내 그 말대로 딴 가지로 포로로 날아가버린 채희, 그래서 골탕을 먹이던 채희를 문오는 안았다.

그런데 채희가 가만 있어주지 않았다. 문오의 조여 안은 두 팔을 채희는 풀었다.

"저녁을 지어야 해요. 앉아 계셔요. 얼른 지어가지고 올께요."

채희가 트집스런 아이 달래듯 달래 놓고 부엌으로 나갔다.

문오는 멍청히 앉아 있을 수밖에 없었다.

채희가 나간 뒤 얼마 안 되어 채희의 아이들이 들어 온 모양으로 얼굴을 씻어라, 발을 씻어라, 손님이 오셨다고 아이들에게 일일이 알려주는 채희의 소리가 들려 왔다.

아이들이 채희의 말대로 순순히 좇지 않나 보았다. 채희가 씻겨주며 뭐라뭐라 낮은 소리로 타이르기도 했다. ―밥두 제 손으로 못 먹는 아이가 있다더니…….

문오가 그들 쪽에 귀를 기울이고 있으면서 서상춘의 이종사촌 누이라는 여인이 일러주던 말을 되새겨 보았다.

저녁상이 들어오고 아이들 셋이 뒤를 따랐다. 금방 씻은 탓인지 듣던 것같이 험하지는 않았다.

"인사 드려라. 서울서 오신 손님이야."

아이들이 대강 머리를 꿉벅꿉벅 하곤 밥상 머리에 앉아 상 위에 놓인 것들만 살폈다.

"찬이 변변치 않아요. 워낙 촌인 데다 전쟁 때라 아무것도……."

채희가 인삿말을 치른 다음 계집아이에게 밥을 먹여주기 시작했다. 부계(父系)를 계승한 듯 코가 유난히 뾰족했다. 두 사내아이는 채희를 닮아 눈이 크고 검었다. 금아와 민과도 공통된 모습을 보이고 있었다. 민과 금아와 공통된 모습을 보이는 두 아이에게 오는 친밀감 같은 것을 느끼게 되었다.

"아이들을 병원에 데리구 가요? 세 아이 다 덜 존가?"

"가다 말다 하다가 근자엔 그렇게도 못하고 있어요."

채희는 나중 물은 말엔 대꾸가 없었다. 밥을 먹여주는 계집아이는 밥을 떠 넣고 나면 생선자반을 집어 넣으라고 조막손을 내밀어 거기를 가리켰다.

채희는 한번 아이를 나무라는 일도 없이 순순히 아이가 하라는 대로 들어주었다.

그러고 앉았는 채희는 정중해 보였다. 초라하지도 늙어 보이지도 않았다.

"채희는 완전히 어른이 됐구려."

"날 어른을 만든 건 아이들이예요. 금아와 민, 그리고 이 아이들의 덕택일 거예요. 금아와 민을 떼어 놓고 우는 사이에, 또 이 아이들을 낳아서 키우며 우는 사이에 내가 얼마나 큰 죄인이라는 걸 깨달았어요. 이 아이들의 아버지가 그 지경 된 것도 내 죄라고 알았어요."

밥을 다 먹기까지 문오는 돌을 한번도 씹지 않았다. 문오뿐 아니고 아무도 씹은 사람이 없었다.

문오는 동경시절의 채희가 밥에 돌을 두던 일을 생각해 냈다.

"돌 하나 안 씹구 잘 먹었는데."

"인젠 밥에 돌을 안 둬요."

"밥짓기 싫어하던 버릇두 없어지구?……"

"그 버릇을 그냥 가지고 있음 어떡해요? 어떡하면 더 잘 지어 먹일 수 있을가, 그런 것에만 머리를 쓰는 걸요."

"그래? 어른이 된 채희가 고맙게 여겨지기두 하지만 재미가 너무 없군."

"세상을 살아오느라니까 재미 있는 버릇들은 다 흘려버리고 싱겁디 싱거운 찍걱지만 남더군요. 그 싱거운 찍걱지가 잔뜩 담긴 인간을 일러서 어른이라고 하더군요.”

채희가 쓸쓸히 웃었다. 채희는 어린것에게 밥을 먹여 놓고서야 밥을 먹기 시작했다.

“당신은 여관에 가 주무세요.”

저녁을 다 먹고 난 채희가 문오더러 한 말이다.

채희는 저녁상을 치우고 아이들의 자리를 보살펴주고 나서 문오를 여관으로 안내해 주었다. 방에 들어오지도 않고 잘 자라는 말을 남기고 돌아갔다.

이튿날 문오는 부산 주소를 채희에게 적어주며 한번만이라도 다녀가라는 말을 남기고 떠났다.

“이렇게 가까운 데다 두고도.”

문오가 적어 준 주소를 들여다보는 채희 눈엔 눈물이 서려 있었다. 문오는 아무 말 없이 채희를 내려다보고 있었다.

“애들 아버지가 퇴원하게 되면 이 애들 만나러 가겠어요.”

채희가 또 한번 적어 준 종이 쪽지를 들여다보았다.

채희는 동네 어구까지 따라 나왔다. 문오가 동네 어구 가게에 디룽디룽 매달린 굴비를 채희에게 안겨주며 아이들을 구어주라고 말했다. 어제 저녁 자반에 연신 조막손을 내밀던 코가 뾰족한 계집아이를 생각하고 한 짓이었다. 지난 날 장안백화점 완구부 앞에 대룽대룽 달린 나팔을 사서 채희에게 들려주던 때와는 다른 마음이었다.

“아저씨 출장 갔다 벌써 오셨어?”

금아는 반가워 하고, 사과와 과자를 받아 든 민은

“존 선물이란게 이거야?”

고 트집스럽게 나왔다.

“존 거야. 그것밖에 할 수 없었어.”

문오는 제 속에 있는 말을 무거운 기분으로 털어놓았다.

"아저씨 어디 아프세요?"

금아가 문오의 우울한 낯색을 주시했다.

"아냐. 아프긴. 곧 출근할 텐데. 너희들은 학교 안 가니?"

문오는 우울한 표정을 털어버리려고 애를 썼다.

"우린 둘이 다 오후반이예요."

"그래? 그럼 나 먼저 간다."

문오는 쫓기듯 집을 나왔다. 오경배를 만날까 하는 생각도 해 보다가 오경배에게 채희 이야기를 하게 되면 그 사실을 곧 오경배의 아내가 알게 될 것이므로 곧장 나갔다. 오경배는 아내와 같이 장사를 하고 있었다.

오상철씨는 반년 이상 감옥에 갇혀 있다 나온 탓인지 폭삭 늙어 보였다. 그는 진종일 방구석에 쭈그리고 들앉아 있었다. 뒤미처 출옥한 성철수 김창욱씨는 또 다시 전에 하던 일을 계속하는 모양 같았다.

오상철씨와 그 가족에게 성철수는 날이 갈 수록 불친절함을 넘어서 폭언을 들이댄다고 했다.

"자네 이런 기회에 옛 친구의 부친을 좀 모셔보면 어떤가?"

김창욱씨 집에 묵고 있는 오상철씨를 빼어다가 자기 잇속을 차리려던 성철수의 말을 되뇌이며 오경배도 그에게 지지 않겠다고 배짱을 부렸다.

성철수의 아내는 가끔 문오를 찾아 와서 살풍경한 집안 속 이야기를 들려주고는 좋은 방법이 없겠느냐고 문오의 지혜를 빌리려고 했다.

성철수의 아내는 문오를 찾을 때마다 손수 만든 반찬을 들고 왔다.

문오가 성철수 아내의 마음을 살펴서 오경배에게 성철수 집을 나올 방도를 꾸미라고 말해 줄 것 같으면 오경배는 그따윗 자식은 싫것 골탕을 먹여야 한다고 주장했으며 성철수 집을 나오더라도 오경배네는 집을 얻을 만한 재력이 서 있다는 것도 내세웠다.

아이들 아버지가 퇴원하면 다니려 온다던 채희는 종시 오지 않았다. 아이들 아버지가 퇴원을 못하고 있는 것이라고 짐작하면서 문오는 서울로 환도하게 되었다.

문희는 부산 땅에서 겨우 자리를 잡았으니 그냥 눌러 있겠노라고 말하고 허윤의 새아내도 데리고 있어야 하겠다는 것이었다. 허윤의 새아내는 이제 아주 문희에게 매여 사는 꼴이 되고 말았다. 문희의 말이면 그대로 좇는 습성이 어느새 붙어버린 듯 했다.

문오는 금아와 민만을 데리고 떠났다.

오경배 내외는 문희와 마찬가지 생각이어서 부산에 떨어지게 되었다.

"여기 있더라두 한달이면 이 삼차씩 서울로 가게 될테니 섭섭할 거 없어."

두 어린것만 데리고 떠나는 문오를 오경배는 이런 말로 달래어 주었다.

오경배는 환도 전에도 부산 서울 간을 문 앞 출입하듯 했다. 군(軍)에 있는 친구와 결탁한 다음 군복과 신분증을 얻어가지고 삼팔선만큼 넘기 어려운 도강(渡江)을 쉽게 감행했었다. 전투지구가 되어 있는 서울엔 군 관계가 아니면 유엔군 측에서 한강을 넘겨주지 않기로 되어 있던 터이었다.

오경배는 한달에 이 삼차씩 한강을 넘나들며 서울 시민이 남겨 놓고 떠난 소중한 것들을 실어다 팔았다. 서울엔 오경배같은 사람을 상대하기 위해서 용케도 남의 집을 터는 축이 있었던 것이다.

문오가 오경배더러 안 할 짓을 하고 있는 것 같다고 귀뜸을 해 줄 때면 자식새끼들을 데리고 살아 가려니 자연 나빠지고 마는군. 몇번간만 해서 먹을 것이나 만들어 놓군 치워버리겠노라고, 부친이 살림을 돌볼 땐 근심 걱정없이 그저 엄벙덤벙 살아왔는데 부친이 그 지경 되고 나면선 어떻게 살아가나 하는 걱정만이 대퇴골을 누른다는 것이 오경배의 말이었다.

문오가 서울에 올라온지 석달쯤 되던 어느 날 삼십세 전후가 되어 보이는 여인이 문오의 직장을 찾아 왔다.

여인은 문희가 보낸 누런 봉투의 편지를 문오에게 건네어 주었다.

사연인즉 편지를 들고 가는 여인은 전쟁 미망인으로서 문오의 배필이 됨직하다고 보아 올려보낸다는 것이고, 용모나 마음씨가 고운 데다가 딸린 것 하나 없으니 노경에 들어서는 문오에게 다시 없는 위안이 될 줄 안다는 것이었다.

문희는 그동안 오경배 편으로 서상춘의 이종사촌을 두고 몇 차례씩 편지를 보내왔던 것이나 문오가 가부(可否)를 알려 준 일이 없었다. 서상춘의 이종은 그 뒤로 줄곧 가부를 기다리고 있었다는 사연도 편지에 씌어 있었다.

문희는 덩그라니 큰 집에 세 식구만은 적적하다는 것이고, 주부가 들앉아 있어야 집구석에 기름기가 도는 법이라고 강조하고 나서 피난 중에 양부인이 들어가지고 온통 엉망진창을 만들어 논 집 안팎을 손질해 줄 사람이 필요하다는 말도 덧붙였다.

오경배도 문희의 말이 옳다고 번번이 주장했으나 문오는 한번도 그들과 같은 공감을 느껴보지 못했다.

문오는 택시를 잡아 타고 여인을 집에까지 데려다주었다. 이 여인에게 만은 솔곳이 마음이 돌아서는 것을 알았다.

식모아이가 누구냐고 물었을 때 문오는 서슴치 않고 주인 아주머니라고 말해 줄 수 있었다. 금아 민은 없었다.

"일찍 들어오시죠?"

문호[64]가 돌아서려는데 여인은 문오 말에서 용기를 얻었든지 익숙한 솜씨로 문오 등 뒤에다 물었다.

문오는 물론 그렇게 하겠노라는 대꾸를 해주었다. 그 말대로 좇느라고 해서가 아니었지만 퇴근하자 문오는 집으로 곧장 발을 옮겼다.

여인을 집에 데려다 주고 돌아 온 뒤로 문오는 여인의 좀 쉬어 있는 듯한 음성

---

64 '문오'의 오식.

최정희 소설 전집 **5**

이 들려오곤 해서 일 손을 멈추고 몇번인가 멍하니 앉아 있기도 했었다.

여인의 날씬한 몸매와 싯부연 살결은 더욱 흐뭇하게 가슴 속을 파고 들었다.

현관에 들어서자 여인이 마주 나와 턱 밑에 바싹 들어섰다. 뒤를 따라 나온 금아와 민이 아니더면 문오는 턱 밑에 바싹 들어서는 여인을 와락 끌어 안았을 것이다.

"어머니야."

멍청히 서 있는 금아와 민에게 문오가 신이 나는 소리로 말해 주었다.

"누구?"

금아가 외마디 소리를 쳤다.

"너희들 둘 다의 어머니야."

문오는 금아와 민을 꼭같이 생각하는 마음에서 한 말이다.

"어쩜."

금아가 눈을 크게 떠 여인을 찬찬히 살폈다.

"정말? 아버지."

민이 또 여인을 건너다 보았다.

"정말이구 말구."

문오의 이 말이 떨어지자

"어머니."

"어머니."

금아와 민이 울먹이며 여인에게로 다가들었다.

문오는 — 아차 잘못했구나 — 하고 소스라쳤다. 금아와 민은 문오 말에서 저희들을 두고 가버린 어머니가 돌아온 것으로 알고 한 짓임을 문오는 그제야 알았다.

문오는 그들에게 그렇지 않다고 부정할 생각은 없었다. 금아나 민이 실망할 것을 우려하기도 했지만 그들이 여인을 실로 생모(生母)로 믿고 따라준다면 피차에 흐뭇할 수 있으리라는 생각이 문오를 지배했던 것도 사실이라 하겠다.

저녁을 치르고 나자 문오는 곧 여인을 자기가 거처하는 이층 방으로 끌어 올렸다.

급한 마음에서 이부자리도 제 손으로 깔았다. 전등을 껐다.

"전등을 끄는게 좋으신가요? 과장님이라 점잖으시군."

여인이 쉰 목소리에 아양기를 담뿍 곁들였다.

"새삼스레 과장님은……."

문오가 여인의 말을 받았다. 문오의 소리는 떨려 나왔다. 그의 손은 여인의 몸뚱이를 이미 침범하고 있었다.

"질서정연하게 다루시는 게 어떨까요?"

"이럴 때 질서정연이 다 어딨어?"

"이럴 땔 수록 침착하고 점잖고 질서정연해야 해요. 그러니까 내가 '과장님'을 또박또박 붙이는게 아니겠어요? 호호호."

여인이 호들갑스레 웃어제꼈다. 문오는 여인의 옷을 아직 못 벗기고 있었다. 마음이 급한 탓인지 손이 제대로 움직여 주지 않았다.

여인의 옷을 다 벗기었을 때 문오는 몸뚱이의 살결이 얼굴 이상으로 싯뿌옇다는 것을 알았다. 전등을 껐으나 앞 뒤 이웃에서 새여드는 불빛 속에서 문오는 그것을 충분히 알아내었다.

"이게 뭐가 이런게 있을까?"

비명(悲鳴)이나 절규에 가까운 탄성이다. 이와 같은 탄성을 지르는 문오의 몸은 경련을 일으키기에 이르게까지 되었다.

"너무 급히 서둘지 마시래도………. 서서히 서서히."

아무리 서서히 서둘러도 문오의 몸은 뜻대로 움직여주지 않았다.

"이게 뭐야? 사십이 갓넘은 이가……."

서서히 온갖 방법과 절차를 밟아 문오의 힘을 추세우려던 여인이 문오를 내동댕이치듯 하고선 나가 떨어졌다.

문오가 여인에게로 다시 다가 갔다.

"저리 가요. 본래 시원찮았던 모양인 걸."

여인은 인제 '과장님'도 붙이지 않았으며 '질서정연'이니 '서서히'라는 말도 사용하지 않았다.

"본래 그렇지는 않아. 칡덩쿨처럼 질기고 폭포같이 왕성하던 때가 있던 몸이야."

문오는 채희와의 한 때를 상기하며 여인에게로 또 다가 갔다.

"그런게 왜 병신 구실을 해요? 사십이 갓넘었다면서……."

"그동안 너무 걸르고 지내서 그래. 십년 가까이 여자를 모르구 지내서 그래. 이제 곧 회복될 거야. 당신이 젊어지게 해 줄 거야."

실상 문오는 절에서 나온 뒤로 여자를 가까이해 본 일이 없었다. 연거푸 닥치는 고난으로 해서 그럴만한 의욕조차도 상실하고 있었다고 해야 옳을 것이다.

여인은 문오의 말대로 문오를 젊어지게 하려고 애를 썼다. 음식물과 영양제로 몸을 추세우려는 한편, 약품을 사용해서 만족한 결과를 치르려고 꾀했다.

삼개월 사이에 문오의 몸은 완전히 회복되었다.

"보란 말이야. 과장님의 솜씨를."

문오가 여인에게 힘을 보여주는 마당에서 이렇게 말하면 여인은 파드득파드득 웃어가며

"이건 순전히 내 공론 걸. 나 아니더면 아주 짜부라지고 말았을 걸."
해서 문오를 한층 요동케 했다.

이럴 때마다 문오는 여인이 어떤 요구를 내 걸던지 들어 줄 약속을 했다. 여인의 값나가는 장신구와 화려한 옷감들은 모두 이런 마당에서 요구하고 약속되어 결실을 맺는 것이었다.

때때로 문오도 그러한 것들을 구하기 위해서 여인과 동행하는 경우가 있었다. 문오와 동행하는 경우면 여인은 요구되는 것의 대부분을 서슴치 않고 척척 흥정하는 것이었다. 그것들은 어느 것이나 외국제였다.

문오의 생활은 이 여인에게 그런 것들을 제공하기 위해서 있는 것같이 되어

갔다.

이러할 즈음에 문오는 쇼리·송을 자유시장 복판에서 만났다.

쇼리·송은 전에와 마찬가지로 미군모를 배뚝이 쓰고 있었고 미군복을 입고 있었다. 키가 자라고 몸집도 컸다.

"강선생님. 이게 얼마만입니까?"

쇼리·송이 문오를 먼저 알아보았다. 목소리까지 달라졌다. 문오는 미군모와 미군복이 아니면 쇼리·송을 알아보지 못했을 것이다.

"송군이야? 몰라보게 자랐구나. 무사했구나."

"저는 무사했지만 동순인 행방불명입니다. 죽었을 거예요."

"그래? 그 뒤에, 육이오 뒤에 못 만났던가?"

"네."

쇼리·송은 얼굴에 그늘을 짓고 있었다.

"동순의 모친은 어떻게 됐어?"

"돌아가셨어요."

"아, 그랬어? 그렇게 됐어? 안됐군."

가끔 떠올리기만 하고는 찾아가지 못했던 죄스러움을 문오는 새삼 느끼지 않을 수 없었다.

쇼리·송은 유엔군에 가입되어 일선에서 싸웠다는 것 등, 그 동안의 지낸 이야기를 하고 그날은 문오가 일러주는 대로 문오네 주소를 적어가지고 돌아갔다.

"누구지? 저이가."

쇼리·송이 돌아서자 여인이 물었다.

"동순이란 처녀의 약혼자였어."

문오가 동순의 약혼자였다는 것에 힘을 박아 말했다.

"멋인데. 한국군보다 얼마나 늠름해요."

여인이 쇼리·송의 뒷모습을 놓지지 않았다.

큰 길에 나서자 여인은 택시를 잡으라고 문오에게 일렀다. 반 이상의 짐을 문오가 들었건만 여인은 그래도 무겁다고 앙탈이었다.

"한국군보다 유엔군이 훨씬 멋있어 보이는데."

택시에 올라 탄 여인은 쇼리 · 송의 이야기를 다시 끄집어 냈다.

"복장이 다르달 뿐이지 같은 한국인인데 다를 게 뭐 있어."

문오가 퉁명스럽게 나왔다.

"과장님도 질투 하나? 점잖지 못하게시리."

"이거 왜 까불까? 우리 망난이가……."

한 때에만 사용하곤 하는 '과장님'을 들고 나서자 문오의 마음은 그 한 때로 쏠리는 것이었다. 문오는 여인의 허리에 팔을 두르며 여인을 끌어당겼다.

6

쇼리 · 송이 다음 일요일에 놀러 왔다. 여인이 손수 음식을 만든다, 차를 끓인다, 쇼리 · 송에게 친절을 다 했다. 쇼리 · 송이 저녁을 먹고도 한참 놀다가 돌아갈 때 여인이 밖에까지 나가주었다.

그날 밤 문오는 여인과 지내던 모든 밤 중에서 가장 왕성한 밤을 치뤘다.

"그 놈이 날마다 왔으면 좋겠는데."

문오가 이렇게 나오자 여인이 곧 알아 듣고

"나도 그래. 우리 과장님 몸뚱이 전체가 빳빳히 살아나는 걸 보게. 독 오른 배암처럼. 호호호."

몸을 마구 흔들어 대는 것이었다.

쇼리 · 송은 무척 자주 왔다. 올 때마다 쵸코레트니 캔디 껌이니 하는 것들과 화장품을 들고 와서 여인 앞에 내놓았다. 때로는 파라솔이며 옷가지까지 갖다 주었다.

그럴 때마다 여인은 넘쳐흐르는 희열을 감추지 못했다.

“그런 걸 가져오지 말라구. 쇼리·송.”

문오가 새삼스레 말 꼬리에다 ‘쇼리·송’을 붙였다.

여인에게 이미 알려 준 일이 있는 ‘쇼리’를 재인식시키자는 의도에서 한 노릇이기도 하겠지만 한편으로는 문오 자신에게 질투할 대상이나 되느냐고 일깨워 주자는 데서 나온 말이기도 했다.

그 가을과 겨울이 가고 봄이 움트기 시작할 즈음에 쇼리·송이 일선으로 떠나갔다. 열두 시간이 걸리는 곳이어서 좀처럼 와 내기가 어려울 것이라고 쇼리·송은 매우 쓸쓸해했다. 여인은 그보다 더한 얼굴을 짓고 있었다. ―년 놈들 인젠 틀렸구나― 문오는 쇼리·송과 여인을 번갈아 보아가며 속으로 좋아했다.

쇼리·송이 떠나고 나서 달포 가량 지났을까, 여인이 간다 온다 말 한마디 없이 가버렸다.

‘여보’를 부르며 현관에 들어 선 문오 앞에 금아가 나타났다. 여인이 온 뒤로 별로 마주 나온 일이 없던 금아였다.

“어떻게 된 셈이야? 어머닌 어디 가셨어?”

이상한 예감에 사로잡힌 문오가 다급히 물었다.

“아주 갔나 봐요.”

다급히 물은 말인데 금아는 뿌르퉁한 얼굴로 받았다.

“혼자 나갔니? 누구랑 같이 나갔니?”

문오는 짜증이 난 어조로 다시 물었다.

“아저씨 그 여자 우리들 엄마 아닌 걸 왜 우리들 엄마라구 속였어요?”

묻는 말은 제쳐놓고 금아가 생퉁같이 딴 말을 내뱉았다.

“야 그 말은 나중 하구 어디 간 거나 말해라.”

문오는 금아를 흘기는 눈으로 보아가며 소리를 높였다.

“내가 어떻게 알아요? 어딜 간 걸. 죄다 꾸려가지고 떠났대나요.”

“언제쯤?”

“전 몰라요. 학교에 갔으니까. 용순이한테 물어보세요. 아저씬 모르셨지만 우리들은 다 알구 있었어요. 쇼리 · 송한테로 갔을 꺼예요. 쇼리 · 송이 일선 간 뒤에도 몇 번이나 온 걸요. 이층방에서 춤두 추구…… 술을 마시구…… 그리구…….”

“너 그런 걸 왜 안 대줬어? 왜 나한테 진작 말해 주지 않았느냐 말이야?”

문오의 손이 금아 뺨으로 찰싹 올라갔다. 금아가 울음을 터뜨렸다.

“아저씨 너무해요. 인젠 때리기까지 하시는군요. 그렇게 미워하실 줄은 몰랐어요. 그 여잘 우리들 엄마라고 해서 우리들은 온갖 정성을 드렸어요. 그렇지만 그 여자는 우리들을 미워만 하고 먹을 것도 못 먹게 했어요. 우리들은 그동안 배고프고 슬펐어요. 아저씬 그것두 모르고 그 여자하구만 좋아하셨어요.”

금아는 현관 유리문에 얼굴을 파묻고 흑흑 느껴가며 설어워 했다.

문오는 금아를 달랠 생각도 하지 않고 이층으로 씨잉 달려 올라갔다. 양복장을 열었다. 문오의 것뿐이었다. ‘단스’⁶⁵를 열었다. 아무것도 없었다.

문오가 아래층으로 달려 내려왔다.

“야아. 용순아 뭣에다 싣구 갔어? 추럭이더냐? 스리쿼타더냐? 어느 때쯤 떠났어?”

“아저씨가 출근하신 바루 뒤였어요. 크다란 차가 아니고 그보다 좀 작은 차가 와서 실어 갔어요.”

용순의 대꾸가 떨어지는 즉시로 문오는 밖으로 뛰어나왔다. 짐을 싣고 떠났다는 차를 붙잡기라도 하려는 듯한 기세였다.

그 기세로 문오는 문수군을 찾아갔다. 문수군은 일터에 아직 있었다. 문오는 숨을 돌릴 새도 없이 벌어진 사태를 문수군에게 일러주고 여인을 찾아 줄 것을 호소했다.

“쇼리 · 송이란 놈의 소재만 알면 돼. 그 놈이 어느 전선에 있는 것만 알면 된단 말이야.”

---

65 옷장, 장롱을 뜻하는 일본어 たんす.

"이 사람아 걷어 치우라구. 떠나 간 여자를 찾아서 뭘 하겠는가? 잘 갔어 잘 갔어. 자넬 구하느라구 그 여자가 간 거야. 허영에만 잔뜩 들떠가지구 물인지 불인지 모르는 여자를 그저 어디다 쓰겠더라구. 문오군, 인젠 정신을 채리라구. 그 여자한테 쑥 빠져가지구 자네 날마다 바보가 돼가는 것두 모르구 있었지? 자넨 완전히 병신 구실을 하구 있었어. 금아가 그 여자 때문에 얼마나 울었는지 아는가? 자네 아들두 설음을 단단히 받았지."

"금아가 모든 걸 자네한테 일러 바쳤구나. 금아가……."

문오는 금아에게 가는 노여움이 다시 치밀어 올랐다.

"금아가 내게 말해 준 걸 섭섭히 생각하는가? 아직두 자네가 정신을 바루 잡지 못하는구나. 지금 자네 어떤 땐데 이러는 거야? 한 여자 때문에 허덕이구 있을 때가 아니란 말이야. 나라가 썩어빠질 판이야. 정부의 고관대작들은 제 자리르 유지할 궁리나 해가면서 뇌물이나 받아 처먹구……. 국회의원 역시 제 살 구녕만 노리는 작자들이란 말이야. 국사를 하자구 국회의원이 된 게 아니구 돈벌이를 나선 거야. 군대는 군대대루 썩어빠지구……. 난 인제 생각을 고쳐먹었어. 이북에서 넘어와선 빨갱이르 잡기에 기를 쓰구 덤볐지만 빨갱이만 잡을 생각이 아니야. 우리 대한민국을 요지경 요 꼴루 만들어 놓는 놈들을 없엘 각오를 하구 있어 썩어빠지는 대한민국을 바루 잡아야 하겠어. 대한민국까지 살 수 없는 나라가 된다면 우리 민족은 어디로 가야 하나? 어디다 발을 붙여야 하나? 안 그래? 문오군. 철을 채리라구. 자네두 정부기관에 있으면서 물이 든 모양일세. 그 게욱질이 나는 구정물이 들었단 말일세. 그걸 게우라구. 가슴에 그뜩 찬 그 구정물 말이야……."

문수군은 주먹을 부르쥐고 나중엔 책상까지 탁탁 쳐가며 열을 뿜었다. 눈에서 불이 툭툭 튀는 듯 했다.

"자네 웅변 연습을 하더니 잘 써 먹네."

문수군의 길고 격렬한 말 뒤를 문오는 겨우 이런 말로 받았을 뿐이고 훌쩍 그 자리를 떠나 나왔다.

문오 귀엔 그러한 소리가 들어오지 않았다. 여인을 놓친 원통함이 전신을 지배하고 있을 뿐이었다. 그것은 분노로도 변하고 때로는 그리움으로 변하기도 해서 문오를 한시도 가만 있게 못했다.

문오는 직장에조차 나가지 않는 날이 있게 되었다. 거리를 헐렁헐렁 돌아다니거나 집에 누어있게 되는 날이 많았다.

술을 진창이 되도록 먹곤 길에 어디고 쓰러지는 수도 있었다.

반년 넘어를 이렇게 지내다가 하용빈이 사형되었다는 소식을 듣고 나서야 죽었다 깬 듯이 정신이 제대로 되돌아왔다.

하용빈이 사형되었다는 소식을 문오는 문수군한테 갔던 길에 들었다. 문오는 그동안 몇 차례나 문수군에게다 여인의 행방을 찾아 줄 것을 애원했던지 몰랐다. 혼자 찾아 헤매다 기진맥진 하게 되는 때면 문수군을 찾곤 했다.

그 마지막 번에 문수군은 이북에서 간첩으로 몰려 죽은 사람들의 명단을 내어 보였다.

"이 사람아 이걸 보라구. 공산당 놈들은 또 이렇게 많은 우리 동포를 학살해 버렸어. 이남에서 넘어 간 자들을 간첩으로 몰아서 죽여버렸단 말이야. 거기가 좋다구 넘어 간 자들까지 죽여버렸단 말이야."

문오는 남한에서 넘어갔다는 문수군 말에 우뚝 놀랐다. 내밀은 명단에 눈을 보냈다.

시선 속으로 하용빈의 이름이 크게 들어왔다.

"다 죽어가는구나. 북쪽에서두, 남쪽에서두, 모두 죽어가는구나. 넘어가두 죽구 넘어와두 죽는구나. 우리는 어디로 가야 살겠느냐 말이다. 어디로 가야……."

문오 눈엔 퍼런 불이 켜졌다. 문오는 문수군의 잘못이나 되는 것처럼 퍼런 불이 켜진 눈으로 문수군을 노려보았다.

7

돌아오는 길에 문오는 오경배를 찾았다. 오경배네가 부산서 돌아온지 달포가 넘었어도 한번 찾을 념도 못하고 지냈다. 오경배만 찾아 와서 그동안 빚을 많이 졌을 테니 빚이나 갚으라고 뭉치 돈을 두고 간 일이 이 삼차 있었을 뿐이다.

"돌아왔던가? 자네 얼굴에 생기가 돌게……."

오경배가 전에같지 않은 문오의 얼굴을 찬찬히 쳐다보고 물었다. 오경배는 문오의 여인이 돌아 온 줄로 알고 있었다.

"하용빈이 죽었어. 간첩으로 몰려서 사형이 됐대."

문오는 여유를 두지 않고 말해 버렸다. 더 달리 어쩔 수 없는 감정이었던 것이다.

"하용빈이?"

그 뒤엔 피차에 말이 없었다. 문오는 앉지도 않고 거기를 나왔다.

집에 들어서자 문오는 금아와 민을 자기 방으로 불러 올렸다. 아이들은 문오의 눈치만 살피며 앞에 와 앉았다. 금아의 뺨을 치고 난 뒤에 처음 있는 일이라 아이들은 의아해 할밖에 없었다. 항상 여인과 즐기느라고 아이들을 거들며 볼 새가 없었던 것이다.

"너희들한테 잘못했다. 너희들 어머니가 아닌 여잘 어머니라구 말한 것부터 잘못이야. 너희들 어머니는 따루 있어. 지금 경상북도 어느 촌에서 살구 있어……."

"아저씨 정말?"

금아가 문오의 말을 중단시켰다. 민은 아버지 입에 시선을 꽂고 있었다.

"정말이구 말구. 인제부턴 정말만 한다."

"경상북도 어디죠? 우리가 가 볼테에요."

"가선 안 돼. 가선 안 된다는 내 말을 금아 민이 알아 들어야 해. 어머니가 너희들 보러 온다구 약속했어."

“아저씨 어머닐 만났어?”

금아가 물었다.

“응. 만났어. 인제 온다구 했어. 너희들 만나려……. 금아야 나 너 때린 거 용서해라. 그동안 너희들 고생시킨 것두 잊어버리구.”

문오는 하용빈의 죽음을 금아에게 말하지 않았다. 하용빈의 죽음이 그의 머리 전부를 차지하고 있고, 또 그러므로 해서 그들을 불러 올릴 생각이 들었지만 금아에게 충격을 주기가 문오는 싫었다.

8

이튿날 퇴근할 무렵에 오경배가 문오 직장으로 찾아 왔다. 그는 문오더러 산에 놀러 가자고 말했다. 문오가 갑작스레 산엔 왜 가느냐고 물은즉 산에 가서 술이나 먹자고 말하곤 앞을 서서 걸었다.

오경배는 가게에서 소주 세병을 사고 오징어 땅콩 등의 안주도 갖추었다.

— 울적하니 산에 가서 술이나 먹자는 게로구나.

문오는 이쯤 짐작하고 묵묵히 뒤를 따랐다.

그들은 먼 데를 가지 않았다. 인왕산 중턱에서 발을 멈추었다. 상록수를 제외한 나무들은 짙은 단풍으로 물들어가고 있었다. 저녁 노을을 받은 먼 산은 자색으로 번져가고 있었다.

채균의 ‘리크사크’에 얹혀 금아가 보았다는 산이 저런 산이 아니었을가 하는 생각을 문오는 잠깐 해보았다.

그러나 그 때는 겨울. 겨울 산은 저렇지 않을 거라고 문오는 고쳐 생각해 보기도 했다.

“앉게. 거기.”

오경배가 술병이랑 내려 논 옆에 제가 먼저 앉으며 문오더러도 권했다. 문오가 앉자 오경배는 코트·포케트에서 부스럭부스럭 무엇을 꺼내었다. 위패 세

개가 나왔다. 허윤, 마채균, 하용빈의 이름이 쓰여 있었다.

"허윤, 마채균, 하용빈, 이 친구들을 데리구 왔단 말이야. 술이나 같이 하려구……."

문오는 말을 못하고 그것들을 보고만 있었다. 오경배가 세개의 돌을 주어다 나란히 놓고 세개의 위패를 차례대로 기대어 놓았다. 또 소주 한 병씩을 앞에다 놓아 주곤 이번엔 안 포케트에서 부스럭부스럭 종이 쪽을 끄집어냈다.

종이 쪽엔 — 우리들의 옛날 동지들의 죽음을 애도하노라 — 하는 글귀가 적혀 있었다.

"자네 한텐 미안하지만 옛 동지란 말을 정정해야 하겠네."

"그럼 자네가 한번 솜씰 보여보란 말이야. 자네 솜씰 알면서두 자네가 경황이 없는 때라 서투른 내가 써 봤네."

오경배가 쉽게 문오 말에 찬동했다.

— 언제나 너희들은 우리의 동지다. 너희들의 피와 우리의 피는 한테 엉키어 있다. 스크람을 짠 팔과 팔에 오고 가던 뜨거운 피, 그 피는 지금도 우리들 사이를 오고가고 있다.

문오가 만든 문장을 훑어보고 난 오경배는 — 그렇게 뜨거운 피가 오고 가던 너희들과 우리들은 왜 갈라져야 했던가. 하는 글귀를 더 첨부하라고 말했다.

"그런 걸 첨부할 필요가 없어. 인젠 다 한테 뭉친 거야. 이렇게 그들은 우리와 함께 있잖어? 죽기 전에 벌써 그들은 우리와 같이 있은 거야. 굳이 덧붙인다면 이 후엘랑 올데 갈데 없이 헤매다 죽는 자들이 없도록 지하에서일망정 힘을 기울여달라구, 그리구 우리는 또 그들의 힘을 받들겠노라는 말을 첨부하는 정도로 멈추자구."

오경배가 문오의 말을 그대로 받아 썼다. 그는 그것을 펼쳐 들고 위패 앞에 경건히 꿀어 앉아 읽었다. 문오도 오경배와 같은 자세로 오경배 옆에 앉아 있었다.

펼쳐 든 것을 읽고난 뒤에 오경배는 위패들 앞에 놓인 술병을 들어 조금씩 따뤘다. 안주도 놓아 주었다.

"형들 어서 잡숫고 편히 쉬시오. 푹 쉬구 나서 우리와 힘을 합해주시오. 우리들과 우리들 자손이 살기 좋은 땅이 마련돼야 할게 아니겠오?"

노을도 사라져 가고 주위엔 땅거미가 끼기 시작했다. 위패들은 제각기 제 목소리대로 그러마고 대답해주는 것같이 들렸다.

문오와 오경배는 위패들 앞에 놓았던 술과 안주를 모조리 마시고 씹었다. 둘이 다 취해버렸다. 어둠이 짙게 덮였을 때, 오경배가 위패를 거두더니 위패를 세웠던 돌 세개를 평평한 데 삼발 놓듯 놓곤 위패와 글귀가 적힌 종이 쪽을 그 위에 얹었다. 그리곤 거기다 성냥을 그었다. 송판 쪽과 종이가 불꽃을 일으키며 탔다. 바람은 없고 불꽃이 위로 치솟아 올랐다.

"하늘 나라루 가시오. 다들 편안히 가시오."

오경배가 위로 치솟아 오르는 불꽃을 보며 중얼거리고 있었다. 문오도 오경배가 중얼거리는 말대로 되어주기를 바랐다. 언젠가 모친 앞에 엎드려 기도하던 때와 같은 간절한 마음이었다.

취해버린 그들은 서로 부축해 가며 산을 내려왔다. 하나가 잘못 밟아 쓰러질 번하면 하나가 붙잡아주고 하나가 돌에 채이던지 하면 또 하나가 일으켜 세웠다.

"동경시절에 이렇게 깍찌를 꼈드랬지. 이렇게 팔과 팔을 끼구 나서면…… 그 무서운 일경두 무섭지 않았지. 그리구…… 우리들의 뜨거운 피는 서로 오고 가고 했드랬지……."

오경배는 문오와 팔을 꼈으니 넘어지거나 쓰러질 염려가 없다는 듯 험한 길임에도 불구하고 발을 함부로 내는 것이었다.

"야. 야. 인젠 그 소리 그만 해. 딱 질색이다."

문오도 발을 아무렇게나 내 밟았다. 오경배가 잡아주고 있으니 무슨 걱정이냐 하는 든든한 마음인 것이다. 술의 힘을 빌린 탓이기도 했지만.

"질색일 게 어딨어? 난 아까 허윤들의 위패를…… 여기다 넣어가지구 오면서 그들의 뜻뜻한 체온을 느꼈단…… 말이야. 동경시절에 느낀 것과…… 똑같은 말이야…”

그들은 산에서 내려와서도 줄곧 끼고 걸었다. 무엇을 탈 생각도 하지 않았다. 내쳐 걸었다. 오경배 집 앞에 이르렀으나 오경배는 들어가지 않고 문오를 데려다준다고 돌아섰다. 또 문오 집에 이르렀을 땐 문오가 오경배를 데려다준다고 돌아섰다.

열두시 싸이렌이 울릴 때까지 그들은 팔을 낀 채로 말 한마디 없이 오고 가고 했다.

<h1 style="text-align:center">제9부</h1>

1

홍기가 S대학 대학원에 합격이 되자 문희는 부산 살림을 거둬가지고 서울로 올라왔다. 거부가 되기 전엔 부산서 한 발자욱도 옮겨놓지 않는다던 문희가 고집을 버리게 되었음을 문오는 다행히 여겼다.

허윤의 새아내는 문희가 재혼을 시켜주었다고 했다. 반공 포로로 석방된 허윤의 새아내의 남편은 국제시장에서 장사하는 사람인데 한 밑천 잡았다고 했다.

"그만한 자리도 없겠길래 죽어도 재혼같은 건 안 한다고 버티는 걸 등을 밀다시피 해 보냈디오."

문희는 허윤의 새아내를 재혼시키던 광경을 이렇게 말해 들려주었다.

문희의 욕망은 아들 홍기를 국회의원으로 출마시키자는 것이었다. 돈과 권세로서 억울하게 죽어 간 남편의 원수를 갚자는 것이었다.

"빨갱이로 몰려 죽을 바에서 왜기까디 넘어와 죽을게 어디 있읍네까. 아무 데서나 콱 죽어져두 될 걸 그랬디. 오라반 그렇티 않소?"

문희는 말 끝마다 붙이던 소리를 아직도 잊어버리지 않고 있었다. 문희는 도망해버린 여인에게 속은 것이 분하다는 말도 몇번이나 되뇌이곤 했다. 이리의 마음에다 양(羊)의 가죽을 뒤집어씌운 네펜네라고 욕설을 퍼부었다. 그럴 때마다 문오는 손을 내어 문희의 말을 가로막았다.

4·19의거는 문희네가 부산서 올라온지 두달도 못되어 터졌다. 독재의 성(城), 이승만 정권에 향하는 분노의 불길은 멎을 줄을 몰랐다. 축적돼 오던 불신(不信)과 증오의 정은 서로 엉키고 뭉치어 끝내는 폭발되고 말았던 것이다.

그것은 젊은 학도들로부터 시작된 일이었다. 제일 먼저 마산, 대구 등지의 중고등학생들이 '부정선거' '폭력선거'를 고쳐 하라고 웨치고 나섰다. 경찰은 이 어린 학도들의 웨침을 바로 받아주지 않고 그들의 잘못으로 세상이 잘못되어 가기라도 하는 듯 그들에게 총뿌리를 겨누어 어린 목숨을 빼앗기도 했다. 서울에선 K대학이 선봉을 섰다. 그들은 맨손으로 나섰다. 총이나 칼이 필요하지 않았다. 잘못 된 선거를 고쳐하라고 일러주려던 것이다.

그들은 지극히 조용한 태도로 국회의사당 앞에 앉아 있었다. 국회의장을 만나서 저희들의 뜻을 말하자고 했을 뿐이었다. 그런데 그것조차도 용납되지 않았다.

그들은 뜻을 이루지 못한 채 돌아가야 했다. 조용히 돌아가는 그들 길에 깡패의 떼거지들이 달려들리라곤 예상치도 못했던 일이었다. 난데 없이 나타난 깡패들은 그들이 항상 사용하고 있는 무기로서 학도들을 쓰러뜨렸다. 그들은 피를 흘리고 길바닥에 늘어졌다. 이튿날 아침 신문에 목불인견의 사진과 함께 보도된 기사는 누구할 것 없이 주먹을 부르쥐게 했다. 어둑어둑 황혼이 다가드는 포도 위이어서 그들의 사진은 한층 처참했던 것 같다.

문오가 신문에서 눈을 들기 전에 홍기, 금아, 민이 차례대로 문오 방에 들어섰다. 전에 없던 일이다. 그들이 학교에 가는 경우면 층계의 반 쯤에서 다녀온다고 하곤 했다. (여인과 동거하는 사이엔 그러지도 않았지만.)

"웬일들이야?"

문오가 신문을 내려 놓으며 그들을 낱낱이 보았다.

"저희들 오늘 데모에 참가합니다."

홍기가 입을 떼었다.

"너희들 셋 다 말이냐?"

"네."

일제히 나온 셋의 대꾸다. 금방 신문에서 본 K대학 학생들의 참상이 문오 눈 앞으로 획 지나갔다. 말릴 생각이 나지 않았다.

“조반은 먹었느냐?”

“저희들 먼저 먹었어요. 시간이 급해서…….”

“그럼 가요. 아저씨.”

금아가 먼저 이런 말로 인사를 치르고 일어서고 홍기와 민은 소리 없이 금아의 뒤를 따랐다.

문오는 혼자 조반상 앞에 앉아 몇 숟가락 뜨는둥마는둥 하다가 물렀다.

약간 술렁술렁 하긴 했으나 직장은 여느 날과 다름이 없었다. 모두들 제 자리에 앉아 집무를 하고 있는데 얼마 되지 않아서 젊은이들의 대열이 중앙청 안으로 밀려드는 것이었다.

문오는 데모에 참가한다던 세 아이를 찾아내려고 목을 길게 빼어 대열 속을 살펴 보았다. 그것은 끝없이 이어간 창창한 수림(樹林)과도 같고 출렁이는 강물과도 같은 것이어서 어느 하나하나를 찾아 낼 수는 없었다. 온통 한 덩어리로 되어 있었다. 팔과 팔은 스크람을 짜고 있었다.

문오가 한발 두발 내디디었다. 처음엔 천천히 옮겨놓았다. 끝 없이 이어간 창창한 수림이 가까와 질 수록, 출렁이는 강물이 가까와 올 수록 문오는 발을 재게 놀렸다. 달리고 있는 것이다. 달리는 것이 아니고 다이빙을 하는 것이다. 창창한 수림 속으로, 출렁이는 강물 속으로.

문오는 그들과 팔을 끼었다. 팔과 팔을 통해서 오고 가는 피, 그 뜨거운 피가 문오의 가슴 속으로 흘러들었다. 지난 날 동경시절에 흘러들던 것처럼.

그들의 대열이 경무대 앞으로 올려 벋었을 때 총탄이 마구 쏟아지고 젊은이들이 피를 쏟으며 쓰러졌다. 팔과 팔을 통해서 오고 가던 피였다. 김이 무럭무럭 나는 뜨거운 피였다.

“나를 쏘아라. 나를 쏘아라.”

문오가 끝내 소리를 마구 질렀다. 그는 완전히 발광 상태에 이르렀다.

문오가 의식을 회복했을 땐 이튿 날 밤이었다. S병원 베드 위에 누어 있었다.

문오는 뜨겁고 무거운 것이 목 줄기를 내려 누르던 것만 생각날 뿐 그 뒤의 일은 전연 몰랐다.

문오가 깨어나자 제일 먼저 민이 '아버지'를 불렀다. 다음으로 금아, 홍기, 문희가 제각기 불렀다. 문희는, 그 놈의 새끼들 웬술, 어억케 갚느냐고 소리소리 질렀다. 홍기가 다른 부상자에게 방해된다고 제지하지 않았더면 문희는 더 계속했을 것이다.

"너희들은 다 무사했더냐?"

"네."

일제히 그들은 대꾸해주었다.

"다행이다. 다행이다."

문오는 연거푸 뇌었다. 이 때처럼 다행하다고 생각해 본 일이 없었다.

출혈이 심했던 탓으로 문오는 점점 기울어져가고 있었다.

"금아야. 네 소원이 뭐이지?"

옆에서 떠나지 않는 금아에게 문오가 물었다. 민도, 홍기도 없는 때였다.

"아저씨 그런 건 왜 갑자기 물으세요?"

금아가 불안한 어조로 되받았다.

"알구싶구나."

"소원이야. 많죠."

"두가지만 말해 봐라."

"첫째가 엄말 만나는 거예요."

한참만에 금아가 대답했다.

"또."

"남북통일. 아빠랑 외삼촌같이 죽는 일 없이 용빈 아저씨랑 다시 만나는 거예요⋯⋯."

"용빈은 벌써 죽었어. 사형 됐어."

"네에?"

문오가 비로소 알려주는 하용빈의 죽음을 듣게 된 금아는 숨을 들이그었다.

"아저씬 오래오래 사세야 해요. 네? 그래야 저희들 외롭잖을 거 안예요?"

금아가 문오 어깨를 흔들어댔다. 금방 죽어가기라도 하는 것처럼.

"넌 인제부턴 외롭지 않을 거야. 연애를 하구 결혼을 할 테니까."

그때 문오는 병원 마당에 벋어 올라가는 넝쿨풀을 내다보고 있었다.

"죽는 것두 나쁘지 않은 일이야."

문오는 넝쿨풀에서 눈을 돌리지 않고 혼잣소리로 중얼거렸다.

"안예요. 죽는 건 싫어요. 영원히 떠나는 거니까."

"그래. 알았어."

오월의 햇빛을 받은 넝쿨풀은 그 사이에도 자꾸 벋어 올라가고 있는 듯이 보였다. 떡 잎은 떨어져가고 있었다.

2

문오가 운명하기 며칠 전 옥주여사가 문오의 병실을 찾아 왔다. 그때 오경배가 와 있었다. 오경배는 문오와 옥주여사의 사이를 전연 모르고 있었다. 다른 이야기는 다 알리면서도 옥주여사와의 관계만은 문오가 말하지 않았다. 어느 때 어디서 생각해도 불유쾌한 기억인 탓이었다.

옥주여사는 병원 계시판에 쓰인 문오의 이름을 발견하고 들어와 보았노라고 말했다. 그의 아들도 4·19의거 때 부상을 당했는데 그동안 점점 더쳐서 다리 한쪽을 절단했다는 말을 했다. 그 아이가 중강아지를 말타듯 타고 앉아 '이랴 이랴' 하던 그 아이의 어릴 적 모습을 문오는 떠올렸다.

"동명이인인 줄 알았더니 강선생님이었군요?"

옥주여사는 이런 말을 두번이나 뇌였다.

문오는 옥주여사에게 적위대 사설 감방에서 만난 '느린보'와 여기 넘어와 있는 문수군의 소식을 들려주며 그들이 옥주여사를 잊지 않고 있더라는 말을 일

러주기도 했다. 옥주여사는 핼쑥한 얼굴에 화기를 돋구며

"언제 만나 뵈올 기회라도 있었으면."

하고 나직히 말했다.

문오는 '느린보'의 죽음은 말해주지 않았다.

옥주여사가 돌아 간 뒤에 문오의 의식이 갑자기 흐려지기 시작했다. 눈치를 챈 오경배가 뭣을 먹지 않겠느냐고 말을 시켰을 때, 문오는 대꾸를 못할만큼 되었다.

"이 사람아 자네 왜 이러는가? 힘을 내라구 응 힘을."

오경배가 문오를 흔들었으나 문오는 눈을 스르르 감았다.

"이 사람아 문오군. 자네마저 죽으면 너무하잖아. 나만 혼자 남으란 말인가? 문오군."

문오가 죽어가는 줄 알고 오경배는 엉엉 울음을 터뜨렸다. 이 소리에 저 쪽에서 먹을 것을 준비하던 문희가 달려 왔다.

"오라반, 남북통일하는 것도 못 보고 이게 웬일입니까? 도흔 세상도 채 못보고…… 오라반마저 죽어가서야 될 말입네까? 오라반, 정신을 채리시라요."

문오는 이튿날 정오(正午), 싸이렌 소리를 들으면서 운명(殞命)을 했다. 그 장소에 문수군도 와 있었다. 문오의 죽음을 예측한 오경배가 이끌고 온 것이다.

"이사람 문오군. 이게 도대체 무슨 꼴인가? 세상이 바루 설지 삐뚜루 설지 보기라도 해야 할게 아니겠는가?"

문수군은 운명하는 문오를 노려보며 싸우려는 듯 대어들었다.

"오라반, 끝내 죽고 맙네까? 이르캐 죽을 바엔 북반부에서 죽을 일이지 왜기 넘어와서 죽을께 멤네까?"

문희는 이런 소리만 되풀이해가며 통곡을 했다. 아이들은 울지 않았다. 그들은 셋이 다 주먹을 부르쥐고 불이 뚝뚝 떨어지는 눈으로 문오의 죽음을 묵묵히 지키고 있었다.

문오는 죽는다고 생각지 않았다. 창창한 수림 속으로, 출렁이는 강물 속으로 뛰어들어간다고 의식하고 있었다.

길은 환히 트여 있었고 길 좌우엔 넝쿨풀들이 쭉쭉 벋어 올라가고 있었다. 넝쿨풀은 오월의 햇빛을 받아 자꾸 벋어 올라가고만 있었다. 스크람을 짠 팔과 팔에 뜻뜻한 피가 오고 가고, 그 피는 또 가슴 속으로도 흘러들었다.

맨 앞줄에 서 있는 금아와 민이 나팔을 불고 있었다. 저편 쪽에서 채희가 춤을 추듯 달려오고 있었다.

1964.2.20

발문(跋文)

이 『인간사(人間史)』가 끝나기까지 4년 넘어의 세월이 걸렸다. 『사상계(思想界)』지(誌)에 실리다가 중단(中斷)된 뒤로는 발표(發表)되었던 것과 쓰던 중이던 원고(原稿)뭉치를 보자기에 싼 채로 벽장 속에 쳐박았다. 벽장문을 열 일이 있어 열게되는 경우마다 원고보퉁이가 나를 꿈틀꿈틀하게 했던 것이다. 빈혈(貧血)로 잘 쓰러지던 때여서 더했던 것 같다. 그 뒤에 구백장(九百張) 가까운 것을 『신사조(新思潮)』지에 실려서 잘 됐건 못 됐건 끝을 맺게 되었고, 첫발을 내딛는 출판부(出版部)에서 책까지 내어주게 되었다. 비지발없이 학대(虐待)받던 물건이어서 사모치게 고마와 진다.

이 작품(作品)에서 나는 우리가 지나온 30여 년간의 역사(歷史)를 이야기해 보려고 했다. 30여년의 세월 속을 이렇게도, 저렇게도 살아 온 인간(人間)들을 그려보려고 했다. 오직 하나의 적(敵)과 맞서던 그 인간들이 일제(日帝)의 사슬에서 풀리면서 뿔뿔이 흩어지고 삼팔선(三八線)이 가로 놓인 남(南)과 또 북(北)에, 너는 나의 적이 되며 나는 너의 적이 되어 동포(同胞), 한 혈족(血族)이 서로 맞서 있으면서 죽고 죽이고 하는 과정(過程)을 그려보려고 했다.

1·4후퇴 당시(一·四後退當時), 국군(國軍)과 유엔군의 도움으로 북에서 넘어온, 내가 알고 있는 한 남성(男性)으로 해서 소설(小說)의 소재(素材)를 얻게 되었다. 그 남성은 지난 날의 애인(愛人)의 소식을 내게 물었다. 내가 모르노라고 대답했다. 얼마를 지난 뒤에 애인의 소식을 알고 왔노라고 그 남성은 내게 말해 주었다. 나는 그때 어느 벽촌 초라한 집에서 늙어가고 있는 그의 애인의 모습을 떠올렸다. 옛날과 같이 화려하지 못할 그 남성의 애인을, 잔해(殘骸)만이 남아

있을 애인의 모습을 떠올렸다.

그렇다고 「인간사」가 그 남성과 그의 애인의 행적(行跡) 그대로라곤, 말하지 않는다. 그 사람들의 행적과는 아주 다르다. 그러면서 그 사람들의 행적 같이 쓰여진 것이 이 「인간사」다.

어느 한 때의 풍조(風潮)에 완전히 휩쓸려 본 일이 없었던 나로선 소재를 소화(消化)시키기에 벅찼으나 다행히 그런 풍조에 휩쓸렸던 인물(人物)들과 함께 감옥(監獄)에 들어갔고 재판(裁判)을 받아보아서 어느 정도(程度)의 밑받침 되었다.

해방(解放) 뒤의 북쪽 사정(事情)에 어두웠던 내게 힘이 되어주신 평안남도도청(平安南道道廳)의 여러분과 오영진(吳永鎭), 김이협(金履浹), 천관우(千寬宇), 정진숙(鄭鎭肅), 조풍연(趙豐衍), 윤석중(尹石重), 여러분의 도움도 적지 않았음을 밝혀 두고 「인간사」가 책이되어 나오는 데 힘을 기울여 주신 전진(全震) 사장(社長)과 박용근씨(朴庸根氏)에게 깊이 사의(謝意)를 표(表)한다.

교정(校正)을 보아준 오영순양(吳英順孃)의 노고(勞苦)도 잊지 않는다.

잔해(殘骸)의 목격

손유경

1. 『인간사』의 출간 전후

카프 신건설사 사건 당시 투옥되었던 유일한 여성 문인. 친일과 부역의 경력이 공식적으로 인정된 작가. 납북 인사인 김동환을 남편으로 두었던 소위 '전후 미망인'으로 한국전쟁 당시 종군작가단 극단에서 활동한 배우. 최정희(1906~1990)의 이 짧은 이력을 보면 김승옥의 말마따나 인간은 다면체라는 것이 실감난다.[1] 그럼에도 최정희에 관한 기왕의 연구들은 크게 보아 식민지 시기, 특히 일제 말기에 두드러졌던 작가의 천부적 여성성 및 모성관을 논의의 전제로 삼거나 그것을 입증하는 방향으로 수렴되어 온 것이 사실이다. 최정희가 한국전쟁 이후에 발표한 문제작들이 비중 있게 다루어진 것은 비교적 최근의 일이다.[2] 염상섭(1897~1963)이

---

1 "(…) 무수한 면을 가진, 아아 사람은 다면체였던 것이다." 김승옥, 「생명연습」, 『한국일보』 신춘문예, 1962: 『무진기행 – 김승옥 소설 전집 1』, 문학동네, 2009, 47쪽.

2 이병순, 「최정희 소설에 나타난 전쟁의 의미」, 『한국사상과 문화』 50, 한국사상과 문화학회, 2009; 최정아, 「최정희의 『녹색의 문』에 나타난 여성 정체성 탐구 양상」, 『현대소설연구』 44, 한국현대소설학회, 2010; 김복순, 「"나는 여자다" – 방법으로서의 젠더」, 소명출판, 2012; 허윤, 「기억의 탈역사화와 사이의 정치학 – 최정희의 『녹색의 문』 연작을 중심으로」, 『한국문화연구』 28, 이화여대 한국문화연구원, 2015; 오태영, 「전후 남성성 회복

나 최정희처럼 식민지 시기에 등단해 해방 이후에도 창작을 지속한 경우가 그 자체로 특기할 만한 사례로 여겨지는 것은, 한국전쟁을 전후한 시기 월북하거나 납북된 수많은 문인들의 비극적 운명 탓이다. '다면체'의 작가 최정희는 4 · 19 혁명 직후 바로 그런 인물들의 운명을 그린 장편소설 『인간사』를 연재하기 시작한다. 4 · 19라는 역사적 순간에 최정희는 과연 어떤 포즈를 취했을까? 시대의 높은 파고에 좌초되는 법 없이 풍랑에서 스스로 헤쳐 나온 최정희는 '인간의 역사'라는 화두를 어떤 깊이와 스펙트럼의 문학적 상상력으로 소화했을까? 이 글은 이러한 질문에서 출발한다.

4 · 19 혁명이 거둔 최대의 문학적 결실이 최인훈의 『광장』이라는 것은 주지의 사실이다. 작품 발표까지의 드라마틱한 과정 자체가 『광장』이라는 텍스트의 아우라를 형성하고 있다는 점도 널리 알려진 바다. 이와는 조금 다른 맥락이지만 최정희의 『인간사』 역시 완성까지 우여곡절을 많이 겪은 작품으로, 그 배경을 검토하는 작업이 『인간사』라는 텍스트의 독법을 좌우하는 데 적지 않은 역할을 한다.

『사상계』 1960년 8월호에 연재 첫 회가 실린 최정희의 『인간사』는 일제 말기부터 1960년 4 · 19 혁명에 이르기까지의 긴 한국 현대사를 시간적 배경으로 삼은 소설이다. 이 작품에서는 해방에서 4 · 19에 이르는 격랑의 시대상이 파노라마처럼 펼쳐진다. 『사상계』 편집위원들이 모두 1920년을 전후해 출생하여 "'친일'과 같은 오명을 전력으로 가지지 않은 이들"[3]이었음을 감안한다면, 사상계 측이 친일 경력이 있는 최정희를 황순원과 함께 4 · 19 직후의 첫 장편 연재 작가로 낙점한 것은 다소 의외의 결정으로 보인다. 월북하거나 납북된 저명인사가 총출동하는 일제 말기부터 4 · 19까지의 역사를 다루겠다는 작가의 기획이 대단히 시의적절하며 야심만만하다고 편집부는 판단했던 듯하다.

황순원씨의 「나무들 비탈에 서다」가 지난 7월호로 결미를 맺고 그 단행본이 방

<hr>

과 여성 욕망의 금기」, 『인문논총』 75(1), 서울대학교 인문학연구원, 2018.
3 김건우, 『사상계와 1950년대 문학』, 소명출판, 2003, 153쪽.

금 본사출판부간(本社出版部刊)으로 상재중(上梓中)이거니와 8월호부터 최정희씨의 「人間史」를 연재한다. 일제말기부터 8·15, 6·25를 거쳐 이번의 4·19까지에 이르는 동안의 시간을 역사적 배경으로 하고 월북·납북인사를 포함한 저명 문단인들이 이름만 바꾸어 그대로 등장되리라 한다. 준비 기간이 2년여나 걸려 힘을 들인 본격 장편이다.[4](강조–인용자. 이하 강조는 모두 인용자의 것임)

그러나 『사상계』 측과 작가 사이의 갈등으로 『사상계』 연재는 1960년 12월호로 끝나고[5] 이로부터 약 3년 후인 1963년 11월 『신사조』로 옮겨 연재가 재개되었다가 이듬해 3월 종료된다. 『신사조』에서는 『인간사』를 "최정희 작가 필생의 역작"으로 특기하면서 『사상계』에 실렸던 지난 이야기 요약과 다시 연재에 임하는 작가의 말, 편집자의 소개말 등을 소상히 기록했다. 화가 김세종이 삽화를 담당했다. "문단의 중진인 최정희선생이 심혈을 기울이는 이 역작의 단절을 애석히 여기는 凡지식인의 여론에 호응"하여 "完結連載"를 하기로 결정했다는 편집부의 소개말에 이어[6] 최정희는 「작자의 말」에서 『인간사』 연재 중단 이후 자신이 근 4년 동안 소설을 쓰지 못했다고 밝혔는데, 그것이 『인간사』 연재 중단의 여파인지 아니면 『인간사』 집필 자체에 워낙 심혈을 기울인 탓인지 단언하기는 어렵다. 요컨대 출간 이전부터 문단의 비상한 주목을 받았던 『인간사』는, 작가의 말대로 "푸대접을 받은"[7] 채로 『사상계』 연재 중단 사태를 맞이했다가, 다시금 '범지식인'의 관심 속에

---

4 「編輯後記」, 『사상계』 85, 1960. 8, 428쪽.

5 "『사상계』 사와의 처음 약속은 매회 200장씩 5회로서 끝내기로 되어 있었으나 내 쪽에서 약속대로 이행하지 못했다. 여니 다른 약속과는 달라서 또박또박 지켜지지 않았다. 상대편에서도 그것쯤은 알아주리라고 믿었는데 그렇지가 못했다." 최정희, 「작자의 말」, 『신사조』 20, 1963. 11, 351쪽. 연재를 시작할 즈음 이미 최정희의 건강은 매우 안 좋은 상태였는데, 1957년 노천명이 타계한 이후 최정희는 반신마비 증세를 겪는 등 한동안 병고에 시달린다. 서영은, 『강물의 끝－전기·소설 최정희』, 문학사상사, 1984, 126~127쪽. 최정희와 『사상계』 측의 상이한 입장과 그로 인해 빚어진 불화에 관한 자세한 내용은 박죽심, 『최정희 문학 연구』, 중앙대 박사논문, 2010, 194~196쪽 및 김복순, 앞의 책, 55~57쪽 참조.

6 「소개의 말씀」, 『신사조』 20, 1963. 11, 347쪽.

7 최정희, 「작자의 말」, 같은 면.

서 다른 지면에서 연재 재개가 결정되는 등 복잡한 사연을 남기며 세상에 나왔던 것이다. 연재가 완결되자마자 신사조사는 1964년에 단행본『인간사』를 발간한다. 위의 사정들을 보건대, 작가 자신이 작품에 대해 갖는 애정이 워낙 컸고 납북, 월북, 월남한 실존 문인들이 소설에 등장한다는 점에 많은 문인들이 촉각을 곤두세웠던 듯하다. 아래 인용문을 보자.

> 1·4후퇴 당시, 국군과 유엔군의 도움으로 北에서 넘어온, 내가 알고 있는 한 남성으로 해서 소설의 소재를 얻게 되었다. 그 남성은 지난날의 애인의 소식을 내게 물었다. 내가 모르노라고 대답했다. 얼마를 지난 뒤에 애인의 소식을 알고 왔노라고 그 남성은 내게 말해주었다. 나는 그때 어느 벽촌 초라한 집에서 늙어가고 있는 그의 애인의 모습을 떠올렸다. 옛날과 같이 화려하지 못할 그 남성의 애인을, 잔해만이 남아 있을 애인의 모습을 떠올렸다.
>
> 그렇다고「인간사」가 그 남성과 그의 애인의 행적 그대로라곤, 말하지 않는다. 그 사람들의 행적과는 아주 다르다. 그러면서 그 사람들의 행적 같이 쓰여진 것이 이「인간사」다.[8]

작가가 "국군과 유엔군의 도움으로 北에서 넘어온, 내가 알고 있는 한 남성"이라 칭한 인물은 다름 아닌 지하련의 남편 임화이다. 절친한 벗이었던 지하련에게 보내는 편지 형식의 글에서 최정희는 "6·25사변 때 서울에 오신 부군을 문학가 동맹 정문 앞에서 만나 뵙고 당신의 안부를 물었"[9]다고 술회한 바 있고, 무엇보다도 지하련-임화 부부를 모델로 한 소설「인맥」(1940)의 남자 주인공 허윤이『인간사』에 같은 이름으로 다시 등장한다는 점이 이러한 추측을 가능케 한다.『인간사』에서 신병을 앓고 있는 좌익 인사 허윤이 임화를 모델로 하고 있다면, 허윤의 동경시절 동지 마채균은 이북만을, 마채균의 여동생 마채희는 이귀례의 중요한 특질들을 각각 구현한다. 물론 이북만-이귀례 남매의 해방 후 행적을 좇았던 정영진

8　최정희,「跋文」,『人間史』, 신사조사, 1964, 404~405쪽. 이하 본문에서는『최정희 소설 전집 5 - 인간사』에서 인용 면수만 표기한다.

9　최정희,「옛벗 지하련 보오」,『젊은 날의 증언』, 육민사, 1963, 43쪽.

의 책에 의거한다면 『인간사』에서 그려지는 마채균-마채희의 삶이 실존 인물을 그대로 본떴다고 보기는 어렵다.[10]

중요한 것은, 각 등장인물이 실존 인물에 얼마나 가깝게 그려졌느냐의 여부가 아니다. 최정희가 일제 말기에 지하련 부부를 소재로 소설을 썼다는 점을 감안하면, 『인간사』에 실존 인물이 등장한다는 사실 자체가 새삼 놀라운 것도 아니다. 그러나 거꾸로 말해 『인간사』는 실존 인물을 입력해야만 비로소 풀리는 암호를 곳곳에 숨겨 놓은 텍스트이다. 단적으로, 소설 중반에 사라졌다가 말미에 이르러 짧게 다시 등장하는 마채희라는 존재의 미스터리는 이귀례-임화의 삶에 착안해 인간사 설계를 꾀한 작가 최정희의 의중을 헤아릴 때에라야 비로소 풀린다는 점에서 실명 참조가 필수적이다. 『인간사』의 주인공 강문오는 다름 아닌 마채희-허윤(이귀례-임화)이 상징하는 '동경 시절'의 환영에서 끝내 벗어나지 못하는 인물로 그려진다. 강문오는 왜 끝내 동경 시절의 주술에서 풀려나지 못하는가? 그는 왜 평생토록 마채희-허윤(이귀례-임화)이라는 존재에 휘둘리는가? 강문오로 하여금 소설 마지막에 이르러 마채희의 잔해와 마주치게 하는 작가의 의도는 무엇인가? 이 글의 논의는 이런 의문들을 풀어나가는 방식으로 진행될 것이다.

최정희가 『인간사』에서 시도한 것은 자기 인생의 결산이자 한국 현대사의 결산이다. 이 글이 주목하는 것은 이 결산의 과정에 작가가 이귀례-임화 모델을 차용했다는 점이며, 이 모델이 중요한 이유는 그들이 실존 인물이기 때문이 아니라 거기에 지하련이 아니라 이귀례가 들어섰기 때문이다. 사라진 '지하련'이 아니라 남은 '이귀례'를 통해서밖에는 도저히 드러낼 수 없는 대한민국의 환부(患部)와 치부(恥部)를 작가 최정희는 장편소설 『인간사』에서 조명한다. 월북한 좌익계 문인 임화를 상기시키는 인물이 전면에 등장하는 소설이 『사상계』 지면에 연재될 수 있었다는 것은, 월북하는 청년 이명준을 등장시킨 『광장』의 출간만큼이나 문단의 센세이션을 불러일으키는 사건이었을 터이나 위에서 살펴본 바대로 연재 종료까지 3

---

10   정영진, 『바람이여 전하라』, 푸른사상사, 2002와 정영진, 「지하련의 삶과 문학」, 서정자 편, 『지하련 전집』, 푸른사상사, 2004에 기록된 내용을 참조하였다.

년이나 걸리는 바람에 『인간사』의 시의성과 문제성은 급속히 사라지고 말았던 듯하다. 이에 이 글은 친일 전향자들을 합리화하는 반공주의 서사"라는 규정으로 회수되지 않는 『인간사』의 새로운 면모를 구명함으로써 이 작품이 갖는 1960년대 문학으로서의 의의와 그 현재성을 밝히고자 한다.

2. '동경 시절'의 환영과 유령

『인간사』의 주인공 강문오는 "일본땅에서 잡혀서 거기서 삼년 동안이나 감옥살이를 하고 나온"(13쪽) 왕년의 사회주의자로, 출옥 즉시 일본에서 추방당한 그가 경성에서 병을 앓고 있는 동지 허윤의 집을 방문하는 것으로 소설은 시작된다. 흥미로운 것은, 서사 전체를 관통하는 '동경 시절'의 기억이 반복적으로 회귀하며 강문오의 육체와 정신을 사로잡는다는 것이다. 이러한 양상은 후반부로 갈수록 더 두드러지는데, 소설 마지막 장면에서 문오가 4·19 시위대에 휩쓸렸다가 총탄에 희생된 것도 동지들과 뜨거운 피를 나누었던 동경 시절의 기억으로 그가 속절없이 빨려 들어갔기 때문이다. 문오와 그 주변 인물들의 일생을 지탱하는 것은, 생각만 해도 가슴이 뜨거워지는 동경 시절의 동지애와 그때 들끓었던 연애의 감정, 시기, 질투, 배신감 등이다. 카프 전주사건에 휘말려 옥고를 치르고 난 후 처음 써낸 「흉가」(1937)를 자신의 실질적 첫 작품으로 꼽았던 최정희에게 1930년대 중후반기가 갖는 일종의 원형으로서의 의미를 고려하면, 동경에서 막 출소한 강문오와 그 주변의 좌익 인사들이 최정희가 구상한 인간사의 중심에 서 있다는 것은 오히려 자연스러워 보인다. 최정희에게 1930년대 중후반이 문학 경력의 결정적 모

11　본격적인 최정희론을 집필한 김복순은 『인간사』가 전향자 및 친일자에게 면죄부를 부여하는 "불순한 의도"로 집필된 소설이라고 혹평한 바 있다(김복순, 앞의 책, 194~219쪽). 필자는 위 지적에 부분적으로 동의하나, 주인공 강문오와 그의 친구인 친일파 오경배를 작가 최정희가 "무한 포용의 논리로 용서하며 인도주의적으로 처리"하였는지는 의문의 여지가 있으며, 무엇보다 강문오와 오경배가 전향한 친일지식인으로 비중 있게 그려진다는 사실 자체가 이들의 행위를 합리화하려는 작가의 의도를 드러내는 것은 아니라고 판단하였다.

멘트였듯, 그가 창조한 인간사 속 등장인물의 사상과 감정 또한 1930년대 동경 시절에 닻을 내리고 있음이 흥미롭다.[12]

일본 동경에 본부를 둔 좌익계 청년 조직 〈청년동지회〉의 조선지부 총책인 허윤은, 동경 시절의 또 다른 동지 마채균의 누이 마채희와 결혼하여 금아를 낳았는데, 병석에 누워 있는 허윤을 대신하여 돈을 벌고 살림살이를 도맡아 하는 채희의 고생은 이만저만이 아니다. 채희가 좌익 인사인 남편의 병수발을 들며 금아를 기른다거나, 장안백화점 레코드 판매부에 취직했다가 수백 장의 레코드를 사는 갑부 서상춘과 결혼한 후 경북 어느 작은 촌에서 비참한 말년을 보내게 되었다는 『인간사』의 설정은, 폐결핵에 걸린 임화 곁에서 홀로 아이를 키우며 종로 산구(山口)악기점 점원 노릇을 하다가 임화와 헤어진 후 경남 김해 진영읍의 갑부 김씨와 재혼하여 한국전쟁 중 장애를 입은 그와 여생을 보냈던 이귀례의 삶과 나란히 겹쳐진다.[13] 허윤-마채균-마채희가 임화-이북만-이귀례를 상기시킨다면, 주인공 강문오는 비록 성별은 다르지만 작가 최정희의 생애를 떠오르게 하는 면을 꽤 갖추고 있다. 쉽사리 주색에 빠지는 문오의 기질을 논외로 한다면, 이북 출신, 투옥, 전향, 친일, 운동경기 관람 중 한국전쟁 발발, 피난, 전시 학살현장 목격, 4·19 시위 참가 등 최정희가 그의 문학적 자서 『젊은 날의 증언』(1963)에서 직접 밝힌 중요한 개인사의 장면들을 문오는 소설 무대에서 그대로 상연한다. 정리하자면, 주요 인물군만 놓고 볼 때 마채희와-이귀례의 유사성이 가장 높고 허윤과-임화 및 마채균-이북만이 그 다음이며 강문오는 작가 최정희의 성(性)이 다른 페르소나일 가능성이 높다.

동경 시절의 동지들이 "지나치게 사랑"(30쪽)했던, 그래서 허윤과 결혼하는 바

---

12 작가 최정희에게 식민지 시기가 갖는 의미가 얼마나 컸는가에 관해서는 박죽심, 앞의 논문, 197~198쪽 참조. 한편 허윤에 따르면 최정희의 『녹색의 문』 연작(1959)은 행복한 식민지의 기억과 불행한 현재의 기억을 대립시키는 구도로 전개되는데, 이를 허윤은 반공-반일의 국가 서사에 포섭되지 않는 최정희 개인의 서사화 전략으로 해석하였다. 허윤, 앞의 글. 박죽심과 허윤은 해방 이후 최정희가 식민지시기를 어떻게 재구성하였는가에 주목했다는 점에서 이 글의 문제의식과 상통하는 면이 있다.

13 정영진, 앞의 책, 157~159쪽, 220~237쪽.

람에 문오를 포함한 주변 사람 모두를 충격과 실의에 빠뜨렸던 채희는 "비(非)투사적 음향"(29쪽)으로 불리는 독특한 비성(鼻聲)의 소유자이다. 새가 새로운 나뭇가지를 찾아 날아가듯 허윤에서 강문오로, 다시 갑부 서상춘으로 짝을 바꾸어 가며 살아가는 채희는, 문오를 일생 동안 사로잡은 동경 시절의 환영이 세속적 버전으로 체화된 인물이다. 문오는 대오에서 이탈해 혼자가 되거나 리더의 신임 혹은 편애를 받지 못하는 상황을 견디지 못하는 인물이다. 뭐든 '같이 하자'고 제안하는 존재에게 자동적으로 이끌리며 의존할 뿐 아니라, '옛날' '동지' '우리' '함께'와 같은 어휘에 매우 취약하며, 채희의 "몸뚱아리"에 대한 과도한 집착을 바탕으로 그것에 통제력을 발휘함으로써 무른 자아를 단단하게 해 볼 방도를 찾으려 한다. 문오가 일생 동안 가장 두려워한 것은 자기 혼자 외톨이가 되는 것이다. 그가, 비록 휴머니스트이긴 하나 전형적 친일파인 오경배 주변을 맴도는 것도, 채희의 육체에 대한 소유욕을 불태우면서 그녀에게 집착하는 것도, 따지고 보면 모두 혼자가 되지 않으려는 몸부림인 것이다. "채희의 전부를 차지"하고 보니 "하용빈두 허윤두 발 밑에 밟고 선 기분"(64쪽)이라며 한껏 들떴던 문오에게는 채희를 차지하기 위해 버티는 것만이 "그의 유일한 사상(?)"(102쪽)일 정도였다. 〈청년동지회〉 사건으로 투옥되었다가 출소한 그가 무능력하고 폭력적인 행태를 보이자 채희는 문오를 떠나는데, 채희를 잃은 문오는 폐인이 되다시피 한다.

그러던 중 평양에서 열리는 C씨의 시국강연회 사회자로 문오가 지목되는 일이 발생한다. 이 틈에 그는 서울을 떠나 평양에 있는 모친 집에 들렀다가 강제징용을 피해 청암사로 피신한다. 그곳에서 채희의 옛 장안백화점 동료와 해후한 문오는 채희 이야기를 꺼내는 그녀에게 분노와 욕정을 느끼다가 그녀와 정사를 나눈 후 발작을 일으켜 혼수상태에 빠진다. 문오가 의식을 잃은 사이에 조선은 독립이 되고, 가까스로 깨어난 문오는 모친을 찾아 다시 평양으로 돌아오는데, 어머니는 이미 세상을 떠났고 소작인의 아들 장선기가 그의 집을 빼앗은 상태이다. "디주의 집을 푸로레타리아가 접수"(209쪽)했다는 장선기의 말이 상징하듯, 세상이 바뀌었던 것이다. 소련군이 진주하는 평양에서 더는 살아갈 수 없다고 판단한 문오는 여동생 문희의 조언대로 월남을 결심하고, 그 사이 허윤이 "쏘련놈의 앞잡이"(215

최정희 소설 전집 **5**

쪽)가 되었다는 소식을 접한다. 구사일생으로 월남에 성공한 문오는 서울에서 금아, 오경배와 재회하는데, 남쪽 상황은 "총독부 자리엔 미군이 들앉아 우리나라를 다스리구 있다"(239쪽)는 오경배의 말로 압축된다. 그 사이 이북에서 반동으로 몰린 허윤은 월남을, 이남에 있던 채균과 하용빈은 각각 월북을 했다는 사실도 문오는 전해 듣는다.

　동경 시절의 좌익 활동, 체포, 전향, 평양행, 피신, 해방, 감금, 탈출, 월남 등으로 숨 가쁘게 이어지는 문오의 삶은 이제 소설 중반을 지나 한국전쟁기로 접어들게 된다. 이 과정에서 특히 주목되는 것은, 자신의 과거, 현재, 미래의 인생이 "허윤에게 휘둘리우"(245쪽)는 데 염증을 느낀다는 오경배의 말에 문오가 깊이 공감한다는 사실이다. "술에 취하면서 점점 더 다가드는 허윤의 환상"(237쪽)을 어찌할 도리가 없으며 "그의 머리 속엔 항상 허윤의 환상이 자리잡고 있는 탓"(242쪽)에 금아가 보고 싶어도 그쪽으로는 발도 옮기지 못했던 문오이다.

　요컨대 『인간사』의 강문오는 시도 때도 없이 엄습하는 채희에 대한 원망과 그리움, 머릿속을 떠나지 않는 허윤의 환상에서 일생 동안 벗어난 적이 없다. 허윤과 마채희는 문오로 하여금 뜨겁고도 찬란했던 동경 시절의 주술에 걸려들게 하는 장본인들인 셈이다. 마치 작가 최정희에게 지하련, 이귀례, 임화, 이북만 등이 '인간사'의 중추인 것처럼 말이다.

　이런 맥락에서, 강문오와 오경배가 소설 후반부에 행하는 애도 의식에 대해서도 달리 볼 여지가 생겨난다. 월북한 하용빈마저 간첩으로 몰려 사형되었다는 소식을 접한 문오와 경배는 남한에서 사형된 허윤, 마채균과 이북에서 처형된 하용빈 세 사람의 죽음을 기리는 소박한 의식을 인왕산에서 치른다. 문제의 이 장면에서 문오와 경배는 동경 시절 동지들의 죽음을 기리는 애도의 주체로 격상되는 한편으로[14] 허윤, 마채균, 하용빈이 쳐놓은 영혼의 그물에 꼼짝 없이 갇힌 나약한 존재들로 보인다는 데 주목할 필요가 있다.

14　김복순, 앞의 책, 209쪽.

"동경시절에 이렇게 깍찌를 꼈드랬지. 이렇게 팔과 팔을 끼구 나서면…… 그 무서운 일경두 무섭지 않았지. 그리구…… 우리들의 뜨거운 피는 서로 오고 가고 했드랬지……."

오경배는 문오와 팔을 꼈으니 넘어지거나 쓰러질 염려가 없다는 듯 험한 길임에도 불구하고 발을 함부로 내는 것이었다.

"야. 야. 인젠 그 소리 그만 해. 딱 질색이다."

문오도 발을 아무렇게나 내 밟았다. (중략)

"질색일 게 어딨어? 난 아까 허윤들의 위패를…… 여기다 넣어가지구 오면서 그들의 뜻뜻한 체온을 느꼈단…… 말이야. 동경시절에 느낀 것과…… 똑같은 말이야…."(319~320쪽)

문오가 평생 거기서 헤어나지 못했던 채희라는 존재가 그를 사로잡은 동경 시절의 환영(幻影)이라면, 문오와 경배가 일생 동안 휘둘렸다고 고백한 허윤과 그의 옛 동지들은 이들 주변을 떠나지 않는 동경 시절의 유령들인 셈이다. 이들의 몸은 지금을 살고 있지만 정신만은 영락없이 동경 시절에 사로잡혀 있다. 과거에 붙박인 문오와 경배는 현재를 살아나가지 못한다. 그래서 이들에게는 성장이 없다. 그만큼 이들은 허약하고, 이 허약한 존재들이 살아남아 이룬 나라가 다름 아닌 "썩어빠지는 대한민국"(314쪽)임을 『인간사』는 시사한다.

3. 목격자 되기의 전략

최정희의 성(性)이 다른 페르소나 강문오가 『인간사』에서 담당하는 중요한 역할의 하나는 목격자 되기이다. 여기서 잠시 최정희의 문학적 자서 『젊은 날의 증언』의 한 챕터를 떠올려 보자. "나는 이런 것을 보았다"라는 제목의 이 챕터는, 만세 시위 도중 헌병에게 총칼로 제압당하던 청년, "사람을 함부루 죽이는"(270쪽) 인민재판이 횡행하던 시기 어디론가 끌려가던 파인 김동환, 4 · 19 혁명 당시 경무대 앞에서 총에 맞아 쓰러진 한 학생을 보았던 작가의 기억들로 구성돼 있다. 국민방위병 사건으로 김윤근과 윤익헌 등이 사형당하는 모습을 지켜보았던 대구 피난

시절의 경험을 기록한 또 다른 글인 "사형집행광경"(224쪽)도 주목된다. 그 충격으로 최정희가 "샛노랗게 질려서"[15] 돌아왔다는 소문이 돌 정도로 위 사형 집행 광경은 작가의 영혼에 큰 흔적을 남긴 듯하다. 1년의 간극을 두고 출간된『젊은 날의 증언』과『인간사』는 1960년대에 이르러 본격적으로 작가 최정희가 스스로를 피로 물든 현대사의 목격자로 위치 지으려 했다는 사실을 암시한다.

　최정희의 이러한 자리 잡기(positioning)는 1950년대 중반 이후 본격화한 '증언으로서의 문학' 관련 논의를 환기한다. 이를테면『사상계』지면에 여러 차례 증언문학론을 개진한 김붕구는 한국전쟁의 참상을 직접 체험하거나 목격한 전후세대야말로 '목격자=증언자=작가'로서의 자격을 갖춘 증언문학의 적임자들임을 강조하였다.[16] 김붕구에 의하면 시대에 따라 요청되는 작가와 문학의 위상 및 기능은 다를 수밖에 없는데, 전후 한국 사회가 요구하는 것은 "고발, 傳言, 증언, 호소"로써 "끊임없이 독자를 일깨워 현실과 대면케 하며 인간에 관한 궁극적인 질문을 던져 이와 대결케 하는 문학"이다.[17] 김붕구의 위 글과 3개월의 간격을 두고『사상계』에 연재되기 시작한 최정희의『인간사』는 따라서 '증언으로서의 문학'이라는 당대의 의제와 어떤 식으로든 관련되었을 가능성이 크다. 박죽심은 최정희의 산문「난중일기」(1951)와 단편소설「수난의 장」(1955)에 나타난 최정희의 증언에 주목한 바 있는데, 전시 비도강파 문인으로 서울에 잔류했던 3개월간의 삶을 기록한 위 텍스트에서 박죽심이 발견한 것은 이북의 인민위원회와 남한 정부가 보인 폭력성이 결국은 서로 닮은꼴이라고 지적한 최정희의 균형 잡힌 비판적 인식이었다.[18]

　이런 맥락에서『인간사』를 읽을 때 눈에 띄는 점은 한국전쟁을 전후한 시기와

15　김동리의 편지, 위의 책, 자료 이미지에서 재인용.

16　김명훈에 따르면, 1950년대 중반 이후 박연희, 이진구, 정명환, 김붕구 등이 전개한 '증언으로서의 문학' 논의가 전후 한국문학의 흐름을 주도하게 되었는데, 과연 문학이 한국전쟁의 상처와 어떻게 관계 맺을 것인가의 문제가 이로써 심도 있게 다루어질 수 있었다. 김명훈,「김원일 소설에 나타난 '문학적 증언'의 미학과 윤리 연구」, 서울대 박사논문, 2018, 26~31쪽.

17　김붕구,「증언으로서의 문학」,『사상계』82, 1960. 5, 295~296쪽.

18　박죽심, 앞의 논문, 157~159쪽.

전쟁의 와중에 목격자로서의 문오의 역할이 부각된다는 사실이다. 먼저 그는 해방기 북한에 진주한 소련군과 공산주의자들의 만행을 목격한 후 월남을 감행한다. 남한에서는 단독정부 수립 이후 공포된 '반민자 처단법'이 "예상한 것과는 다르게"(255쪽) 친일파 오경배 일가 같은 돈 많은 '거물'은 그대로 두고 결국 "돈 없고 약한 자들만"(255쪽) 형무소에 가두는 결과를 초래했음도 목도한다. 피난지 대전에서 그가 오경배와 함께 "적색분자 박멸"에 혈안이 되어 날뛰는 대목은 특히 주목을 요한다. 대통령과 정부가 서울을 빠져 나간 후 한강 철교를 끊어버리자 "속았다는 불같은 분노"를 느끼던 서울 시민들이 "분노의 감정을 피워 볼 사이도 없이 도피의 길을 찾기에 전전긍긍할"(258쪽)하던 때, 대전으로 피난을 온 문오와 경배는 인민군 치하의 서울에서 가족들이 몰살을 당하고 있다는 소문에 전율하며 맹목적 복수심에 휩싸이게 된다. 그러다 둘은 "적색 분자들을 박멸하자"(259쪽)라는 구호에 취해 민간인 학살에 가담한다. 최정희의 산문 "사형집행광경"을 다분히 상기시키는 아래의 짧은 장면에서 문오는 냉담한 목격자에서 저돌적 행위 주체로, 마지막으로 무기력한 관조자로 시시각각 변해간다.

어느 날 문오와 오경배는 적색분자들을 처치하고 있는 현장을 목격했다. 문오나 오경배는 척척 죽어가는 그들을 웃으며 보아 갈 수 있으리라고 그 쯤 짐작했었다. 산 중턱으로 돌아가며 깊고 또 긴 구덩이가 파져 있었다. (중략)

어느 새에 엠·원이 그 소리와 소리 속을 탕탕 쏘았다. 그들은 소리를 채 못지르고 픽픽 쓰러졌다. 그들은 깊고 또 긴 구덩이 속으로 마치 흙덩이나 돌덩이 모양으로 떨어져 들어갔다. 떨어져 들어간 그들위에 곧 흙이 덮였다. (중략)

마지막으로 덮은 맨 위의 흙은 밟아야 했다. 되 살아날 것을 우려함이었다. 문오와 오경배도 들어섰다. 사람의 몸뚱이가 발 밑에 물끄덩물끄덩 밟히는 것이 감각되어 왔다. 끼륵끼륵 소리가 들려왔다. 채 죽지 않았다는 소리임에 틀림없었다. 치다가 다 못 친 소리임에 틀림없었다.

문오는 발을 문뜩 멈추었다. 눈을 부릅뜨고 밟고 섰는 오경배를 건너다 보았다. 문오의 하는 양에 눈치를 챈 오경배가 발을 우뚝 멈추고 문오를 보았다. 둘의 시선이 움직이지 않았다. 피차에 응시하고만 있었다.

"동경시대 땐 살뜰하기만 하던 조선 사람이었어, 그렇던 조선 사람을 왜 이렇게

최정희 소설 전집 **5**

죽여야…… 하나 말이다.”

오경배는 슬픈 듯이 말했다.

“자네두 그런 걸 생각하구 있었구나……. 자네두. 아무 말두 말자구. 아무 말두.”(259~260쪽)

위 대목에서 문오는 처음에 ‘적색 분자’들의 처형 광경을 웃으며 보리라 짐작할 만큼 비정한 목격자로 등장한다. 그러나 문오와 경배는 시체를 흙으로 덮는 일에 몰두하던 중 미처 죽지 않고 살아 꿈틀대는 누군가의 신음소리와, 발에 밟히는 물컹한 살의 느낌에 충격을 받고는 자신들의 끔찍한 행위에 대한 자의식이 솟아나면서 발을 멈추게 된다. 대전에서의 이 참혹한 경험은 이후 서사에서 간헐적으로 출몰하며 문오를 괴롭힌다. 심지어 발밑에서 뭔가가 밟히는 소리만 나도 소스라치게 놀라고, 밤이면 잠 속에서 때때로 “많은 죽음들에게 몰리는”(289쪽) 경험을 하게 된 것이다.

『인간사』의 후반부는 이처럼 그야말로 숨 막히는 월남과 월북, 피난, 수감 등의 고초를 겪다 소리 없이 스러지는 인간군상에 대한 참혹한 기록이다. 피난을 가지 못한 채 서울에 남아 있던 문오의 매부는 “대한민국 치안대”(273쪽)에게 총살을 당한다. 공산당을 피해 남반부로 넘어온, 문오의 여동생 문희 부부가 공산당으로 몰렸기 때문이다. 월남한 허윤은 서대문형무소에 갇혀 있다가 ‘거물급 국제스파이’ 사건으로 사형되고, 빨치산으로 잡힌 마채균은 전향을 거부함으로써 죽음을 택한다. 여기서 눈여겨 볼 점은, 허윤에게 사형이 구형되었다는 소식을 접한 순간의 문오의 심경이다. 그는 이때 동경 시절의 동지들이 “그저 뿔뿔이 흩어져 여기서도 저기서도 만판 잘 죽어간다”(278쪽)는 생각이 치밀어 오르는 경험을 하게 되는데 “대전 근방에서 시체를 밟”(278쪽)은 이후에 혹은 매부가 죽은 이후에 이런 생각이 “그 농도를 더 짙게 해주었던 것도 같”(278쪽)다고 스스로 여긴다. 하용빈을 포함한 월북한 옛 동지들은 간첩으로 몰려 이북에서 숙청당한다. 마침내 문오는 이래저래 여기서도 저기서도 죽어나가는 조선 사람의 모습을 “구경하자”(280쪽)거나 “이리 찢기고 저리 찢겨서, 네가 나의 적이 되고 내가 너의 적이 되어가는 꼬락서니를 보"(280쪽)자는, 냉정하고 자조적인 한 사람의 관조자가 되었다가, 아래와 같이 현실에 개탄하며 울분에 찬 상태가 되기도 한다.

> 다 죽어가는구나. 북쪽에서두, 남쪽에서두, 모두 죽어가는구나. 넘어가두 죽구 넘어와두 죽는구나. 우리는 어디로 가야 살겠느냐 말이다. 어디로 가야……."
> 문오 눈엔 퍼런 불이 커졌다.(315쪽)

멀고 가까운 이들이 차례로 죽어가는 과정에서 문오는 '만판 잘들 죽어나간다'며 자포자기의 상태로 조선인 전체의 운명을 조롱하고 저주한다. 이런 심리의 배경에는 살기 위한 어떤 몸부림도 허사로 돌아가는 비참한 현실에서 자신 또한 결코 벗어나지 못하리라는 공포와 절망이 드리워 있다. 국민을 속이고 이리저리 피신하는 데에 혈안이 된 "이승만 도당"(260쪽)에 대한 서울 시민들의 분노가 말해주듯, 문오의 마음에는 '나'를 보호해주지 않는 이 나라에 대한 원망과 울분이 가득하다. 죽음을 택한 마채균의 결단에 대해 문오는 채균이 "삶에 대한 권태증"(287쪽)을 느꼈을 것이라 간파한다.

이런 맥락에서 최정희가 옛 벗 지하련에게 1951년에 쓴 것으로 되어 있는 편지 한 구절이 떠오른다.

> 북에 끌려간 아버지의 낡은 옷자락에 얼굴을 파묻고 아버지를 부르며 흐느끼는 어린 자식이 이 남쪽 땅위에 무수히 있다는 사실을 알고 있겠지? (중략) 또 북에서 넘어온 사람들은 얼마나 많기에? 삼팔선을 넘어오다가 총에 맞아 쓰러진 어린 딸의 주검을 그대로 동댕이치고 와서 미쳐버린 어머니도 있다오. (중략) 비단 그들뿐이리오만은 모두 못살겠노라고 아우성치는 판국이지마는 북에서 못 살아서 넘어온 그들이 이래서야 될 말이오?
> 현욱! 무슨 요정을 내야 하지 않겠소? 이대로 가다간 다 죽을 판이오.[19]

---

19 최정희, 앞의 책, 43~44쪽.

『인간사』를 관통하는 핵심 정서는 전향자, 친일분자, 반공주의자를 합리화하려는 당사자의 절박함이 아니라, 다름 아닌 그들이 대한민국의 소위 주류로 살아남게 되는 참혹하고 어이없는 과정을 목격한 자의 신랄함이다. 삼팔선을 넘어가고 넘어온 이들이 대부분 죽어나가고 결국 돈 많은 친일파나 기회주의자가 대한민국의 적자(嫡子)로 자임하게 되는 상황을 그리는 작가의 시선은 따라서 다분히 염세적이기도 하다. 물론『인간사』가 오경배의 의리나 인간미를 지나치게 부각함으로써 전향자, 친일파에게 어느 정도 "면죄부를 부여"[20]하고 있음을 부인하기는 어렵다. 그러나 이 소설은, 작가 최정희의 생애가 바로 그러했듯, 친일적이라거나 반공주의적이라는 명쾌한 규정을 뒤트는 이질적 벡터를 내부에 간직하고 있음에 유념할 필요가 있다. 『인간사』는, 다만 생존하기 위해 작가가 해방기에 선택했던 반공주의가 한국전쟁을 거치면서 매우 핵심적인 소설적 기반으로 자리 잡게 되었다는 이데올로기적 평가의 자장[21]을 벗어난 텍스트로 보인다. 부패할 대로 부패한 해방기 남한 풍경과, 월북한 이들을 간첩으로 몰아 학살하는 북한 정권의 행태를 동시에 폭로한다는 점에서, 『인간사』는『광장』이 이룬 문학적 성취를 최정희 식으로 복기하는 텍스트로 새로이 기억될 만하다.[22]

결국 『인간사』의 주인공 강문오는, 목격자 되기라는 전략을 통해 해방 이후 남한 문학 장에 안착을 꾀한 작가 최정희의 분신인 셈이다. "나는 이런 것을 보았다"라는 문학적 자서의 한 챕터는, '나는 이런 것을 본 역사의 증인이다', 따라서 '역사의 증인으로 살아 있는 한 나는 계속 작가일 수 있다'는, 항변에 가까운 의지의 피력일 것이다. 이 항변에 귀 기울이게 되는 것은 작가 최정희가 증언하려 한 것이 다름 아닌 "넘어가두 죽구 넘어와두 죽는" 우리의 현실이었기 때문이다.

---

20 김복순, 앞의 책, 208쪽.

21 이병순, 앞의 글, 156쪽.

22 박죽심은 1960년 벽두를 장식한『광장』을『인간사』와 비교해볼 수 있다는 점을 작은 에피소드처럼 지적한 바 있다. 박죽심, 앞의 논문, 197쪽.

4. 목격자의 죽음과 대한민국이라는 잔해(殘骸)

이제 남은 문제는 강문오의 '목격자 되기'라는 위의 서사가 왜 '마채희 찾기'라는 또 하나의 서사를 동반하고 있느냐는 점이다. 채희가 무능력하고 폭력적인 문오 곁을 떠나 소설 무대에서 사라지는 것은 서사의 전반부에 해당하는 일제 말기로, 이후 그녀는 자신을 원망하거나 그리워하는 문오의 기억 속에 이따금씩 출몰하다가 소설 막바지에 이르러 그녀의 행방을 우연히 알아낸 문오와 짧게 재회한다. 십여 년 만의 이 해후를 어떻게 해석할 것인가? 서사가 마무리되는 시점에 이루어진 채희의 재등장은 무엇을 뜻하는가?

마채희라는 인물의 미스터리는 그녀가 마치 아무것도 표상하지 않으나 생산하며, 아무 것도 의미하지 않으나 작동하는 무의식처럼 보인다는 데 있다.[23] 정작 채희 자신은 일찌감치 비가시적 존재가 되지만 그녀는 자신을 사랑한 남성(들)과 자신이 낳은 아이들의 이야기로 『인간사』 전체를 작동시킨다.[24] 허윤과는 금아를, 강문오와는 민을, 그리고 서상춘과는 몸이 아픈 세 아이를 각각 낳은 채희는 중반 이후 서사에서 사라지는 듯하지만 실제로는 문오의 삶에 지속적으로 개입하며, 무엇보다도 남은 아이들의 존재로 인해 『인간사』의 무대로 빈번히 호출된다. 그런 점에서 채희의 재등장은 겉보기와 달리 우연이라기보다는 서사적 필연에 가깝다. 허윤과 문오의 곁을 차례로 떠난 후 그녀가 낳은 아이들을 보살피는 것은 문오이다. 흥미로운 점은, 허윤-채희의 아이인 금아를 향한 문오의 애정이 놀랍도록 일관되게 지속된다는 것이다. 태평양전쟁의 전운이 감도는 시기 근교 사찰로 피신

---

23 프로이트의 정신분석학이 욕망을 성욕화하고 엄마-아빠-나의 외디푸스적 가족삼각형 안에 가둘 뿐 아니라 무의식을 '표상을 산출하는 극장'으로 만들어버린 데 반해, 들뢰즈·가타리는 무의식을 '욕망하는 기계'로 재해석한다. 욕망은 가족적인 것이 아니라 그 자체로 사회적이며, 무의식은 무언가를 재현하는 극장이 아니라 다양한 욕망들이 공존하며 스스로 작동하는 욕망의 서식처이다. 들뢰즈·가타리의 무의식과 욕망 개념에 관해서는 이진경, 『노마디즘 1』, 휴머니스트, 2002, 129~171쪽 참조.

24 그런 점에서, 『인간사』 후반부에서는 채희의 역할이 사라지고 마지막에 그녀는 여성성을 완전히 탈각하고 오로지 모성으로만 남는다는 김복순(앞의 책, 216쪽)의 지적에 대해서는 재고의 여지가 있어 보인다.

최정희 소설 전집 **5**

을 하면서 마채균은 신변 안전에 도움이 된다며 조카인 금아를 데리고 떠났다가 결국 "빨치산"(289쪽) 생활을 하게 되는데, 그러는 사이에도 문오는 끊임없이 금아를 걱정하고 그리워한다. 문오를 남다른 부성애의 소유자라고 볼 근거는 희박하고, 다만 금아가 '채희의 딸'이라는 사실이 금아를 향한 문오의 감정을 설명하는 유일한 단서라고 할 수 있다.

이 지점에서 앞의 질문으로 돌아가, 작가 최정희가 기왕의 지하련-임화에서 이귀례-임화(허윤-마채희)로 인간사 설계의 중심 이동을 꾀한 까닭을 다시 묻지 않을 수 없다. 일제 말기 '삼맥' 연작을 쓸 무렵의 최정희에게 지하련-임화가 어떤 존재였는지에 관해서는 이미 많은 연구가 있었다.[25] 그렇다면 왜 지금 하필 마채희(이귀례)인가? 채희를 부재하는 중심에 배치함으로써 작가 최정희는 '인간사'의 어떤 측면을 헤집어보려 한 것일까? 채희는 계속 아이를 낳는다. 그리고 채희는 "채희는 한번도 어린것을 업지 않았다. (중략) 채희는 모성(母性)의 모습을 갖추지 못한 여자였다."(291쪽) 그런 그녀가 서상춘의 아픈 아이들 곁을 떠나지 않는 것은 모성애의 소산이라기보다는 속죄 행위에 가깝다. 만일 소설 말미에 등장하는 채희의 모습에서 일말의 모성이 간취된다면 그것은 채희에게 모성은 채희의 잔해라는 의미에서만 그렇다. 채희의 것이 있다면 그것은 동경 시절에 내뿜었던 생의 에너지이다. 그런 점에서 무대로 돌아온 채희는 모성을 획득한 존재가 아니라 자기 자신을 잃은 존재라 할 수 있다.

핵심은, 모성애 없는 채희의 계속되는 출산이 "넘어가두 죽구 넘어와두 죽는" 참혹한 죽음의 역사와 나란히 가고 있다는 점이다. 출산하지 않는 젊은 여성들의 행위를 "낳지 않는 에고이즘"이라 비난하는 세간의 통념에 맞서, "낳는 에고이즘" 역시 자못 심대하다는 충격적 진단을 내린 우에노 치즈코의 입장이 여기서 떠오른다. "지구는 병들었어요. 인간은 언제 멸망하나요?"라고 담담히 묻는 어린 소녀

---

25 서정자, 「지하련의 페미니즘 소설과 '아내의 서사'」, 서정자 편, 『지하련 전집』, 푸른사상사, 2004; 심진경, 「'모성'의 탄생 — 최정희의 〈지맥〉〈인맥〉〈천맥〉을 중심으로」, 『한국학연구』 36, 인하대한국학연구소, 2015; 손유경, 「'여류'의 교류 — 식민지 조선에서 전위가 된다는 것 (2)」, 『한국현대문학연구』 51, 한국현대문학회, 2017.

가 어른이 될 미래란 과연 어떤 모습을 하고 있을까, 아니 그런 미래가 오기는 하는 것일까 질문하면서, 우에노 치즈코는 병든 세상에 새로운 생명을 내보내는 일이야말로 이기주의가 아닌가 조한혜정에게 반문했던 것이다.[26] 파란(波瀾)이나 파국(破局)으로밖에는 표현할 길 없는 세상에서 아이를 낳는다는 것은 무슨 의미일까를 고민한 결과였다. 출산하는 여성 개개인을 비난하려는 의도와 거리가 먼, 대단히 묵시록적인 사유의 소산이라 할 수 있다.

"낳는 에고이즘"이라는 말로밖에는 표현되지 않는 이러한 도저한 염세주의가 『인간사』의 주조음을 이룬다고 한다면, 그것은 채희의 반복적 출산의 도달점이랄까 종착지를 세 명의 아픈 아이들이 상징하기 때문이다. 이 아이들의 존재는, 채희의 출산이 해방에서 전쟁으로 이어지는 비극적 현대사를 강조할 따름이지 '전쟁 중에도 아이들은 자란다'거나 '그럼에도 불구하고 희망은 있다'는 등의 희망을 결코 암시하지 않는다는 사실을 직시하게 한다. 그렇다고 보기에는 『인간사』의 후반부가 그리는 현실은 너무 절망적이며, 세 아이의 미래는 암울하기만 하다.

문오의 일탈과 무능이 서사의 표면을 장식하고 있다면, 그것을 도발한 채희는 서사의 이면에 무의식처럼 도사리고 있다가 마지막에 가서야 아픈 아이들과 함께 '잔해'가 되어 귀환한다. 채희라는 동경 시절의 환영에 매달려 왔던 문오가 수소문 끝에 경상북도의 어느 촌마을에서 다시 만난 것은 채희가 아닌 채희의 잔해였다.

> 문오는 어이 없이 서 있었다. 그의 입은 얼마쯤 벌려져 있었다. 보고싶었노라는 말이 나오지 않았다. 아무 말 없이 와락 안아주자던 생각도 날아가버리고 없었다. 그저 채희를 완전히 소멸(消滅)시키고 난 채희의 잔해(殘骸)와 맞서 있는 것이었다.(297쪽)

허리조차 구부정한 주름투성이 여인과 마주 선 순간 문오는 자신이 채희가 아니라 채희의 잔해와 마주섰다고 생각한다. 육체적으로나 정신적으로 문오의 삶을

---

26 우에노 치즈코 · 조한혜정, 『경계에서 말한다』, 사사키 노리코 · 김찬호 역, 생각의나무, 2004, 235~242쪽.

내내 지배했던 채희가 아니라, 그러한 채희를 "완전히 소멸시키고 난 채희의 잔해"인 이 존재야말로, '목격자' 문오가 마지막으로 마주친 현대사의 상흔이다. 아이들을 보살피는 채희의 모습이 동경 시절과 너무 다른 데 놀란 나머지 문오가 "채희는 완전히 어른이 됐구려." "어른이 된 채희가 고맙게 여겨지기두 하지만 재미가 너무 없군."(302쪽)이라며 진심을 드러내자, 채희는 "세상을 살아오느라니까 재미 있는 버릇들은 다 흘려버리고 싱겁디 싱거운 찍걱지만 남"더라며 "그 싱거운 찍걱지가 잔뜩 담긴 인간을 일러서 어른이라고 하더군요."(302~303쪽)라며 쓸쓸히 웃는다. 강문오처럼 옛 동지의 유령에 붙들려 현재를 살지 못하는, 성장하지 않는 이들의 삶에서 최정희가 발견한 것은 다름 아닌 잔해(殘骸) 혹은 찍꺼기로서의 역사이다. "싱겁디 싱거운 찍걱지만 남은" 것이 '어른'이라면 인간의 역사('人間史')는 결국 그러한 '찍걱지들의 역사'일 수밖에 없는 것이다.

놀랍게도 이 대목에서 우리는 김수영의 다음과 같은 목소리를 떠올리게 된다.

> "알맹이는 다 이북 가고 여기 남은 것은 다 찍꺼기뿐이야"하는 말을 나는 과거에 수많이 들었고 내 자신도 했고 아직까지도 역시 도처에서 그런 인상을 받고 있다. (중략) 실로 우리들은 양심적인 문인들이 6·25전에 이북으로 넘어간 여건과, 그 후의 십 년 간의 여기에 남은 작가들의 해놓은 업적과, 4월 이후에 오늘날 우리들이 놓여있는 상황을 다시 한 번 냉정하고 솔직하게 반성해볼 필요가 있다.[27]

최정희와 김수영은 한목소리로 1960년대 남한을 '찍꺼기'들의 나라로 규정해버린다. 『인간사』의 채희는 성장하거나 노화한 것이 아니라 채희의 잔해가 되었다. 『인간사』의 주인공이자 목격자인 강문오의 시선에 마지막으로 동시에 포착된 것이 "채희의 잔재"(297쪽)와 "썩어빠지는 대한민국"(314쪽)이라는 점은 여러모로 의미심장하다. '목격자 되기'와 '마채희 찾기'라는 두 서사의 중첩이 마침내 마채희의 잔해 목격이라는 사건으로 귀결됨으로써, 작가 최정희가 설계한 인생사의

---

27 김수영, 「시의 〈뉴 프런티어〉」, 『사상계』 91, 1961. 3: 『김수영전집 2』, 민음사, 1999, 175쪽.

비어 있는 중심에 마채희가 자리잡고 있었던 이유도 드러나게 된다. 채희는 소설 마지막에 이르러 자기를 잃고 만 존재가 되어 나타난다. 바로 여기서 우리는 동경 시절 청춘의 생기와 진정성 모두를 상실한 "싱거운 찌꺼기"들의 잔해를 다름 아닌 대한민국과 동일시하고 있는 최정희의 서늘한 시선을 감지하게 되는 것이다.

결국 『인간사』는 목격자의 죽음으로 마무리된다. 소설 마지막 장면에서, 금아와 민을 찾으러 나갔다가 우연히 4·19 시위대에 합류하게 된 강문오는 쏟아지는 총탄을 피하지 못해 쓰러진 후 오래지 않아 세상을 뜬다. 최정희의 『젊은 날의 증언』에서 4·19 혁명이 총탄에 희생된 젊은 대학생의 "피 묻은 상의"로 기억되었듯 『인간사』의 대단원에 이르러 일어난 4·19 혁명은 민족의 기쁨이기에 앞서 또 하나의 국가폭력 현장으로 그려지고 있는 것이다. "오라반, 끝내 죽고 맙네까? 이르캐 죽을 바엔 북반부에서 죽을 일이지 왜기 넘어와서 죽을께 멤네까?"(326쪽) 여동생 문희의 통곡은 어쩌면 비극적 현대사의 증인을 자처한 최정희의 통곡이었는지도 모른다.

5. 1960년대 작가 최정희

지금까지 이귀례, 임화 등의 실존 인물을 모델로 한 최정희의 『인간사』가 일제 말기부터 4·19 혁명까지의 긴 역사를 다루는 관점과 그 양상을 고찰함으로써 작가가 어떠한 방식으로 자신의 생애와 남한의 현대사를 결산하려 했는지 살펴보았다. 『인간사』는 전향한 친일 인사이자 월남 지식인인 강문오를 주인공으로 내세워 그가 동경 시절이라는 과거에 붙박여 제대로 성장하지 못한 채 해방과 전쟁, 4·19 혁명을 맞이하는 과정을 파노라마처럼 펼쳐놓은 작품이다. 문오를 평생 돌봐주다시피 한 오경배도 문오와 마찬가지로 친일의 전력이 있는 자산가이다. 이 글에서는 강문오와 오경배가 『인간사』의 주동 인물로 그려진다는 사실 자체가 이들의 행위를 합리화하려는 작가의 의도를 투명하게 내비치는 것은 아니라는 판단을 바탕으로, 사라진 지하련이 아니라 남은 이귀례(『인간사』의 마채희)를 통해 작가 최정희가 대한민국의 환부(患部)와 치부(恥部)를 드러내는 방식에 주목하였다.

이 글이 집중해서 다룬 문제는 다음 세 가지이다. 첫째, 1960년 8월부터 『사상계』에 연재되다 중단되었던 『인간사』 출간 전후의 복잡한 사정이다. 이 사정에는 『인간사』가 애초에 담고 있었던 시의성과 문제성이 왜 그토록 급속히 휘발되었는가라는 질문에 대한 답이 숨어 있다. 둘째, 지하련-임화에 몰두했던 일제 말기 최정희의 관심사가 1960년대에 이르러 이귀례-임화로 움직인 까닭, 다시 말해 '떠난 지하련'이 아니라 '남은 이귀례'에 착안해 최정희가 『인간사』를 집필한 배경이다. 그 결과 작가의 심리적 기제가 전향이나 친일의 합리화보다는 '남은 것은 잔해뿐'이라는 도저한 염세주의에 더 가깝다는 사실을 알 수 있었다. 그것은 작가의 성(性)이 다른 페르소나 강문오가 허윤-마채희에 휘둘리는 삶을 사는 한편으로, "(삼팔선을) 넘어가두 죽구 넘어와두 죽는" 그래서 "이래저래 만판 잘들 죽어나가는" 참혹한 현실의 목격자로 그려지고 있기 때문이다. 셋째, 주인공 강문오의 '목격자 되기' 서사와 '마채희 찾기' 서사가 병치됨으로써 어떤 효과를 낳았느냐이다. 서사 전체의 무의식처럼 도사리고 있던 마채희가 마지막에 이르러 채희가 아닌 채희의 잔해로 짧게 재등장한다는 설정은, "낳는 에고이즘"이라는 말로밖에는 표현되지 않는 비극적 현대사에서 결국 살아남은 자들은 강문오나 오경배 같은 '찌꺼기'들일뿐이라는 신랄한 작가의식의 소산이라 할 만하다.

『인간사』는 남과 북이 고르게 저지른 국가폭력과 동족 간의 살상을 아프게 환기한다. 대한민국은 '동경 시절'의 청춘들이 꿈꾸었던 이상과는 거리가 먼, 그 시절의 잔해로 존재할 따름이라는 가혹한 진단이 여기에 수반된다. 최정희의 『인간사』를, 남과 북을 고르게 비판한 최인훈의 『광장』이나, "알맹이는 이북으로 가고 남은 것은 쭉정이뿐"이라 외친 김수영의 산문과 더불어 가장 1960년대적인 텍스트의 하나로 새로이 문학사에 기입하는 작업은, 바로 이러한 사실들로부터 출발해야 할 것이다.[28]

---

28 이 글은 손유경, 「잔해(殘骸)의 목격―최정희의 『人間史』론」, 『구보학보』 20, 2018을 그대로 실은 것이다.